법정 스님이 사랑한 생활

법정 스님이 사랑한 생활

초판 1쇄 인쇄 2026년 2월 2일
초판 1쇄 발행 2026년 2월 9일

지은이 백형찬
펴낸이 정해종

펴낸곳 ㈜파람북
출판등록 2018년 4월 30일 제2018-000126호
주소 경기도 파주시 회동길 480 아트팩토리엔제이에프 B동 222호
전자우편 info@parambook.co.kr **인스타그램** @param.book
페이스북 www.facebook.com/parambook
대표전화 02-2038-2633

ISBN 979-11-7274-077-1 (03810)
책값은 뒤표지에 있습니다.

이 책의 판매 수익금은 전부 법정 스님께서 설립한 (사)맑고 향기롭게에 기증해 사회를 더욱 맑고 향기롭게 만드는 데 사용할 것입니다.

법정 스님이 사랑한 생활

백형찬 지음

파람북

맑고 향기로운 삶의 향기를 따라

덕조 스님

(사)맑고 향기롭게 이사장

길상사 주지

『법정 스님이 사랑한 생활』은 단순한 인물 기록이 아니라, 한 세대의 정신적 스승이었던 법정 스님의 삶과 가르침을 향한 깊은 그리움이 빚어낸 진실한 헌사입니다. 이 책은 스님의 향기를 그리워하는 마음으로, 맑고 고요한 수행자의 일상을 다시금 우리 곁에 불러오는 따뜻한 여운을 지니고 있습니다.

저자 백형찬 작가는 젊은 시절부터 법정 스님의 글에 매료되어 삶의 방향을 새롭게 정립하였고, 순천 송광사에서 열린 '출가 4박 5일' 수련을 통해 스님을 직접 뵙는 특별한 인연을 맺었습니다. 그 인연은 한 편의 수필 「출가 4박 5일」로 이어져 그의 문학적 출발점이 되었으며, 이후 길상사에 이르기까지 스님에 대한 존경과 사모의 마음은 한결같이 이어지고 있습니다.

이 책은 저자가 오랜 세월 스님의 글과 삶에서 길어 올린 맑은 향기들을 차분히 엮어낸 결과물입니다. 풀과 꽃, 나무와 새, 그리고 차 향에 이르기까지 자연 속에서 드러난 스님의 삶의 결이 세밀하게 담겨 있으며, 독서와 음악, 미술, 여행 등 문화적 향유를 통해 드러나는 스님의 미학적 감수성 또한 섬세하게 조명하고 있습니다. 글쓰기와 선묵, 생활소품과 음식 등 일상의 세목들 속에서도 스님이 실천한 수행의 정신이 어떻게 구현되었는지를 저자는 투명하고 따뜻한 시선으로 그려냅니다.

책장을 넘기다 보면 스님의 목소리가 들려옵니다.

"너는 네 세상 어디에 있느냐? 세월이 흘렀거늘, 너는 지금 어디쯤 와 있느냐?"

이 물음은 단지 과거의 스님이 던진 질문이 아니라, 지금을 사는 우리 모두에게 건네는 깊은 성찰의 언어입니다. 이 책은 그 물음을 통해 독자가 자신의 삶을 되돌아보고, 잃어버린 고요와 단순함을 회복하도록 이끌어 줍니다.

『법정 스님이 사랑한 생활』은 혼자 사는 즐거움 속에서 만나는 자유, 소유하지 않음으로써 얻는 충만, 단정하고 단순한 일상에서 피어나는 진정한 행복을 일깨워줍니다. 스님의 정신을 오늘의 삶 속으로 다시 불러오는 이 책은, 복잡하고 소란스러운 시대를 살아가는 우리에게 맑고 향기로운 삶의 안내서가 되어줄 것입니다.

책을 덮는 순간, 우리는 스님의 숨결을 따라 마음을 고요히 가다듬고, 한 송이 꽃처럼 단정하고 향기로운 길을 걷고자 하는 용기를 얻게 됩니다.

2026년 겨울

스님이 사랑한 것들

이해인 클라우디아

수녀

시인

지금은
이 세상에 안 계신 법정 스님을
아직도 많이 그리워하는 이들에게
이 책은 다정한 위로가 되어줍니다.

평소에 스님이 사랑한
풀. 꽃. 나무. 책. 음악. 그림
그리고 소소한 생활소품까지를
저자는 어찌나 잘 분류하고
감칠맛 나는 설명을 곁들였는지요!

스님이 사랑한 것들을
우리도 함께 사랑할 뿐 아니라
사랑한 것들에 스며있는
소박하고 겸손한 생활 속의 영성을

더욱 닮고 싶어집니다.

스님 향한 그리움의 향기를
기도로 만들어주는 이 고마운 책을
선물 받고 선물 주는 마음으로 추천합니다.

메뉴가 다양한 뷔페 상
하나 차리듯이!

2026년 겨울 어느날
부산 광안리 성 베네딕도 수녀원에서

책을 열면서

나는 이전부터 법정 스님에 대한 책을 꼭 한 권 쓰고 싶었습니다. 왜냐면 스님께 배운 것이 너무나 많아 그 은혜에 보답하고 싶어서였습니다. 꼭 학교에서 가르쳐야 스승이 아닙니다. 책을 읽고 깨우치면 그 책의 저자는 스승이 된다고 생각합니다. 스님과의 '인연'은 무척이나 오래되었습니다. 젊은 날에 스님이 지은 책이 나오면 무조건 서점으로 달려가 사서 읽었습니다. 책 속에서 깨닫는 바가 정말 많았습니다. 스님은 사람이 어떻게 사는 것이 올바른 삶인지 차분하면서도 분명하게 가르쳐 주었습니다. 그런 인연도 있고, 직접 스님의 가르침을 받은 인연도 있습니다.

1989년 여름, 전라남도 순천 송광사에서 '출가 4박 5일'이란 수련 프로그램을 진행했습니다. 나는 가톨릭 신자였지만 그 프로그램에 지원했습니다. 프로그램은 수련원 원장이었던 스님이 맡아 진행했습니다. 그래서 스님의 가르침을 받을 수 있었습니다. 스님과 '출가 4박 5일' 수련생들이 함께 찍은 사진을 나는 아직도 소중히 간직하고 있습니다. 사진 속의 스님 모습은 소설가 최인호 씨가 말한 바와

같이 "약간 미소를 띤 것 같기도 하고 냉소적인 표정으로 무엇인가 날카로운 눈빛으로 쳐다보는 것" 같습니다. 또한, 스님과는 이런 인연도 있습니다. 나는 어느 문학전문지의 수필 부문에 응모했습니다. 그때 응모한 작품이 「출가 4박 5일」이었습니다. 그 작품으로 나는 수필가로 등단할 수 있었고, 작품상을 수상하는 영광도 얻었습니다.

내 방 책꽂이에는 스님이 지은 모든 책이 꽂혀 있습니다. 초판본도 있고, 스님이 열반한 후에 나온 책도 있습니다. 어떤 책은 너무 오래되어 겉장과 속장이 누렇게 변색되었습니다. 그 책들을 전부 읽었습니다. 책장을 한 장씩 들출 때마다 스님의 목소리가 들리는 듯했습니다. 그래서 정신이 번쩍 들곤 했습니다. 스님의 말씀은 류시화 시인이 말한 대로 "개울에서 흘러내리는 비 온 뒤의 힘찬 물줄기, 때로는 대숲에 겸허하게 내리는 싸락눈" 같았습니다. 그 말씀이 나를 깨달음의 세계로 이끌어 주었습니다. 실로 스님은 삶과 말씀이 그대로 일치하는 모습을 보여준 '큰 스승'이었습니다.

스님이 사랑한 생활을 스님의 책 속에서 캐냈습니다. '풀과 꽃, 나무, 동물, 차(茶), 사람, 독서, 음악, 미술, 여행, 글쓰기, 선묵(禪墨), 공간, 음식, 생활소품'으로 나누어보았습니다. 나름 오랜 시간 동안 정성을 다해 글을 다듬었습니다. 스님은 유언으로 자신의 모든 출판물을 절판시켜달라고 당부했습니다. 그런데 나는 스님의 말씀이 담긴 책 한 권을 만들었으니 스님이 이를 아신다면 호되게 야단치실 것 같습니다. 그렇지만 이 책을 스님께 존경하는 마음을 가득 담아 올려 드리고 싶습니다.

　나는 스님 열반 10주기 때, 〈법정 스님이 사랑한 음악〉이란 제목으로 음반 제작을 기획했었습니다. 그런데 인연이 닿지 못해 무산되고 말았습니다. 무척 아쉬웠습니다. 이제 스님의 따뜻한 목소리가 담긴 책을 만들게 되어 한없이 기쁩니다.

　겨울 설악산에서 하늘 높이 솟아 있는 금강송을 보았습니다. 순간, 법정스님이 생각났습니다. 스님이 나에게 묻습니다. "너는 네 세상 어디에 있느냐? 너에게 주어진 몇몇 해가 지나고 몇몇 날이 지났는데, 너는 네 세상 어디쯤 와 있느냐?"

2026년 새롭게 한 해를 시작하며
설악산에서
백형찬

차례

풀과 꽃, 가장 가까운 자연의 벗

제 빛깔대로 피어난 정직한 생태.

누구도 닮으려 애쓰지 않는 들꽃의 미학 속에서

나의 소중한 뿌리를 더듬다.

스님은 사람이나 동물보다 나무와 꽃을 더 가까이 두었다. 산중에서의 삶이니만큼 동물보다 식물을 더 자주 대하게 되었기 때문일 수도 있겠지만, 그 이유는 거기서 그치지 않는다. 나무와 꽃은 동물처럼 복잡하게 얽혀들지 않는다. 단순하고 소박하며, 정직한 생태를 지니고 있을 뿐이다. 더위에 지친 이들에게 시원한 그늘을 내어주고, 스스로의 존재를 과장하지 않은 채 은은한 향기를 흩뿌린다. 무엇보다도 그들은 언제 어떻게 자신을 드러내야 할지, 그 시기를 스스로 알아 어기지 않는다. 스님이 식물이 동물보다 더 좋다고 한 까닭이 바로 여기에 있다.

스님은 풀과 꽃을 그저 배경처럼 지나치지 않고, 오래도록 바라보며 관찰했다. 자세히 들여다보면, 그것들은 모두 서로 다른 모양과 빛깔, 그리고 향기를 갖고 있다. 자기 본연의 것을 감추거나 포장하지 않고, 있는 그대로 드러낼 뿐이다. 그 소박한 충실함이 스님의 마음을 깊이 두드렸다. 사람과 사람도 마주 보고 오래 바라보면 결국 속마음을 터놓게 되듯, 스님은 나무와 풀과 꽃을 그러한 벗으로 대했다. 그래서 스님은 그들과 '영적으로' 많은 이야기를 나누었다고 고백하곤 했다. 성 프란치스코가 자연과 대화했던 것처럼, 스님도 자연과 오래 말을 섞었다.

저마다의 모양, 빛깔, 향기

스님은 식물들의 세계를 유심히 살폈다. 그들은 각자의 특성을 뚜렷이 드러내면서도 울창한 숲과 조화를 이룬다. 어느 하나가 다른 것을 밀어내거나 흉내 내지 않으면서, 전체의 아름다움을 이루어낸다. 스님은 꽃밭을 바라보며 종종 이렇게 말했다. 꽃들은 저마다 모양도, 빛깔도, 향기도 제각각이지만, 그 다름 때문에 오히려 하나의 조화를 이룬다고. 그리고 그 어느 것도 서로를 닮으려 애쓰지 않는다고.

그러나 사람의 세상은 다르다고 느꼈다. 인간에게도 각자의 색깔과 향기가 분명히 있음에도, 정작 그것을 드러내려 하기보다 서로를 닮기 위해 애쓰는 모습이 안타깝다고 했다. 그러면서 불가에서 전해 내려오는 한 구절을 인용했다. "丈夫自有衝天志 不向如來行處行(장부자유충천지 불향여래행처행)" '사람이라면 저마다 하늘을 찌를 기개가 있는데, 어찌 다른 이가 걸어간 길만을 좇으려 드는가'라는 뜻이다.

스님은 누군가를 닮으려 하면 결국 그에게 종속되어, 자신이 지닌 고유한 특성을 잃게 된다고 말했다. 숲속의 나무와 꽃이 서로를 흉내 내지 않기에 그렇게 아름다운 것처럼, 사람 또한 자기만의 모양과 빛깔, 향기를 지킬 때 비로소 자연의 한 존재로서 제 자리를 얻는다고 여겼다.

풀과 꽃, 가장 가까운 자연의 벗

새봄의 흙냄새

다래헌에 머물던 어느 때였다. 스님은 건넛마을 양계장에서 계분 (鷄糞)을 사 와 다래헌 둘레의 꽃나무에 거름으로 정성껏 묻어주었다. 코를 찌르는 역한 냄새가 뿌리를 타고 올라 줄기와 가지, 꽃망울에 이르면, 어느새 새봄의 향기로 변해 있었다. 스님은 이처럼 거칠고 누추한 것이 고운 향기로 바뀌는 자연의 조화를 두고두고 경이로워했다. 새봄에 풍겨오는 흙냄새를 맡으면, 가슴 깊은 곳에서 생명의 환희 같은 것이 부풀어 오른다고 했다.

스님은 맨발로 밟는 흙의 촉감을 '영원한 모성'이라 불렀다. 여름날 산그늘이 비스듬히 내려앉을 무렵, 채소밭에서 김을 매다 보면, 맨발로 밟는 흙의 부드러운 감촉과 함께 땅의 기운이 온몸으로 스며드는 것을 느낄 수 있다고 했다. 흙은 생명의 바탕이다. 마른 씨앗도 흙에 묻히면 거기서 움이 트고, 잎이 나고, 꽃이 피고, 열매가 맺힌다.

스님은 흙에서 멀어질수록 병원과 가까워진다는 말을 자주 떠올렸다. 사람의 삶이 다하면 되돌아갈 곳 또한 흙이다. 그런 흙을 더럽힌다는 것은 곧 자기 뿌리를 허약하게 만드는 일이라는 것을, 반드시 명심해야 한다고 했다. 흙을 아끼는 일은 곧 자기 생명을 아끼는 일이고, 자신이 돌아갈 자리와 관계를 소중히 여기는 일이다.

환상적인 꽃, 양귀비

어느 초여름, 스님은 보육원에 다녀오다가 아름답게 핀 장미 몇 그루를 얻어 다래헌 앞뜰에 심었다. 그날 이후, 다래헌의 뜰에는 눈에 띠게 생기가 돌기 시작했다. 아침저녁으로 물을 주다 보면 '모차르트의 청렬(淸冽)' 같은 것이 옷깃에 스며드는 듯했다. 그 고요한 기쁨은 산그늘이 내려앉는 저녁 무렵의 아늑함과도 비슷했다.

장미가 꽃을 피웠을 때, 스님은 그것을 가리켜 '우주의 신비가 열린 것'이라고 했다. 그 꽃은 화원에서 사 온 장미가 아니었다. 『어린왕자』의 이야기처럼, 그 장미는 그를 위해 기울인 시간과 정성만큼 더욱 소중한 존재가 되었다. 물을 주고, 벌레를 잡아 주며, 마음으로 보듬어 키운 꽃이니 어찌 각별하지 않을 수 있겠는가. 스님은 흙 속에서 올라온 나무의 가지 끝에서, 고운 빛깔과 그윽한 향기를 지닌 꽃이 피어난다는 것은 그 자체로 '일대 사건'이라고 했다.

그러면서 스님은 옛 기억 하나를 떠올렸다. 서울 안국동 선학원에 있을 때였다. 어느 날 아는 스님에게서 급히 오라는 전화가 왔다. 무슨 영문인지도 모른 채 서둘러 달려갔더니, 화단 가득 양귀비꽃이 피어있었다. 그때 스님은 꽃이 이토록 아름다울 수 있다는 사실에 새삼 놀랐다. 양귀비의 자태는 그야말로 환상적이었다. 그날 이후 누군가 스님에게 세상에서 가장 아름다운 꽃이 무엇이냐고 물으면, 스님은 조금의 망설임도 없이 "양귀비"라고 대답하곤 했다.

갓 피어난 달맞이꽃

스님이 다래헌에 살 때였다. 뜰 가장자리에는 몇 그루의 장미가 자라고 있었다. 그 꽃들은 일상에 조용히 빛과 향기를 더해주었다. 이른 새벽, 막 피어난 꽃을 마주할 때면 문득 말문이 막히고, 눈과

풀과 꽃, 가장 가까운 자연의 벗

귀가 사위어 버리는 듯했다.

 그런데 어느 날, 절에서 일하던 이에게 스님은 꽃밭에 진딧물이 많으니 약을 좀 쳐달라고 부탁했다. 그러고는 볼 일이 있어 산 아래로 내려갔다. 일을 마치고 절로 돌아와 뜰을 보니, 장미 잎들이 모두 힘없이 축 내려앉아 있었다. 다음 날 아침에는 잎이 새까맣게 탄 채 우수수 떨어져 나가 있었다. 나중에야 사정을 알고 보니, 약을 뿌리던 이가 진딧물 약 대신 제초제를 뿌린 것이었다.

 그 일을 겪은 뒤로 스님은 더 이상 뜰에 꽃을 가꾸지 않기로 마음먹었다. 꽃이 사라진 뜰에는 '마른 바람'이 일었다. 이후 산속에서 홀로 지낼 때도 꽃나무는 일부러 심지 않았다. 다만 여름의 뜨거운 볕을 가리기 위해 파초 한 포기를 들여놓았을 뿐이다.

 그런데 집터 주변에 자생하던 달맞이꽃이 여름만 되면 저절로 무리 지어 피어났다. 유월의 어느 날, 안개가 자욱이 깔린 아침이었다. 문득 노랑나비 한 마리가 달맞이 잎새에 붙어있는 것이 눈에 들어왔다. 가까이 다가가 자세히 들여다보니 나비가 아니라 갓 피어난 달맞이꽃 한 송이였다. 스님은 그 애잔하게 피어난 꽃을 보는 순간, 오래 잊고 지내던 벗을 다시 만난 듯 무척 반가웠다고 했다.

 가을바람이 서늘하게 불어오자 달맞이꽃들은 씨앗을 남겨두고 하나둘 자취를 감추었다. 스님은 마지막까지 남아 있던 달맞이꽃의 꽃대를 조심스레 거두어주었다.

꽃향기, 문향

꽃은 어느 날 문득, 우연히 피어나는 것이 아니다. 여름철의 뜨거운 뙤약볕과 겨울의 모진 추위를 고요히 견디고 난 뒤에야 비로소 봉오리를 연다. 스님은 꽃을 보러 굳이 먼 길 떠날 필요는 없다고 했다. 길가에서도, 아파트 베란다에서도, 작은 뜰에서도, 심지어 계단 틈새에서도 꽃은 피어난다고. 다만 사람들이 그것을 그냥 스쳐 지나칠 뿐이라고 했다.

그래서 스님은 꽃을 만나면 잠시 걸음을 멈추고 유심히 들여다보라고 권했다. 꽃잎 하나하나와 수술, 꽃받침까지 낱낱이 살펴보라고 했다. 다만 꽃이 놀라지 않도록 적당한 거리는 지켜 줄 것, 그 예의도 잊지 말라고 했다.

또한, 스님은 꽃향기는 '맡는 것'이 아니라 '듣는 것'이라며, 들을 '문(聞)' 자를 써서 그것을 '문향(聞香)'이라 했다. 향기는 코끝에만 머무는 것이 아니라 마음 깊은 곳으로 스며들어, 조용한 음성처럼 들려온다는 뜻일 것이다. 꽃 앞에 서면 가끔은 근심도 털어놓고, 세상사는 이야기 한 토막쯤 나누어보라고 했다. 그러고 나면 짊어지고 있던 삶의 짐이 조금은 가벼워지고, 꽃으로부터 위로와 가르침도 받게 될 것이라고 했다.

이야기를 하던 스님은 임제선사의 말을 들려주었다. "언제 어디서나 모든 것을 긍정적으로 생각하라. 그러면 그가 서 있는 자리마다 향기로운 꽃이 피어나리라." 스님에게 꽃향기란, 결국 마음의 향기와 분리할 수 없는 것이었다.

날마다 새롭게 피는 꽃

고랭지에서 자란 꽃은 온실에서 자란 꽃과는 빛깔부터 다르다. 색은 더욱 선연하고 향은 한층 깊고 짙다. 스님은 높은 산마루의 꽃을 바라볼 때마다 성경 속의 한 구절을 떠올렸다. "들꽃이 어떻게 자라는가 살펴보아라. 그것들은 수고도 하지 않고 길쌈도 하지 않는다. 그러나 온갖 영화를 누린 솔로몬도 이 꽃 한 송이만큼 화려하게 차려입지 못하였다."(마태오 복음서)

거친 바람과 매서운 추위, 서슬 선 햇빛을 온몸으로 견뎌낸 고랭지의 꽃은 그렇게 선연하게 피어난다. 스님은 헨리 데이비드 소로의 짧은 글도 함께 인용했다. "꽃의 매력 가운데 하나는 그에게 있는 아름다운 침묵이다."

스님은 꽃은 날마다 새롭게 피어난다고 했다. 겉으로 보기에는 어제 보았던 그 꽃과 다를 바 없어 보이지만, 가만히 들여다보면 이미 어제의 꽃이 아니다. 오늘의 빛깔과 오늘의 향기를 지닌 전혀 새로운 한 송이가 그날을 열고 있을 뿐이다. 그러다가 제 몫을 다하고 나면 뒤돌아보지 않고, 미련도 남기지 않은 채 '뚝뚝' 무너져 내린다.

스님은 뜰이나 화분에 꽃을 가꾸는 일은, 단지 그 아름다움을 즐기기 위해서만은 아니라고 했다. 말 한마디 하지 않는 꽃들이 삶의 모양과 이치를 몸으로 보여주고 있으니, 그 무언의 가르침까지 함께 받아들일 수 있어야 한다고 했다. 꽃을 돌본다는 것은, 어쩌면 자기 삶을 성찰하는 또 다른 방식인지도 모른다.

모란의 수줍은 향기

스님은 어느 큰 절에서 모란을 옮겨와 뜰 한편에 심었다. 모란의 향기는 장미처럼 또렷이 치고 올라오지 않았다. 스님은 그 향을 두고 '장미보다는 조금 여린, 수줍은 향기'라고 표현했다. 그러나 스님이 보기에 모란의 진정한 가치는 향기보다는 그 넉넉하고 흐드러진 꽃 모양에 있었다. 그래서인지 중국 사람들은 예로부터 모란을 '꽃 중의 왕'이라 불러왔다.

스님은 모란의 또 다른 매력으로 '무너져내리는 듯한 산뜻한 낙화'를 들었다. 김영랑 시인의 시처럼, 모란은 필 때도 장엄하지만 질 때는 더없이 담담하게 '뚝뚝' 무너져 내렸다. "모란이 피기까지는/ 나는 아직 나의 봄을 기다리고 있을 테요/ 모란이 뚝뚝 떨어져 버린 날/ 나는 비로소 봄을 여읜 설움에 잠길 테요".

스님은 꽃은 필 때도 고와야 하지만, 질 때 또한 고와야 한다는 사실을 모란이 봄마다 똑똑히 보여준다고 했다. 사람도 살 만큼 살다가 떠날 때가 되면, 모란처럼 아무것도 붙들지 말고 '말끔히' 떠나야 한다고 했다.

모란이 지고 난 빈자리에는 작약이 피어났다. 작약꽃의 산뜻한 빛깔과 단정한 자태는 스님의 발길을 자꾸만 그곳으로 이끌었다. 스님은 몇 해 전, 고랭지에서 본 작약이 너무 아름다워 화원에 가서 무려 백 그루나 사 온 적이 있다. 정성껏 뜰에 심어두었는데, 집을 비운 사이에 '검은 손'이 밤중에 다녀갔다. 한 포기 남기지 않고 모조리 캐

가버린 것이다.

그러나 땅은 기억을 쉽게 지우지 않았다. 남겨져 있던 씨앗이 흙속에서 조용히 싹을 틔워, 다시금 꽃을 피워 올렸다. 스님은 그 작약을 바라보며, 빼앗기고 사라진 자리에서도 끝내 피어오르는 생명의 끈질김을 오래도록 마음에 새겼다.

정갈한 바이올렛

암자 앞마당에 모란이 흐드러지게 피었다. 겨울이 유난히 춥지 않아서인지 예년보다 열흘은 앞서 꽃이 터졌다. 모란 곁에는 노란 유채꽃이 함께 피어있었다. 자줏빛과 노란빛이 나란히 서서 서로의 아름다움을 더욱 돋보이게 했다. 유채꽃은 본디 '갓꽃'이다. 지난겨울 김장을 하고 남겨두었던 갓이 봄기운을 타고 살아나, 어느새 노란 꽃을 환히 틔운 것이었다.

입춘 무렵, 스님은 바깥에 나갔다 돌아오는 길에 꽃시장에 들러 바이올렛 화분 하나를 사 들고 왔다. 화분 속에 정갈하게 피어있는 세 송이 작은 꽃이 마음에 와닿았기 때문이다. 사월이 되자 스님은 다시 그 꽃시장을 찾아가 똑같은 화분을 하나 더 데려왔다. 화분 하나만 두기에는 어쩐지 적막해 보여, 친구를 하나 더 붙여주고 싶었던 것이다.

둘을 나란히 놓아두자, 두 화분은 마치 서로에게 뒤지지 않으려는 듯 앞다투어 꽃을 피워냈다. 스님은 그 작은 생명들을 가까이서 정성껏 보살피며, 가슴 한구석이 따뜻해지는 것을 느꼈다. 스님은 따뜻한 가슴은 밖에서 오는 것이 아니라, 안에서 밀물처럼 차오르는 것이라 했다. 그리고 그 밀물 같은 감정을 '행복'이라고 했다.

난에 집착하다

스님은 난초 화분 두 개를 정성을 다해 길렀다. 다래헌에 자리를 잡았을 때, 아는 스님이 보내준 난이었다. 홀로 지내는 삶이 적적해, 살아있는 벗 하나 곁에 두고자 했던 것이다. 난을 잘 기르기 위해 재배법을 다룬 책을 구해 꼼꼼히 읽었고, 고급 비료를 구해 오기도 했다. 여름이면 서늘한 그늘에 옮겨 두고, 겨울이면 방 안이 추워도 난만을 위해 따로 온도를 높이지는 않았다.

그렇게 정성을 들인 끝에 마침내 난초가 꽃을 피웠다. 은은한 향기와 아담한 꽃, 그리고 초승달처럼 청청한 잎을 바라보며 스님의 가슴은 여러 날 설렘으로 물들었다.

그러던 어느 여름, 장마가 걷힌 날이었다. 스님은 봉선사로 노스님을 뵈러 갔다. 한낮의 뜨거운 햇볕이 사정없이 내리쬐기 시작했을 즈음, 문득 가슴이 철렁 내려앉았다. 난초를 뜰에 내놓고 온 것이 떠오른 것이다. 이글거리는 햇볕 아래 축 늘어져 있을 난을 떠올리자 더는 머무를 수가 없었다. 서둘러 다래헌으로 돌아와 보니, 역시 잎이 힘없이 처져 있었다. 스님은 급히 샘물을 길어다 축여주었다. 그러자 조금씩 생기가 돌아오는 것이 느껴졌다.

그때 스님은 깨달았다. 난초를 향한 마음이 이미 '정성'을 넘어 '집착'으로 변해 있었다는 사실을. 난에 마음을 너무 묶어둔 탓에 오히려 괴로움이 생겼던 것이다. 그동안 스님은 난초 때문에 산이 제철을 맞아도 나그넷길을 마음껏 떠나지 못했고, 볼일이 있어도 선뜻 집을 비우지 못했으며, 하루에도 몇 번씩 환기를 위해 창문을 열어 주어야 한다는 생각에 늘 마음을 졸였다.

스님은 마침내 결심했다. 이 집착에서 벗어나야겠다고. 그리고 그 난을 다녀간 친구에게 아무 미련 없이 건네주었다. 손을 털어내고 돌아서는 길에, 마음이 뜻밖에 홀가분해짐을 느꼈다. 묶여 있던 무엇이 풀려난 듯, 해방감이 밀려왔다. 그날 이후 스님은 '하루에 한 가지씩 버리기'를 마음속에 새겼다. 난초를 통해 비로소 '무소유'의 참뜻을 체득한 것이다. 그렇게 해서 널리 알려진 스님의 말이 태어났다.

"무소유란 아무것도 갖지 않는 것이 아니라, 꼭 필요한 것만 갖는 것이다."

"아무것도 갖지 않을 때, 비로소 온 세상을 차지하게 된다."

돌려보낸 난초

양력 설날, 한 지인이 난초 한 분을 보내왔다. 빈 산에서 혼자 지낼 스님을 떠올리며, 말벗이라도 되어주기를 바라는 마음에서였다. 그러나 다래헌 시절 난을 기르며 겪었던 집착의 경험이 선명히 남아 있던 터라, 스님은 처음에 그 난을 방 안에 들이지 않았다.

하지만 그 고집도 오래가지는 못했다. 어느새 난초에서 꽃대가 쑥 올라온 것이다. 난은 말벗일 뿐 아니라 '눈 벗'이 되었다. 스님은 낮에는 햇살 드는 창가에 난을 두고 두런두런 말을 건네고, 밤이 되면 마루에 내놓으며 "잘 자라." 하고 밤 인사를 나누었다.

차를 마시고 난 뒤, 찻잔을 씻은 물에 남은 찌꺼기를 오지그릇에 모아두었다. 시간이 지나자 차가 우러나 물이 암갈색으로 변했다. 스님은 닷새에 한 번씩 그 물을 서너 숟갈씩 떠서 난초에 주었다. 난은 그 물을 무척 좋아하는 듯했다. 윤기가 돌고 청정하게 빛나는 잎을 보면 알 수 있었다.

여드레쯤 됐을 때, 난은 은은한 향기를 풍기며 조심스레 꽃을 열었다. 꽃은 마치 초승달처럼 가느다랗고 단아했다. 스님은 난초를 바라보며, 마치 자신의 마음속에서도 한 송이 꽃이 피어난 듯한 기분을 느꼈다.

난초꽃은 달이 바뀌어도 한동안 지지 않았다. 난과 함께 사는 일은, 곁에 어린아이 하나를 두고 사는 일과도 같았다. 늘 조바심이 앞서고, 제때 보살펴주어야 한다는 생각이 마음을 놓아주지 않았다. 안거가 해제되던 날, 스님은 끝내 결단을 내렸다. 난초를 보내온 이에게 그 꽃을 다시 돌려보낸 것이다.

난과 관련해 또 다른 인연도 있었다. 서울에 사는 한 화가가 사람을 통해 편지 한 통과 함께 석란(石蘭)을 보내온 일이었다. 석란은 석곡(石斛)이라고도 부른다. 편지에는 이렇게 적혀 있었다. "공해 속에 시달리다 스님 방으로 출가하는 석곡이 무척 좋아라 합니다. 저는 난이 어떻게 생각하고 있는지를 잘 알지요. 식물도 사람의 마음과 똑같이 생각하거든요."

화가는 또 석곡의 상태를 자세히 적어 보내왔다. 석곡은 겨우내 수류화개실 밝은 창가에서 자라며 꽃을 피웠고, 그 꽃은 스님의 마음을 여러 날 기쁘게 해주었다.

그러나 안거가 끝나던 날, 마침 암자를 찾아온 지인이 있었다. 스님은 조금도 망설이지 않고 그 석곡을 그에게 내어주었다. 난초를 떠나보내고 나니 방 안은 텅 빈 듯했지만, 그 빈자리에서 오히려 한층 넉넉한 홀가분함이 피어올랐다. 스님에게 비움은 곧 또 다른 충만이었다.

진흙에 더럽히지 않는 연꽃처럼

어느 날, 스님은 경복궁 연당에 연꽃이 한창이라는 소식을 들었다. 그 말을 전해 듣자마자 서둘러 경복궁으로 발걸음을 옮겼다. 연못에 이르러 마주한 풍경은 그야말로 황홀했다. 청청한 연잎 위로 분홍빛 연꽃이 연못 가득 피어나 있었다. 바람이 스치자 연향이 은근히 번졌다. 스님은 그 연꽃이 너무도 마음에 들어 해가 저물 때까지 연못가를 떠나지 못했다.

연꽃은 흙탕물에서만 자란다. 마른 땅에서는 피지 않는다. 진흙탕 속에서 줄기를 밀어 올려 꽃을 피워 올리는 순간, 눈앞에서 더럽고 깨끗하다는 구분은 힘을 잃는다. 청초한 꽃 한 송이 앞에서 '더럽다, 깨끗하다'는 이분법적 잣대는 의미를 잃고 만다.

스님은 생각했다. 연꽃이 불교의 상징이 된 이유는, 바로 '흐린 곳에 살면서도 물들지 않고, 도리어 둘레를 환히 비추기' 때문이라고.

스님은 1950년대 말, 해인사에서 통도사로 잠시 거처를 옮길 때도 연을 벗 삼았다. 절 아래 여관 연못의 얼음을 깨고 들어가 수련 몇 뿌리를 캐어 통도사로 가져가 심었다. 얼마 지나지 않아 그곳에서도 연꽃이 피어났다. 훗날에는 온양 인취사에서 분양받은 백련 뿌리를 동해안 거처에 심었다. 커다란 자배기에 흙을 담고 물을 채워 연을 키웠다. 그러던 어느 날, 연잎 사이로 꽃봉오리가 쑥 솟아올랐다. 연 못도 아닌 곳에서 피어오르는 연꽃이 기특하고도 반가웠다.

스님이 아끼던 구절 가운데 하나는 『숫타니파타』에 실린 '무소의 뿔' 게송이었다. "소리에 놀라지 않는 사자처럼, 그물에 걸리지 않는 바람처럼, 진흙에 더럽히지 않는 연꽃처럼, 무소의 뿔처럼 혼자서 가라." 연꽃은 실로, 진흙에 더럽혀지지 않는 청정한 꽃이었다.

연꽃의 지혜

스님은 연꽃은 아침 일찍 보아야 한다고 했다. 해가 중천에 오르 면 꽃의 혼이 이미 빠져나가 버리기 때문이라고 했다. 연꽃이 갓 피 어날 때 풍겨 나오는 향기는 다른 어떤 꽃에서도 쉽게 맡을 수 없는, 신비로운 기운을 지니고 있다. 연잎 위에 맺힌 이슬방울 또한 그 어 떤 보석보다 아름답다고 했다.

비 오는 날이면 스님은 우산을 들고 연못가를 천천히 거닐었다. 연잎에 떨어지는 빗소리가 조용히 들려왔다. 스님은 명상이란 거창 한 것이 아니라, 바로 이 "연잎에 비 떨어지는 소리를 마음 열고 듣 는 일"이라고 했다.

전주 덕진공원의 연못도 스님의 단골 발걸음이었다. 해마다 7월 중순쯤이면 덕진공원을 찾아가, 한나절 연못가에서 연꽃과 놀다 돌아오곤 했다. 어느 해 장마철, 비가 줄기차게 내리던 날에도 스님은 그곳을 찾았다. 우산을 든 채 연못을 가로지르는 다리 위에 서서 연꽃의 향기를 '들었다'고 했다. 향기를 맡는 것이 아니라 '문향(聞香)'하는 것이었다.

스님은 연잎 위를 구르는 빗방울을 오래도록 바라보았다. 장대비가 내리는데도 연잎 위에 맺힌 빗방울은 좁쌀만 한 크기에 지나지 않았다. 빗물이 조금씩 고이면 연잎은 그 무게에 맞춰 살짝 흔들리다가, 어느 정도 차면 수정처럼 맑은 물을 아래로 '툭' 떨궈버렸다. 아래 연잎에 떨어진 물방울도 똑같은 과정을 거쳐 마침내 연못으로 흘러 들어갔다.

그 모습을 지켜보며 스님은 깨달았다. 연잎은 자기 힘으로 감당할 수 있을 만큼만 빗물을 머금고, 그 한계를 넘으면 스스로 비워낸다는 사실을. 연꽃의 지혜란 바로 여기에 있다고 여겼다. 욕심껏 빗물을 더 받아들이겠다고 버티다 보면, 연잎은 찢어지고 줄기마저 꺾이고 말았을 것이다.

황홀한 백련

스님은 때로 연꽃을 보기 위해 천릿길도 마다하지 않았다. 무더운 한여름, 전남 무안군 복룡저수지를 찾아간 일이 그러했다. 10만 평에 이르는 저수지 위로 백련이 끝도 없이 펼쳐져 있었다. 실로 장관이었다. 덕진공원에서 보던 것은 붉은 홍련이었지만, 이곳은 온통 백련이었다. 홍련은 흔하지만, 백련은 귀했다. 꽃의 기품 또한 백련이 한결 높아 보였다.

스님은 여러 꽃향기 가운데 영혼 깊은 곳까지 스며드는 향기는 연꽃의 향기가 으뜸이라 했다. 그러면서 중국 북송 시대의 한 학자가 지은 「애련설(愛蓮說)」을 인용했다. "내가 오직 연꽃을 사랑함은, 진흙 속에서 났으나 그 물에 물들지 않고, 맑은 물결에 씻겨도 요염하지 않기 때문이다. 속이 비어 사심이 없고, 가지가 뻗지 않아 흔들림이 없다. 그윽한 향기는 멀수록 더욱 맑고, 그의 높은 품격은 그 누구도 업신여기지 못한다. 그러므로 연은 꽃 가운데 군자다."

연꽃을 군자(君子)에 견준 이 글에서, 군자는 유교가 지향하는 이상적인 인간상을 가리킨다. 진흙에서 나되 물들지 않고, 스스로를 과장하지 않으면서도 끝내 향기를 잃지 않는 존재. 스님이 그토록 연꽃을 사랑한 이유도 그와 다르지 않았을 것이다.

스님은 이따금 훗날의 꿈을 조용히 털어놓기도 했는데, 이다음 생에 산자락에 집을 지을 수 있다면, 집 앞에 작은 연못을 파서 백련을 심고, 그 곁에 정자를 지어 '연꽃 향기 같은 삶'을 살고 싶다고 했나.

복룡저수지의 황홀한 백련을 뒤로하고 돌아서는 길에, 스님은 마음속으로 다짐했다. 해마다 여름이 오면 이곳을 다시 찾겠다고. 연꽃이 피어있는 세상에, 다시 한번 발길을 돌려오겠다고.

풀과 꽃, 가장 가까운 자연의 벗

혼의 빛, 진달래

스님이 머무는 산사 둘레에 진달래가 만발했다. 스님은 진달래를 두고 "봄 숲에 풀어놓은 선연하고 눈부신 물감"이라고 했다. 긴 겨울 내내 침묵 속에 잠겨 있던 산이 안으로 가꾸고 간직해온 가장 은밀한 속 뜰을, 따뜻한 햇살과 부드러운 바람 앞에서 마침내 드러내 보인 "혼의 빛깔"이라고도 했다.

진달래는 그 어떤 꽃보다도 이 땅의 숨결과 잘 어울리는 꽃이라고 스님은 말하곤 했다. 한라산 자락에서부터 백두산 꼭대기까지, 이 강산 어디에서나 고르게 피어나는 정다운 꽃. 그래서 스님은 훗날 우리나라가 통일되는 날이 오면, 통일된 나라의 꽃은 진달래였으면 좋겠다고 마음속으로 빌어보았다. 그 말을 곱씹다 보면 문득 김소월의 시 「진달래꽃」 한 구절이 떠오른다. "나 보기가 역겨워/ 가실 때에는/ 말없이 고이 보내드리우리다/ 영변(寧邊)에 약산(藥山)/ 진달래꽃/ 아름따다 가실 길에 뿌리우리다"

이별의 슬픔조차 꽃잎에 실어 길 위에 뿌려 보내는 마음. 스님이 말한 "혼의 빛"이란, 어쩌면 그런 마음의 빛깔을 가리키는 말인지도 모른다.

고흐의 해바라기

스님은 어두운 방에 해바라기 한 송이만 꽂아두어도 방 안이 훤해진다고 했다. 식탁 위에 해바라기 한 송이가 놓여있으면 반찬이 변변치 않아도 이미 풍성한 식탁이 된다고도 했다.

어느 해, 스님이 며칠 동안 오두막을 비워두었다가 돌아와 보니 뜰에 해바라기가 피어있었다. 직접 씨를 뿌려 가꾼 꽃이었다. 그 해바라기의 '고향'은 네덜란드 암스테르담에 있는 반 고흐 미술관이었다.

스님은 그곳에서 고흐의 〈해바라기〉 연작을 마주했다. 고흐가 친구 고갱이 아를의 작업실로 온다는 소식을 동생 테오에게 듣고 기뻐하며, 고갱이 묵을 방을 밝히기 위해 그린 그림들. 초록색 꽃병에 꽂힌 세 송이 해바라기, 노란 꽃병에 꽂힌 열두 송이 해바라기, 그리고 또 다른 노란 꽃병에 꽂힌 열네 송이 해바라기. 스님은 그 해바라기들 앞에 한동안 발길을 떼지 못했다.

미술관을 나오는 길, 기념품점에서 파는 해바라기 씨앗이 눈에 들어왔다. 스님은 그 씨앗을 사서 강원도 산골 오두막 뜰에 심었다. 그리고 정성껏 가꾸었다. 그 결과, 고흐의 캔버스 위에 있던 해바라기와 똑같은 해바라기가 산골 오두막에도 피어났다.

해바라기가 처음 피어났을 때 스님의 마음은 한동안 설레었다. 그 설렘은 마치 해마다 철새가 돌아와 첫울음을 터뜨릴 때 느껴지는, 잔잔하지만 깊숙이 번져오는 기쁨과도 같았다.

적막한 얼굴, 수선화

스님은 불일암으로 갈 때 수선화 뿌리 다섯 개를 챙겨 갔다. 그리고 그곳 돌담 아래에 조용히 심었다. 그 수선화에는 작은 사연이 깃들어 있었다.

풀과 꽃, 가장 가까운 자연의 벗

몇 해 전 가을, 한라산 억새밭을 보러 갔다가 스님은 대정읍에 있는 추사 김정희의 유배지를 찾았다. 추사의 〈세한도〉에 그려진 실제 풍경이 대정 향교에 남아 있다는 말을 듣고 확인해 보고 싶었던 것이다. 현장에 가보니 오래된 노송 한 그루만 서 있었다. 나머지 한 그루는 이미 오래전에 죽어 그루터기만 남아 있었다. 늦가을의 쌀쌀한 기운이 감도는 그 자리에는 분명 〈세한도〉의 정조가 배어 있었다.

그때 스님의 눈에 돌담 아래 드러난 수선화 뿌리가 들어왔다. 스님은 그 뿌리 몇 개를 살며시 캐어 왔다. 남제주에서는 한겨울에도 길가에 수선화가 흔했다. 스님은 가져온 뿌리를 화분에 옮겨 심었다. 그러나 잎만 무성할 뿐 꽃은 피지 않았다. 결국 잎을 잘라내고 뿌리만 남긴 채, 훗날 불일암에 가면 심어줄 생각으로 조용히 보관해 두었다. 그러고는 그 사실마저 잊고 지냈다.

어느 날 광을 정리하다가 우연히 수선화 뿌리가 담긴 화분을 발견했다. 놀랍게도 캄캄한 곳에 방치되어 있던 뿌리에서 새잎이 돋아나 있었다. 시간이 거의 한 해가 다 되어가는 때였다. 수선화는 어둠 속에서도, 물기 거의 없는 화분 속에서도 한 해를 죽지 않고 견디고 있었던 것이다. 스님은 그 강인한 생명력에 놀라 옷깃을 여미며 경이로움을 느꼈다.

수선화와 얽힌 또 다른 이야기도 있다. 제주에 사는 한 소녀가 수선화 사진과 사연을 스님에게 보내온 적이 있었다. 스님은 그 편지를 받아들고, 그 차디찬 의지의 날개로 피어났을 수선화 앞에 직접 가서 서 보고 싶다는 생각에 제주로 훌쩍 날아가고 싶은 충동을 느졌다.

　그해 겨울, 스님은 방 안에서 수선화와 함께 지냈다. 맑고 청초한 꽃과 향기를 가까이 두고 지켜보며 서로의 속 뜰을 조용히 마주 열었다. 가곡 〈수선화〉의 한 구절처럼, "찬바람에 쓸쓸히 웃는 적막한 그 얼굴"이 스님의 영혼을 오래도록 끌어당겼다.

　스님은 수선화를 눈발이 흩날리고 대지가 얼어붙은 한겨울에 피어나는 꽃이라 했다. 그래서 함부로 범접할 수 없는, 차갑고도 맑은 기품이 서려 있다고 말했다. 그 말끝에서 문득 같은 가곡의 또 다른 가사가 떠오른다. "그대는 차디찬 의지의 날개로 끝없는 고독의 위를 나는 애달픈 마음…" 스님에게 수선화는, 눈과 바람 속에서도 고독을 껴안고 피어나는 '적막한 얼굴'이자, 끝내 꺼지지 않는 의지의 불꽃이었다.

개망초와 하늘말나리

　스님은 오두막 뒤편 여기저기에 피어있는 개망초를 꺾어다 투박한 오시항아리에 꽂았다. 그러고 보니, 그저 스쳐 지나가기만 했던 꽃이 뜻밖에도 눈이 부시게 고왔다. 개망초는 들이나 밭 어디서나 흔히 피어나는 탓에 사람들 눈길에 잘 걸리지 않는다. 그래서 제대로 된 대접 한 번 받지 못하는 꽃이었다.

　하지만 스님은 개망초를 곁에 두고 오래 바라보다가 깨달았다. 이 꽃이야말로 참으로 사랑스러운 꽃이라는 사실을. 멀리서 볼 때는 그저 흰 꽃인 줄 알았지만, 가까이 다가가 살펴보니 꽃잎 가장자리에 연한 보랏빛을 살짝 품고 있었다. 눈여겨보지 않으면 결코 드러내지 않을 색이었다. 무엇보다 개망초는 화려한 꽃병보다는 소박한 오지항아리와 잘 어울렸다. 스님은 이 둘의 만남을 두고 찰떡궁합이라 했다. 꽃이 제 짝을 만난 그릇 안에서 비로소 자기 속 뜰을 활짝 열어 보이는 듯했다.

칠월의 들꽃 가운데 흔한 것이 나리꽃이다. 그중에서도 스님의 눈을 사로잡은 것은 하늘말나리였다. 다른 나리에 비해 그 꽃잎은 가늘고 여렸다. 스님은 들꽃은 반드시 "그 꽃이 자라는 자리에서 보아야 제대로 볼 수 있으며, 그때 가장 아름답다"고 했다. 그것이 자연의 이치요, 조화라고 여겼다.

그러면서도 스님은 그 이치를 알면서 어기고야 말았다. 하늘말나리 몇 그루를 오두막으로 데려온 것이다. 가까이 두고 자주 보고 싶어서였다. 원추리가 무리 지어 꽃대를 올리고 있는 곳에 하늘말나리를 함께 심었다. 둘은 마치 오래전부터 한자리를 지켜온 이웃처럼 곧잘 어울렸다.

도라지꽃과 마타리꽃

스님은 밭 한쪽에 도라지를 심어두었다. 어느 여름날, 밭에서 처음으로 도라지가 꽃을 피웠다. 그러나 기쁨도 잠시, 거센 비바람이 몰아치더니 굵은 빗줄기에 도라지꽃의 가느다란 허리가 꺾이고 말았다. 고개를 깊이 떨군 그 모습이 딱해 스님은 꺾인 꽃대를 유리컵에 담아 부엌 식탁 위에 올려두었다. 신기하게도 식탁 분위기가 그

한 송이 덕에 단번에 환해졌다.

그런데 시간이 지날수록 특이한 변화를 발견했다. 처음 피었을 때만 해도 꽃송이는 짙은 보랏빛이었는데, 두 번째로 올라온 꽃송이는 한결 옅어졌고, 세 번째는 아예 빛을 잃은 듯 파리해졌다. 모양만 도라지꽃이지, 색은 더 이상 도라지꽃이 아니었다.

스님은 유리컵에서 꽃가지를 꺼내어 다시 잡초밭 한쪽에 꽂아주었다. 다음 날 아침, 다시 가보았더니 어제까지 힘이 빠져있던 꽃송이가 제 빛깔을 되찾아 짙은 보랏빛으로 피어있었다. 놀라운 일이었다. 도라지꽃이 제빛을 찾게 만든 것은 다름 아닌 흙이었다. 스님은 새삼 깨달았다. 흙이야말로 생명의 원천이며, 어떤 생명도 흙을 떠나서는 온전할 수 없다는 사실을.

스님의 오두막 둘레에는 노란 마타리꽃이 피어나 있었다. 산바람에 살랑살랑 흔들리는 마타리꽃은 어딘가 가을의 입김을 조금 먼저 머금고 있는 듯했다. 피어나기 전에는 차좁쌀 같은 모습을 하고 있지만, 꽃이 활짝 열리면 밤하늘의 은하수를 연상시키는 고요한 아름다움이 피어났다.

스님은 그 작은 꽃의 모양을 자세히 보고 싶어 확대경을 가져와 들여다보았다. 확대해서 들여다본 마타리꽃은 비록 눈에 잘 띄지 않을 만큼 작았지만, 하나하나가 그대로 하나의 우주처럼 느껴졌다. 꽃도 작을수록 더 오밀조밀하고 사랑스러웠다. 그 미세한 질서와 조화를 깨닫는 순간, 스님은 다시 한번 고개를 숙여 꽃 앞에 마음을 모았다.

감자꽃, 호박꽃, 싸리꽃

산골에는 감자꽃과 싸리꽃이 한창이었다. 스님은 강원도 산골에 와서야 비로소 감자꽃의 아름다움을 알게 되었다고 했다. 남녘에서 지낼 때도 감자꽃을 본 적이 있었지만, 그때는 그냥 '밭의 꽃' 정도로 여기고 스쳐 지나갔다. 그러나 드넓은 밭에 감자꽃이 구름처럼 피어 있는 풍경은, 한번 눈을 들이면 좀처럼 잊기 어려운 광경이었다.

연한 보랏빛 꽃잎에 노란 꽃술을 머금고 있는 감자꽃은 소박하면서도 귀여웠다. 은은하게 풍겨오는 향기 또한 다른 꽃에 못지않았다. 오두막으로 올라오는 길목에는 넓게 펼쳐진 감자밭이 있었다. 스님은 그 길을 지날 때면 종종걸음을 멈추고 감자꽃으로 눈을 씻고, 그 향기로 숨길을 맑히곤 했다. 감자를 그저 먹거리로만 생각했던 시절을 떠올리며, 이제는 고마운 작물로 다시 보게 되었노라 중얼거리기도 했다.

스님은 유리컵에 감자꽃 한 송이를 꽂아 식탁 한편에 놓아두었다. 끼니때마다 마주하는 작은 꽃 한 송이가 잔잔한 기쁨을 건네주었다.

호박꽃에 대해서도 스님은 확고했다. 누군가 "호박꽃도 꽃이냐?"라고 묻자, 스님은 단호하게 "꽃이다!"라고 답했다. 어느 날 호박꽃이 핀 시골길을 걷다 스님은 문득 걸음을 멈췄다. 이슬을 머금은 진초록 잎 사이로 노란 꽃이 환히 피어있었다. 그 모습을 다시 바라보며, 호박꽃이 우리나라 시골 풍경과 이토록 잘 어울리는 순박한 꽃이라는 사실을 새삼스럽게 느꼈다.

저물녘 피어나는 박꽃이 가녀리다면, 호박꽃은 더없이 건강해 보였다. 하지만 둘 다 겸손한 꽃이어서 눈부신 한낮의 햇빛이 비치면 그 아름다움을 슬며시 접어 숨겼다. 호박꽃을 제대로 보려면 이슬이 걷히기 전 이른 아침에 보아야 한다고 스님은 말했다.

사람은 굳어진 고정관념에 사로잡혀 이미 알고 있다고 생각하는 것만 받아들이려 한다. 스님은 고정관념의 틀에서 한 걸음 물러나, 맑은 눈으로 주변을 다시 살펴보라고 권했다. 그러면 그동안 무심히 지나쳐온 자리마다 아름다운 생명의 신비가 수없이 깔려 있음을 발견하게 될 것이라고 했다.

싸리꽃도 산골 어디를 가나 지천으로 피어난다. 너무 흔하다 보니 대개는 그냥 지나치기 마련이다. 그러나 잠시 걸음을 멈추고 유심히 바라보면, 홍자색을 띤 그 작은 꽃송이 속에서 어딘가 쓸쓸한 기운이 스며 나오고, 그 안에 '가을의 입김'이 깊이 배어 있음을 느낄 수 있다고 했다.

석창포와 자금우

겨울 산방은 힌없이 삭막했다. 그래서 스님은 방 안에 놓을 작은 벗을 찾아 개울가로 내려갔다. 반쯤 물에 잠긴 돌 하나가 파란 이끼를 이고 다소곳이 누워있었다. 크기는 스님의 주먹만 했다. 스님은 그 돌을 조심스럽게 집어 들고 와 하얀 수반에 담았다. 그 작은 돌 하나만으로도 방 안에는 묘한 운치가 생겨났다. 자세히 들여다보면 마치 토끼 한 마리가 몸을 웅크리고 앉아 있는 모습 같았다. 스님은 물을 주며 말했다. "한겨울을 우리 사이좋게 지내보자." 돌은 아무

풀과 꽃, 가장 가까운 자연의 벗

말이 없었지만, 스님이 건네는 말을 고요히 듣고 있는 듯했다.

　골짜기의 얼음이 풀리고 매화 가지에 꽃망울이 오를 무렵, 스님은 그 돌과 작별 인사를 나누었다. "다음 겨울에 다시 만나자"고 중얼거리며, 돌을 개울가 제자리에 돌려놓았다. 그다음 해 겨울에도 스님은 다시 그 돌을 데려와 함께 지냈다. 그때 뜻밖의 광경이 눈에 들어왔다. 돌에 석창포가 서너 줄기 돋아난 것이다. 돌은 어느새 '귀가 달린 토끼'가 되어있었다.

　어느 해 겨울, 스님은 큰 절에 들렀다가 내려오는 길에 그 돌을 다시 살펴보러 개울가로 갔다. 지난여름 장마에 흙 속에 파묻혀 사라지지는 않았을까 걱정되었기 때문이다. 다행히 돌은 여전히 제 자리를 지키고 있었고, 멀리서 오는 스님을 반겨주는 듯했다. 석창포는 어느새 세 포기로 나뉘어 줄기는 열여섯 개나 되어있었다.

　석창포와 관련된 또 하나의 이야기가 있다. 어느 겨울, 눈이 유난히 많이 내리던 시절에 스님은 석창포와 자금우, 두 개의 작은 화분과 함께 계절을 보냈다. 초겨울 꽃시장에서 데려온 화분들이었다. 석창포는 작은 괴석과 함께 수반에 올려두었고, 자금우는 찻잎처럼 생긴 잎 사이로 빨간 열매를 달고 있는 식물이었다.

　스님은 말하곤 했다. 석창포와 자금우가 없었다면 그 해 긴 겨울을 견디기 더 힘들었을 것이라고. 두 화분은 스님에게 추위를 잊게 해주는 '따뜻한 벗'이었다. 스님은 그들에게 가만가만 말을 건네고, 수시로 눈길을 나누었다.

　햇볕이 잘 드는 자리에 화분을 옮겨 놓고, 잔잔히 물을 뿌려주고 나면, 스님은 이상하리만치 가슴이 한결 따뜻해지는 것을 느꼈다. 스님은 따뜻한 가슴을 잃지 않으려면 이웃 사람들만이 아니라, 동물과 식물, 그 밖의 모든 살아있는 생명과도 끊임없이 교감해야 한다고 했다. 그와 함께한 겨울의 시간들은, 조용히 숨 쉬는 생명들과 나누는 가장 깊은 대화이기도 했다.

아주 귀한 꽃, 용담

절에 들렀을 때, 스님은 예전에 자신이 심어놓은 나무들이 어느새 정정하게 자란 모습을 보고 묵묵한 뿌듯함을 느꼈다. 나무들이 말없이 반겨 주는 것 같았다. 스님은 한 그루 한 그루 나무줄기를 쓰다듬고, 팔로 안아보고, 얼굴을 부벼 보았다.

스님은 독일의 어느 철학자이자 실험심리학자의 말을 빌려, 식물에도 영혼이 있다고 말했다. 식물에 영혼이 없다고 하는 것은 식물이 '무능'해서가 아니라, 우리가 '무지'하기 때문이라 했다. 어느 식물학자는 식물이 지닌 지각 능력이 스무 가지가 넘는다고 했다. 다만 그 지각 방식이 인간과 다를 뿐이라 우리가 그 놀라운 능력을 알아채지 못할 뿐이라고 했다. 비록 식물은 땅에 뿌리를 내리고 살지만, 그 감각은 동물과 크게 다르지 않다고도 했다. 나무들은 자신들이 내뿜는 향기로 서로 대화하며, 사람의 말 또한 알아듣는다고 했다.

그러면서 스님은 용담에 얽힌 이야기를 들려주었다. 어느 해 가을, 개울가에 나갔더니 다른 꽃들은 모두 지고 없는데 오직 용담 한 그루만 홀로 남아 있었다. 용담은 뿌리가 용의 쓸개보다 더 쓰다고

풀과 꽃, 가장 가까운 자연의 벗

하여 붙은 이름이라 한다. 가을 야생화 가운데서도 매우 귀한 꽃이 기도 하다. 그런데 그 용담은 늘 입을 굳게 다문 채, 단 한 번도 꽃을 열어 보인 적이 없었다.

개울가를 지날 때마다 스님은 그 용담을 향해 "잘 있었니?" 하고 인사를 건넸다. 시간이 갈수록 스님은 용담의 속이 더욱 궁금해졌다. 어느 날, 스님은 용담 앞에 다가가 낮은 목소리로 이렇게 속삭였다. "나는 네 방 안이 어떻게 생겼는지 참 궁금하다. 한 번만 보여주지 않겠니?"

다음 날, 아무 생각 없이 개울가를 찾은 스님은 눈앞의 풍경에 놀랐다. 언제나 굳게 닫혀 있던 용담이 진남빛 꽃잎을 활짝 펼치고, 그 안을 고요히 내보이고 있었던 것이다. 스님은 이 일을 떠올리며 "이쪽에서 따뜻한 마음을 먼저 열어 보이면, 저쪽에서도 언젠가는 마음을 열기 마련이며, 살아있는 모든 존재들은 서로 이어져 있기 때문"이라고 했다.

인동덩굴과 싱고니움

스님의 일과 가운데 하나는, 인동덩굴이 하룻밤 사이 또 어디까지 올라갔는지 지켜보는 일이었다. 어느 겨울, 스님은 동해안 어느 집에서 지낸 적이 있다. 그 집 울타리에 무성하게 감겨 있던 인동덩굴 몇 줄기를 가져와 산골 오두막에 심었다.

버팀목을 세워 주자 인동덩굴은 자고 나면 어김없이 새로운 줄기를 위쪽으로 뻗어 올렸다. 스님은 그 왕성한 생명력에 감탄했다. 스님의 몫은 단순했다. 덩굴이 서로 뒤엉키지 않고, 각자 자신이 가야 할 길을 잘 찾아가도록 보살피는 것이었다. 스님이 덩굴에 이런저런 말을 건네면, 덩굴은 그 말을 알아들었는지 더 기운차게 뻗어 나가는 듯했다.

또 다른 인연도 있었다. 절 마당 한쪽에 누군가 버려두고 간 덩굴 식물이 있었다. 시들어가는 그 식물을 스님은 그냥 지나치지 못하고 화분에 옮겨 심었다. 나중에서야 그 식물의 이름이 '싱고니움'이라는 것을 알게 되었다. 처음 가져왔을 때 이파리는 두 장뿐이었는데, 그 가운데 한 잎은 이내 시들어 떨어졌다.

스님은 날마다 말을 건네고 물을 주며 그 덩굴을 정성껏 돌보았다. 시간이 한참 흐른 뒤에야 싱고니움은 새 줄기와 새잎을 하나씩 내보였다. 그렇게 기지개를 켜듯 자라난 덩굴은 어느새 잎이 서른 장이 넘게 나고, 줄기도 무성해졌다. 싱고니움은 자신이 받은 보살 핌에 대한 답례를 그렇게, 조용히 몸으로 보여주었다.

이 과정을 지켜보며 스님은 동물과 식물의 관계를 다시 떠올렸다. 식물과 동물이 서로 주고받으며 균형을 이룰 때 생태계는 건강해진 다. 그러나 어느 한쪽의 균형이 무너지면 생태계 전체가 병든다는 사실을, 덩굴 하나를 통해 새삼 깊이 깨닫게 되었다.

돌배, 다래, 산자두

가을 산에는 열매가 가득했다. 가지가 축 처질 만큼 돌배나무에는 열매가 주렁주렁 열렸다. 밤사이 떨어진 돌배가 나무 아래 수북이

　풀과 꽃, 가장 가까운 자연의 벗

쌓였다. 사람들은 돌배를 주로 술 담그는 데 쓴다지만, 스님은 돌배로 특별히 할 일이 없었다. 그저 돌배나무 아래 서서 은근한 향기를 오래도록 맡았다.

잠시 후 다람쥐들이 나타났다. 앞발로 돌배를 들고 야금야금 먹는 모습이 어찌나 귀엽고 사랑스러운지, 스님은 그 광경을 바라보며 절로 미소가 지어졌다고 했다.

다래도 넝쿨마다 알차게 맺혔다. 다래는 서리가 내려야 제맛이 난다. 산에 사는 짐승들도 다래를 좋아해 먼저 먹이 삼아 챙겨 먹었다. 짐승들이 배불리 먹고 난 뒤에야 비로소 남은 다래가 스님의 몫이 되었다. 스님은 산에서 나는 먹이를 두고는 언제나 짐승이 먼저라는 원칙을 지켰다.

오두막 뒤꼍에 있는 산자두도 그해에는 풍년이었다. 그런데 며칠 동안 집을 비운 사이, 비바람이 거세게 불어 모든 열매가 땅에 떨어져 삭아 버렸다. 삭아가는 산자두 냄새를 맡고 산중의 벌들이 몰려들었다. 붕붕거리며 날아다니던 벌들은 달콤한 산자두의 즙을 맛보며 분주히 잔치를 벌였다. 그것은 해마다 가을 산이 베푸는, 눈에 보이지 않는 풍요로운 연회였다. 스님은 그 잔치에 초대받은 한 사람의 손님이자, 조용한 목격자였다.

가랑잎

가을이 깊어지자 산길에는 가랑잎이 수북이 쌓였다. 그해 가을은 유난히 가물어, 바람이라도 한번 세게 불라치면 나뭇가지에서 잎이 우수수 떨궈져 내렸다. 스님은 낙엽을 밟으며 산길을 걸을 때마다 세월의 덧없음을 온몸으로 느낀다고 했다. 사람들은 흔히 세월이 '온 다'고 말하지만, 스님은 세월은 오는 것이 아니라 '가는 것'이라고 했다. 우리 곁에 남는 듯 보이다가도 어느새 흘러가 버리는 것이기에.

뜰에 서 있는 후박나무와 오동나무에서도 낙엽이 떨어졌다. 그 잎 떨어지는 소리가 마치 사람 발소리처럼 들렸다. 잎이 '뚝' 하고 떨어지는 소리를 들을 때마다, 스님은 이 순간에도 어딘가에서 누군가 삶을 마감하고 있다는 생각이 문득 스쳐 지난다고 했다.

때가 지나도 떨어질 줄 모르고 끝까지 매달려 있는 잎을 보면, 스님은 오히려 보기가 민망스럽다고 했다. 제 몫의 계절이 다하면 미련 없이, 산뜻하게 떨어져야 한다고. 그래야 그 자리에 새봄의 움이 틀 수 있다고 했다.

인간의 죽음 또한 다르지 않다고 스님은 말했다. 죽음을 생의 끝이라고만 여긴다면 막막하기 그지없지만, 죽음을 '새로운 삶을 향한 시작'이라고 생각한다면, 그 앞에서도 조금은 더 담담해질 수 있으리라는 것이다. 가랑잎이 밟히는 산길 위에서, 스님은 생과 사가 끊어지는 것이 아니라 이어지는 또 하나의 계절임을 조용히 받아들이고 있었다.

채소들의 끝자락

스님은 이른 새벽마다 채소밭에 나가 밤새 자라 오른 상추와 아욱, 오이 넝쿨을 한참씩 바라보곤 했다. 그러면 산과 들의 맑은 기운

풀과 꽃, 가장 가까운 자연의 벗

이 서서히 온몸으로 스며드는 것을 분명히 느낄 수 있었다. 아욱은 십여 년 전, 우연히 씨를 구해 한 번 뿌려 둔 것일 뿐인데, 해마다 어김없이 싹을 틔워 거저 따먹게 해주었다. 작년에 떨어진 씨앗이 이듬해 다시 싹을 틔워 올랐으니, 그 질긴 생명력이 놀랍기만 했다.

얼마 전부터는 상추를 뜯어 먹기 시작했다. 스님은 채소 농사는 '먹는 재미'보다 '기르는 재미'가 더 크다고 했다. 서울 길상사에 나갈 때면, 텃밭에서 딴 상추를 꼭 한 봉지씩 들고 올라갔다. 무서울 만큼 무성하게 자라나는 상추를 혼자서는 감당할 수 없기도 했지만, 무엇보다도 대중과 나누어 먹고 싶어서였다. 혼자 먹을 때보다 여럿이 둘러앉아 함께 먹을 때, 그 맛과 기쁨은 배가 된다.

스님은 '뜰에 있는 시간'을 무엇보다 소중히 여겼다. 뜰에 서 있으면, 생기 넘치는 것들과 온전히 마주할 수 있기 때문이다. 숨 쉬고 자라나는 것들 사이에 서 있으면, 그 생생한 기운이 고요히 마음 깊은 곳으로 흘러들어 왔다.

고랭지에 서리가 내리기 전, 스님은 서둘러 채소밭을 정리했다. 여름 내내 잎과 열매를 내어준 오이 넝쿨과 고춧대, 아욱대를 하나씩 걷어냈다. 더 이상 자라지 못한 채 차가운 서리를 맞고 어둡게 시들어가는 모습을 그저 내버려두지 않고, 깨끗이 정리해주는 것이 자신에게 먹을거리와 기쁨을 건네준 채소들에게 마땅히 갚아야 할 도리라고 여겼다. 스님은 그것을 '채소에게 신세 진 사람'의 마지막 예의라 생각했다.

늦가을 서릿바람이 한차례 휘몰아치고 나면, 남은 나뭇잎들도 모두 떨어져 나갈 것이다. 그러나 그 빈 가지마다 봄이 오면 다시 새잎이 돋아날 것이다. 스님은 말했다. '아름다운 마무리'란 낡은 생각과 낡은 습관을 미련 없이 내려놓고, 새로운 존재로 거듭나는 일이라고. 그래서 진정한 마무리는 끝이 아니라, 조용히 문을 여는 또 하나의 시작이라고.

풀과 꽃, 가장 가까운 자연의 벗

나무, 묵묵히 서서 가르치는 스승

억겁을 건디며 스스로 진리가 된 푸른 스승.

깊게 내린 뿌리만큼 정정하게 서서 우리 삶의 곁을 지키는 고요한 침묵.

스님은 나무를 두고 '성소(聖所)'라 했다. 사람의 발길이 잦은 사찰의 법당보다도, 산중에 묵묵히 서 있는 나무 한 그루가 더 깊고 고요한 배움의 자리일 수 있다고 여겼다. 나무와 이야기를 나누고, 그 말에 귀 기울일 줄 아는 사람은 언젠가 진리 한 자락을 배운다고 했다. 나무는 교리나 논리를 설파하지 않는다. 다만 개별적인 것을 넘어선, 살아있음 그 자체의 진리를 조용히 들려줄 뿐이다.

나무의 몸 안에는 세월이 겹겹이 새겨져 있다. 나이테의 바르게 뻗은 선과 일그러진 고리에는 모든 싸움과 고뇌, 행운과 번영의 역사가 고스란히 적혀 있다고 했다. 가난했던 해, 풍족했던 해, 굽이굽이 견뎌낸 폭풍우와 시련들이 그 안에 층층이 쌓여 있다. 단단하고 품격 높은 나무일수록 촘촘한 나이테를 지니고, 그런 나무는 대개 높은 산의 험한 바람과 끝없는 위험 속에서 강인하고 옹골찬 몸으로 자라난다고 했다. 가장 높이 솟은 나무가 가장 깊이 뿌리를 내리듯, 눈에 보이지 않는 곳에서 오래, 묵묵히 붙들고 버틴 시간들이 나무를 나무답게 만든다는 것이다.

스님은 신록이 번져가는 숲을 바라보며 생각했다. 자신도 언젠가 그 숲에 들어가 '한 그루 정정한 나무'가 되고 싶다고. 나무처럼 움을 틔우고, 가지를 뻗어 연둣빛 물감을 세상에 풀어내며 살고 싶다고.

겨울 숲에 서다

스님은 겨울 숲을 유난히 사랑했다. 신록이 나날이 번져가는 초여름의 숲도 좋지만, 옷을 훌훌 벗어버리고 알몸으로 겨울 하늘 아래 우뚝 서 있는 나무들의 당당한 기상에는 도저히 견줄 수 없다고 했다.

나무를 마주 서서 그 앞에서 자기 모습을 함께 비춰볼 줄 안다면, 나무에게서 배울 바가 끝이 없다고 했다. 겨울 숲에서는 나무들끼리 속삭이는 소리를 들을 수 있다. 다만 빈 가지 사이에서 이미 잎과 꽃을 보고 있는 사람만이 그 속삭임을 알아들을 수 있다.

겨울나무들은 겉으로 보기에는 깊은 잠에 빠져있는 듯하다. 그러나 스님은 말했다. 그들은 새봄을 준비하며 쉼 없이 움직이고 있다고. 찬 눈 속에서도 새움을 틔우는 모습을 보면 알 수 있다고 했다.

스님은 나무에도 생명의 알맹이인 '영(靈)'이 깃들어 있다고 믿었다. 그래서 함부로 나무를 찍거나 베어내면, 베는 이의 몸과 마음도 그만큼 베어 나간다고 했다. 나무를 상하게 하는 일은 곧 자기 안의 무엇을 함께 상하게 하는 일이라 여긴 것이다.

나무야, 미안해

스님의 거처 둘레에는 소나무, 전나무, 가문비나무, 자작나무들이

나무, 묵묵히 서서 가르치는 스승

빽빽이 들어서 있다. 그 나무들이 모두 합쳐 삼백 그루쯤 된다. 스님이 오두막에 들어와 하나씩 심고 돌본 나무들이다. 산중에 나무를 심은 것은 훗날을 기약하기 위해서가 아니라, 심는 그 순간이 좋았기 때문이다. 나무를 심는 일 자체가 이미 기쁨이자 보람이었다.

스님은 우람한 거목을 보면 그 늠름한 기상과 신령한 기운에 '외경(畏敬)'을 느낀다고 했다. 오두막 뒤 개울 건너에도 아름드리 소나무가 한 그루 서 있었다. 어느 해 겨울, 눈보라에 한쪽 가지가 반쯤 꺾였다. 그럼에도 나무는 여전히 꼿꼿했다. 한쪽 팔을 잃고도 제자리를 지키고 서 있는 소나무가 고맙고 기특했다. 스님은 그 모습을 보며 알게 되었다. 살아있는 나무에 인위적으로 손을 대지 말아야 한다는 것을. 가지가 꺾였으면 꺾인 채로 내버려 두어야 나무 스스로 회복해간다는 것을.

전에 살던 암자에도 한 아름이 넘는 후박나무 두 그루가 있었다. 스님이 직접 심어 애정을 쏟아온 나무였다. 암자 뒤편에는 여름이면 꾀꼬리와 소쩍새가 둥지를 틀던 우람한 굴참나무도 있었다. 어느 날 그 암자에 들렀을 때, 스님은 숨이 턱 막히는 광경을 보았다. 후박나무와 굴참나무 가지들이 무참히 잘려나가 있는 것이었다. 나무들이 풀이 죽은 얼굴로 서 있었다. 땔감이 필요해 가지를 쳐냈다고 했다.

스님은 나무들 앞에서 미안한 마음이 들었다. 그들을 대할 면목이 없었다. 나무는 줄기만 있는 것이 아니라고 했다. 뿌리와 가지, 잎이 함께 어울릴 때야 비로소 생명의 조화를 이룬다고 했다. 스님이 산중 오두막에 외따로 떨어져 사는 까닭 가운데 하나는, 사람보다 나무와 더 오래 있고 싶어서였다. 그만큼 나무를 좋아했기 때문이다.

나무들의 보은

스님은 오래전 후박나무 묘목을 한 그루 구해 불일암 앞마당에 심었다. 그리고 긴 세월 공을 들여 가꾸었다. 어느새 나무는 사람 키를 훌쩍 넘기고 자라, 여름 한낮이면 넉넉한 그늘을 드리워주었다. 그그늘에 앉아 있노라면 스님 마음속에는 늘 고마움이 일었다. 자신이들인 정성에 대한 보답으로, 나무가 시원하고 향기로운 그늘을 내려주고 있기 때문이었다. 스님은 나무는 결코 신의를 저버리지 않는존재라 했다.

그 그늘에서 스님은 조촐하고 맑은 시간을 보냈다. 나뭇잎 사이로 흘러가는 구름의 자락이 보였고, 밀화부리와 찌르레기, 호반새가 번갈아 가지에 앉아 노래를 들려주었다. 어떤 날은 아무 생각 없이 멍하니 앉아 있기만 했고, 어떤 날은 책장을 넘기며 글을 읽었고, 또 어떤 날은 스쳐 가는 바람 소리와 나무의 숨소리에만 귀를기울였다.

그곳에서 스님은 꽃향기 또한 '들었다'. 꽃향기를 코로 들이대고맡는 것은 꽃에 대한 예의가 아니라고 했다. 그것은 '짐승스러운 몸짓'이라고까지 했다. 향기는 코로 낚아채는 것이 아니라, 조용히 앉아 있을 때 저절로 스며들어오는 것이라고 여겼다.

옛사람들이 나무를 심고 가꾸기를 즐겼던 것은, 단지 그늘을 얻기위해서만은 아니었을 것이다. 나무처럼 땅 깊이 뿌리를 내리고, 홀

나무, 묵묵히 서서 가르치는 스승

로이면서도 홀가분하게 살고 싶은 마음이 그 바탕에 깔려 있었음을
스님은 잘 알고 있었다.

후박나무를 안아주다

스님이 처음 불일암 암자 터를 보러 왔을 때, 산에는 보슬비가 내리고 있었다. 물맛을 보고 싶어 우물가로 내려갔는데, 그 곁에 오래된 벚나무 한 그루가 꽃을 활짝 피우고 서 있었다. 적막한 산중에 홀로 서 있는 벚꽃을 보자, 스님은 문득 이 나무 곁에 친구들을 심어주어야겠다는 생각을 했다.

그리하여 후박나무를 비롯해 태산목, 은행나무, 굴거리, 벽오동 등을 하나둘 뜰에 들였다. 후박나무와 은행나무는 예전에 다래헌으로 옮겨 갈 때 묘포장에서 직접 가져온 묘목들이었다. 그 나무들이 허공을 향해 마음껏 가지를 뻗으며 자라나는 모습은 더없이 믿음직스러웠다. 사람은 해마다 늙어가는데, 나무들은 해마다 더 정정해지는 듯했다.

어느 해부터인가 후박나무에 꽃이 피기 시작했다. 불일암으로 옮겨 심었을 때만 해도 서너 자 남짓한 작은 묘목이었는데, 잘 자라 여름이면 넓은 잎을 펼쳐 시원한 그늘을 드리우고, 마침내 꽃까지 피운 것이다. 그날 뜰에는 후박나무 꽃향기가 가득 배어 있었다. 스님은 후박나무꽃을 두고, 사람의 마음을 맑게 씻어내는 정결하고 기품 있는 향기라고 했다.

후박나무꽃은 연꽃처럼 낮에 꽃봉오리를 열었다가, 저녁이면 다

시 봉오리를 닫았다. 스님은 후박나무 앞에서 보람과 기쁨을 동시에 느꼈다. 그리고 그 마음을 담아 후박나무를 꽉 끌어안았다.

훗날 불일암을 떠나 강원도 산골 오두막으로 옮겨 가야 할 때, 스님의 마음을 가장 무겁게 한 것은 자신이 손수 심고 가꾼 나무들이었다. 불일암을 떠나던 날, 후박나무와 향나무, 은행나무가 물끄러미 스님을 바라보며 '우리를 두고 혼자 가려느냐'고 서운해하는 것만 같았다.

스님은 그 나무들과 수많은 날들을 함께 보냈다. 나무와 함께 맑은 햇살을 쬐었고, 별과 달을 함께 올려다보았고, 눈보라와 비바람을 함께 맞았다. 무더운 여름날에는 청정한 잎과 그늘이 더위를 식혀주었다. 스님은 나무들에 대한 그 고마움을, 먼 훗날까지도 잊지 못했다.

가을 오동나무

뜰에는 오동나무 두 그루가 정정하게 서 있었다. 여름이면 넓은 잎을 우산처럼 펼쳐 그늘을 내려주었다. 스님은 그 그늘에 돗자리를 깔고 소박한 점심을 먹곤 했다.

오동나무는 5월이면 보랏빛 꽃을 피웠다. 꽃향기는 흔한 향기와는 달리 어딘가 묘하고 아련했다. 스님은 오동나무 꽃을 가리켜 "칙칙한 숲 언저리에 숨은 귀물"이라 했다.

여름밤, 창가에 서서 밖을 내다보면 오동나무 잎 사이로 떠오르는 달이 보였다. 한밤중에는 바람결에 실려 오는 오동잎 떨어지는 소리

　　　　　　　　　　　나무, 묵묵히 서서 가르치는 스승

에 귀를 모으기도 했다. 오동잎이 떨어질 때 나는 소리는 유난히 크게 들렸다.

땅에 떨어진 잎사귀는 이미 수액이 빠져나가 흉하게 말라 있었다. 바짝 마른 잎은 바람이 불면 이리저리 뒹굴었다. 그 모습을 보고 스님은 문득 '혼이 빠져나간 사람의 육신'이 떠오른다고 했다. 모든 것은 생명이 붙어있을 때 아름답다. 생명이 떠나버리면, 결국 한낱 가벼운 물체에 지나지 않는다.

가수 최헌이 부른 노래 〈오동잎〉의 한 구절이 생각난다. "오동잎 한잎 두잎 떨어지는 가을밤에. 그 어디서 들려오나? 귀뚜라미 우는 소리. 고요하게 흐르는 밤의 적막을 어이해서 너만은 싫다고 울어 대나? 그 마음 서러우면 가을바람 따라서 너의 마음 멀리멀리 띄워보내주려무나." 가을 오동나무 아래에서, 스님은 생과 사, 머무름과 떠남이 어우러진 가을밤의 정조를 고요히 마주했다.

불일암 매화나무

스님은 뜰에 있는 매화를 10년 넘게 돌보았다. 3월 초순이면 곱게 꽃을 피워 올렸고, 오뉴월이면 작은 열매를 맺었다. 스님은 그 열매로 매실차를 담가 손님들과 나누어 마셨다.

그러던 어느 해, 매화나무가 서서히 시들기 시작했다. 봄에는 예전처럼 환하게 꽃을 피웠지만, 열매가 맺히면서 나무 기운이 눈에 띄게 떨어졌다. 해가 갈수록 열매는 점점 작아졌다. 나무 생태에 대해 잘 알지 못했던 스님은 마른 가지를 도와준다는 마음으로 하나둘 잘라주다가, 결국 줄기까지 베어내고 말았다.

　그 매화나무는 불일암을 짓던 당시, 집을 지어주던 대목의 아들이 산 너머에서 지게에 지고 와 심어준 나무였다. 아버지가 지은 암자 뜰에 아들은 기념으로 나무를 심어 둔 것이다. 술을 몹시 좋아했던 그 아버지는 일찍 세상을 떠났다. 그래서 매화꽃이 필 때면 스님은 늘 그 부자를 떠올렸다. 스님은 그 아들의 소식을 알고 싶어 여러 번 수소문했지만, 산 너머 마을은 댐 건설로 수몰되어 사람들 행방조차 알 수 없게 되었다.

　예전에 선암사를 찾았을 때, 경내 양지바른 곳에 매화가 피어있는 것을 본 적이 있다. 그 향기가 어찌나 기막히던지, 스님은 그때 다짐했다. 어디서 다시 살게 되든, 그곳 뜰에는 반드시 매화나무 한 그루를 심어야겠다.

　마침 여수에 사는 한 지인이 꽃망울이 포동포동 부풀어 오른 매화 분을 보내왔다. 스님은 그 매화를 마루에 놓고 햇빛을 잘 받게 해주고, 물을 정성껏 주었다. 며칠 지나지 않아 꽃이 터졌다. 매화 향기가 집 안 가득 번졌다. 그때 밖에서는 흰 눈발이 조용히 날리고 있었다. 눈 내리는 마당과 매화 향기 가득한 방 안 사이에서, 스님은 생의 쓸쓸함과 감사함이 한데 섞인 듯한 고요한 기쁨을 오래도록 음미했다.

귀하게 얻은 청매

　어느 봄날, 맑은 향기를 지닌 청매(靑梅)가 뜰을 환히 밝히며 피어

　나무, 묵묵히 서서 가르치는 스승

났다. 그 매화나무는 순천 매곡동(梅谷洞)에서 옮겨 심어 온 것이었다. 그전까지 뜰에는 오래 함께하던 매화나무가 있었으나, 어느 해부터인가 서서히 시들어 마침내 자취를 감추었다.

그 뒤로 봄이 와도 매화가 피지 않는 빈자리가 늘 가슴에 걸렸다. 매화가 없는 봄은, 어딘가 봄이 온 것 같지 않았다. 스님은 서너 해 동안 그 빈자리를 가만히 지켜보다 마침내 매화나무를 구하러 먼 길을 나섰다.

꽃가게 주인의 소개로 찾아간 순천의 한 집 마당에는 매화가 만발해 있었다. 그 가운데 유난히 눈에 들어오는 두 그루의 청매가 있었다. 향기는 깊고도 진했다. 스님이 안주인에게 매화를 한 그루 분양받고 싶다고 하니, 그 매화는 분재용이라 팔 수 없다는 대답이 돌아왔다. 그때 집 안주인이 스님을 알아보고 반갑게 맞았다. 그는 망설임 없이 청매 한 그루를 스님께 나누어주겠다고 했다. 직접 연장을 들고 나무를 캐어 주었다. 스님은 그 매화를 차에 싣고 산길을 달려 올라왔다. 달리는 동안 차창 밖으로 꽃잎이 바람에 흩날렸다. 스님은 그 모습을 보며 마음 한편이 아렸다. 꽃이 한창인 나무를 옮겨 심는 일은, 마치 '갓 해산한 산모를 데리고 이사하는 것'과 같다는 생각이 들었기 때문이다.

불일암 뜰, 예전에 매화가 서 있던 자리에 그 청매를 정성스레 심었다. 샘물을 길어다 뿌려주고, 여러 날을 지켜보았다. 그러나 나무는 좀처럼 기운을 차릴 기미를 보이지 않았다. 스님은 나무에게 '몹쓸 짓'을 한 것은 아닌지 마음이 무거워졌다.

아침저녁으로 나무 곁에 서서 스님은 조용히 말을 걸었다. "제발 기운을 차려 이 뜰에서 함께 살자." 그렇게 애원하듯 말을 건네던 어느 날, 가지 끝에 연둣빛 새순이 돋아나기 시작했다. 스님은 나무를 쓰다듬으며 조용히 합장해 절을 올렸다.

설중매

서울 양재동 꽃시장에서 매화분 하나를 구해 왔다. 그 매화는 지난겨울 내내 스님 곁에 머물며, 꽃과 향기로 오두막 안 공기를 맑고 향기롭게 정화해 주었다. 꽃이 다 진 뒤에는 화분째 땅에 묻어두었다가, 늦가을이 되자 다시 집 안으로 들였다. 차 찌꺼기를 삭힌 물을 가끔씩 부어주었다.

초겨울, 찬 기운이 방 안까지 스며들 즈음 매화의 꽃망울이 서서히 부풀어 오르기 시작했다. 양철 지붕 위로 싸락눈이 사각사각 흩뿌려지던 어느 날, 마침내 매화가 첫 꽃을 터뜨렸다. 스님은 식물은 정성을 들인 만큼 반드시 보답한다며, 결코 은혜를 저버리지 않는다고 했다. 그날을 시작으로 열나흘 동안, 하나가 피면 하나가 지듯 차례로 열네 송이 꽃이 피었다.

눈 속에 피어나는 매화를 '설중매(雪中梅)'라 부른다. 봄의 소식을 가장 먼저 전한다고 해서 '일지매(一枝梅)', 맑고 고요한 손님과 같다 하여 '청객(淸客)', 흰빛과 기품 있는 향기 때문에 '옥골(玉骨)'이라 부르기도 한다. 북송의 시인 소식(蘇軾)은 매화를 두고 "남해의 신선이 사뿐히 땅에 내려, 달빛 아래 흰옷을 입고 문을 두드리네"라고 노래

했다.

스님은 감로 녹차를 우려 그 위에 매화꽃 한 송이를 살며시 띄웠다. 찻잔 위에 꽃과 향기가 피어올랐다. 스님은 이런 차야말로 신선이 마시는 차라며, 천천히 향을 '들어' 마셨다.

소나무 밑, 산골

오두막 둘레가 썰렁하게 느껴져 스님은 대나무를 옮겨 심었다. 동해안에서 자라던 오죽(烏竹)이었다. 몇 해만 지나면 이 대나무들이 자라 운치 있는 대숲 울타리를 이루리라 여겼다. 스님은 대나무 사이를 스쳐 지나가는 바람 소리를 좋아했고, 대나무 마디 위로 싸락눈이 수북이 쌓일 때 나는 소리도 사랑했다. 그 소리를 듣고 있노라면 세상에 더 욕심낼 일이 하나도 없다고 했다.

대나무를 옮겨 심은 어느 새벽, 서쪽 창문에 그림자가 어른거렸다. 문을 열고 내다보니 새벽달이 대나무 사이에 걸려 있었다. 스님은 한동안 말없이 그 풍경을 바라보았다.

집 뒤 언덕이 허전해 보이자 소나무 다섯 그루를 심었다. 바닷가 해풍을 맞고 자라 굽이진 줄기를 지닌 소나무들이라, 둥글넓적한 언덕과 잘 어울릴 것 같았다. 스님은 이 소나무들이 훗날 크게 자라 솔바람을 일으키고, 새들이 깃드는 보금자리가 되리라 믿었다.

소나무에 얽힌 또 다른 이야기가 있다. 수류산방에 머물 때였다. 소나무 씨앗 하나가 너럭바위 위에 떨어져, 겨우 열 센티미터 남짓한 여린 몸으로 자라고 있었다. 스님은 허구한 많은 땅을 두고 왜 하필 이런 척박한 바위 위에 뿌리를 내렸을까, 하며 안타까워했다. 그 뒤로 하루에 두 번씩 차 찌꺼기를 가지고 가 바위틈의 소나무에 부어주며 중얼거렸다. "내생(來生)에는 꼭 좋은 땅 만나 뿌리 내려라."

세월이 흘러 그 소나무는 어느새 세 미터 높이로 자랐다. 그때부터는 우듬지를 잘라 바람을 덜 타게 수형을 바로잡아 주며, 더욱 각별한 정성으로 돌보았다. 그렇게 스무 해를 함께 보냈다.

스님은 생의 마지막을 앞두고 소망 하나를 품었다. 자신이 떠난 뒤, 그 소나무 아래에 산골(散骨)해 달라는 것이었다.

청청한 전나무

스님은 하늘을 향해 곧게 뻗은 전나무의 청청한 기상을 특히 사랑했다. 전나무는 영동지방 풍토에 유난히 잘 어울리는 나무라고 했다. 짙은 그늘을 드리운 큰 나무 아래 서 있노라면, 자신이 한없이 초라해진다고 했다. 나무가 지닌 질서와 겸허함, 자연에 순응하는 태도를 보면 부끄러워진다고도 했다.

나무는 폭풍우가 몰아쳐도 그저 그대로 받아들일 뿐이다. 거센 바람에 많은 가지가 찢겨 나가고 무수한 잎이 떨어져도, 나무는 그 모든 것을 묵묵히 견뎌낸다. 스님은 사람은 나무에게서 배워야 할 것이 너무 많다고 했다.

합천 해인사 학사대에는 수백 년은 됐을 법한 큰 전나무 한 그루가 하늘을 향해 곧게 솟아 있다. 그런데 그 밑동을 자세히 들여다보면 온통 상처투성이다. 사람들의 이름이 칼로 깊게 새겨져 있기 때

나무, 묵묵히 서서 가르치는 스승

문이다. 스님은 그 상처를 보며 안타까워했다. 그들은 늙고 싶지 않은 마음에 자신의 이름을 나무에 깊이 새겨 두었겠지만, 그 오래 산 나무에게는 지워지지 않는 아픔이 됐다고. 하지 말아야 할 짓을 아무렇지도 않게 저지른 셈이라고 했다.

그 전나무는 더운 여름날이면 시원한 그늘을 아낌없이 내어주었고, 바람과 함께 세월을 노래해 온 '어진 나무'였다. 스님은 그 나무 아래 서 있을 때면, 인간인 자신이 유난히 초라하고 부끄러워진다고 했다.

백여 그루의 자작나무

스님은 자작나무의 아름다움을 산골 오두막에 와서야 비로소 알게 되었다. 한겨울 눈 속에서 아무것도 걸치지 않은 맨몸으로 서 있는 모습도 좋았지만, 희끗한 줄기와 봄이면 바람에 팔랑이는 여린 잎들이 유난히 사랑스러웠다. 산중의 겨울나무들 가운데 스님이 가장 정다운 나무로 꼽은 것도 자작나무였다. 아무 장식도 없이 속살을 고스란히 드러낸 그 모습이, 믿음직한 친구를 대하는 듯한 느낌을 주었다.

'자작나무'라는 이름은 기름기 머금은 흰 껍질이 타들어 갈 때 '자작자작' 소리를 내기 때문이라고 한다. 스님은 산에 들어와 손수 백 그루가 넘는 자작나무를 심었다. 그렇게 심어둔 나무들이 훌쩍 자라 이제는 씩씩한 수목의 대열에 당당히 들어섰다.

스님은 자작나무 곁에 서면 마음속에서 '바로크 음악'이 은은하게 흐르는 것 같다고 했다. 그래서 자작나무 곁을 쉽게 떠나지 못했다. 겨울 자작나무는 바라보는 이의 가슴에 보이지 않는 물기를 돌게 하면서, 동시에 추위를 밀어내는 힘을 가지고 있었다.

자작나무는 시베리아를 상징하는 나무이기도 하다. 스님은 영화 〈닥터 지바고〉에 나온, 끝이 보이지 않는 설원 위 자작나무 숲의 장면을 오래도록 기억했다.

몇 해 전 미국에 갔을 때는, 소로의 오두막이 있던 '월든' 호수를 들른 뒤 다시 북쪽으로 차를 몰아 '화이트 마운틴'이라는 곳까지 올라간 적이 있었다. 그곳의 산들은 아름드리 자작나무로 빽빽했다. 그때의 감동이 훗날까지 밀물처럼 되살아난다고 했다.

겨울 자작나무 앞에 서면 사람은 문득 자기 안의 경계를 내려놓고, 보다 순수한 존재로 돌아가게 된다고 스님은 믿었다.

마가목과 회나무

스님은 오두막 곁 묵정밭에 여러 그루의 나무를 심었다. 전나무, 자작나무, 가문비나무, 복숭아나무, 그리고 마가목. 그중에서도 마가목은 가을이면 유난히 눈에 띄는 나무였다. 가지마다 주렁주렁 매달린 붉은 열매가 한철 숲의 빛을 환하게 밝혀주었기 때문이다. 산골에서는 겨울에 마가목 열매를 달여 차로 마시기도 한다.

어느 여름, 풀을 베던 일꾼이 화목(花木)에 대한 아쉬운 무지로 여남은 그루나 되던 마가목을 몽땅 베어버리고 말았다. 풀만 베라고 거듭 당부했건만, 그리되고 말았다. 스님은 말문이 막혔다. 허탈함과 안타까움이 한꺼번에 밀려왔다. 다행히 기적처럼 한 그루가 살아 남아 있었다.

스님은 한때 프랑스 파리의 길상사에서 머문 적이 있다. 그때 지하철역으로 향하는 길가에도 마가목이 줄지어 서 있었다. 가을이면 그 가지마다 붉은 열매가 빛나, 스님은 길을 걸으며 그 열매를 눈 시리도록 바라보곤 했다.

오두막 뜰에는 회나무 한 그루가 무성한 가지를 펼치며 자라고 있었다. 오래전 서울 양재동 나무 시장에서 묘목을 사다 심어놓은 것이 어느새 장성한 것이다. 회나무는 몇 해 겨울을 어렵게 견디고 나서 비로소 첫 꽃망울을 맺었다. 어린나무였을 때, 스님은 차를 마시다 우려낸 찻잎을 뿌리 곁에 뿌려주며 함께 잘 지내보자고 나무를 쓰다듬었다. 그 부드러운 약속을 나무는 잊지 않고 제 방식대로 응답하고 있었다.

눈으로 먹는 감나무

불일암 대숲머리에는 감나무 두 그루가 서 있다. 가을이 깊어가자 가지마다 붉게 익은 감이 주렁주렁 매달렸다. 꿩과 산새들이 와서 쪼아 먹어 허물어진 감도 몇 개 있었지만, 대개는 아직 온전한 모습으로 달려 있었다.

절을 찾은 이들 가운데 누구는 감나무를 올려다보다가 스님께 물었다. "스님, 어째서 감을 따지 않으십니까?" 그러면 스님은 빙긋 웃으며 늘 같은 대답을 들려주었다. "과일은 입으로만 먹는 게 아니지요. 눈으로도 먹을 수 있습니다."

스님이 뜰의 감을 그대로 남겨두는 데에는 두 가지 이유가 있었다. 하나는 뜰에 놀러 오는 새들에게 맛있는 감을 마음껏 대접하고 싶어서였다. 사람에게만 주어진 열매가 아니라, 산중의 손님들에게도 나누어져야 한다는 생각이었다. 또 하나는, 초겨울 맑은 하늘 아래 매달려 있는 붉은 감들을 오래도록 바라보고 싶어서였다.

눈발 흩날리는 날이면, 큰 절에 사는 어느 스님이 비탈길을 미끄러지다시피 올라오곤 했다. 빨갛게 익은 감빛을 한 번 더 보기 위해서였다. 차가운 겨울 하늘과 눈 쌓인 대숲, 그리고 그 사이에서 반짝이는 감빛은, 스님들에게는 그 자체로 더없이 깊은 한 잔의 '풍경차'였다.

나무, 묵묵히 서서 가르치는 스승

동물, 숲속의 착한 이웃

눈밭 위 꾸밈없는 발자국으로 건네는 다정한 인사.

살아있는 모든 것은 행복해야 한다는 소박한 다짐으로 맺어진 산중의 인연.

●

　스님은 조계산 송광사 위 불일암에 거처했다. 송광사에서 산길을 따라 5리쯤 더 올라가야 닿는 곳, 단조롭지만 바람이 유난히 많은 산이었다. 산에 처음 들어왔을 때, 스님은 밤마다 가랑잎을 휘몰아 가는 바람 소리에 잠을 이루지 못했다. 겨울이면 그 소리는 더욱 사나워졌다.

　그러나 시간이 흐르자, 스님은 그 바람 소리 너머에 깃들어 있는 산의 숨결을 듣기 시작했다. 스님은 산에는 '맑은 이웃'이 있다고 했다. 말 한마디 없지만 정갈하게 서 있는 나무들이 있고, 다람쥐와 꿩, 토끼와 노루 같은 착한 짐승들이 있어, 자신을 저절로 정결하게 만든다고 했다.

　불일암 주변에 자생하는 대숲과 난초, 차나무들도 스님의 일상에 촉촉한 물기를 보태 주었다. 바람 불면 대나무 잎이 서로 살을 스치며 소리를 내고, 난초는 눈에 보이지 않는 향기를 흘려보냈다. 차나무의 잎은 한 잔의 차가 되어, 산중의 고요한 시간을 더 맑게 비추었다.

살아있는 것은 다 행복해야

어느 날, 스님은 일을 보러 140리 밖 광주까지 다녀왔다. 시내는 늘 그렇듯 번잡하고 분주했다. 우체국에서 볼 일을 마치고 시장에 들러 반찬거리 몇 가지를 사고, 겨울을 날 털신 한 켤레를 샀다. 거친 손등에 바를 연고도 하나 챙겼다.

불일암으로 돌아오는 길, 차 시간이 맞지 않아 다른 방향으로 가는 차를 타고 도중에서 내려 30리 길을 걸어 올라와야 했다. 먼 길을 걸으며 스님은 생각했다. '나는 지금 이 드넓은 세상에서 몸 기댈 곳 하나 찾아, 이 길을 묵묵히 걷고 있구나.'

그 생각이 미친 순간, 문득 새와 짐승, 곤충들도 각자 돌아갈 집을 찾아 나아가고 있으리라는 생각이 뒤따랐다. 그 길을, 사람은 제 편의 때문에 함부로 방해해서는 안 되겠다고 마음먹었다. 그들도 숨 고를 곳을 찾아 부지런히 걸음을 옮기고 있기 때문이다.

스님의 이런 글을 읽으며, 나 또한 길을 걸을 때 조심해야겠다는 생각을 하게 된다. 발을 내디딜 때마다 발밑을 살피며, 혹시나 개미나 지렁이, 눈에 잘 띄지 않는 작은 곤충들이 어처구니없이 밟혀 죽지는 않을까 돌아보게 된다. 그들도 우리처럼 저마다의 길을 걷는 존재이기에, 뜻하지 않은 죽음이나 상처를 입히지 않도록 해야 할 것이다. 스님의 말처럼, "살아있는 것은 다 행복해야" 하기 때문이다.

동물, 숲속의 착한 이웃

산짐승들의 안부

겨우내 바닷가에서 지내고 돌아오던 날, 스님은 산길을 오르며 문득 산짐승들의 안부가 궁금해졌다. 토끼와 노루, 고라니 같은 이웃들이 그사이 어떻게 지냈을지 마음 한편이 쓰였다.

집에 도착하자마자 스님은 곧장 뒤꼍으로 갔다. 그러나 그들이 다녀간 흔적이 보이지 않았다. 산짐승이 오두막 근처까지 내려오면 반드시 배설물을 남기기 마련인데, 눈을 씻고 찾아보아도 없었다. 불일암 근방에서는 마땅한 먹이를 찾기 힘들어 그냥 깊은 산속에서 겨울을 난 듯했다. 스님은 혹시 밀렵꾼들이 그들을 잡아간 것은 아닐까, 마음이 철렁 내려앉기도 했다. 스님은 종종 골짜기 깊숙한 곳까지 들어가, 짐승을 잡으려고 놓아둔 올무와 덫을 걷어내곤 했다. "산에 산짐승이 없으면 그건 산이 아니다." 스님의 말이다.

얼마 전, 설악산을 유네스코 세계자연유산으로 등재할 수 있는지 조사하기 위해 전문가들이 다녀간 일이 있었다. 그들은 '부적합' 판정을 내렸다. 풍광은 아름다운데, 그 넓은 산중 어디에서도 동물을 볼 수 없다는 이유에서였다. 스님은 그 이야기를 들려주며 다시 한번 산에는 산짐승이 있어야 산이라고. 바람과 나무와 돌만으로는 아직 산이 다 차오른 것이 아니라고 했다.

천식대의 눈을 치우며

연일 눈이 내리던 겨울이었다. 앞산에서 멀리 나뭇가지 꺾어지는 소리가 들려왔다. 눈의 무게를 견디지 못해 가지가 찢겨 나가는 소리였다. 스님은 털모자를 눌러 쓰고, 목도리를 두르고, 장갑을 끼고, 장화를 신었다. 손에는 가래를 들었다. 눈 치우러 나가기 위한 '중무장'이었다. 산에서의 일상을 이어가기 위해서는 먼저 길을 내야 했다.

스님은 개울가로 내려가는 길부터 눈을 치웠다. 밤새 두껍게 얼어붙은 얼음을 깨니, 곧 물 흐르는 소리가 다시 살아났다. 이어 정랑(화장실)으로 가는 길의 눈을 쓸어 디딤돌이 얼어붙지 않도록 했다. 집 뒤 나뭇간으로 가는 좁은 통로의 눈도 하나하나 치워냈다.

마지막으로, 뒤꼍에 있는 헌식대(獻食臺)로 향하는 길의 눈을 치웠다. 헌식대는 산속 짐승들에게 먹을 것을 올려두는 널찍한 바위였다. 눈이 깊게 쌓이면 짐승들은 먹이를 찾기 어렵다. 그래서 스님은 눈이 많이 내린 해에는 헌식대에 먹을 것을 놓아주곤 했다. 헌식대 근처 눈 위에는 작은 발자국들이 선명했다. 토끼의 발자국, 노루의 발자국이었다. 그들도 먹을 것을 찾으러 그 길을 따라 내려왔던 것이다.

스님은 개울가에서 물을 먹으러 내려온 노루와 마주치는 일이 자주 있었다. 그때마다 스님도 놀라고, 노루도 놀라 멈칫했다. 둘 다 한동안 눈을 마주치다가, 조용히 제 길로 돌아서곤 했다. 산에서의 삶은 이렇게, 서로의 삶을 방해하지 않으면서도 서로를 살며시 도우며 이어졌다.

개울가 발자국

산에 눈이 깊이 쌓이면 산짐승들은 먹이를 찾아 산 아래로 내려왔

동물, 숲속의 착한 이웃

다. 스님은 그들을 위해 콩이나 빵부스러기 같은 것을 헌식대에 올려두었다. 박새에게는 좁쌀이 필요하다 하여 장에서 일부러 좁쌀을 사다 주었다. 고구마를 삶으면 그것도 짐승들과 함께 나누어 먹었다.

어느 날, 하얀 눈이 소복이 쌓인 아침이었다. 스님은 우물과 정랑으로 가는 길의 눈을 치우다가 눈 위에 찍힌 발자국을 발견했다. 깡충깡충 뛰어간 산토끼의 발자국, 그리고 대숲 가장자리에 기러기 떼가 하늘을 가로지르듯 외줄로 찍힌 꿩의 발자국.

스님은 새나 짐승의 발자국에 견주면 사람의 발자국은 너무 우악스럽다고 했다. 온 산을 덮은 눈을 밟기가 미안할 정도라고 했다. 눈위에 남은 산짐승의 발자국이 아름답게 보이는 까닭은, 그 자취 속에 조금도 꾸밈이 없는 자연스러움이 스며있기 때문이라고 했다. 아름다움의 바탕은 언제나 '자연스러움'이어야 한다는 것을, 눈밭 위그 작은 발자국들이 말해주고 있었다.

밤이 되면 짐승들은 물을 찾아 개울가로 내려왔다. 눈 쌓인 둔덕을 내려간 개울가에도 발자국이 선명했다. 토끼 발자국, 노루 발자국, 멧돼지 발자국…. 모두 갈증을 달래러 온 흔적이었다. 그래서 스님은 저물녘마다 도끼를 들고 나가 얼어붙은 개울에 물구멍을 냈다. 한 곳만 뚫어두면 금세 얼어붙기에 숨구멍을 서너 군데 더 만들어두었다. 물과 공기가 통해 얼음이 쉽게 얼어붙지 않게 하기 위해서였다. 산짐승들은 그렇게 스님이 내어준 물길 덕분에 한겨울에도 맑게 흐르는 물을 마실 수 있었다.

산토끼 가족

산토끼 한 가족이 뒤꼍 다래 넝쿨 아래를 보금자리로 삼고 살았다. 해가 기울 무렵이면 산토끼는 뜰로 내려와 이리저리 뛰놀다, 스님이 문을 열고 나가면 화들짝 놀라 달아났다. 스님이 "놀라지 말고 그냥 있어라" 하고 조용히 달래 보았지만, 토끼는 좀처럼 길이 들지 않았다.

헌식대에 빵부스러기와 과일 껍질을 올려두면 어느새 깨끗이 사라졌다. 한번은 헌식대 옆 바위에 동그란 토끼 똥이 놓여있어 가만히 들여다보니 그 크기가 아주 작았다. 어린 산토끼가 싸놓은 것이었다. 그 순간 스님은 이 근처에 '산토끼 가족'이 살고 있음을 직감했다. 마음이 저리듯 애잔해졌다.

한겨울 산중은 살 떨리도록 추웠다. 스님은 혼자 살면 게을러지기 쉽다며, 추워도 일부러 몸을 움직였다. 눈이 내리는 날이면 털모자를 귀까지 깊이 눌러 쓰고 골짜기를 오르내렸다. 한참 걷다 보면 몸에서 땀이 나 털모자까지 젖었다.

한적한 겨울 산에 사람 발소리가 나자, 이곳저곳에서 생명들이 움직였다. 노루가 뛰고, 꿩이 날고, 토끼들이 재빠르게 뛰어 달아났다. 스님은 얼어붙은 산하에서도 뜨겁게 꿈틀거리는 그 생명들을 보며, 그들이 무엇을 먹고 겨울을 견디는지 걱정이 될 지경이었다.

어느 해, 눈이 유난히 많이 내린 깊은 겨울밤이었다. 외풍이 심해 스님은 좀처럼 잠을 이루지 못하고 뒤척이고 있었다. 그때 뒷문 쪽에서 인기척이 들렸다. 문을 살며시 열어보니, 잿빛 산토끼 한 마리

동물, 숲속의 착한 이웃

가 방 안으로 냅다 뛰어 들어왔다. 순간 스님도 깜짝 놀랐지만, 곧 웃음이 났다. 춥고 배고팠던 모양이었다. 스님은 광에서 고구마를 꺼내 와 토끼에게 먹이고, 따뜻한 방 안에서 하룻밤을 재워 보냈다. 산짐승에게 내어준 그 밤은, 스님에게도 잊기 어려운 한밤중의 방문이었다.

산토끼의 뺑소니

숲속에는 산토끼와 꿩이 함께 살고 있었다. 이 녀석들은 스님이 자신들을 해치지 않는다는 것을 이미 알고 있었다. 그래서 스님이 마당에 나와도 예전처럼 멀리 달아나지 않았다.

눈이 많이 쌓인 날이면 스님은 암자 뜰에 콩 같은 먹이를 뿌려주었다. 그러면 토끼와 꿩이 조심스레 다가와 마음 놓고 주워 먹었다. 그 모습을 지켜보는 스님의 가슴에는 은근한 온기가 돌았다.

그러나 이 녀석들은 낯선 사람의 기척에는 여전히 민감했다. 마을 사람들이 종종 산에 올라와 뜰에서 노는 산토끼나 꿩을 보면, 반가운 눈빛을 보이곤 했다. 하지만 그 반가움은 산짐승에 대한 사랑이 아니라 '맛있는 먹잇감'을 향한 눈빛이었다. 그래서 토끼와 꿩은 그들을 보기 무섭게 재빨리 숲속으로 사라졌다.

한편, 스님은 텃밭에 케일을 심어 가꾸었다. 그런데 밤만 되면 산토끼가 몰래 내려와 케일밭에 무단 침입했다. 처음에는 토끼를 쫓아내려고 밤새 등불을 켜놓고, 라디오도 틀어놓았다. 모두 허사였다. 먹이를 두고 짐승과 다투는 자신이 부끄러워졌다. 마침내 스님은 그런 '쟁탈전'을 포기했다. 그래도 씨앗을 뿌려놓은 케일밭에 망만은 둘러 보았다. 케일 잎이 뜯어 먹을 만큼 자라자, 이번에도 어김없이 토끼들이 밤마다 들어와 잎을 갉아 먹고 갔다.

그러던 어느 날, 대낮에 토끼 한 마리가 망 안으로 들어왔다. 넉넉히 포식하고 나가려던 찰나, 스님의 인기척을 듣고 놀란 토끼는 들어온 구멍을 잊고 이쪽저쪽으로 부딪히며 미친 듯이 날뛰었다. 스님은 가만히 서서 그 모습을 지켜보았다. 토끼는 한참을 허둥대다 간신히 망을 헤치고 달아났다. 스님은 속으로 생각했다. '저렇게 크게 놀랐으니, 이제는 정신이 들어 다시는 케일밭에 들어오지 않겠지.' 그날의 '뺑소니'는, 토끼에게도 스님에게도 작은 교훈 하나를 남겨놓았다.

까투리 새끼들

겨울이 깊어지면 숲속에 먹을 것이 줄어들어 꿩들이 암자 뜰로 내려왔다. 처음에는 먹이를 뿌려주어도 멀찍이 서서 한참을 지켜보기만 했지, 쉽게 다가서지 못했다. 스님이 일부러 자리를 비워 주면 그제야 와서 황급히 먹이를 쪼아 먹곤 했다.

이렇게 며칠, 몇 달을 두고 조금씩 길을 들였다. 그 결과 이제는 까투리들이 스님의 발치까지 다가와 마음 편히 먹이를 먹었다. 암컷인 까투리는 어느 순간부터 스님을 온전히 신뢰하는 듯했다. 그러나 수컷인 장끼는 끝까지 거리를 두고 멀리서만 경계하듯 바라보았다.

스님이 밖에 나갔다가 며칠 만에 암자로 돌아오는 날이면 까투리

동물, 숲속의 착한 이웃

들은 어디선가 우르르 몰려나왔다. 스님은 돌아오는 길 숨도 고르기 전에 우선 배고픈 까투리들에게 먹이부터 챙겨주었다.

그러던 어느 날부터, 그 익숙한 꿩들이 더는 보이지 않았다. 스님은 마음이 철렁했다. 혹시 매나 여우, 다른 짐승에게 잡혀간 것은 아닐까 걱정이 되었다.

그러던 어느 날, 대숲 사이에서 갑자기 작은 무리 하나가 '우르르' 쏟아져 나왔다. 병아리만 한 크기의 새끼 꿩들이었다. 까투리가 어느새 알을 품고 새 생명을 길러낸 것이다.

스님은 그 모습을 바라보며 깊이 안도했다. 보이지 않던 날들은 사라진 것이 아니라, 생명을 품고 있던 시간이었다. 겨울 산중, 작고 연약한 몸으로도 기어이 이어지는 생명의 숨결 앞에서, 스님은 다시 한번 생명의 끈질김과 조용한 위엄을 느꼈다.

시어머니 모기

스님은 선실 문을 활짝 열어 둔 채 참선에 들었다. 숲에서는 뻐꾸기 울음소리가 은근히 흘러왔고, 나비와 꿀벌이 방 안으로 가볍게 날아들었다. 새들도 슬쩍 안을 들여다보듯 날다가, 사람이 있는 줄 알고는 다시 놀라 밖으로 나갔다.

그런데 그날, 스님은 본의 아니게 한 생명을 죽이고 말았다. 꿀벌 한 마리가 이리저리 날아다니며 수행을 방해하자, 스님은 무심코 죽비를 휘둘렀다. 그 순간 꿀벌은 죽비에 맞아 바닥에 떨어졌다. 스님은 잠시 멍하니 그 작은 몸을 내려다보았다. 단 하나뿐인 생명을 가지고 이 세상에 나와 애써 날갯짓하던 존재를, 자신의 편의를 위해 한순간에 끊어버렸다는 사실에 마음이 사무치게 아팠다.

스님은 예전에 한 노스님에게 들은 이야기를 떠올렸다. 시어머니 모기가 외출을 하면서 며느리 모기에게 당부했다. "오늘은 내 저녁은 하지 말아라." 며느리가 이유를 묻자 시어머니가 말했다. "선한 사람을 만나면 배불리 얻어먹고 돌아오겠지만, 악한 사람을 만나면 그 자리에서 맞아 죽을 것이다." 그 말을 전해 들은 뒤로 스님은 여름날 모깃소리가 들릴 때마다 번번이 손을 들었다가도 이내 내려놓곤 했다. 모기 한 마리 뒤에도, 그렇게 살고 싶어 하는 생명의 사정이 겹겹이 겹쳐 있음을 알게 되었기 때문이다.

꼬리치는 금붕어

절 연못에는 몇 마리 금붕어가 살고 있었다. 스님은 시내에 나갔다가도 가게 앞을 스쳐 지나면 문득 연못의 금붕어들이 떠올랐다. 그러면 자기도 모르게 과자 한 봉지를 집어 들었다. 연못의 식구들에게 줄 먹이였다. 그 생각만으로도 마음 한쪽에서 '맑은 샘물' 같은 것이 조용히 솟아올랐다. 스님은 이런 마음을 가리켜 '부성애(父性愛)'라고 했다.

절로 돌아와 과자 봉지를 들고 연못 앞으로 다가서면 금붕어들이 물살을 가르고 우르르 몰려왔다. 예전에는 사람 그림자만 비쳐도 사방으로 달아나 숨기 바빴는데, 빵 부스러기를 나누기 시작한 뒤로는 사람을 보면 먼저 반가운 듯 꼬리를 흔들며 다가왔다.

동물, 숲속의 착한 이웃

먹이 시간이 되면 금붕어들은 마치 약속이라도 한 듯 연못가 근처에서 사람을 기다렸다. 스님은 하루에도 두세 번 연못을 찾았다. "얘들아, 밥 먹자." 스님이 다정히 부르며 빵 부스러기를 뿌려주면, 금붕어들은 동그란 입을 귀엽게 오물거리며 잘도 받아먹었다. 그렇게 해서 금붕어는 어느새 스님의 가족이 되었다. 연못가에 서서 물결과 금빛 비늘을 바라보고 있노라면, 조용한 부성애의 기쁨이 마음속에서 은근하게 피어올랐다.

해탈한 쥐

스님이 지리산 어느 암자에서 지낼 때였다. 여름 안거가 끝나자 도반 스님들은 모두 산을 내려갔다. 텅 빈 암자에는 스님 혼자 남았다. 어느 날 공양을 마치고, 뒤꼍 헌식대로 헌식하러 나갔다. 헌식이란, 밥을 지을 때부터 배고픈 중생 몫을 따로 덜어내어 내놓는 일이다.

헌식대 앞에는 덩치가 유난히 큰 쥐 한 마리가 있었다. 스님을 봐도 놀라 달아날 생각을 하지 않았다. 여름 내내 헌식대가 늘 깨끗하던 이유를, 스님은 그제야 알아차렸다. 저 쥐가 매일같이 헌식을 모조리 먹어치우고 있었던 것이다.

당시 스님은 하루 한 끼만 먹고 지냈다. 그 한 끼가 끝날 즈음이면 헌식대에는 늘 쥐가 기다리고 있었다. 예전 같았으면 쥐 꼬리만 보아도 소름이 끼쳤겠지만, 이제는 그 모습이 오히려 정겹게 느껴졌다. 이 산골 암자에서 자신을 의지해 살아가는 존재라고 여겨지자,

스님의 마음에는 저도 모르게 연민이 일었다. 그날 이후 헌식은 점점 후해졌다.

쥐는 날로 살이 올라 보통 쥐의 서너 배 크기로 자라났다. 어느 날 스님은 헌식대를 지키고 앉아 있는 쥐를 향해 조용히 말했다. "전생의 업보로 흉한 몸을 받았으나, 이 산골 절에서 나와 함께 지낸 인연으로 이 몸을 벗고 다음 생에는 좋은 몸을 받아 해탈하거라." 스님이 그렇게 빌어줄 때, 쥐는 도망치지도 않고 가만히 앉아 그 말을 듣고 있었다.

기이하게도 그다음 날, 헌식대에 나가 보니 쥐는 돌 아래에서 이미 숨을 거두었다. 스님은 쥐가 자신의 말을 알아들었다고 생각했다. 그 자리에서 염불을 올려주고, 작은 몸을 조심스레 묻어주었다. 한 생명의 떠남 앞에서, 스님은 '해탈'이라는 말의 의미를 새삼 깊이 되새기게 되었다.

알밤 빼앗긴 다람쥐

어느 겨울날, 스님이 헌식대로 갔을 때였다. 겨우내 보이지 않던 다람쥐가 헌식대 위에 앉아 공양을 기다리고 있다. 털빛이 예전 같지 않았다. 지난가을만 해도 윤기가 자르르 흘렀지만, 이제는 까칠하고 푸석해져 있었다. 산중의 겨울을 버티느라 그랬을 것이다.

이 다람쥐는 스님이 밖에 나갔다가 빈집으로 돌아오면 언제나 쩍쩍거리며 반겨주던, 참 '기특한' 녀석이었다. 가을이면 다람쥐들은 옥수수를 사람보다 먼저 추수해간다. 해바라기 씨도 다람쥐 차지로

　　　　　　　　　동물, 숲속의 착한 이웃

넘어간 뒤라, 주인은 그저 해바라기꽃만 바라보고 있어야 할 때가 많다. 스님은 다람쥐가 참나무를 오르내리며 도토리를 볼이 터지도록 불고 부지런히 오가는 모습, 밤나무에서 알밤을 물고 땅속 굴로 사라지는 모습을 여러 번 보았다.

그러다 문득, 몇 해 전 오대산 지장암에서 실제로 있었다는 이야기가 떠올랐다. 지장암에 살던 어느 스님이 다람쥐가 도토리를 모으는 모습을 보고 호기심이 동해 그 땅굴을 팠다. 그 속에는 도토리와 알밤이 가득 쌓여 있었다. 그 스님은 도토리묵을 해 먹을 생각으로 모두 꺼냈다.

다음 날 아침, 고무신을 신으려고 섬돌에 나갔다가 그 스님은 눈앞에 펼쳐진 광경에 숨이 막혔다. 겨울 양식을 모조리 빼앗긴 다람쥐가 새끼들을 데리고 나와, 그 스님의 고무신을 물고 죽어 있었던 것이다. 그제야 그 스님은 자신의 허물을 깊이 깨달았다. 이후 그는 고무신을 물고 죽은 다람쥐 가족을 위해 이레마다 제를 올렸고, 마침내 사십구재까지 정성껏 치러주었다.

스님은 이 이야기를 떠올리며 다람쥐 한 마리가 뺏기지 않으려 애써 모아놓았을 한겨울 양식을 생각했다. 산짐승의 작은 몸짓 하나에도, 우리가 헤아리지 못한 간절함과 삶의 무게가 실려 있음을 거듭 다짐하듯 되새겼다.

기특한 다람쥐

스님은 늘 그렇듯 새벽 여섯 시가 되면 부엌에 내려가 아침 공양을 준비하곤 했다. 그런데 그날은 번역 일에 빠져 시간이 조금 늦어지고 말았다. 그때였다. 덧문 쪽에서 누군가 '톡톡' 두드리는 소리가 났다. 깜짝 놀라 덧문을 여니, 다람쥐 한 마리가 덧문에서 깡충 뛰어내려갔다.

아침마다 어김없이 같은 시간에 덧문이 열리던 터라, 문이 열리지 않자 다람쥐가 '웬일인가' 싶어 확인하러 온 것이었다. 창고에 놓아둔 밥밀콩은 늘 조금씩 줄어들고 있었는데, 그 밥을 먹던 다람쥐가 이날만큼은 제 밥값을 하느라고 스님을 깨우러 온 셈이었다.

또 한번은 어스름이 내려앉을 무렵이었다. 스님은 채마밭에서 호미질을 하며 풀을 매고 있었다. 그때 갑자기 나무 위에서 새들이 다급하게 짹짹거리는 소리가 들려왔다. 무슨 일인가 싶어 스님이 호미를 든 채 그쪽으로 다가갔다. 나무 위에는 매 한 마리가 내려앉아 어린 새를 채 가려 하고 있었다. 스님이 큰 소리로 고함을 치자 매는 놀라 훌쩍 날아올라 사라졌다.

그때 나무줄기를 타고 다람쥐 한 마리가 허겁지겁 내려왔다. 조금 전 나무 위에서 새와 함께 다급히 짹짹거리던 것이 바로 이 다람쥐였다. 새끼 새들의 위급함을 알리기 위해 다람쥐도 나뭇가지 사이에서 온 힘을 다해 쇳소리 같은 울음을 토해냈던 것이다. 다람쥐가 꼬리를 추켜세우고 짹짹거릴 때 나는 그 날카로운 소리가, 스님의 고함과 함께 매를 쫓아낸 또 하나의 힘이 되어주었다.

동물, 숲속의 착한 이웃

박새의 모성애

박새는 성미가 까다롭지 않은 새였다. 마음만 내키면 어디에서든 알을 낳고 품었다. 스님은 겨울에는 먹을 것이 마땅치 않아 박새에게 모이를 주었지만, 여름에는 자연 속에 먹이가 풍부해 따로 챙겨 주지 않았다.

박새와 함께 지내다 보면, 창문에 난 작은 구멍들이 눈에 들어오곤 했다. 박새가 창에 달라붙은 벌레를 쪼아 먹느라 낸 구멍인지, 아니면 심심해서 쪼아댄 것인지 스님은 알 수 없었다. 몇 번이고 창에 구멍 좀 내지 말아 달라고 부탁했지만, 박새는 아랑곳하지 않고 여전히 창틀에 작은 상처를 남겼다.

그 박새가 어느덧 처마 끝 모서리에 세 군데나 집을 지었다. 두 곳에서는 이미 새끼를 치고 떠났고, 한 곳에서는 아직 알을 품고 있었다. 어느 날, 스님이 군불을 지피려고 부엌에 들어가다가 땅바닥에서 오들오들 떨고 있는 박새 새끼 한 마리를 보았다. 손을 내밀어 집어 올려 보려 했더니, 어린 새는 짹짹거리며 겁이 나 도망치려 했다.

잠시 후, 그 소리를 듣고 어미 새 두 마리가 날아왔다. 둘은 스님 주위를 빙빙 돌며 짹짹거렸다. 불안과 경계가 뒤섞인 소리였다. 스님이 군불을 지피고 다시 나와 내려다보니, 어미 박새는 포기하지 않고 계속해서 먹이를 물어와 새끼에게 물려주고 있었다.

흥미로운 것은, 어미가 먹이를 곧장 새끼 입에 넣지 않고, 자기 입에 한 번 물었다가 뺐다가 하며 입질 연습을 시킨다는 점이었다. 그렇게 이틀을 꼬박 반복하자, 마침내 새끼 새는 나약한 몸을 떨며 날갯짓을 시작하더니 어느 순간 훌쩍 공중으로 떠올랐다. 스님은 그 모습을 물끄러미 바라보다가, 말없이 두 손을 모았다. 새의 세계에도 이렇듯 지극한 모성애가 흐르고 있음을, 그날 비로소 뼈저리게 느꼈기 때문이다.

박새 새끼들

어느 날, 스님이 암자 뒷마당을 쓸고 있는데 마루 끝에 놓아둔 종이상자 안에서 '푸드득' 하고 소리가 났다. 소리가 심상치 않아 조심스레 들여다보니 그 안에는 박새 알이 여섯 개나 들어있었다.

예전에 박새는 신문지를 구겨 넣어 둔 상자 속에도 알을 낳은 적이 있었다. 이번에도 스님이 무심코 두었던 종이상자를 둥지로 삼은 것이다. 며칠 후, 상자 안에서는 어린 새소리가 나기 시작했다. 껍질을 깨고 나온 작은 박새들이, 아직 눈도 제대로 뜨지 못한 채 연분홍색 입을 벌리고 울고 있었다.

스님은 산중 암자에 새 생명이 태어났다는 사실만으로도 마음이 설렜다. 그러나 기쁨은 오래가지 못했다. 다음 날 아침, 상자 안에서 들려오는 소리가 유난히 커졌다. 새끼들은 입을 한껏 벌린 채 쉴 새 없이 짹짹거리고 있었다. 배가 고파 어미를 찾는 울음이었다.

하지만 그날도, 그다음 날도 어미 새는 돌아오지 않았다. 스님이 둥지 곁을 지나가기만 하면 그 작은 새들은 스님을 어미로 착각한 듯, 고개를 치켜세우고 입을 벌리며 소리를 높였다. 그러나 스님은 그들에게 먹일 마땅한 것을 찾지 못했다.

동물, 숲속의 착한 이웃

시간이 갈수록 새끼 새들의 움직임은 눈에 띄게 둔해졌다. 울음소리도 조금씩 작아졌다. 태어나자마자 어미를 잃고, 굶주림 속에서 서서히 힘이 빠져가는 생명을 바라보며 스님은 어찌할 바를 몰랐다. 그저 발만 동동 구르며, 어떻게든 살려보고 싶다는 마음만 가슴 깊이 쌓여 갔다.

찌르레기와 머슴새

봄이 오자 가장 먼저 찾아온 것은 찌르레기였다. 찌르레기의 울음은 쇳소리를 닮아, 골짜기 전체를 쩌렁쩌렁 울렸다. 스님은 찌르레기 소리가 들릴 때마다 귀가 번쩍 뜨인다고 했다. 긴 겨울 동안 굳어 있던 감각을 한 번에 깨우는 소리였다.

모란이 흐드러지게 피던 어느 밤에는 소쩍새가 울었다. 이어 쏙독새도 찾아왔다. 곧 꾀꼬리와 뻐꾸기도 서서히 산사로 들어올 것이다.

거문도 동백나무 숲에서 밀화부리 소리를 들었던 날을 스님은 오래도록 잊지 못했다. 그날 온종일 마음이 환히 밝았다. 밀화부리를 '휘파람새'라고도 부르지만, 스님은 '밀화부리'라는 이름이 자신의 언어 감각에 더 잘 맞는다고 했다. 입안에서 한 번 굴려 발음해 보면, 그 소리와 새의 모습이 절묘하게 닿아 있다는 것이다.

이렇듯 철새들이 하나둘 찾아와 첫인사를 건네는 계절이면, 스님의 가슴도 심하게 설렜다. 새들의 노래가 오래 잠들어 있던 혼을 흔들어 깨우는 것만 같았기 때문이다.

무덥고 지루한 장마철 어느 날 밤이었다. 스님은 침상에 누워 등을 돌리고 불을 끄고 잠을 청하고 있었다. 문을 조금 열어 둔 창문 너머로 둥근 달이 떠오르는 것이 보였다. 스님은 벌떡 일어나 잠옷 바람으로 뜰로 나갔다. 후박나무 아래 놓인 의자에 앉아 깊어가는 밤을 혼자 맞았다.

하늘은 맑고 높았고, 달빛은 투명했다. 달빛에 밀려난 별들은 희미하게 듬성듬성 걸려 있을 뿐이었다. 그 고요한 밤, 어디선가 '쏙독, 쏙독, 쏙독' 쏙독새가 울기 시작했다. 시골에서는 쏙독새를 '머슴새'라 불렀다. 날이 저물도록 들판에서 소를 몰고 돌아오는 머슴의 노랫소리, 혹은 소몰이 소리를 닮았기 때문이다. 스님은 그 울음을 들으며, 오래전 들녘으로 저문 날들과 사람들의 발자취까지 함께 떠올렸다.

달빛과 새소리와 깊은 숨만이 남은 여름밤, 스님의 귀와 가슴에는 여전히 산이, 새들이, 그리고 수많은 생명의 숨결이 조용히 드나들고 있었다.

엄마 목소리, 뻐꾸기 소리

소쩍새는 진달래가 필 무렵이면 어김없이 울기 시작했다. 밤에만 우는 것이 아니라 한낮에도, 숲이 유난히 짙어진 그늘 속에서 울었다. 햇차가 막 돋아날 즈음에는 꾀꼬리가 찾아왔다. 스님은 첫물 차를 우려 들고 꾀꼬리 소리를 들을 수 있다는 것을, 삶이 허락한 고마운 운치라 여겼다.

뻐꾸기 소리는 찔레꽃이 피어나는 시기에 들을 수 있었다. 찔레꽃

동물, 숲속의 착한 이웃

이 한창일 때면 뻐꾸기는 산허리를 타고 자지러지게 울어댔다. 스님은 봄날 뻐꾸기 소리를 들으면 절로 숙연해진다고 했다. 그 소리가 '엄마의 음성' 같은, 영원한 모음(母音)으로 들리기 때문이라 했다.

뻐꾸기 울음이 들려오면, 스님은 하던 일을 멈추었다. 벽에 등을 기대고 조용히 귀를 기울였다. 그러면 마음 한편이 아늑해지고, 자신 또한 이 세상 모든 존재와 깊은 연줄로 이어져 있다는 감각이 또렷해졌다.

스님은 꾀꼬리와 뻐꾸기 소리를 처음 들을 때의 느낌을 "앞산 마루에 막 떠오르는 보름달을 대할 때와 같다"라고 표현했다. 꾀꼬리 소리는 가까이에서 들을수록 좋고, 뻐꾸기 소리는 아득히 멀리서 들려야 더 제격이라고 했다.

춘원 이광수의 소설에서 읽은 한 대목도 떠올랐다. 사랑하던 남자에게 버림받고 몸져누운 한 처녀가 있었다. 그를 찾아간 사람이 문병을 갔을 때, 처녀는 희미한 목소리로 "내가 죽으면 뻐꾸기가 되어 이 산 저 산을 떠돌며 내 한을 노래하겠다"고 말했다. 그 구절을 떠올릴 때마다 스님은 뻐꾸기 소리를 들으며 문득 그 처녀를 생각하곤 했다.

스님은 새소리는 단순한 자연의 배경음이 아니라고 했다. 살아있는 생명이 약동하는 소리, 자연이 들려주는 아름다운 음악이라고 했다.

자취를 감춘 새들

어느새 나무에 꽃이 피지 않고, 열매도 제대로 맺지 못하는 기현상이 나타나기 시작했다. 식물이 위기를 겪으니, 자연히 동물들 또한 위기에 처했다. 스님은 식물과 동물은 한 생태계 안에서 함께 살아가는 존재들이기에, 서로에게 지대한 영향을 주고받는다고 했다.

남쪽에서는 봄이면 쇠찌르레기 소리가 가장 먼저 잠든 숲을 깨우곤 했다. 그러나 어느 해부터인가 그 소리를 들을 수 없었다. '히요이, 호이, 호이, 호이' 하고 매끄럽게 우는 삼광조도, 어느 순간부터 자취를 감췄다. 삼광조는 제비처럼 날렵한 몸매에, 꼬리는 몸의 세 배쯤 길게 뻗어 있고, 부리와 다리는 붉은빛을 띤 아름다운 새다.

머리부터 꼬리까지 적갈색 깃털을 두르고 '쿄로로로로' 하고 길게 울던 호반새도 찾아오지 않았다. 개울가에서 잽싸게 물고기를 채 가던 물총새 역시 오래전에 사라졌다.

이 모든 변화를 가만히 짚어보면, 그 근원에는 결국 인간이 초래한 기후변화가 놓여있다. 스님은 인간이 저지른 일로 인해 자연의 새들이 울음을 거두고, 하나둘 자취를 감추고 있다고 했다. 울지 않는 숲, 보이지 않는 새… 그 침묵 속에서 스님은 인간의 탐욕이 얼마나 큰 빚을 지고 있는지 절감했다.

책상 위의 귀뚜라미

어느 날 스님이 책상 앞에 앉아 편지를 쓰고 있었다. 그런데 귀뚜라미 한 마리가 책상 위로 올라와, 마치 궁금하다는 듯 편지 쓰는 모

동물, 숲속의 착한 이웃

습을 물끄러미 바라보고 있었다. 그 작은 몸을 향해 전에 없던 측은한 정이 일었다. 요즘 같은 때 그 귀뚜라미는 어디서 무엇을 먹고사는지 문득 궁금해졌다.

한겨울, 매서운 추위가 사무칠 무렵이었다. 아침에 눈을 뜨면 발치에 귀뚜라미 몇 마리가 죽어있었다. 얼어 죽고, 목말라 죽은 것이다. 늦가을부터 방 안으로 숨어들어와 살던 귀뚜라미들을, 스님은 눈에 띌 때마다 조심스레 집어 밖으로 내보냈다.

그러나 귀뚜라미는 끊임없이 나타났다. 손으로 집어 들 때마다 다리와 더듬이가 떨어져 나가기 일쑤였다. 다친 귀뚜라미는 비실거리며 제대로 뛰지도 못했다. 스님이 손으로 건드려도 도망칠 힘조차 없어 보였다.

스님은 그때를 떠올리며, 작은 생물을 너무 매정하게 대했다며 깊이 후회했다. 어차피 며칠을 더 버티지 못하고 죽을 몸들이었을지 몰라도, 그 짧은 생을 한층 험하게 만들었다는 생각이 들어 마음이 아렸다. 결국, 다친 귀뚜라미는 죽고 말았다. 죽은 귀뚜라미를 조용히 쓸어내며, 스님은 중얼거렸다. "다음 생에는 좋은 몸 받아 태어나 해탈하거라." 그 한마디에, 작은 생명 하나를 향한 스님의 뒤늦은 참회와 축원이 함께 실려있었다.

두꺼비와 말벌

해가 기울 무렵이면, 오두막 섬돌 앞에는 어김없이 커다란 두꺼비 한 마리가 엉금엉금 기어나왔다. 스님이 문밖으로 나올 때를 기다리는 듯했다. 스님은 그 두꺼비를 볼 때마다 아는 체하며 말을 건넸다. "이 깊은 산중에서, 너는 무슨 재미로 혼자 사느냐?"

두꺼비는 대답 대신 느릿느릿 눈을 끔벅거릴 뿐이었다. 하지만 그 침묵 속에는 스님의 말을 분명히 듣고 있다는 기척이 깃들어 있었다. 그렇게 날을 거듭하며 함께 지내다 보니, 두꺼비와 스님은 어느새 친구가 되었다. 스님이 바로 곁으로 다가가도 두꺼비는 조금도 경계하지 않았다. 자신을 해치지 않을 것임을 잘 알고 있었던 것이다.

그러나 그렇게 굼떠 보이는 두꺼비도 파리가 날아다니면 눈빛이 달라졌다. 혀를 번개처럼 내밀어 순식간에 파리를 잡아먹었다. 스님은 그 모습을 보며, 모든 생명은 저마다 살아남기 위한 '묘기'를 하나씩 품고 있다고 말했다.

암자 부엌문 위에는 어느 날부터 말벌이 집을 짓고 있었다. 어느새 작은 호박 덩이만큼 부풀어 있었다. 스님은 말벌집이 더 커지기 전에 떼어 버려야겠다고 마음먹었다. 예전에 말벌에 쏘여 고생한 적도 있고, 절을 찾아온 손님이 쏘인 일도 있었기 때문이다. 급기야 말벌집을 헐어버렸다. 그 뒤 말벌은 집이 있던 자리를 한동안 떠나지 못하고 빙빙 돌았다. 그 모습을 보고 스님의 마음에 측은함이 일었다. 그 일을 겪고 나서 다시는 말벌집을 함부로 떼지 않겠다고 생각했다.

그래서 스님은 말벌에게 이렇게 말을 건넸다. "주인도 쏘지 않고, 이 집에 오는 손님도 쏘지 않겠다고 약속한다면, 여기 집을 짓고 살

동물. 숲속의 착한 이웃

아도 좋다. 그러나 한 번이라도 쏘면, 그 즉시 집을 허물 수밖에 없겠다." 스님은 말벌 또한 불성(佛性)을 지닌 존재이니, 사람의 말을 어느 만큼은 알아들을 것이라 여겼다. 그리고 자신 역시 그 약속을 지키겠다고 마음속으로 다짐했다.

졸졸 따라온 염소

어느 날 스님이 장을 보고 돌아오는 길이었다. 산자락 아래 외딴집에서 놓아 기르는 여러 마리 흑염소가 스님을 보더니 졸졸 따라오기 시작했다. 배가 고팠던지, 스님에게서 뭔가 얻어먹을 수 있을 거라 생각한 듯했다.

하지만 스님은 이내 염소들을 쫓아냈다. 며칠 전, 염소 주인이 잃어버린 염소를 찾아 산을 오르내리며 애쓰는 모습을 보았기 때문이다. 그 일이 마음에 남아 있었다.

한동안 염소들은 스님의 오두막 둘레를 떠나지 않았다. 빵과 채소 맛을 본 뒤라, 그 주변을 서성이며 기웃거렸다. 몇 날 며칠 스님이 집을 비우고 밖에 나간 사이, 염소들은 아예 나뭇간을 점령해 버렸다. 안에서 잠을 자고, 배설물까지 잔뜩 쌓아두었다. 냄새가 매캐하게 올라왔다. 스님은 결국 염소들을 그곳에서 쫓아냈다.

염소들은 봄에 멀리서 공수해 와 심어 둔 묘목들의 어린잎까지 모조리 뜯어 먹었다. 그때부터 스님은 염소들이 오두막 주변에 얼씬도 하지 못하게 했다. 묘목은 스님의 또 다른 '가족'이었기 때문이다.

그런데도 어느 날, 그 염소들이 다시 스님을 졸졸 따라오는 일이 있었다. 스님은 큰소리로 호통을 쳐 몰아냈다. 그러면서도 마음 한 구석에서는, 사람을 믿고 의지하려는 철없는 염소의 마음이 어쩐지 정겹고 안쓰럽게 느껴졌다. 쫓아내야 하는 존재이면서도, 동시에 품어 안고 싶은 어떤 마음. 스님은 산짐승과 마을 짐승들 사이에서, 그리고 그들을 대하는 자신의 마음 한가운데서, 늘 그 미묘한 경계를 조용히 살피며 살고 있었다.

차(茶), 한 잔에 담은 쉼과 깨달음

산의 정기와 이슬을 머금은 청적(淸寂)한 기운.

마음의 찌꺼기를 씻어내는 향기로운 찻잔 속에 온 우주의 신비가 넘실댄다.

스님은 세상에 셀 수 없이 많은 식물이 있지만, 그 가운데서 차(茶)야말로 가장 맑고 향기로운 식물이라고 했다. 차나무는 언제나 산속에 자라기에, 맑은 이슬과 별빛, 달빛과 햇빛, 바람과 구름을 먹고 산다. 그래서 차나무는 산이 지닌 신선한 정기를 고스란히 품고 있는 존재라 했다. 차를 가까이하다 보면, 산의 기운과 맑은 숨결을 몸과 마음으로 체득하게 된다.

스님은 중국의 작가 임어당(林語堂)이 『생활의 발견』에서 차를 두고 한 말을 자주 떠올렸다. "차의 성질에는 우리를 한가롭고 고요한 명상의 세계로 이끄는 힘이 있다. 차에는 고결한 은자(隱者)의 기운이 서려 있다. 그래서 차는 청순함의 상징이다."

스님은 차를 "청적(淸寂)의 세계"라 불렀다. 청(淸)은 맑음이고, 적(寂)은 고요함이다. 종교적으로 적(寂)은 모든 집착에서 벗어난 상태를 가리킨다. 스님은 차를 가까이하면, 사람의 인품 또한 차와 더불어 청적의 결로 닦여갈 수 있다고 믿었다.

육우의 『다경』과 다관에서 들려오는 바람 소리

스님은 당나라 육우(陸羽)의 『다경(茶經)』을 즐겨 읽었다. 특히 마음에 품고 있던 구절이 하나 있었다. "깊은 밤 산속 집에 앉아 샘물로 차를 달인다. 불이 물을 데우면 다로(茶爐)에서 '솔바람 소리'가 나기 시작한다. 이윽고 찻잔에 차를 따른다. 부드럽게 타오르는 불빛이 어두운 둘레를 비추니 그 아름다움이 그지없다. 이때 누리는 잔잔한 기쁨은 속인들과는 도저히 나눌 수 없다." 스님은 이 대목을 읽을 때마다 한 폭의 그림 앞에 서 있는 듯한 느낌을 받는다고 했다. 깊은 밤, 산중, 샘물, 다로, 불빛, 차향이 한데 어우러진 고요한 장면이 눈에 선했다.

겨울날, 스님은 샘에서 길어온 물을 다로에 붓고 불을 지펴 정성껏 끓였다. 다관에서 물이 끓기 시작하면 '쏴' 하는 소리가 났다. 그것은 마치 소나무 사이를 스쳐 지나는 바람 소리와도 같았다. 차를 사랑하는 이들은 이 '다관에서 물 끓는 소리'를 각별하게 여긴다고 했다. 그 소리만으로도 이미 반쯤은 차를 마신 것이나 다름없다는 듯이.

홀로 마시는 차, 이속(離俗)

혼자 마시는 차를 '이속(離俗)'이라 한다. 말 그대로 속세를 떠나는 일이다. 스님은 한 번은 초의선사가 한 말을 들려주었다. 차를 마실 때는 사람이 많으면 자칫 어수선해져, 차가 가진 깊은 정취가 사라진다. 혼자 마시면 '속세를 떠난 고요'가 깃들고, 둘이 마시면 '한적

차(茶), 한 잔에 담은 쉼과 깨달음

한 운치'가 더해지며, 셋이나 넷이 마시면 '유쾌한 자리'가 되고, 다섯이나 여섯이 모이면 '차의 품격이 저속해지고', 일곱이나 여덟이 되면 그저 '나눠 마시는 음료'가 되어버린다. 사람 수가 늘어날수록 차는 더 이상 차 본래의 세계를 펼치지 못하고, 그저 입을 축이는 물로 전락한다는 뜻이다.

스님은 이속과 관련된 한 가지 경험담도 들려주었다. 서울 생활을 접고 불일암으로 내려왔을 때였다. 유명한 화가 한 사람이 여러 일행과 함께 산사를 찾았다. 스님은 먼 길을 온 손님들에게 차라도 대접하고 싶어, 일부러 풍로에 숯불을 피워 물을 끓였다. 전기 포트로 끓일 수도 있었지만, 고즈넉한 다실의 맛을 살려 차를 올리고 싶었기 때문이다. 하지만 손님들은 차를 마실 줄 몰랐다. 김을 훌훌 불어 단숨에 들이켜기도 하고, 아무렇게나 훌쩍 마셔버리기도 하고, 잔을 코끝에 들이대고 킁킁거리며 냄새만 맡기도 했다.

사람들이 돌아간 뒤, 스님은 문득 허탈한 마음이 들었다. '차라리 산에서 길어온 찬 샘물이나 한 잔씩 대접할 걸 그랬다'는 후회가 스쳤다. 숯불까지 피워 정성껏 끓인 물이, 정작 차의 세계로는 한 발짝도 들어가지 못한 듯해 아쉬웠기 때문이다.

스님은 차에 얽힌 당나라 시 한 편을 소개하며 말을 맺었다. "한 잔을 마시니 목구멍과 입술이 촉촉해지고, 두 잔을 마시니 외롭고 울적한 마음이 사라지며, 석 잔을 마시니 가슴이 열려 글자들로 가득 차오르고, 네 잔을 마시니 가벼운 땀이 나서 평소 불평스럽던 일들이 모두 땀구멍으로 흩어지네. 다섯 잔을 마시니 뼈와 살이 환해지고, 여섯 잔을 마시니 신선과 통하게 되며, 일곱 잔을 마시려 하니 양 겨드랑이에서 맑은 바람이 솔솔 이는 듯하구나. 봉래산이 어디메냐, 이 맑은 바람을 타고 훨훨 그곳으로 돌아갈까 하노라."

스님에게 차란, 갈증을 푸는 음료가 아니라, 사람을 맑게 비우고 고요로 데려가는 하나의 수행이자 길이었다. 차 한 잔 속에 산의 숨과 달빛, 맑은 바람이 함께 우러나고 있었다.

선열(禪悅)의 기쁨

스님은 사람이 짐승과 다른 점 가운데 하나로, "아름답고 향기로운 미각을 통해 정신적 기쁨을 얻고 위안을 삼으려는 취향"을 들었다. 차와 같은 기호식품이 없다면 인간의 삶은 얼마나 삭막해질까, 하고도 덧붙였다. 그러면서 『다경』에 나오는 한 구절을 빌려왔다. "화를 가라앉히는 데에는 술을 마시고, 마음의 찌꺼기를 씻어내는 데에는 차를 마신다." 술은 시끄러운 자리든 고요한 자리든 가리지 않고 어디서나 마실 수 있다. 그러나 차는 그렇지 않다. 차는 '고도로 승화된 미의식의 세계'이기에, 마시는 분위기와 함께 앉는 사람까지도 중요하다.

스님은 차를 혼자 마실 때를 가리켜 '신묘(神妙)'하다고 표현했다. 그 신묘함은 마치 선정(禪定)에 들었을 때 찾아오는 기쁨, 곧 '선열(禪悅)'에 견줄 만한 것이라 했다. 차 한 잔을 마주한 조용한 순간이 그대로 한 편의 참선이 되는 셈이다.

차(茶), 한 잔에 담은 쉼과 깨달음

차의 향기

스님은 차의 은근한 향취와 맑은 빛깔, 미묘한 맛을 온전히 알아채려면 먼저 '다구(茶具)'가 갖추어져야 한다고 했다. 최소한 도자기로 만든 다관과 찻잔이 있어야 비로소 차를 제대로 우리는 일에 들어설 수 있다.

다인(茶人)은 다구를 그 무엇보다도 아낀다. 다구는 길이 들어야 비로소 제 몫을 하기 때문이다. 많은 시간, 많은 차를 함께 겪으며 그릇에도 차의 숨결, 사람의 손길이 스며든다. 찻잔은 흰색이 가장 좋다고 했다. 잎이 우러난 찻물의 빛을 정확히 받아낼 수 있기 때문이다. 그는 찻잔만큼이나 물을 중요하게 여겼다. 수도꼭지에서 나오는 물은 소독약 냄새가 배어 있어 제대로 된 차 맛을 살려낼 수 없다. 가장 좋은 물은 산속에서 솟는 샘물이다. 차를 즐기던 임어당 역시 "차를 달이는 기술의 절반은 수질 좋은 '맑은 물'"이라고 말하지 않았던가. 산에서 나는 샘물이 제일, 냇물이 그다음, 우물물이 그 뒤를 잇는다.

차를 우려낼 때 덜 우리면 싱겁고, 너무 오래 우리면 쓰고 떫어진다. 스님은 차를 우리는 요령을 차분히 일러주었다. 먼저 물을 끓여 다관과 찻잔을 한 번 데워준다. 그런 뒤 끓인 물을 약 70도 정도로 식힌다. 다관에 찻잎을 넣고 그 물을 부은 다음, 뚜껑을 덮어 1분 남짓 두었다가 찻잔에 따른다. 그때 비로소 차는 '제 목소리'를 낸다.

좋은 차는 '색(色)·향(香)·미(味)'를 고루 갖추어야 한다. 엷은 녹황색 빛깔에 자극적이지 않은 은은한 향기, 그리고 청초한 맛이 어우러진 차. 스님은 차 맛은 결국 별빛과 맑은 바람, 이슬과 안개, 구름과 햇빛, 눈과 비 같은 자연의 정기가 얼마나 조화롭게 한 잎 안에 응축되었는가에 달려 있다고 했다.

그는 가장 고급스러운 차 향기를 "어린아이 살결에서 나는 배릿한 향취"라 표현했다. 세작(細雀), 다시 말해 아주 어린 찻잎을 첫 수확으로 따서, 변질되기 전에 바로 우려 마시면 떡잎 속 숨결이 그대로 피어오른다. 그 향취를 조금 더 풀어 말하면, "어린아이 살결에서 나는 젖비린내 같은 내음"이다. 차의 세계에서는 그 향을 가장 신비로운 향기로, 으뜸 향기로 친다. 시중에 산더미처럼 쌓아놓고 파는 차에서는 그 향을 기대하기 어렵다. 오직 정성을 다해 만든 소량의 차에서만, 그 은밀한 향기가 슬며시 피어난다.

그릇의 전반생과 후반생

스님은 마음이 지극히 한적할 때 마시는 차의 맛을 '감로미(甘露味)'라고 불렀다. 그럴 때면 차를 만든 사람에 대한 고마운 마음이 절로 일고, 손에 쥔 다기(茶器)의 감촉마저 새롭게 다가온다고 했다.

누가 선물로 차나 다기를 보내오면 스님은 유난히 반가워했다. 그 안에는 보낸 이의 '맑고 향기로운 마음'이 담겨 있기 때문이다. 또 그런 선물은 크게 부담이 되지 않는 점도 좋았다. 다기를 매만지고 있을 때면 화두도, '스님'이라는 자의식도 스르르 사라진다. 그저 자연스러운 감사와 잔잔한 기쁨만이 조용히 우러난다. 그 상태가 바로 스님이 말하는 '행복'이었다.

차(茶), 한 잔에 담은 쉼과 깨달음

스님은 그릇에는 두 개의 생애가 있다고 했다. 하나는 전반생(前半生), 또 하나는 후반생(後半生)이다. 도공이 가마에서 막 꺼낸 그때의 생이 전반생이다. 이때는 아직 절반의 생명에 지나지 않는다. 그릇을 알아보고 사랑해줄 사람을 만났을 때 비로소 후반생이 열린다. 그릇을 '사거나 얻을 때'까지는 전반생이고, 그릇이 실제 쓰이는 과정에서 새로운 숨결이 스미고 담기는 시기가 후반생이다.

처음 그릇에는 만든 이의 숨결이 남아 있어 어딘가 낯설고 어색하다. 그러나 그릇의 아름다움을 발견해 주고, 쓰임을 찾아 주는 사람이 나타나면 그릇 안으로 '따뜻한 정'이 서서히 스며든다. 사용하는 이의 혼이 그릇 속으로 조금씩 옮겨가는 것이다. 그 순간부터 그릇은 달라진다.

스님은 다기는 단출하고 수수한 것이 좋다고 했다. 화려하고 눈에 띄는 것은 금세 싫증이 난다. 수수하고 무던한 그릇이 오래간다. 그 수수함 속에서 아름다움을 찾아내는 일은, 마음속에서 청정(淸靜)을 구하는 일과 다르지 않다.

계절을 갈아입는 다기

계절이 바뀌면 사람들이 옷을 갈아입는 것처럼, 다기도 계절에 따라 바꾸어 쓰면 다실의 분위기가 새로워진다고 스님은 말했다.

여름철에는 넉넉한 크기의 그릇이 시원스럽게 느껴지고, 다기의 빛깔은 맑은 백자가 가장 산뜻하다. 여름이 지나고 가을이 깊어지면, 백자보다는 분청사기나 갈색 계통의 다기가 한결 포근한 온기를 전해준다. 특히 겨울에는 손안에 쏙 들어오는 작은 찻잔이 정겹다. 손바닥에 올려 쥐고 있으면 온기가 고스란히 전해지는 크기.

가을이 오자 스님은 다기를 '가을빛에 어울리는' 것으로 갈아입혔다. 찻잔은 보원요(寶元窯)에서 새로 구운 것이었다. 초가을의 냄새가 은근히 배어 있는 잔이었다. 찻잔의 크기도 알맞고, 쥐었을 때의 감촉도 좋고, 입 닿는 가장자리의 곡선도 원만했고, 굽도 넉넉했다. 보고 만지는 것만으로도 즐거운 그릇이었다.

스님은 아무리 뛰어난 예술작품이라도 작가는 그 작품 안에 자기 혼의 '절반'밖에 불어넣지 못한다고 했다. 나머지 절반은 그 작품을 곁에 두고 사용하는 '소장자'에 의해 비로소 완성된다.

한 다기를 오래 쓰다 보면, 어느 날 문득 그 그릇이 '좀 쉬고 싶어 한다'는 기색을 알아차릴 수 있다. 그때는 다른 그릇을 꺼내어 자리를 내어주고, 오래 사용한 다기는 조용히 쉬게 해주어야 한다. 다기도 사람처럼, 계절을 타고, 길이 들고, 지치고, 쉬고 싶어 한다. 스님은 그 미묘한 기색을 알아차리는 일 또한 차를 배우는 길의 일부라 믿었다.

때깔 고운 그릇

스님은 여행을 떠날 때면 언제나 오지 물병 하나를 짐 속에 넣어두었다. 길 위에서 목을 축이기 위한 것이기도 했지만, 그보다 그릇 하나를 곁에 둔다는 안온함 때문이었다. 도착한 숙소에서 짐을 풀고 나면, 스님은 제일 먼저 오지 물병을 창가 아래에 놓았다. 그리고 벽

차(茶), 한 잔에 담은 쉼과 깨달음

에 등을 기대고 앉아 물병을 한참 바라보았다. 그러면 가슴 깊은 곳에서 묵은 기운이 걷히고, 새로운 숨결이 조용히 돋아났다.

그 오지 물병은 목이 길어 마치, 학 한 마리가 고개를 고요히 치켜든 듯했다. 단아한 곡선과 질박한 흙빛이 어우러져 자꾸만 눈길을 끌었다. 그 물병은 전남 보성의 한 도요에서 스님을 위해 특별히 빚어준 것이었다.

처음 그 도요를 찾았을 때, 스님은 찻물을 담을 물병 하나를 골랐다. 모양도 좋고 빛깔도 마음에 들었으나, 다만 크기가 조금 아쉬웠다. 주인은 그 눈빛을 알아채고는 "스님께 맞는 물병을 새로 만들어 드리지요." 하고 약속했다. 며칠 뒤, 약속대로 조금 더 큰 물병이 불일암으로 배달되었다. 알고 보니 그 도공은 스님의 글을 오래 읽어온 독자였다.

경기도 곤지암의 한 도요를 찾았을 때도 그랬다. 그 도요의 주인은 스님이 찾아오면 늘 오막살이에 필요한 여러 가지를 살뜰히 챙겨주곤 했다. 스님은 그 마음이 늘 고마웠다. 어느 날 그 도요 대청마루에 놓인 그릇들을 둘러보던 스님의 눈에, 단정하게 빚어진 다완하나가 들어왔다. 한눈에 들어오는 맵시, 차분한 때깔. 그릇의 색이 고우면 문득 곁에 두고 싶은 욕심이 고개를 든다.

주인은 그 마음을 눈빛만 보고도 알아차렸다. 말 한마디 없이 다완을 조심스레 싸서 스님의 품에 안겨주었다. 스님은 그 다완을 오두막으로 가져와 초를 담는 그릇으로 썼다. 어둠이 내리면 다완 위의 불꽃이 은은히 흔들리며 부처님 얼굴을 비추었는데, 그 조용한 불빛과 때깔 고운 그릇이 참으로 잘 어울렸다.

이당도예원을 찾았을 때는 작업실 안쪽에 먼지를 뒤집어쓴 채 묵묵히 서 있는 필통 하나가 스님의 시선을 붙들었다. 스님은 다가가 조심스레 먼지를 닦아냈다. 그 순간, 거친 먼지 아래 숨겨져 있던 도자기의 빛이 또렷이 드러났다. 한동안 스님은 그 필통을 손에 쥐고 놓지 못했다. 그러나 그때부터 마음 한구석이 편치 않았다. '때깔 고운 도자기'를 보면 자꾸만 곁에 두고 싶은 마음, 멈추지 않는 욕심이 스스로도 못마땅했던 것이다. 그릇 하나를 두고도 마음은 이렇게 흔들리고 또 흔들렸다.

잊을 수 없는 차

스님이 처음으로 녹차 잎을 본 것은 입산하던 행자 시절, 경남 통영 미륵산 기슭의 미래사에서였다. 그곳에서 모셨던 스승 효봉 선사는 차를 즐겨 마셨다. 어느 날 법문 중에 차를 마시다가 선사가 이렇게 말했다. "차가 너무 쓰구나." 그러고는 마시던 잔을 그대로 내려놓았다. 궁금해진 스님은 그 잔을 살며시 들어 맛을 보았다. 그것이 생애 첫 차였다. 혀끝에 닿는 맛은 말 그대로 '쓰디쓴' 맛이었다.

통도사에서 운허 스님을 모시고 불교사전을 정리하던 시절에도, 차는 늘 곁에 있었다. 그 무렵 주로 마시던 것은 중국에서 건너온 재스민차였다. 향긋한 냄새가 났지만, 아직 스님에게 차는 그저 '낯선 음료'에 가까웠다.

차를 비로소 '제대로' 알게 된 것은 서울 봉은사 다래헌에 머물 때

차(茶), 한 잔에 담은 쉼과 깨달음

였다. 그곳에는 '감로천'이라는 샘이 있었다. 다래헌 시절, 수많은 찻잎이 그 샘물을 만나 스님의 잔을 채웠다.

그러던 어느 날, 태백산 도솔암의 한 스님이 차 한 상자를 보내왔다. 맨 처음 돋아난 어린 찻잎만 따서 만든 세작(細雀)이었다. 찻물의 빛은 부드러운 녹황색이었고, 향과 맛이 이루 말할 수 없이 고왔다. 잔을 가까이 가져가자, 희미하면서도 분명한 '젖비린내 같은 향취'가 코끝을 스쳤다.

스님은 그때는 미처 몰랐다. 세월이 흘러서야 그 향이야말로 차의 신(茶神), 곧 '진향(眞香)'임을 알게 되었다. 그날 다래헌을 채우던 향기와 온기, 그리고 차를 앞에 두고 앉았던 고요한 오후는, 스님의 기억 속에 '잊을 수 없는 차 한 잔'으로 오래 남았다.

차 한 잔의 공(功)

스님은 향기로운 차 한 잔을 마주할 때마다 사는 일이 고맙고 기쁘게 느껴진다고 했다. 행복의 조건은 거창한 곳에 있지 않다. 맑고 향기로운 일상의 한순간, 그 빛을 알아보는 마음에 있을 뿐이다. 차 한 잔이 그것을 일깨워 준다.

스님에게 차를 즐기는 까닭은 목마름을 해결하기 위해서가 아니었다. 맑음과 고요, 그리고 향기를 누리기 위해서였다. 빛깔과 향기, 맛이 두루 갖추어진 차를 일러 좋은 차라 하지만, 그 가운데서도 으뜸은 단연 향기라 했다.

선물 가운데 스님이 가장 반겨 받는 것도 차 선물이었다. 특히 햇차가 나왔다는 소식을 듣고 건너오는 첫 차는, 기쁨의 무게가 남다르다. 잎이 늦게 수확되어 차가 늦게 도착하면, 기쁨도 그만큼 옅어진다. 신선도와 향이 이미 조금씩 사그라들었기 때문이다.

좋은 차는 반드시 좋은 물을 만나야 한다. 아무리 귀한 찻잎이라도 탁한 물과 만나면 빛과 향, 맛을 온전히 펼쳐내지 못한다. 차의 투명한 빛깔은 정갈하게 선별된 찻잎에서만 우러난다.

스님은 차를 다 우리고 난 뒤, 퇴수 그릇에 찻잎을 쏟아보는 일을 소홀히 하지 않았다. 그 속에는 차를 만든 사람의 마음이 고스란히 드러나 있기 때문이다. 제대로 정선되지 않은 차는 꼬투리와 부스러기, 모래 먼지가 뒤섞여 나온다. 반면 여린 찻잎만 가지런히 모여있는 차를 마주하면, 저절로 차를 만든 사람을 한번쯤 만나보고 싶다는 생각이 든다고 했다.

진정으로 차를 즐기는 사람은, 잔 속에 담긴 빛깔과 향기, 맛만 음미하는 데서 그치지 않는다. 그 너머를 함께 들여다본다.

차 한 잔이 우리 앞에 오기까지 겹겹이 쌓인 공덕을 떠올린다. 차나무를 가꾼 사람의 공, 이른 새벽 찻잎을 딴 사람의 공, 잎을 덖고 말려 차로 빚어낸 사람의 공, 차를 보내준 이의 정성, 다기를 빚은 도공의 손길, 다포와 차 수건을 꿰맨 이의 노고, 차를 끓인 물과 불의 공. 그리고 무엇보다 오랜 세월 차나무를 길러낸 산과 바람, 햇빛과 흙, 온갖 자연의 공. 스님은 그런 생각 끝에 조용히 말했다. "향기로운 차 한 잔에는 온 우주의 신비가 담겨 있다." 잔을 들어 입에 가져가는 그 짧은 동작 속에도, 수많은 손과 숨, 시간과 자연이 함께

차(茶), 한 잔에 담은 쉼과 깨달음

들어있는 것이다.

화개동 햇차

어느 해 봄, 스님은 지리산 자락의 한 다원을 찾아 남쪽으로 내려
갔다. 강원도 산골의 봄날은 날씨가 늘 변덕스러워, 오두막을 잠시
비우고 온화한 남녘으로 몸을 옮긴 것이었다. 마침 곡우 무렵, 햇차
를 따는 일로 온 산이 분주한 때였다.

쌍계사가 자리한 화개동 일대에는 크고 작은 차밭들이 이어져 있
었다. 스님은 초록 물결 위를 이리저리 오가며 흰 수건을 질끈 동여
맨 아주머니들이 찻잎을 따는 모습을 바라보았다. 그 풍경은 단순한
노동의 장면이라기보다, 마치 다른 세상 사람들이 차밭에 내려와 조
용한 춤을 추는 듯했다.

스님이 오래전 그곳에 살던 시절만 해도 야생 차나무 몇 그루가
전부였다. 다원도, 찻집도, 화려한 간판들도 없었다. 절에서 차를 즐
겨 찾는 스님들도 거의 없던 때였다. 다시 찾은 화개동은 골목마다
차와 다기를 파는 가게들이 즐비했다.

스님은 가게마다 들러 차를 맛보고 다기도 둘러보았다. 그러나 대
부분의 사람들은 찻잔을 손에 쥐고 있으면서도, 차를 깊이 음미하기
보다 마치 다른 음료를 대하듯 건성으로 마시는 듯했다. 스님은 생
각했다. 아무리 좋은 차라 해도, 그 차를 제대로 대할 줄 아는 사람
을 만나지 못하면, 그 잎에 깃든 고유한 맛과 향은 끝내 피어나지 못
한다고.

차를 다루는 사람은 차처럼 '기품'을 지녀야 한다고 스님은 말했다. 모처럼 맛본 화개동의 햇차였지만, 입안에 감도는 맛은 맹탕처럼 밋밋했다. 가게마다 다기들로 가득했으나, 정작 스님의 눈길을 붙드는 그릇 하나를 찾지 못했다. 차를 모르는 이들이 빚어낸 그릇들은 차의 숨결을 모셔내지 못하고 있었다. 다기의 아름다움이란, 차 앞으로 사람을 부드럽게 이끌어야 비로소 그 가치를 지닌다.

차 마시는 법

스님은 차 마시는 법을 크게 두 갈래로 나누었다. 하나는 덖은 찻잎을 바로 우리는 방법, 다른 하나는 발효를 시킨 뒤 마시는 방법이다. 전자는 우리가 흔히 말하는 녹차이고, 후자는 홍차나 보이차와 같은 종류다.

먼저 찻물을 입에 대고 조금만 머금은 채 혀 위에 올려, 그 맛을 천천히 느껴보아야 한다. 이를 '음미(吟味)'라 한다. 그 안에는 산(酸), 감(甘), 고(苦), 신(辛), 함(鹹)의 다섯 가지 맛이 미묘하게 얽혀 있다.

'음다(飲茶)'란 단숨에 들이켜는 것이 아니라, 한 잔을 서너 모금으로 나누어 마시는 것이다. 스님은 녹차를 마실 때 두 잔이면 족하다고 했다. 녹차는 두 번 우리고 나면 이미 향과 맛이 눈에 띄게 떨어지기 때문이다. 여러 사람이 애써 만든 정성을 생각하면 거기서 더 우리는 일이 미안하기도 했다.

찻물을 따를 때는 잔의 절반을 넘기지 않는 것이 좋다. 가득 채워 놓으면 보기만 해도 이미 배가 부른 듯하여, 차의 여백과 기운을 느

차(茶), 한 잔에 담은 쉼과 깨달음

끼기 어렵다.

차를 마실 때 마음은 무엇보다 한가롭고 고요해야 한다. 차만 후다닥 마시고 자리에서 일어나 버리면, 진정한 차 맛을 알 수 없다. 찻잔을 들어 향기를 맡고, 혀끝에 닿는 온기와 맛을 느끼며, 손에 쥔 다기의 감촉, 다실에 감도는 공기까지 함께 음미해야 비로소 차 한 잔과 마주 앉았다고 할 수 있다.

차 마시기 좋은 때

스님은 차는 공복에 마셔야 그 향기와 맛을 온전히 알아볼 수 있다고 했다. 그래서 새벽예불을 마치고 좌선을 끝낸 뒤, 여명이 비치는 창 아래에서 다기를 꺼내 물을 끓이고, 갓 우려낸 차를 두어 모금 마시는 일을 큰 기쁨으로 삼았다. 그런 새벽이면 오막살이의 잔잔한 즐거움이 마음속에서 조용히 부풀어 올랐다.

사람들은 흔히 찻잔에 물을 가득 채워 마시지만, 스님은 잔의 3분의 1, 많아야 4분의 1쯤만 따라두고 한 모금씩 음미해 보아야 차의 고마움과 진미를 알 수 있다고 했다. 공복에 마시는 차는 영혼을 맑게 씻어낸다.

어느 날 새벽, 스님은 문득 차 생각이 나 물병을 들고 우물가로 내려갔다. 우물 속에는 달이 잠겨 있었다. 마치 달이 물속에서 조용히 세수를 하고 있는 듯했다. 고개를 들어 하늘을 보니, 거기에도 둥근 달이 떠있었다. 그러나 우물 속에 잠긴 달빛이 훨씬 더 영롱했다.

스님은 물병에 달빛과 함께 샘물을 길어 올렸다. '월인천강(月印千

江)'이라는 말처럼, 달은 우물에도, 물병에도, 마음에도 고요히 비쳤다. 층계를 오르다 문득 고려의 문신 이규보의 시 한 구절이 떠올랐다. "산속의 중이 달빛 탐이 나 물병 속에 함께 길어 담았네. 절에 돌아와 뒤미처 생각하고 병을 기울이니 달은 어디로 사라졌는가."

달과 함께 길어온 샘물로 햇차를 달여 첫 잔은 부처님 전에 올리고, 둘째 잔을 들고 다실 자리에 앉았을 때, 공복의 몸에 스며드는 차의 향기는 뼛속까지 스며드는 듯 깊고 싱그러웠다. 스님은 말했다. 향기롭고 맑은 차 한 잔만으로도 사람은 충분히 행복해질 수 있다고. 그러면서 차 마시기 좋은 때를 다산 정약용의 말로 대신했다. "아침 안개가 피어오를 때, 구름이 맑은 하늘에 희게 떠 있을 때, 낮잠에서 갓 깨어났을 때, 밝은 달이 맑은 시냇물에 잠겨 있을 때." 이렇듯 한 잔의 차는, 때와 마음과 풍경이 맞아떨어질 때 비로소 그 진가를 드러낸다.

홍차에 레몬 한쪽

겨울이면 스님은 바깥에서 일을 보다 손끝과 발끝이 꽁꽁 얼어 돌아왔다. 방으로 들어와 아랫목 방석 밑에 맨발을 밀어 넣고, 얼음징 밑으로 졸졸 흐르는 개울물 소리를 들으며 잠깐 눈을 붙이면, 어느새 스르르 잠이 들곤 했다. 눈을 떠보니 햇살이 많이 옅어져 있었다. 스님은 그제야 몸을 일으켜 홍차 한 잔을 우려 마셨다. 인도 다질링에서 온, 부드럽고 향기로운 차였다.

스님은 평소 늦은 오후나 밤에는 홍차를 마시지 않았다. 카페인이

차(茶), 한 잔에 담은 쉼과 깨달음

깊은 잠을 방해하기 때문이었다. 그러나 그날만은 달랐다. 밤이 깊도록 정신을 또렷이 지키고 싶어, 일부러 홍차를 택했다.

홍차는 빛과 맛이 다른 차들과 사뭇 달라서, 하얗고 얇은, 고급스러운 잔에 담아 마시는 것이 제격이라 했다. 스님은 홍차에 레몬 한 쪽을 띄우거나, 코냑을 두어 방울 떨어뜨려 마시면 향기가 한층 깊어져, 겨울 저녁이 그만큼 더 운치 있게 익어간다고 했다.

황홀한 연꽃차

스님은 연꽃차를 마시는 법을 소상히 일러주었다. 연꽃은 나흘 동안만 피어있다. 향기는 꽃이 핀 다음 날 가장 절정에 이르러, 이튿날 아침이 되면 벌들이 먼저 알아보고 몰려든다.

연꽃차는 그 이튿날 피어난 꽃이 다시 오므라들 무렵에 만든다. 그때 한두 잔 분량의 차를 작은 봉지에 싸서 노란 꽃술 속 깊숙이 넣어둔다. 하룻밤 동안 차는 꽃 속에서 잠을 잔다. 다음 날 아침, 꽃봉오리가 다시 열리면 조심스레 차 봉지를 꺼내어 찻물에 우리면, 연꽃의 황홀한 향취가 고스란히 입안으로 번져온다.

연꽃차를 즐기는 또 다른 방법도 있다. 이틀째 피어난 연꽃을 통째로 따서, 그 안에 차를 한 움큼 넣고 비닐에 싸서 냉동실에 두었다가, 필요할 때마다 꺼내어 우려 마시는 방식이다. 그러나 스님은 이 방법은 연꽃에 너무 큰 해를 끼친다며, 알고만 있되 권하고 싶지는 않다고 했다. 차 한 잔의 향기를 위해 꽃 한 송이의 생을 통째로 거두어들이는 일이 마음에 걸렸던 것이다.

일품차, 감로

어느 날 스님은 볼일이 있어 광주에 나갔다가, 무등산 증심사로 이어지는 길목에 자리한 한국제다에 들렀다. 그곳에서 햇차를 구해 온 일이 있다.

봄날, 음악감상실 '베토벤'에서 내놓은 차를 마시다가 스님의 눈이 번쩍 뜨였다. 그 향기와 맛이 예사롭지 않았다. 스님이 "이 차가 어디서 온 것인가요." 하고 묻자, 주인은 "한국제다에서 나온 햇차인데 이름은 '감로(甘露)'입니다"라고 대답했다.

스님은 그해에 마신 수많은 차 가운데 이 감로를 단연 일품이라 꼽았다. 한국제다에서 사 온 그 감로를 스님은 단 한 잔만 마셨다. 더 마시지 않은 까닭은, 두 번째 잔에서 첫 잔의 황홀한 향취가 반감 될까 두려웠기 때문이다.

스님은 아름다움과 향기로움에는 언제나 한 뼘쯤 모자란 여운이 남아야 한다고 생각했다. 아름다움의 포만은 쉽게 추해지고, 향기의 과잉은 오히려 싫증을 부른다. 넘치는 것은 언제나 모자라는 것만 못하다는 것이 스님의 지론이었다.

눈이 번쩍 뜨인 용정차

어느 날 스님에게 부산의 한 어르신이 보낸 소포가 도착했다. 상자 안에는 『중국차문화기행』이라는 책과 용정차 한 곽, 그리고 또박또박 붓글씨로 쓴 편지가 들어있었다. 편지를 보낸 이는 아흔셋, 평생 차를 즐기고, 차 관련 책을 써 동호인들에게 차의 덕을 알려주며 정정한 말년을 보내고 있는 분이었다.

그 어르신과의 인연은 함박눈이 펑펑 내리던 어느 겨울 저녁, 불일암을 찾아온 한 사람으로부터 시작되었다. 스님과 그 어르신은 소박한 저녁 공양을 나눈 뒤 다실로 들어가, 밤이 깊도록 차 이야기를 나누며 찻잔을 주고받았다. 그때 그 어르신이 가져온 차가 납작한 곽에 담긴 용정차였다.

그 용정차는 향기와 맛, 빛깔 어느 하나 흠잡을 데 없는 일급품이었다. 찻물을 따르는 순간 눈이 번쩍 떠질 만큼 또렷한 맑음이 잔을 채웠다. 보통 차는 두어 번 우리고 나면 힘이 빠지지만, 그 용정차는 대여섯 번을 우리고도 처음과 다름없는 향과 맛을 유지했다.

그 뒤로 스님은 다시는 그날의 용정차와 견줄 만한 차를 만나지 못했다. 겨울밤 함박눈 속을 찾아와 함께 나누었던 한 통의 차와 그 잔을 사이에 두고 이어졌던 오랜 대화는, 스님의 기억 속에서 눈부신 향기와 함께 오래도록 식지 않는 온기로 남아 있었다.

사람, 인연으로 엮인 삶의 얼굴들

단단한 껍질 속 연한 속살로 품어온 그리운 얼굴들.

조용한 미소와 따뜻한 손길이 되어 겨울밤을 밝히는 꺼지지 않는 영혼의 등불.

스님은 사람 이야기를 잘 하지 않는 편이었다. 그분의 글이 자연과 사물, 침묵과 고요를 자주 불러들이는 것도 그 까닭이었다. 스님 곁에는 언제나 나무와 꽃, 새와 짐승이 있었지만, 사람의 그림자는 많지 않았다. 성격은 까다롭고 단호했으며, 속마음을 쉽게 내어주지 않았다. 사람들 또한 그런 스님을 함부로 대하지 못했다.

그렇다고 해서 스님 마음이 메마른 것은 아니었다. 단단한 껍질 안에는 언제나 '연한 속살'이 있었다. 그 연한 속살로 스님은 몇 사람을 깊이 존경했고, 조용히 의지했고, 오래도록 그리워했다. 스승과 도반, 자신에게 큰 가르침을 주고 삶의 방향을 바꾸어준 이들만큼은 분명히 이름을 불러 이야기했다. 잊지 못하는 사람들이 아니라, 도무지 잊을 수가 없는 사람들이었기 때문이다. 스님은 그들의 이야기를 풀어놓았다.

정다운 도반, 수연 스님

1959년 겨울, 스님은 지리산 쌍계사 탑전에서 홀로 안거를 준비하고 있었다. 겨울을 나려면 무엇보다 식량과 땔감, 김장이 필요했다.

모시고 있던 효봉 선사는 네팔에서 열리는 세계불교도대회에 참석하러 떠난 뒤였다.

스님은 하동 악양 들판의 농가들을 돌며 닷새 동안 탁발을 했다. 겨울을 나기에 모자람이 없을 듯했다. 탁발을 마치고 탑전으로 돌아왔을 때, 암자 지붕에서 연기가 가늘게 피어올랐다. '누가 온 걸까.' 스님은 놀란 마음으로 부엌으로 뛰어 들어갔다. 그곳에는 낯선 스님한 분이 불을 지피고 앉아 있었다. 누더기 차림이었지만 얼굴에는 해맑은 미소가 서려 있었다. 그 스님은 합장하며 말했다. 지리산으로 겨울 안거를 하러 들어왔노라고.

그 스님의 법명은 '수연'이었다. 나이는 법정 스님보다 한 살 아래였지만 출가는 한 해 먼저였다. 법정 스님은 생각했다. '혼자보다 도반과 함께 정진할 수 있다면, 이 겨울이 훨씬 깊어지겠구나.' 소임을 나누었다. 밥은 법정 스님이 짓고, 국과 반찬은 수연 스님이 맡기로 했다. 하루 한 끼만 먹고 온종일 참선에 들었다. 겨울 산에는 눈과 침묵만이 깊어갔지만, 좁은 암자 안에는 두 사람의 호흡이 담백하게 이어지고 있었다.

수연 스님의 몸은 늘 성치 않았다. 소화가 잘되지 않아 늘 속이 불편했다. 그럼에도 불평 한마디 없었다. 말수는 적었고, 대신 조용한 미소가 그의 얼굴에 늘 번져 있었다.

겨울 안거가 끝나갈 무렵, 뜻밖의 일이 생겼다. 해제를 코앞에 둔 어느 날, 이번에는 법정 스님이 쓰러진 것이다. 열이 오르고 오한이나 몸을 가누기 힘들었다. 해제가 되면 이 절 저 절을 함께 다녀 보

사람, 인연으로 엮인 삶의 얼굴들

자고 약속했건만, 밤마다 헛소리를 할 만큼 병세는 깊어졌다. 수연 스님은 밤새 머리맡을 지켰다. 물을 떠다 먹이고, 물수건을 데워 이마에 얹어주었다. 암자는 깊은 산중이라 약을 구할 데가 마땅치 않았다.

어느 날, 수연 스님이 아랫마을에 잠시 다녀오겠다고 했다. 해가 져도 돌아올 기척이 없었다. 법정 스님은 기운이 다해 그만 곯아떨어졌다. 깨어보니 밤이 깊었다. 부엌에서 조용한 소리가 들렸다. 잠시 후 수연 스님이 따끈한 약사발을 들고 들어왔다. 한 모금씩 받아 마시라며 다독였다.

그제야 법정 스님은 모든 사정을 알아차렸다. 가까운 마을에는 약국이 없었다. 약국이 있는 곳은 40리 떨어진 구례읍뿐이었다. 수연 스님은 돈 한 푼 없는 주머니를 탁발로 채운 뒤, 왕복 80리 길을 걸어 내려갔다가 다시 밤길을 올라온 것이다. 그 먼 길을 걸어와 약을 달여 들고 온 것이다. 그 사실을 깨닫는 순간, 법정 스님의 눈에서 어린아이처럼 눈물이 쏟아졌다. 수연 스님은 아무 말 없이 그 손을 꼭 잡아주었다. 말 대신 손의 온기가 모든 것을 말해주고 있었다.

그 약 덕분이었을까. 이튿날, 법정 스님은 겨우 몸을 움직일 수 있을 만큼 회복되었다. 그러나 두 사람의 길은 다시 갈라져 각자의 길을 갔다. 이후 법정 스님은 해인사 퇴설당 선원에서 여름 안거를 지내고 있었고, 수연 스님은 오대산 상원사에서 참선 중이었다. 더위가 지나면 상원사로 그를 찾아갈 생각이었다. 그런데 그 생각이 무르익기도 전에, 수연 스님이 먼저 해인사를 찾아왔다. 여전히 조용한 미소를 지니고 있었지만, 안색은 예전보다 한층 수척해 보였다. 여전히 소화가 잘되지 않는다고 했다.

그해 겨울, 두 사람은 다시 해인사에서 함께 지냈다. 그러나 시간이 갈수록 수연 스님의 건강은 눈에 띄게 기울어갔다. 법정 스님은 더 이상 산중에 머물게 할 수 없다고 여겨, 그를 진주 포교당으로 데려가 치료를 받게 했다. 수연 스님을 그곳에 맡겨놓고, 다시 혼자 해인사로 돌아왔다.

그 겨울, 지리산에는 유난히 눈이 많이 내렸다. 아름드리 소나무들이 눈을 이기지 못하고 꺾여 쓰러졌다. 법정 스님은 쓰러진 나무들을 일으켜 세우려다 손목을 심하게 삐었다. 얼마 후, 소포 하나가 도착했다. 그 안에는 삔 데 바르는 약이 조용히 들어있었다. 따로 적힌 편지 한 장도 없었다. 수연 스님이 보낸 것이었다. 말 대신 약으로 안부를 대신한 것이다.

그것이 마지막이었다. 그 후로 들려온 소식은, 수연 스님이 세상을 떠났다는 전갈이었다. 소식을 들은 그날, 법정 스님은 여러 생각이 한꺼번에 밀려왔다. 지리산의 깊은 겨울, 암자의 불빛, 머리맡에서 이마를 닦아주던 손길, 왕복 80리 약길, 말 대신 웃음으로 모든 것을 나누던 한 사람.

스님은 수연 스님을 '정다운 도반'이라 불렀다. 자비를 말이 아니라 몸으로 보여준 사람. 늘 말이 적고 조용한 미소만 짓던 사람. 그리고 마지막으로 이렇게 덧붙였다. "수연 스님은, 내게 '잊히지 않는 얼굴'입니다." 세월이 흘러도 희미해지지 않는 한 얼굴, 산중 겨울밤

사람, 인연으로 엮인 삶의 얼굴들

의 등불처럼 마음속에서 오래도록 꺼지지 않는 얼굴이었다.

정이 많았던 사람, 정채봉

정채봉은 "존경할 수 있는 스승이 가까이 있다는 것은 큰 행복"이라 말하곤 했다. 그가 곁에 두고 깊이 공경한 스승이 바로 법정 스님이었다. 처음 만남은 서울 샘터사에서였다. 신입사원이던 그는 원고를 받으려고, 한강을 건너 봉은사 다래헌까지 수없이 드나들었다. 이후 스님이 전남 순천 송광사 불일암으로 거처를 옮긴 뒤에도, 월간지 『샘터』에 실릴 글은 변함없이 그 산중 암자에서 올라왔다.

어느 날, 실린 글을 읽던 스님은 적잖이 상심했다. 글 곳곳에 오자가 여러 개 박혀 있었다. 문장은 스님의 이름으로 세상에 나가 있었지만, 그 꼴은 영 딴판이었다. 스님은 전화를 걸어 앞으로는 더 이상 원고를 보내지 않겠다고 단호하게 말했다.

다음 날 새벽, 느닷없이 불일암을 찾아온 사람이 있었다. 밤차를 타고 서울에서 곧장 내려온 정채봉이었다. 그는 문 앞에 서서 연신 고개를 숙였다. 풀이 잔뜩 죽어있는 얼굴, 말없이 서 있는 모습에서 그의 마음이 고스란히 전해졌다. 스님의 마음도 조금씩 누그러졌다.

두 사람은 부엌으로 내려가 나란히 앉아 아침밥을 지어 먹었다. 쌀을 씻고 불을 지피며, 서먹하던 공기가 조금씩 풀렸다. 그렇게 스승과 제자, 작가와 편집자는 다시 마음의 끈을 이어갔다.

어느 해 봄, 작은 소포 하나가 산중으로 올라왔다. 연초록빛 카드 겉장에는 잎이 달린 생화 한 송이가 눌려 붙어있었다. 정갈하고 다정한 손길이 느껴지는 카드였다. 봉투 안에는 정채봉이 보낸 편지와 함께, 남자 내복 한 벌이 곱게 접혀 들어있었다. 편지에는 스님의 생신을 축하한다는 인사와 함께, 할머니 이야기가 적혀 있었다.

어린 시절, 할머니는 손자를 키우며 늘 절 구경을 가보고 싶어 했다. 하지만 시골 할머니가 절에 가려면 여비가 필요했다. 할머니는 한푼 두푼 동전을 모아두었다. 여비가 어느 정도 모이면, 어린 정채봉은 말했다. "할머니, 이다음에 제가 돈 벌면 절에 꼭 모시고 갈게요." 그러고는 슬그머니 돈을 가져다 썼다. 그러나 그는 첫 월급을 타기 전에 할머니를 잃었다. 첫 월급날, 누군가 "어머니 내복을 사 드리라"고 말했지만, 내복을 입혀 드릴 어머니도, 할머니도 없었다. 그래서 그는 생각했다. '스님의 생신 선물로 내복을 사 드려야겠다. 스님이라면 내 마음을 알아주실 것이다.'

스님은 마루에 앉아 그 내복을 오래도록 손끝으로 쓸어보았다. 편지를 한 번 읽고, 다시 펼쳐 두 번을 읽었다. 천을 어루만지는 손길도, 글자를 더듬는 눈길도 쉽게 떨어지지 않았다.

세월이 조금 더 흘러, 정채봉은 할머니와 어머니의 묘를 이장한 뒤 병상에 누운 채 또 한 봉의 편지를 보냈다. "기억에 없는 어머니와의 첫 만남이 유골로 이루어지게 되어 눈물을 좀 흘렸습니다. 저의 나이 든 모습이 스무 살의 어머니로서 가슴 아파하실까 봐 머리에 검정 물을 들이기도 하였습니다…." 스님은 봄볕이 드는 앞마루에 앉아 그 편지를 여러 번 읽었다. 글자를 더듬다 문득 시야가 흐려졌다. 스님의 눈에서도 조용히 눈물이 흘렀다.

사람, 인연으로 엮인 삶의 얼굴들

얼마 후, 스님은 그가 입원한 병원을 찾았다. 불쑥 병실 문을 열고 들어서자, 정채봉은 깜짝 놀라더니 이내 한쪽 팔로 얼굴을 가리고 훌쩍이며 울기 시작했다. 반가움과 서러움과 감사가 한꺼번에 북받쳐 오른 듯했다. 스님은 병실을 나오기 전, 그를 꼭 안아 주었다. 스님에게는 거의 없던 일이었다. 그날의 포옹이 두 사람의 마지막 하직 인사가 될 줄, 그때는 미처 알지 못했다.

산으로 돌아오는 길, 스님은 운전대를 잡고 가다가 몇 번이나 길가에 차를 세웠다. 병실에서 보았던 그의 마른 어깨, 뼈만 남은 앙상한 얼굴이 자꾸만 눈앞에 떠올랐다. '살아서 다시 만나지 못할지도 모른다'는 예감이 슬며시 가슴을 파고들었다.

얼마 지나지 않아 눈이 수북이 쌓인 어느 날, 인기척이 나서 문을 열어보니 30리 떨어진 마을에 사는 김 서방이 산을 헤치고 올라와 있었다. "웬일인가?" 묻자, 그는 숨을 고르며 말했다.

"눈 속에서 어떻게 지내시는지 궁금해서 올라왔습니다." 보통 걸음으로는 30분이면 오를 수 있는 길이었지만, 허벅지까지 빠지는 눈길이라 3시간이나 걸렸다고 했다.

그는 산중에서 스님에게 가장 고마운 친구 가운데 한 사람이었다. 배낭을 내려놓으며 감자와 옥수수를 꺼냈다. 그러고는 무심한 듯 덧붙였다. 그러면서 간밤에 뉴스를 들었는데 정채봉 씨가 세상을 떠났다고 했다. 그 말을 듣는 순간, 스님의 다리가 풀렸다. 스님은 서둘러 눈 덮인 산길을 내려갔다. 중앙병원 영안실에 도착했을 때, 사람은 이미 자리를 비운 뒤였다. 차갑게 정리된 영단 위에, 생전의 사진

한 장만 덩그러니 올려져 있었다.

스님은 사진을 한참 바라보다가, 말문이 막혀 그저 서 있었다. 어이없는 마음, 허무한 마음, 안타까운 마음이 한꺼번에 밀려왔다. 정이 많았던 한 사람, 연한 속살로 세상을 품으려 했던 한 사람, 그리고 스님이 끝내 잊을 수 없게 된 제자, 정채봉. 그는 그렇게, 스님의 마음속에 오래도록 떠나지 않는 한 사람으로 남았다.

지극한 사랑의 할머니

스님은 할머니의 지극한 사랑을 먹고 자랐다. 할머니는 마른 체구였다. 앙상한 몸 하나로 평생을 견디고 살아온 사람처럼 보였지만, 그 마른 품속에는 끈끈하고도 따뜻한 '혈연의 정'이 늘 그득했다. 그 품에 안기기만 하면 세상 근심이 스르르 가라앉았다.

손자가 산으로 들어가 출가했다는 소식을 들었을 때, 할머니의 마음은 무너져 내렸다. 그러나 내색하지 못한 채 속으로만 삭였다. 훗날 스님이 해인사에 머물고 있을 때, 할머니가 세상을 떠났다는 소식을 뒤늦게 전해 들었다. 할머니는 눈을 감기 전, 스님을 한 번이라도 보고 눈을 삼았으면 원이 없겠다고 했다. 그 말을 전해 들은 순간, 스님은 불전 앞에 향을 살라 올리고 조용히 절을 했다. 입산 이후 처음으로, 눈물이 뺨을 타고 흘렀다.

스님은 자신의 어린 시절을 돌아보며 "구김살 없이 자랐다"고 했다. 그것은 모두 할머니의 사랑이 두툼한 이불처럼 어린 손자를 덮어주었기 때문이다. 스님은 자신 안에 문학적인 기질이 조금이라도

사람, 인연으로 엮인 삶의 얼굴들

있다면, 그것은 전적으로 할머니의 몫이라고 했다. 해 질 녘이면 할머니의 입에서 어느새 옛날이야기가 흘러나왔다. 가난한 사람과 착한 짐승, 슬기로운 이들이 등장하던 그 이야기들이 날마다 이어졌고, 그때마다 어린 손자의 마음밭에는 보이지 않는 씨앗들이 하나둘 뿌려졌다.

외동아들이었던 스님은 할머니를 유난히 따랐다. 마치 강아지처럼 졸졸 따라다니며, 할머니가 시키는 일이라면 무엇이든 마다하지 않았다. 담배가 귀하던 시절, 어린 그는 혼자 10리 길을 걸어가 담배를 구해 오기도 했다. 숨이 차도록 걸어서 돌아오는 길, 저고리 품속에는 담배 한 갑과 함께 할머니를 기쁘게 할 생각으로 부풀어 오른 아이의 마음이 함께 들어있었다.

초등학교에 입학하던 날에도 그는 할머니의 손을 꼭 잡고 읍내 옷가게에 갔다. 새 옷을 맞추고 계산을 마치자, 가게 주인이 경품을 뽑아보라며 상자를 내밀었다. 그 어린 손에 쥐어진 것은 값비싼 물건이 아니라 원고지 한 묶음이었다. 그 작은 우연이 훗날 평생 원고지 위에 글자를 새기며 살아가는 삶과 은근하면서도 끈질긴 인연을 맺게 한 셈이었다.

할머니의 고향은 부산의 초량이었다. 스님이 훗날 부산을 처음 찾아 초량 언덕길을 걸어 올라갈 때, 묘한 낯익음이 가슴을 스쳤다. 처음 밟는 거리인데도 마치 자신이 나고 자란 동네처럼 살갑고 정다웠다. 할머니의 사연과 숨결이 어린 시절부터 이미 스님의 내면 깊숙이 스며있었기에, 그 골목과 언덕은 더 이상 낯선 타향이 아니라 마음속의 또 다른 고향으로 다가왔다.

스님의 유년 한가운데에는, 마른 품 하나로 한 사람의 생을 다 건네주었던 할머니가 언제나 조용히 서 있었다.

솔실 같았던 어머니

겨울 싸락눈이 흩날리던 어느 날, 스님은 집을 나와 북쪽으로 길을 올랐다. 골목길을 빠져나가기 전, 마지막으로 뒤돌아본 집 마당에 어머니가 홀로 서 있었다. 출가하러 절로 간다는 말을 차마 입에 올릴 수 없어, 스님은 그저 "시골에 있는 친구 집에 다녀오겠습니다"라고만 말하고 집을 나섰다. 그렇게 모자는 아무 말 없이 서로의 등을 보이며 한 생의 방향을 달리했다.

스님은 훗날, 자신에게는 할머니에 대한 기억은 유난히 많으면서도 정작 어머니에 대한 기억은 얼마 되지 않는다고 했다. 절에 들어와 살면서 어머니를 뵐 기회가 거의 없었기 때문이다. 스님이 출가한 뒤, 어머니는 사촌 동생 집에서 지내게 되었다. 그 사촌 동생은 어머니를 친어머니보다 더 잘 모셨다고 했다.

어느 해, 모교에서 강연 요청이 왔다. 스님은 강연을 마친 뒤, 조심스레 어머니 소식을 수소문했다. 친구의 부인이 어머니가 새로 이사한 집까지 직접 안내해주었다. 문을 열고 들어선 순간, 불쑥 나타난 아들을 본 어머니의 얼굴에는 놀라움과 기쁨이 한꺼번에 번져 올랐다. 어머니가 손수 차려준 점심을 먹고 일어나자, 어머니는 골목 어귀까지 따라 나왔다. 그리고는 스님의 손에 꼬깃꼬깃 접힌 돈을

사람, 인연으로 엮인 삶의 얼굴들

꼭 쥐여주었다. 스님은 그 돈을 마음대로 쓰지 못하고 오랫동안 간직해 두었다. 그러다가 절에서 불사(佛事)를 일으킬 때, 어머니 이름으로 시주를 올렸다. 출가 이후 어머니와의 첫 번째 만남은 그렇게 밥상 한 상과 한 장의 지폐로 남았다.

두 번째 만남은 더욱 쓸쓸했다. 어머니가 몹시 위중하다는 소식이 들려왔다. 서울로 올라가는 길에 스님은 대전에 들렀다. 사촌 동생의 직장이 옮겨지면서 어머니도 그곳에 계셨다. 병상에 누운 어머니는 많이 쇠약해져 있었다. 스님을 보자마자 어머니 눈가에서 눈물이 흘러내렸다. 그것이 이승에서 모자가 서로 얼굴을 마주한 마지막 순간이 되었다.

어머니가 스님이 사는 곳을 직접 찾아온 적은 단 한 번뿐이었다. 광주에 머물던 때, 고모네 딸과 함께 불일암까지 험한 산길을 올라온 적이 있었다. 스님은 모처럼 어머니를 위해 밥을 짓고 국을 끓여 점심상을 차려 드렸다. 어머니는 말없이 밥을 드시고는 그날로 산을 내려가야 했다. 마침 비가 내려 개울물이 불어 있었다. 연로한 어머니가 징검다리를 건너기에는 물살이 너무 세고 돌이 미끄러워 보였다.

스님은 바짓가랑이를 걷어 올리고 어머니를 등에 업었다. 차가운 물살을 가르며 한 걸음 한 걸음 징검다리를 건널 때, 등에 실린 어머니의 몸무게는 한 줌 솔잎단처럼 가벼웠다. 그 가벼움이 오히려 스님의 가슴을 후벼 팠다. 얼마나 몸이 야위었으면, 얼마나 긴 세월 홀로 견뎌왔으면 이토록 가벼울까.

어느 해 겨울, 어머니가 돌아가셨다는 소식이 산중으로 전해졌다. 그 말을 듣는 순간, 스님은 "내 생명의 뿌리가 꺾였구나." 하는 생각이 들었다고 했다. 그 시절에는 결제(結制)를 엄격히 지키던 터라, 당장 장례에 내려갈 수 없었다. 하는 수 없이 서울에 있는 아는 스님께 부탁해 대신 조문을 가도록 했다.

결제가 끝난 뒤에야 스님은 49재에 참석할 수 있었다. 영단 위에 놓인 어머니의 사진을 마주한 순간, 그동안 꾹 참아 눌러놓았던 감정이 한꺼번에 터져 나왔다. 스님의 두 눈에서는 눈물이 마구 흘러내렸다. 솔잎단처럼 가볍게 업혀 건너던 개울물, 차마 붙잡지 못하고 떠나보낸 뒷모습, 그리고 영단 위의 한 장 사진. 스님의 가슴속에서 어머니는 언제나, 겨울 끝자락의 마른 솔잎처럼 쓸쓸하면서도 향기로운 기억으로 남아 있었다.

청빈하게 산 부휴 선사

지리산 칠불사 운상선원에서 정진하던 현묵 스님에게서 어느 날 편지와 차 한 통이 도착했다. 봉투를 여니, 곱게 눌러 쓴 글씨가 눈에 들어왔다. "불일암 사숙님께. 운상차 한 통을 올리오며, 이 도량에 한동안 머무셨던 부휴(浮休) 선사의 글 한 수를 함께 적어 보냅니다. 신록이 우거진 가운데 사숙님의 청안하옵기를 향축하나이다."

현묵 스님은 송광사에서 출가해 지리산 칠불사를 제집처럼 여기며 거의 십 년 가까이 수도하고 있었다. 한때는 여섯 해 동안 입을 굳게 다문 채 묵언으로 정진한 적도 있었다. 틈틈이 붓을 들어 그림

사람, 인연으로 엮인 삶의 얼굴들

을 그리고, 그 곁에 소식을 적어 보내오곤 하던 스님이었다. 그가 법정 스님을 '사숙(師叔)'이라 부른 것은, 자신의 은사인 구산 스님과 법정 스님이 한 스승, 효봉 선사 아래서 사제 인연을 맺은 '사형(師兄)' 이었기 때문이다.

편지 끝에는 부휴 선사의 글이 한 수 적혀 있었다. "깊은 산에 홀로 앉아 있으니 만사가 시들해 종일토록 문을 닫고 무생(無生)을 참구하네. 내 생애를 되돌아보니 별로 가진 것 없다만, 다만 한 잔의 차, 한 권의 경책이 있을 뿐이라." 한 잔의 차와 한 권의 경전으로 일생을 가만히 건너간 옛 선사의 삶이, 이 짧은 게송 한 편에 고요히 담겨 있었다.

부휴 선사는 지리산 칠불사에서 생을 마치며 다음과 같은 임종게를 남겼다. "환상의 바다에서 노닐기 칠십여 년, 오늘 아침 이 몸 벗고 고향으로 돌아가네. 텅 비고 고요하여 아무것도 없으니 보리니 생사니, 그 허망한 말들 하지 말게."

송광사 비전(碑殿)에는 크고 작은 비와 부도 여러 기가 서 있다. 부도는 고승의 유골을 모셔 세운 작은 돌탑이다. 그 가운데 유난히 자그마하고 조촐한 부도 하나가 눈에 띈다. 그것이 바로 부휴 선사의 부도였다.

스님은 그 소박한 돌탑을 마주할 때마다 생각했다. 수행자의 삶은 어떠해야 하는지, 사람이 죽은 뒤에 정말로 남겨야 할 것이 무엇인지. 스님이 보기에, 수행자의 분수에는 큰 것보다 작은 것이, 화려함보다 검소함이, 복잡함보다 단순함이, 기교를 부린 것보다 질박함이 더 어울렸다. 분수 밖의 크고 많은 것 속에서 행복을 찾으려 한다면, 그 삶은 언제나 목마를 수밖에 없다. 마치 물속에 있으면서도 목이 마르다고 아우성치는 어리석음과 다르지 않다고 스님은 말했다.

누더기 한 벌, 혜담 스님

어느 날 스님은 충남 예산 덕산면 덕숭산 수덕사 선우도량을 찾았다. 그곳에서 작은 모임이 열렸기 때문이다. 가는 길에 오래 마음에 품어 두었던 추사 김정희 고택부터 들렀다.

높지 않은 산자락 양지바른 곳에 앉은 고택은, 겉으로는 낡았으되 기품을 잃지 않은 채 조용히 세월을 견디고 있었다. 문지방과 기둥, 대들보와 처마, 마당을 둘러싼 나무들까지 모두가 살갑게 말을 건네오는 듯했다. 옛 어른이 살고 떠난 집에서 스님은 묘한 친밀감을 느꼈다.

수덕사에서 일을 마친 뒤, 스님은 서산 개심사로 일부러 발길을 돌렸다. 절 이름 '개심(開心)'이 마음에 든 것도 있었지만, 무엇보다도 십 년 가까이 얼굴을 보지 못한 채 풍문으로만 소식을 전해 듣던 도반, 혜담 스님이 그곳에 머물고 있다는 소식을 들었기 때문이었다.

혜담 스님은 송광사 선원에서 오랫동안 지내며 단순하고 검소한 삶으로 많은 이들의 마음을 울린 수행자였다. 절에 들어온 뒤 줄곧 누더기 한 벌로 사철을 보냈다. 봄, 여름, 가을, 겨울을 한 벌 옷으로 건너갔다. 스님의 소유라고 해봐야 닳아 해진 누더기 한 벌과 작은 걸망(배낭) 하나가 전부였다.

사람, 인연으로 엮인 삶의 얼굴들

한때 명상가 라즈니쉬의 사상에 깊이 심취하기도 했지만, 그의 책조차 손에 남겨두지 않았다. 법정 스님은 그런 스님을 두고, "나는 무소유를 입으로만 떠들었지, 끝내 철저한 무소유자가 되지 못했는데, 혜담 스님은 말없이 그 무소유를 온몸으로 살아낸 사람이었다"라고 말하곤 했다.

혜담 스님이 송광사 수선사와 문수전에 머무를 때면, 그 주변에는 풀 한 포기 자라지 못했다. 게으름을 몰라 늘 낫과 손을 움직였기 때문이다. 좌선만큼이나 '일'로써 정진을 삼았던 사람, 그래서 스님의 손바닥에는 등걸처럼 거친 굳은살이 박혀 있었다. 그 손을 볼 때마다 스님은 톨스토이의 『바보 이반』에 나오는 이반의 '거친 손'을 떠올렸다.

스님은 무엇보다 자연을 사랑했다. 길을 가다 말고도 문득 풀밭에 드러누워 눈부신 하늘을 올려다보고, 풀벌레 소리에 한동안 귀를 기울였다. 풀잎 끝에 맺힌 이슬 한 알을 보고 며칠 동안이나 감격할 줄 알았고, 누더기 속에 조그만 확대경을 넣어 다니며 들꽃 하나하나를 들여다보며 '생명의 신비'에 취하곤 했다.

스님이 가장 사랑한 시간은 여명이 밝아오는 새벽이었다. 좌선 시간에 스님은 좀처럼 전등불을 켜지 않았다. 어둠 속에 조용히 앉아 점점 밝아오는 새벽의 기적을 온몸으로 받아들이는 것이 곧 수행이었다. 별이 빛나는 밤이나 달빛이 유난히 맑은 밤이면, 선실을 나와 마당에 앉아 좌선하며 우주의 신비를 온몸으로 느끼고 돌아갔다.

법정 스님은 뜰이나 밭에서 잡초를 매다가도 문득문득 혜담 스님이 생각났다고 했다. 풀 냄새와 흙냄새 속에서 떠오르는 얼굴, 누더기 한 벌과 거친 손, 투명한 새벽빛을 사랑하던 그 스님의 뒷모습이 자주 눈앞을 스쳤다.

그리움이 쌓여 결국 개심사까지 찾아갔지만, 혜담 스님은 출타 중이었다. 절 보살의 말에 따르면, 몸이 편치 않은 어떤 스님이 있는 절에 땔나무를 해주러 며칠 전 떠났다고 했다. 남의 절에까지 나무를 해주러 가는 마음, 병든 이의 겨울을 걱정해 짐을 지고 길을 나서는 그 손발이, 법정 스님의 가슴을 뜨겁게 울렸다.

혜담 스님의 방은 명부전 곁에 있었다. 방문이 열려 있어 들여다보니, 방 안에는 이불과 방석뿐 아무것도 없었다. 비어 있는 방, 그러나 그 빈자리에는 누더기 한 벌로 한 생을 견뎌낸 한 수행자의 기도가 고요히 남아 있었다.

가장 맑은 스님, 황선 스님

법정 스님은 자신이 평생 만난 수많은 수행자들 가운데 가장 맑은 이로 '황선 스님'을 꼽았다. 송광사에 머무는 동안, 황선 스님은 관음전에서 천일기도를 두 번이나 회향했다. 오래 기도에 들면 대개 형식과 타성에 빠지기 마련인데, 그 스님은 처음과 끝이 한결같았다. 천 일이 지나도록 산문 밖으로 한 걸음도 나가지 않았고, 휴식 시간에 잠시 불일암에 올라와 차를 마신 뒤 다시 묵묵히 기도 자리로 내려갔다. 말없이 용맹정진을 몸으로 보여준 스님이었다.

그 스님은 꽃을 사랑했다. 노스님들의 거처인 도성당 뜰에는 사철

꽃이 마르지 않았는데, 그 이면에는 늘 황선 스님의 손길이 있었다. 스님이 쓰던 방은 늘 텅 비어 있었다. 방 한가운데 방석 하나, 문지방 위에는 작은 탁상시계 하나, 그리고 꽃병에 꽂힌 한 줄기 꽃이나 수반 위에 띄워놓은 꽃잎 몇 장이면 전부였다. 소유를 비워낸 그 공간이 오히려 더 또렷이 '그 스님'을 드러내고 있었다.

황선 스님은 탐구심 또한 깊어, 기도하는 사이사이에 책을 붙들고 공부하곤 했다. 흑색을 유난히 좋아해 고무신에서 차반과 찻잔 받침, 심지어 속옷까지도 모두 검게 물들여 입었다. 스스로 다구를 만드는 일도 좋아했는데, 스님이 만든 차반과 받침은 모서리가 유난히 예리했다. 왜 이렇게 만들었느냐는 물음에 "예리해야 긴장감이 있지요"라고 웃으며 답했다. 평탄하고 둥근 것보다, 살짝 베일 듯한 긴장감 속에서 자신을 붙들려 했던 것이다.

황선 스님이 송광사를 떠나던 날 새벽, 지게를 하나 메고 불일암을 찾았다. 지게 위에는 스님이 직접 만든 오지 수반과 받침대가 실려 있었다. 말 대신 물건을 건네고 떠나는 뒷모습이, 법정 스님의 기억 속에 오랫동안 '가장 맑은 사람'의 모습으로 남았다.

최초의 스승, 효봉 스님

법정 스님의 출가 인연의 첫머리에는 근대 불교계의 큰 어른, 효봉 스님이 서 있다. 효봉 스님은 어려서부터 신동이라 불렸고, 조선인 최초의 법관이기도 했다. 서른여섯 살 되던 해, 독립운동을 하다 붙잡혀 온 조선인에게 사형을 선고해야 하는 일이 있었다. 법관으로

서 '법대로' 판결했으나, 그 일은 평생 지울 수 없는 자책과 회의를 남겼다. 결국 효봉 스님은 법복을 벗어던지고 집을 나와 엿장수를 하며 방랑을 시작했다. 그리고 마흔이 가까운 나이에 비로소 삭발염의(削髮染衣), 출가자의 길에 들어섰다.

법정 스님이 대학생이던 시절, 오대산에서 '진리를 공부할 대학생'을 모집한다는 소식이 들려왔다. 그곳으로 갈 생각이었으나, 폭설로 길이 막혀 뜻을 이루지 못했다. 대신 서울 선학원에 큰스님들이 모인다는 말을 듣고 그곳으로 향했다. 그곳에서 처음 효봉 스님을 친견했다. 출가에 관한 이야기를 나누던 중, 효봉 스님은 생년월일을 물어 간지를 짚어보더니, 조용히 출가를 허락했다. 그리고 곁에 있던 스님에게 "이 사람 머리를 깎아주라"고 일렀다.

삭발이 끝나고 승복 한 벌을 얻어 입었을 때, 효봉 스님은 문득 웃으며 말했다. "묵은 중 하나가 또 왔구나." 그 말 속에는 꾸지람과도 같은 애정이 배어 있었다. 법정 스님은 그렇게 머리를 깎은 채, 종로 거리를 한 바퀴 돌았다. 그날 이후, 효봉 스님이 거처하던 통영 미래사에서 행자 생활을 시작했고, 얼마 지나지 않아 스승은 제자를 데리고 지리산 쌍계사 탑전으로 옮겨 본격적인 수행에 들어갔다. 그만큼 효봉 스님은 이 제자를 각별히 아꼈다.

어느 날 아침 공양을 마친 뒤였다. 법정 스님이 우물가에서 설거지를 마치고 돌아오자, 효봉 스님이 호통을 치며 불렀다. "그 빈 그릇이랑 젓가락을 가져오너라!" 어리둥절한 채 그릇과 젓가락을 들고 우물가로 나가니, 효봉 스님은 설거지할 때 버려진 밥알과 시래기

사람, 인연으로 엮인 삶의 얼굴들

조각을 하나하나 주워 물에 헹궈 자신의 입에 넣었다. 그리고 단호히 일렀다.

"출가해서 도를 닦는 사람이, 무엇 하나 허투루 버려서는 안 된다. 시주한 이들의 은혜에 보답하려면, 아끼고 절약하며 가난하게 살아야 한다. 몸에 지니지 않는 무소유가 결국 가장 부유한 삶이라는 것을 똑똑히 알아야 한다."

그날 우물가에서 들었던 스승의 이 한마디는, 법정 스님이 평생 붙들고 간 수행의 좌표가 되었다.

엄격하고도 친절한 성철 스님

성철 스님을 처음 친견한 자리 역시 잊히지 않는다. 그때 성철 스님은 팔공산 파계사 성전암에 머물고 있었다. 찾아오는 사람들을 피하려고 암자 둘레에 철책까지 두르고 안거에 들던 시기였다. 법정 스님은 운허 스님을 모시고 불교사전 편찬과 관련된 일을 상의하러 성전암을 찾았다.

방 안으로 들어서자 낯선 생명이 먼저 눈에 띄었다. 산비둘기 한 마리가 성철 스님 방 안에서 함께 지내고 있었던 것이다. 인사를 드리자, 그 비둘기가 훌쩍 날아와 법정 스님의 어깨 위에 내려앉았다. 세상 사람들이 말하던 것처럼 무섭고 험상궂기만 한 큰스님이 아니라, 작은 생명 하나를 방 안에 들여 함께 지내는 따뜻한 사람이 거기 있었다. 그 모습을 보고서야 비로소 법정 스님은 성철 스님을 향해 마음이 열렸다고 했다.

성철 스님은 대단히 엄격한 분이었다. 법정 스님은 그를 두고 이렇게 썼다. "스님은 지나치게 엄격하셨다. 지위 고하를 막론하고, 불법 앞에서는 일절 사정을 두지 않으셨다. 그러나 출세간의 입장에서 보면, 철저한 '신(信)'을 갖도록 이끄는 데 이보다 더 친절할 수는 없었다."

그런데 그 엄격한 분이, 법정 스님에게만큼은 이상하리만치 '넉넉했다'. 그것은 그가 올곧게 수행해온 길을 성철 스님이 인정했기 때문일 것이다. 때로는 법정 스님이 성철 스님을 향해 직언을 서슴지 않기도 했다. 대표적인 것이 '3천 배' 논쟁이다. 성철 스님은 자신을 만나려면 먼저 3천 배를 해야 한다고 공언했다. 당시 해인사 강원에 있던 법정 스님은 불교신문에 글을 실어 이 3천 배를 강하게 비판했다.

성철 스님은 그 글에 대해 아무 말도 하지 않았다. 다만, 젊은 스님들이 법정 스님이 방을 비운 사이, 법정 스님이 쓰던 방의 물건을 모조리 치워버렸다. 돌아와 그 광경을 목격한 법정 스님은 아무 말 없이 수행처를 서울로 옮겼다.

그러나 두 사람의 인연은 거기서 끝나지 않았다. 성철 스님은 법정 스님의 글을 누구보다 애독했다. 자신의 책을 낼 때도 도움을 요청했고, 사진첩을 출간하면서는 서문을 맡겨 쓰게 했다. 한편 법정 스님은 성철 스님의 글씨를 받고 싶어 했다. 그것은 이름난 글씨를 얻고자 한 허영이 아니라, '운필(運筆)의 묘'를 통해 그 사람의 수행을 읽어보고자 했기 때문이었다.

사람, 인연으로 엮인 삶의 얼굴들

어느 날 백련암에 올라 법문을 들은 뒤, 법정 스님은 조심스레 글씨 한 점을 청했다. 그러자 성철 스님은 단호하게 안 된다고 잘라 말했다. 그 눈빛은 마치 '너도 결국 속물이구나'라고 일러주는 것 같았다. 법정 스님은 그 앞에서 한동안 무안하고 부끄러웠다고 고백했다. 그러나 그 거절 속에서 더 큰 것을 건졌다. 바로 '수행자의 바른 처신'이 무엇인지 몸으로 배운 것이다.

성철 스님은 출가한 지 58년 만에 불생불멸의 길로 떠났다. 성철 스님이 남긴 것은 사리와 광목천 옷 한 벌, 바리때 하나뿐이었다. 마지막으로 남긴 열반송을 법정 스님은 이렇게 풀이했다. "한평생 무수한 사람들을 속였으니, 그 죄업이 하늘에 가득 차 수미산보다 더하다. 산 채로 무간지옥에 떨어져 그 한이 만 갈래이리. 그러나, 한 덩이 붉은 해가 푸른 산 위에 걸려 있다."

자신의 일생마저 엄혹하게 돌이키며, 끝까지 수행자로 서 있기를 멈추지 않았던 한 노승의 그림자. 그 앞에서 법정 스님은 다시 한번 '어떻게 살아야 하는가'를 물었다.

독서, 책 속에서 찾은 길

책장을 넘기다 문득 멈춰 서는 마음의 뜰.

지식보다 지혜를 갈망하며 잠든 영혼을 흔들어 깨우는 우주의 맑은 입김.

스님은 지금까지의 생애를 돌아보며 "가장 행복했던 순간"이 언제냐는 물음에 주저 없이 대답했다. 좋은 책 한 권에 온전히 몰입해 있던 바로 그 시간들이었다고. 햇빛이 환하게 비쳐드는 창 아래, 맑은 정신으로 책장을 넘기고 있을 때, 스님에게 삶은 더 이상 복잡한 문제가 아니었다. 그 시간 자체가 '잔잔한 기쁨'이었다. 다실에서 책을 읽고 있으면 다실 이름처럼, 마음 안에서 맑은 물이 흐르고(水流), 고요한 꽃이 피어나는 것(開花)을 또렷이 느꼈다.

좋은 책을 대하는 일은, 마음이 맞는 친구와 밤 깊어가는 줄 모르고 낮은 목소리로 이야기를 나누는 일과도 같았다. 산속에 살면서 스님의 곁을 가장 성실하게 지켜준 벗 역시 책이었다. 혼자 살아도 외롭지 않았던 이유, 그 근원에는 언제나 곁에 놓인 책이 있었다.

스님은 좋은 책은 사람의 삶에 기쁨과 생기를 불러일으키고, 속을 단단하게 여물게 해준다고 믿었다. 새 책을 펼칠 때는 '새 친구'를 얻은 것 같아 설렜고, 오래된 책을 다시 펼칠 때는 '옛 친구'를 다시 만난 듯 반가웠다.

정신의 음식, 책

스님은 독서에 빠져있을 때가 가장 행복했다고 했다. 그때 영혼은 가장 투명해졌다. 출판사에서 보내오는 책만 한 달에 스무 권 남짓. 마음에 드는 책을 만나면 밤을 새워가며 읽었다.

스님이 말하는 '좋은 책'은 서점의 화려한 베스트셀러 목록에 이름 올린 책이 아니었다. 읽을 때마다 새롭게 배우게 되는 책, 잠든 영혼을 흔들어 깨우는 책, 주로 동서양의 고전들이 여기에 속했다. 하지만 아무리 좋은 책이라도 책에 '끌려다녀서는' 안 된다고 했다. 책을 통해 자기 자신을 읽을 수 있어야 하며, 책에게 읽히지 않고 책을 읽을 줄 알아야 한다는 것이다.

사람이 배가 고프면 밥을 먹듯, 정신도 제 몫의 음식을 먹어야 한다. 그것이 책이다. 1년 365일을 보내면서 책다운 책 한 권도 제대로 읽지 않고 지낸다면, 그 삶은 이미 '녹슬어버린 삶'이라고 스님은 단호히 말했다.

스님은 옛글 한 구절을 즐겨 인용했다. "어릴 때부터 책을 읽으면 젊어서 유익하고, 젊어서 책을 읽으면 늙어서 쇠하지 않으며, 늙어서 책을 읽으면 죽어서 썩지 않는다."

애지중지하던 책, 그리고 깨달음

고등학교 시절, '문화사' 시간에 H. G. 웰스가 쓴 세계문화사 책 이야기를 들은 적이 있었다. 얼마 뒤 우연히 친구 집에 갔는데, 그 책이 책장에 꽂혀 있었다. 스님은 그 책을 사고 싶어 몇 번이나 친

135 　　　　　　　　　　　　　　　　　　　　독서, 책 속에서 찾은 길

구에게 부탁했다. 하지만 친구는 책을 읽지도 않으면서 팔지도 않았다. 그 책이 눈앞에 어른거려 밤잠이 오지 않을 지경이었다. 내용을 알고 싶다기보다, 그 책을 갖고 싶다는 욕심이 마음을 사로잡았던 것이다.

얼마 후, 헌책방에서 마침내 그 책을 발견했다. 얼마나 기뻤는지 모른다. 단숨에 사서 집으로 돌아와 읽기 시작했다. 하지만 반도 채 읽지 못하고 책을 덮어버렸다. 그때 스님은 새삼스럽게 '소유'의 정체를 깨달았다. 행복의 기준은 얼마나 많이 가지고 있느냐에 있지 않고, '불필요한 것들로부터 얼마나 벗어나 있느냐'에 있다는 사실을 알게 된 것이다.

스님이 20대 중반, 삶의 갈림길에서 모든 것을 훨훨 털어버리고 산으로 들어가 출가할 때, 가장 끊기 어려웠던 집착은 부모도, 친구들도 아닌 '책'이었다. 스님은 "그때 가장 괴로웠던 것은 애지중지하던 책에 대한 미련을 끊는 일이었습니다"라고 고백했다.

스님은 사흘 밤낮을 책장 앞에서 보냈다. 이 책, 저 책을 들춰 보다가 결국 세 권만 골라 산으로 가지고 갔다. 그렇게 품에 안고 간 책들마저 얼마 지나지 않아 시들해지고 말았다. 그 무렵 스님의 마음을 붙들어 주었던 구절이 있다. 괴테의 『파우스트』에서, 메피스토펠레스의 입을 빌려 한 말. "모든 이론은 회색이다. 그러나 살아있는 생명의 나무는 푸르다." 책 속의 이론보다, 살아있는 삶 자체가 더 푸르다는 이 말은 스님의 의식을 굳건하게 받쳐주는 기둥이 되었다.

자꾸 덮어지는 책

사람들은 흔히 가을을 '독서의 계절'이라 부른다. 하지만 스님은 이 말을 좋아하지 않았다. 가장 좋은 계절에 책 속에만 파묻혀 사는 것은 어딘가 불균형하다고 느껴졌기 때문이다. 스님에게 가을은 외부에서 전해지는 소리보다, 자기 내면의 소리에 귀를 기울여야 하는 계절이었다.

그럼에도 가을에 책을 읽는다면, 술술 읽히는 책보다 '읽다가 자꾸 덮어지는 책'을 권했다. 좋은 책은 한 번에 쭉 읽혀 나가지 않는다. 몇 줄 읽다가 책을 덮고, 잠시 침묵 속에서 자기 마음을 돌아보게 만드는 책, 그런 책이 진짜 좋은 책이라는 것이다. 스님은 좋은 책의 문장은 지식을 늘리기 위해 쓰인 문자가 아니라, '우주의 입김 같은 것'이라고 덧붙였다. 그런 책을 읽다 보면, 우리의 영혼은 시간 밖의 한자리에 잠시 가만히 앉아 쉴 수 있다.

마른 바람이 쓸쓸히 불어오는 날이면, 스님은 문득 서점으로 발길을 돌리곤 했다. 장정이 고운 책, 신선한 잉크 냄새가 나는 책을 한 아름 안고 산길을 올랐다. 오두막에 돌아오면 책을 머리맡에 쌓아두고, 잡히는 내로 누워서 읽었나. 스님은 "꿈이 담긴 책은 누워서 읽어야 한다"고 했다. 앉아서 읽으면 꿈의 날개가 접힌다고.

그렇게 한동안 읽고 나면, 메마른 가지마다 열매가 주렁주렁 열린 것 같고, 흐릿했던 눈빛이 맑아지고, 갈라진 목소리가 다시 트이는 느낌이 들었다. 그리고 마지막으로, 마음 한쪽에서 이런 생각이 조용히 올라온다고 했다. 남을 서운하게 하지 말고, 그저 '착한 일'만

독서, 책 속에서 찾은 길

하고 싶다고. 스님에게 책 읽는 일은 단순한 취미가 아니라 마음을 곱게 다듬고, 삶을 다시 시작하게 하는 하나의 깊은 수행이었다.

간디에게서 배운 '갖지 않을 용기'

"나는 가난한 탁발승이오. 내가 가진 거라고는 물레와 교도소에서 쓰던 밥그릇과 염소젖 한 깡통, 허름한 담요 여섯 장, 수건 그리고 시시한 평판 하나뿐이오." 마하트마 간디가 런던 회의에 참석하러 가던 길, 마르세유 세관원 앞에서 소지품을 내보이며 한 말이다.

스님은 이 구절을 K. 크리팔라니의 『간디 어록』에서 읽는 순간, 깊은 부끄러움을 느꼈다고 했다. 간디가 가진 것이 적어서가 아니라, 비워서 더욱 자유로워진 사람으로 보였기 때문이다. 그때 스님은 또렷이 깨달았다. 무언가를 가진다는 것은 편리함이 아니라, 곧 그것에 얽매이는 일일 수도 있다는 사실을. 필요에 따라 잠시 지녔던 것이, 어느새 자신을 속박하는 올가미가 되는 것이다.

간디는 또 이렇게 말했다. "내게는 소유가 범죄처럼 생각된다." 스님은 이 말을 오래 곱씹었다. 어떤 물건을 '내 것'으로 움켜쥔다는 것은, 똑같이 원하는 많은 이들 가운데 오직 나만 그것을 독점하고 있다는 뜻일 수도 있다. 그 생각 앞에서 자기 소유를 완전히 떳떳하게 여기기 어렵다고 스님은 느꼈다.

『간디 어록』은 그렇게 스님에게 "적게 가질수록 더 자유로워진다"는 무소유의 진리를 날카롭고도 단정하게 일깨워준 책이었다.

『주홍글자』와 '위험한 무분별의 지식'

스님이 쌍계사에서 효봉 스님을 모시고 지낼 때의 일이다. 장 보러 40리 길을 걸어 구례에 다녀오던 날, 스님은 돌아오는 길에 소설책 한 권을 사 들고 산을 올랐다. 너새니얼 호손의 『주홍글자』였다.

출가한 뒤로 불경 외의 책은 전혀 읽지 않았기에, 호롱불 아래에서 펼친 활자 하나하나가 놀라울 만큼 생생하게 가슴속으로 스며들었다. 책에 푹 빠져 읽고 있는데, 갑자기 은사 스님이 방문을 열고 들어왔다. 책을 본 효봉 스님은 당장 버리라고 호통을 쳤다. 그런 책에 마음을 두면 출가가 안 된다고 했다.

스님은 그 책을 들고 부엌으로 가서 불 속에 던졌다. 타들어 가는 책장을 바라보며 스님은 비로소 알게 되었다. 책에서 얻는 것은 대부분 '분별'인데, 그 분별이 쌓이고 굳어지면 오히려 위험한 무분별의 지식으로 변할 수 있다는 사실을. 지식이 늘어날수록 삶이 단순해지는 것이 아니라, 도리어 남을 재단하고 옳고 그름을 가르며 스스로를 우쭐하게 만드는 독(毒)으로 작용할 수도 있다.

그날 이후 스님에게 책은 '많이 알게 해주는 것'이 아니라, '덜 착각하게 도와주는 것'이어야 한다는 기준을 갖게 되었다.

『화엄경』과 몸으로 읽는 공부

해인사 소소산방(笑笑山房)에 머무르던 어느 여름, 스님은 『화엄경』을 독송하며 무더위를 잊었다.

『화엄경』은 부처님이 성도(成道)하신 깨달음을 있는 그대로 설한

독서. 책 속에서 찾은 길

경전이다. 아침저녁으로는 장경각에 올라 가볍게 업장을 참회하는 예배를 드리고, 낮에는 작은 산방에 앉아 가사와 장삼을 걸친 채 향을 사르고 경을 펼쳤다. 방은 비좁았지만, 디오게네스가 살았다는 통 속보다는 넓다고 여겼다.

무엇보다 앞산이 내다보이는 것이 고마웠다. 비가 올 듯한 무덥고 눅눅한 날에는 돌담 밖 정랑(淨廊)에서 역겨운 냄새가 스며들어 왔다. 저녁 공양 한 시간쯤 전, 자리에서 일어나면 가사와 장삼에 땀이 흠뻑 밴 것을 보고서야 비로소 '더웠구나' 하는 생각이 들었다. 깔아두었던 방석도 축축이 젖어 있었다.

몸을 식히려고 계곡으로 내려가 냇물에 몸을 담그면 그제야 여름이 실감났다. 그렇게 스님은 그해 여름, 80권에 이르는『화엄경』을 여러 차례 독송해 나갔다. 이 여름은 스님에게 머리로 이해하는 공부가 아니라, 땀과 냄새와 피로를 온몸으로 겪어내며 하는 '몸으로 읽는 공부'였다.

생텍쥐페리의『어린 왕자』

스님은 수필「미리 쓰는 유서」에서, 육신을 벗어난 뒤 훨훨 날아가 머물고 싶은 곳이 있다고 했다. 바로 생텍쥐페리의『어린 왕자』속, 어린 왕자가 사는 그 '조그만 별' 같은 곳이었다. 의자의 방향만 돌리면 하루에도 몇 번이고 석양을 바라볼 수 있는, 그런 작은 별나라로 가보고 싶다고 했다.

어린 왕자는 "가장 중요한 것은 눈이 아니라 마음으로 보아야 한다"고 했다. 스님은 지금도 그 어린 왕자가 자기 별에서 장미와 사이 좋게 지내는지 문득문득 궁금하다고 했다. 그런 별나라에는 귀찮은 입국사증(비자) 같은 것도 필요 없을 테니, 더더욱 가보고 싶다고도 했다.

스님은 장미를 키웠다. 어느 여름날 아침, 그 장미가 드디어 꽃을 피웠다. 꽃집에 가득한 장미꽃들과는 근본부터 다른 꽃이었다. 거기 에는 스님의 손길과 마음이 고스란히 배어 있었기 때문이다. 생텍쥐 페리가 쓴 대목과도 조금도 다를 바 없었다. "내가 물을 준 꽃이기 때문이야. 내가 유리 덮개를 씌워 준 꽃이기 때문이야. 내가 바람막 이로 바람을 막아 준 꽃이기 때문이야. 내가 벌레를 잡아 준 꽃이기 때문이야. 내가 불평을 들어주고, 허풍을 들어 주고, 때로는 침묵까 지 들어 준 꽃이기 때문이야. 그건 나의 장미이기 때문이야."

스님은 흙 속에 묻힌 하나의 줄기에서 빛깔과 향기를 지닌 꽃이 피어난다는 것은 그 자체로 '일대 사건'이라고 했다. 수필 「영혼의 모음」의 부제는 '어린 왕자에게 보내는 편지'이다. 그 글에서 스님은, 이제 어린 왕자가 자신과 아무런 인연이 없는 타인이 아니라, 한 지 붕 아래 사는 '낯익은 식구'가 되었다고 고백한다. 지금까지 『어린 왕 자』를 스무 번은 더 읽었다고 했다. 너무 많이 읽어서 이제는 책장을 훌훌 넘기기만 해도 행간의 사연과 여백에 스며있는 목소리까지 모 두 읽히고 들린다고 했다.

스님은 이 책을 통해 '인간관계의 바탕'을 깨달았고, '자신과 세계 의 관계'를 헤아리게 되었으며, 그때까지 보이지도, 들리지도 않던 것들을 비로소 보고 들을 수 있게 되었다고 했다. 그 무렵부터 스님은 서가에 어린 왕자의 '동료들'을 하나둘 모으기 시작했다. 밤이면 공연히 창문을 열고 밤하늘을 올려다보며 귀를 기울이곤 했는데, 그 것은 종소리처럼 반짝이는 어린 왕자의 웃음소리를 듣고 싶어서였다. "별들을 보고 있으면 난 언제든지 웃음이 나와." 스님은 어린 왕자의 이 말을 실제로 살아 보려 했다.

『어린 왕자』를 처음 소개해 준 벗은 스님의 평생 잊을 수 없는 고마운 친구였다. 그 벗이 스님에게 '운명 같은 책'을 만나게 해주었기 때문이다. 스님은 『어린 왕자』를 단순한 소설이 아니라 하나의 '경전'으로 여겼다. 누군가가 평생 곁에 둘 책 두 권만 고르라고 한다면, 주저 없이 『어린 왕자』와 『화엄경』을 들겠다고 했다. 그래서 스님은 가까운 사람들에게 서른 권이 넘는 『어린 왕자』를 선물했다. 『어린 왕자』를 이해하고 사랑하는 사람이라면 누구나 스님의 벗이 될 수 있었다. 반대로 이 책을 읽고도 아무런 울림을 느끼지 못하는 사람과는 벗이 되기 어렵다고 했다.

스님은 어린 왕자에게 이렇게 인사를 건넨다. "네 소중한 장미와 고삐 없는 양에게 안부를 전해다오. 너는 언제나 나와 함께 있다."

스님은 생텍쥐페리의 『인간의 대지』도 아꼈다. 그 책 속에서 조종사는 단독 비행 중 기관 고장으로 산속에 불시착한다. 영하 40도의 혹한 속에서 며칠을 먹지도 못한 채 헤매다가 마침내 쓰러진다. 그때 문득 여러 얼굴이 떠오른다. 아내의 얼굴, 동료들의 얼굴, 라디오 앞에서 그의 귀환을 애타게 기다리는 사람들의 얼굴⋯. 그 순간 그는 깨닫는다. 지금 구해주어야 할 대상은 자신이 아니라, 초조하게 떨며 기다리고 있는 '그들'이라는 사실을.

그래서 생각을 바꾼다. '나를 살려야 하는 이유는 나 자신이 아니라, 그들을 위해서다.' 그는 끝내 그들 곁으로 살아 돌아간다. 스님은 이 장면을 두고 "그들이 그를 살렸다"고 말했다. 그러나 나는 이렇게 생각한다. 겉으로는 그들이 그를 살린 것처럼 보이지만, 실은 그가 그들을 살린 것이다.

막스 뮐러의 글

스님은 한 번은 개신교 쪽의 초청을 받아 강연을 한 적이 있다. 청중은 대부분 목사의 아내들이었다. 스님은 강연을 이어가다가 몇 사람의 얼굴을 보고 이상한 착각에 빠졌다. 어디선가 본 듯한, 묘하게 낯익은 얼굴들이었다.

강연을 마치고 돌아오는 길, 스님은 머릿속으로 기억을 더듬어보았다. 도무지 떠오르지 않았다. 그러다 문득 깨달았다. 실제로 만나본 적은 없지만, 그들의 신앙생활이 얼굴과 눈빛에 번져 나와, 마치 예전에 알았던 사람처럼 느껴졌던 것이라고.

어느 해엔 운수행각으로 여기저기 떠돌다 속리산에 들렀다. 짐을 풀고 개울가에서 먼지를 털어낸 뒤 올라오는데, 누군가 "법정 스님 아니세요?" 하고 물었다. 돌아보니, 바로 그때 개신교 강연장에서 보았던 그 얼굴이었다.

그 순간 스님은 막스 뮐러의 글귀를 떠올렸다. "사방이 어두워졌을 때, 마음 깊은 곳에서 혼자임을 느낄 때, 사람들이 좌우로 스쳐 지나가면서도 서로가 누구인지 모를 때, 잊고 지내던 감정이 가슴속에서 솟구쳐 오른다. 우리는 그것이 무엇인지 모른다. 그것은 사랑도 아니고, 우정도 더욱 아니다. 냉정하게 우리 곁을 지나가는 사람들에게 '저를 모르세요?' 하고 묻고 싶어진다. 그런 순간, 인간과 인간 사이는 형제나 부자, 친구 사이보다도 더 가깝게 느껴진다."

스님은 이 글을 떠올리며, 우리가 서로를 전혀 모르는 타인으로 스쳐 지나가는 것 같아도 때로는 그 어떤 이름 붙은 관계보다 더 깊이, '사람과 사람'으로 맞닿는 순간이 있음을 조용히 짚어보았다.

카뮈의 『이방인』과 『전락』

어느 가을날, 스님은 문득 먼 길을 떠나고 싶어 경주로 향했다. 소음으로 가득한 서울을 벗어나고 싶어 고속버스에 몸을 실었는데, 스피커에서는 내내 노래가 흘러나왔다. 스님이 안내양에게 "좀 쉬어가면서 들으면 안 되겠느냐"고 조심스레 말하자, 안내양은 "다들 좋아하는데 왜 그래요?"라며 눈을 흘겼다. 버스는 유행가를 쏟아내며 내달렸다. 서울에서 경주에 이르는 길 내내 그 소음 때문에 나그네의 여유를 완전히 빼앗기고 말았다.

경주에 도착해 내려보니, 그곳은 더 이상 옛 신라의 서라벌이 아니었다. 관광 도시의 요란한 소음이 사방에서 밀려왔다. 스님은 그제야 침묵의 소중함을 절실히 느꼈다. 인간이 주고받는 대화 또한 하나의 소음일 수 있다는 생각이 들었다. 그 말이 또 다른 소음을 낳을 수 있기 때문이다. 스님은 인간의 말은 '침묵'에서 나와야 한다고 여겼다. 태초의 말씀이 있기 전에 이미 '깊은 침묵'이 있었으리라 짐작했다.

스님은 문득 카뮈의 소설 『이방인』을 떠올렸다. 주인공 뫼르소가 현대를 산다면, 뜨거운 햇빛 때문이 아니라 이 끝없는 소음 때문에라도 함부로 방아쇠를 당겨 버릴 수 있겠다는 생각이 들었다.

카뮈의 또 다른 작품 『전락』의 주인공은 변호사이다. 어느 날 밤, 그가 다리를 건너다가 우연히 강으로 몸을 던져 자살하려는 여인을 보게 된다. 그러나 그는 그 여인을 구하지 않고 모른 척 지나쳐 버린다. 그날 이후, 여인의 웃음소리가 그의 귓속에서 떠나지 않는다. 주인공은 그 웃음에 시달리며 점점 더 나쁜 방향으로 '전락'해 간다.

소설은 주인공의 독백으로 이렇게 끝을 맺는다. "오, 여인이여! 우리 두 사람을 함께 구원할 수 있도록 다시 한번 물속에 몸을 던져다오." 이 대목을 읽고 스님은 생각했다. '만약 서럽게 울고 있는 아이를 보고도 모른 척 지나쳤다면, 그 아이는 내 가슴속에서 계속 울음을 그치지 않을 것이다. 그것은 내가 그 아이를 달래주지 않았기 때문이다.'

스님은 우리 곁에 어려운 이웃이 있다는 사실만으로도 우리의 삶이 그만큼 위축된다고 했다. 이웃은 나와 다른 존재가 아니라, 같은 뿌리를 나눈 나의 분신이기 때문이라고 했다. 스님은 카뮈의 다음 말을 특히 아꼈다. "우리들 생의 저녁에 이르면, 우리는 이웃을 얼마나 사랑했는가를 두고 심판받을 것이다."

서정주의 「연꽃 만나러 가는 바람같이」

스님은 미당 서정주의 시 「연꽃 만나러 가는 바람같이」를 즐겨 읊었다. 그중에서도 "연꽃 만나러 가는 바람이 아니라 만나고 가는 바람같이"라는 구절을 특히 좋아했다. '만나러 가는 바람'이 아니라 '만나고 가는 바람'이라 했기 때문이다.

스님은 그 구절을 연꽃을 보고 난 뒤의 '충만함'으로 읽었다. 동시에 연꽃을 두고 돌아서야 하는 '아쉬움'이기도 할 터이지만, 스님의 해석은 충만함 쪽에 기울어 있었다. 이런 시 한 편을 가만히 외우고 있으면 연꽃을 직접 보지 않아도, 내 안에서 이미 연꽃이 피어나는 것 같다고 했다.

시는 대체로 짧지만, 아무리 짧은 시라도 읽는 데에는 '오랜 시간'이 필요하다고 했다. 한 호흡 한 호흡, '긴 숨결'로 천천히 음미해야 한다고 했다. 앵커가 뉴스 대본 읽듯이 툭툭 뽑아 읽어서는 안 되며, 느리게, 그리고 깊게 읽어야 비로소 시의 참맛에 닿을 수 있다고 했다.

스님은 시를 느리게 읽다 보면 '속도에 지친 몸'에 생기가 돌며, 마음이 다시 젊어진다고 했다.

유치환의 「심산」

스님이 무척 아끼던 시 가운데 하나는 청마 유치환의 「심산(深山)」이다. 깊은 산골에 홀로 살아가는 나이 든 사람의 삶을 담담하게 노래한 시다. "심심산골에는 산울림 영감이 바위에 앉아 나같이 이나 잡고 홀로 살더라"

스님은 자신은 시를 잘 아는 편이 아니라고 말하곤 했다. 그럼에도 시를 읽을 때마다 생활 속에 촉촉한 물기가 스며들고, 지친 마음에 탄력이 생겨 좋아진다고 했다. 이 시를 읽으며, 언젠가 자신도 저 시의 주인공처럼 심심산골에서 홀로 사는 사람이 되겠다고 마음먹었다.

세상살이에서 한 발 비켜서, 자기 방식대로 홀가분하게 '시간 밖에서' 살고 싶다고 했다. 산골에서 배고프면 나무 열매를 따 먹고, 졸리면 풀집에 누워 잠들며, 솔바람 소리를 들으며 안개 자욱한 산 아래를 굽어보고, 샘물 길어와 차를 달여 마시는 삶. 차 끓이는 그릇 곁에서 사슴 한 쌍이 졸고, 노래를 부르면 학이 춤을 추는 풍경을 상상했다. 산속의 산신령처럼, 그렇게 무료하고 한가롭게 지내고 싶다고 했다.

어느 날, 순천장을 다녀오는 차 안에서였다. 옆자리에 앉은 고등학교 3학년 학생이 시집을 펼쳐 들고 열심히 읽고 있는 모습을 보고 스님은 감동을 받았다. 입시 준비에 쫓길 나이에, 대학과 직접 관련도 없는 시를 읽고 있으니 무척 대견하고 믿음직스러웠다. 그 학생이 읽고 있던 시는 청마의 「행복」이었다. "사랑하는 것은 사랑을 받느니보다 행복하나니라, 오늘도 나는

에메랄드빛 하늘이 환히 내다뵈는 우체국 창문 앞에 와서 너에게 편지를 쓴다"

스님은 그 학생의 모습에서, 자신이 시를 읽은 지가 꽤 오래되었

독서, 책 속에서 찾은 길

다는 사실을 깨달았다. 그날 밤 암자 다락에서 시집을 꺼내 들어 등불 아래서 늦은 시각까지 시를 읽었다. 그러자 메말랐던 감성에 다시금 물기가 촉촉이 스며드는 것을 느낄 수 있었다.

연필로 베껴 쓴 시집

어느 가을날, 스님은 아궁이에 군불을 지펴놓고 다실로 들어와 커피 한 잔을 끓였다. 가을비 소리가 처마를 타고 스며드는 가운데 마시는 커피는 그야말로 별미였다. 마침 서울 불일서점에서 시집 한 권이 도착했다. 류시화 시인의『그대가 곁에 있어도 나는 그대가 그립다』였다. 스님은 "그리운 존재를 마음 깊이 품고 절절하게 살아가는 사람은, 삶의 뜻을 캐내며 스스로 '꽃다운 삶'을 누리게 된다"고 했다. 곁에 있으면서도 끝내 그립기만 한 그대를 지닌 사람은 이미 '축복받은 삶'을 살고 있는 것이라고 여겼다. 스님은 책장을 천천히 넘기며, 시들을 소리 내어 두런두런 읊어내려갔다.

얼마 뒤, 충남 부여에 사는 친구에게서 또 한 권의 시집이 우편으로 도착했다. 흰색, 연두색, 누런색 한지를 엮어 만든, 연필 글씨로 가득 찬 시집이었다. 김상옥의 시화집에서 골라 옮겨 적은 시들이 그 안에 고이 담겨 있었다. 스님은 그 연필 시집을 펼치는 순간, 옛 궁핍하던 시절이 문득 떠올랐다고 했다. 시집 한 권을 어렵게 빌려오면 밤을 새워가며 공책에 베껴 쓰고, 외우고, 또 읽어내려가던 시절이었다. 그때 스님은 김영랑의 시, 이상화의 시, 이육사의 시를 그렇게 한 줄 한 줄 옮겨 적으며 가슴에 새겼다.

스님은 시는 눈으로만 훑어서는 그 감흥을 온전히 건져 올릴 수 없다고 했다. 입술을 열어 소리 내어 읽어야 운율이 살아나고, 그제야 시가 지닌 속 뜻이 서서히 모습을 드러낸다고 했다. 좋은 시를 소리 내어 읽고 있으면 피가 맑아지고, 삶에 잔잔한 율동이 생긴다고 여겼다. 스님에게 시는 "일용할 양식 가운데서도 가장 조촐하고, 가장 향기로운 양식"이었다.

최인훈의 「광장」

어느 겨울 안거를 마친 뒤, 스님은 남쪽 여수로 향했다. 한겨울 앙상한 나무숲 속에만 갇혀 지내다 보면 마치 '마른 밥만 씹어 먹고 사는' 것 같아, 신선한 갯바람과 갈매기 울음이 그리워졌기 때문이다. 여수에서 충무로 가는 배에 올라 갑판으로 나가자, 찬 바닷바람이 온몸을 훑고 지나갔다. 배를 따라 낮게 날아오르는 갈매기들을 바라보는 순간, 스님은 문득 최인훈의 소설 「광장」이 떠올랐다. 남도 북도 아닌 중립국을 향해 떠나는 이명준의 항해가 눈앞의 풍경과 겹쳐 보였다.

스님은 생각했다. 1950년대, 그 혼란한 시대를 온몸으로 겪어낸 이 땅의 젊은이들이라면, 소설 속처럼 중립국이 아니라 차라리 끝없이 펼쳐진 바다를 선택했어야 하는 것은 아니었을까. 푸른 바다 위에는 자유주의도, 공산주의도 깃발을 세울 수 없다. 이념의 경계가 지워진 그곳에서야 비로소 참된 자유가 숨 쉴 수 있을 것 같았다. 그래서 주인공은 그 자유의 바다에서 살고 싶어, 배 위에서 몸을 던졌

독서, 책 속에서 찾은 길

을 것이라고 스님은 짐작했다.

생각은 자연스레 그 시절 중립국행을 택하고 떠나버린 형제들로 옮겨갔다. 지금 그들은 어디서 무엇을 하며 살고 있을까. 오늘의 남과 북을 어떤 눈으로 바라보고 있을까. 스님은 그들을 '까맣게 잊힌 형제들'이라고 불렀다.

소설 속에서 이명준은 아무도 자기를 알 리 없는 먼 나라에 가서, 전혀 새사람이 되기 위해 배에 오른다. 남중국해를 향해 나아가는 타고르호. 어느 깊은 밤, 선장은 문 두드리는 소리에 잠에서 깨어난다. 한 선원이 들어와 석방된 이들 가운데 한 사람이 보이지 않는다고 보고한다. "누구냐?"라는 물음에, 선원은 이름을 짧게 댄다. "미스터 리."

스님은 자연스레 스무 살 무렵, 출가를 결심하던 시절을 떠올렸다. 마치 우주의 번뇌를 혼자 떠맡기라도 한 사람처럼, 며칠 밤을 내리 뜬눈으로 지새웠다. 한국전쟁으로 헤아릴 수 없이 많은 사람들이 눈앞에서 허무하게 스러지는 모습을 보며, 삶과 죽음에 대한 물음이 거센 물살처럼 젊은 영혼 속으로 밀려들었다.

'나는 왜 이 세상에 나왔는가. 나는 무엇이며, 어디로 가고 있는가. 어떻게 해야 내 식의 삶을 살 수 있는가.' 스님은 이런 근본적인 물음을 끊임없이 자신에게 던졌다. 마침내 출가를 결심했을 때의 심정은 「광장」의 이명준과 크게 다르지 않았다. 남도, 북도 아닌 중립을 향해 떠나던 그가 결국 그 중립에서조차 등을 돌리고 바다로 몸을 던졌듯, 스님 또한 세상과 이념의 광장 둘 다를 뒤로한 채 산중 수행이라는 '또 하나의 바다'로 자신을 던진 셈이었다.

미카엘 엔데의 『모모』

스님은 산속에서 늘 '소리'를 들었다. 새 우는 소리, 바람 스치는 소리, 토끼와 노루가 움직이는 소리, 꽃 피는 소리와 시드는 소리, 꽃잎이 떨어지는 소리, 그리고 눈에 보이지 않는 세월이 지나가는 소리까지. 스님은 "듣는다는 것은 곧 자기 안쪽 뜰을 들여다보는 일"이라고 했다. 그러다 미카엘 엔데의『모모』이야기를 꺼냈다.

마을에 무슨 일이 생기면 사람들은 폐허가 된 원형극장으로 모모를 찾아갔다. 그들은 어린 소녀 앞에서 속 이야기를 모조리 털어놓았다. 그럴 때 모모는 그저 조용히, 온 마음을 다해 들어줄 뿐이었다. 그런데 이상하게도, 그렇게 정성스럽게 귀 기울여 들어주기만 해도 사람들이 안고 있던 문제들이 하나둘 풀려갔다.

스님은 "귀 기울여 듣는다는 건 침묵을 배우는 일"이라고 했다. 그리고 그 침묵은 곧 "자신의 내면에 출렁이는 바다"라고 했다. 『모모』에서 시간의 주재자인 호라 박사가 모모에게 이렇게 말한다. "진짜 주인에게서 떨어져 나온 시간은 숙은 시간이 된다. 모든 사람은 제각기 자기 시간을 가지고 있지. 시간은 진짜 주인의 시간일 때만 살아있게 된다."

스님은 이 말을 곱씹으며, 자연으로부터 끝없이 밀려오는 "소리 없는 소리"에 귀를 기울여 보라고 했다. 바깥의 소리를 듣는 일은 곧, 자기 안을 깊이 들여다보는 일과 다르지 않다고 했다.

마르틴 부버의 『하씨딤의 가르침에 따른 인간의 길』

　스님은 독일 사상가 마르틴 부버의 책들을 즐겨 읽었다. 그 가운 데서도 특히 『하씨딤의 가르침에 따른 인간의 길』은 곁에 두고 자주 펼쳐보는 책이었다. 얇은 책이지만, 그 안에 담긴 세계는 거대했다. 스님은 "좋은 책이란 이런 것"이라고 했다. 지식으로 꾹꾹 눌러 쓴 책이 아니라, "하늘의 숨결을 받아 쓴 책"이라고 느껴지는 책.

　책 속에는 이런 이야기가 있다. 백러시아의 한 랍비가 부당하게 감옥에 갇혔다. 간수장은 그 랍비의 근엄한 기품과 흔들리지 않는 평온함에 점점 호감을 느꼈다. 어느 날 간수장이 랍비에게 물었다. "하느님이 아담에게 '너 어디 있느냐?' 하고 물으셨다지요. 그 말씀 을 어떻게 이해해야 합니까?"

　그러자 랍비가 대답했다. "하느님은 사람에게 이렇게 물으신 겁 니다. '너는 지금 네 삶의 어디에 와 있느냐. 너에게 주어진 시간 이 이미 이만큼 지나갔는데, 너는 네 세상에서 지금 어디에 서 있느 냐.'" 그리고 랍비는 조용히 말을 이었다. "지금 그 아담이 바로 당 신입니다."

　스님은 이 답변을 두고 "가지를 물은 것을 뿌리로 대답한 것"이라 했다. 겉으로는 엉뚱해 보이지만, 듣는 이의 정신을 번쩍 깨우는 본 질적인 물음이라는 뜻이다. 하씨딤의 가르침은 자기 안에서 출발하 지만, 최종적인 목표는 '자기 자신'이 아니라 '세상'이라고 스님은 덧 붙였다.

　스님은 "좋은 글을 읽으면 피가 맑아지고 숨결이 트인다"고 했다.

마르틴 부버의 책이 바로 그런 책들이라고, 겹겹이 쌓인 먼지를 털어내듯 마음을 맑게 해준다고 했다.

샤를 드 푸코의 전기

스님은 언젠가 '사막의 성자'라 불리는 샤를 드 푸코의 전기를 읽었다. 푸코는 트라피스트 수도원을 떠나, 사하라 사막으로 들어갔다. 이유는 단 하나였다. 더 가난해지기 위해서. 사막으로 들어가기 전에 푸코는 스스로와 약속했다. 오직 자신의 두 손으로 일해 얻은 것만으로 살 것, 남에게 도움을 구하지 않을 것, 아무것도 소유하지 않을 것.

그는 사막에서 자기만의 고요와 안일 속에 머물지 않았다. 원주민인 투아레그족과 끊임없이 만나고, 듣고, 대화했다. 그들의 세계를 이해하려 애쓰며, 그들의 언어를 익혔다. 그 언어로 성경을 옮기고, 말과 삶을 정리해 사전을 만들었다. 푸코가 꿈꾸었던 궁극적인 목표는 단순했다. "예수님을 있는 그대로 닮는 것." 단 한 사람의 영혼이라도 하느님께 돌아갈 수 있다면, 자신의 전 생애를 몽땅 바쳐도 아깝지 않다고 믿었다.

푸코는 58세의 나이로 세상을 떠났다. 살아있는 동안 그는 심하게 외로웠다. 평생을 사막에서 보냈지만, 그와 뜻을 함께한 동료는 단한 사람도 얻지 못했다. 그러나 죽은 뒤에 그는 수많은 동료들을 얻었다.

스님은 그를 '한 알의 씨앗'에 비유했다. 땅속에 깊이 묻혀 썩어버

린 작은 씨앗 하나가, 어느새 수많은 나무와 숲을 이루듯이. 푸코라
는 한 존재가 자신을 다 써버린 그 자리에서, 수많은 생명과 길들이
뒤이어 피어나는 것을 보면서 스님은 오래도록 그 사람을 떠올렸다
고 했다.

니코스 카잔차키스의 『그리스인 조르바』

스님은 산중에 거센 비바람이 몰아치던 어느 날, 니코스 카잔차키
스의 『그리스인 조르바』를 펼쳤다. 예전에 한 번 읽은 책이었지만,
카잔차키스의 문장을 좋아해 다시 꺼내 든 것이다. 책장을 넘기자,
책 속에서도 거친 비바람이 불고 있었다. 크레타섬으로 가는 배를
타기 위해 항구에 나가니, 세찬 바람과 빗줄기가 카페 유리문을 마
구 두드리고, 흰 파도 거품이 카페 안으로까지 튀어 들어왔다. 그곳
에서 소설 속 주인공인 그리스인 조르바를 만나, 함께 크레타섬으로
향했다. 그 섬에서는 사랑과 집착, 시기와 질투, 그리고 죽음에 이르
기까지 온갖 일이 일어났다.

스님이 책 속으로 깊이 빨려 들어갈수록, 밖의 비바람도 점점 더
거칠어졌다. 도무지 밖으로 나갈 수가 없어, 등산용 버너를 켜 물을
데우고 차를 마셨다. 점심도 거른 채, 스님은 밥 대신 '조르바'를 먹
듯 읽어내려갔다. 조르바가 스님에게 묻는다. "우리가 어디서 와서
어디로 가는지, 그 얘기 한번 해봅시다."

스님은 카잔차키스가 쓴 또 한 권의 책, 『그리스인에게 이 말을』도
깊은 여운을 남기며 읽었다. 그 책은 작가의 정신적 자서전이라 할

만한 글이었다. 특히 스님은 작품에 실린 기도문에 마음이 머물렀다. 자신과 이웃을 하나로 보는, 탁월한 정신의 고백이었다. "주님, 지옥이 존재한다는 사실을 알면서 제가 어찌 천국의 기쁨을 누리겠습니까. 저주받은 자들을 불쌍히 여기셔서 천국으로 들이시든지, 그렇지 않다면 저를 지옥으로 보내시어 그들의 고통을 위로하게 하소서. 저는 지옥으로 내려가, 저주받은 이들을 위로할 질서를 세우겠습니다. 그리고 만일 그들의 고통을 덜어줄 수 없다면, 저는 기꺼이 지옥에 남아 그들과 함께 고통을 나누겠습니다."

스님은 한 사람의 가슴 안에 깃들어 있으면서도, 개인을 훌쩍 넘어서는 어떤 것, '나'의 중심이 아니라 '나와 남'을 하나로 포괄하는 이런 인간 정신이야말로 우리를 진정한 인간의 길로 이끈다고 했다.

마음을 다독여주던 동화책들

스님의 서가에는 동화책들이 적지 않게 꽂혀 있다. 스님은 동화책을 불교 경전 못지않게 자주 펼쳐보았다. 스님에게 동화는 '시들 줄 모르는 싱싱한 초원'과도 같은 세계였다.

스님이 즐겨 읽은 동화책으로는 『어린 왕자』, 『꽃씨와 태양』, 『구멍가게 집 세 남매』 등이 있다. 그 가운데 특히 『어린 왕자』는 손때가 까맣게 묻도록 반복해서 읽었다. 스님은 『어린 왕자』를 읽고 나면 늘 숙연해진다고 했다. 그 어떤 종교 서적보다 자신을 더 깊이 흔들어 놓은 책이라고 했다.

다래헌 시절에도 스님은 동화책을 즐겨 읽었다. 특히 명절이 되면 동화책과 함께 지냈다. 서점을 찾아가 '예쁜 장정과 싱싱한 잉크 냄새가 나는 동화책'을 한 아름 안고 돌아왔다. 동화를 읽고 나면 가슴이 한없이 부풀어 올랐다. 집에 가지 못한 이들의 명절이 외롭지 않도록 말벗이 되어주고 싶었고, 혼자 쓸쓸히 성묘하는 이 곁에 함께 무릎을 꿇고 앉아 있고 싶어졌다고 했다.

허균의 『한정록』

스님은 한밤중에 잠에서 깨어나면 다시 눕지 않았다. 오히려 자세를 곧게 하고 앉아 책을 펼쳤다. 그때 자주 읽은 책이 바로 허균이 엮은 『한정록』이었다. 스님은 이 책을 처음 읽고 허균을 좋아하게 되었다고 했다. 거침없는 사나이의 기상, 엄청난 독서량에서 오는 깊이, 그리고 그 파란만장하면서도 불운했던 생애가 스님의 마음을 흔들어 놓았다.

조선의 귀한 인재이자 당대의 반항아였던 허균은 탄핵을 받고 관직에서 물러났지만, 기개와 패기는 좀처럼 꺾이지 않았다. 끝내 광해군 때 역모를 꾀했다는 모함을 받고 억울하게 처형되었다. 스님은 '한정록(閑情錄)'을 '숨어 사는 즐거움'이라는 뜻으로 풀어 읽었다.

『한정록』에는 세속을 떠나 은둔한 사람들의 사연, 은둔자들 가운데 기이한 행적을 남긴 이와 고상한 삶을 산 이들의 이야기, 유유자적하게 지낸 사람들의 삶, 벼슬을 내려놓고 한가롭게 살다 간 이들의 행적, 산천을 두루 다니며 정신을 닦은 이들의 발자취가 담겨 있다.

스님은 허균의 기개를 『한정록』 서문에서 엿볼 수 있다고 했다. "언젠가 숲 아래에서, 속세와 연을 끊고 세상을 버린 선비를 만나게 되거든, 이 책을 꺼내 서로 함께 읽을 수 있었으면 한다. 그때 나는 비로소, 내가 타고난 인간의 본성을 알게 될 것이다."

스님은 『한정록』을 통해 "어떻게 살아야 사람답게 사는 것인지를 배웠다"고 말했다. 그러면서 한 마디 덧붙였다. "사는 일이 결국 풍류로 이어져야, 비로소 제대로 사는 것이다."

다비드 르 브르통의 『걷기 예찬』

스님은 산에 들어와 살면서 참 많이 걸었다. 미륵산에서 통영 시내까지는 걸망을 메고 왕복 30리 길을 오르내렸고, 지리산 쌍계사 탑전에서 장을 보기 위해 구례장까지는 왕복 80리를 걸었다. 해인사에 머물 때는 금릉군 청암사까지 50리 산길을, 통도사 시절에는 밀양 표충사까지 굽이진 산길을 따라 걸었다.

어느 날 스님은 다비드 르 브르통의 『걷기 예찬』을 읽었다. 그 안에서 이런 구절을 만나 소개했다. 걷는다는 것은 자신을 세계로 열어놓는 일이며, 발과 다리와 온몸으로 걸어 나가면서 인간은 자신의 실존에 대한 행복한 감정을 되찾는다는 내용이었다. 그래서 걷는다는 것은 곧 '자기 몸으로 산다'는 말과 다르지 않다고 했다.

피에르 쌍소의 『느리게 산다는 것의 의미』

스님은 프랑스의 사회학자이자 수필가인 피에르 쌍소의 『느리게

　　　　　　　　독서, 책 속에서 찾은 길

산다는 것의 의미」를 읽고 깊이 공감했다. 그리고 그가 말하는 '느리게 사는 지혜'를 여섯 가지로 정리해 보았다. 첫째, 자기만의 시간을 가지며 한가로이 빈둥거릴 것. 둘째, 신뢰가 가는 사람의 목소리에 귀를 기울일 것. 셋째, 계속 반복되는 일상을 받아들이며 그 안에서 취미를 가질 것. 넷째, 희미하지만 예민한 꿈을 꿀 것. 다섯째, 가능성을 열어둔 채 묵묵히 기다릴 것. 여섯째, 이미 빛이 바랜 존재의 일부를 조용히 간직할 것.

그리고 스님은 저자의 이 말을 특히 마음에 새겼다. "살짝 스치기만 할 것이지, 움켜쥐려 들지 말라. 움켜쥐는 순간, 그대는 복잡한 삶 한가운데로 빠져들고 말 것이다."

알퐁스 도데의 「별」

알퐁스 도데의 대표작으로는 「별」과 「마지막 수업」이 있다. 「별」은 남프랑스 프로방스의 한 양치기를 그린 서정적인 이야기다. 이렇게 시작한다. "이 이야기는 내가 뤼브롱 산에서 양을 치고 있을 때의 이야기입니다. 몇 주일씩이나 사람 그림자도 못 보고, 사냥개 라브리와 양들과만 함께 푸른 초원에서 지내고 있었습니다."

「마지막 수업」은 프로이센 군인들이 프랑스를 침략해 들어와, 학교에서 더 이상 모국어인 프랑스어를 가르치지 못하게 되는 상황을 장난꾸러기 소년 프란츠의 눈을 통해 들려주는 작품이다. 첫머리는 이렇다. "그날 아침, 나는 학교에 많이 늦었어요. 아멜 선생님께 꾸중을 들을 것 같아 몹시 겁이 났지요. 선생님이 오늘은 분사에 대해

물어보겠다고 하셨거든요. 그런데 나는 그 첫 문장조차 모르고 있었으니 더욱 겁이 났습니다.”

스님은 프랑스 프로방스를 여행한 적이 있다. 아를역에서 버스를 타고 조금만 가면 시골 마을이 나오고, 그 마을 언덕을 오르면 정상에 작은 풍차 집이 하나 있다. 론강에서 불어오는 서북풍 ‘미스트랄’로 풍차를 돌려 밀을 빻던 방앗간이다. 알퐁스 도데가 「풍차 방앗간 소식」을 쓴 곳이 바로 그곳이라고 했다. 스님이 찾아갔을 때 그곳은 이미 ‘도데 기념관’으로 쓰이고 있었다. 도데는 「황금의 뇌를 가진 사나이」도 그 풍차 방앗간에서 썼다.

그 소설의 줄거리는 이렇다. 머릿속이 온통 황금으로 가득 찬 아이가 있었다. 의사는 이 아이가 머리가 너무 무거워 오래 살지 못할 것이라고 했다. 어느 날 아이는 계단에서 굴러떨어져, 머리를 돌층계에 심하게 부딪쳤다. 부모가 놀라 달려가 보니 아이의 머리카락 사이로 황금 부스러기가 흘러나오고 있었다. 그제야 부모는 이 아이가 ‘황금으로 된 뇌’를 가지고 있음을 알게 되었다.

부모는 아이가 유괴될까 두려워, 바깥출입을 철저히 막았다. 아이가 자라자 부모는 마침내 비밀을 털어놓았다. 그리고 너를 이만큼 키우느라 우리가 얼마나 고생했는지를 말하며, 보답으로 머릿속 황금을 조금 떼어 달라고 했다. 아이는 호두알만 한 황금을 떼어 내어 부모에게 주었다. 그러나 곧 황금의 맛에 취해, 세상 모든 문제는 황금이 해결해 줄 것이라 믿고 머릿속 황금을 마구 방탕하게 쓰기 시작했다. 마침내 황금을 다 써버린 아이는 힘이 다해 죽음에 이르고 만다. 소설은 이렇게 끝맺는다. "세상에는 하잘것없는 것들을 위해 자신의 소중한 황금을 함부로 낭비하는 이들이 많다. 그 헛된 것들 때문에 그들은 고통 속에서 살다가 죽는다."

스님은 겨울이면 밤하늘의 별을 자주 올려다보았다. 두툼한 옷을 걸치고 뜰에 나가 별들을 바라보고 있으면, '우주의 신비'가 고요히 가슴속까지 스며드는 것 같았다. 알퐁스 도데는 「별」에서 이렇게 말한다. "한 번이라도 들판에서 밤을 새워본 사람이라면, 모든 인간이 잠든 깊은 밤중에, 또 다른 신비의 세계가 고독과 적막 속에서 눈을 뜬다는 사실을 알고 있을 것이다."

스님은 겨울밤의 별들이 유난히 영롱해 보이는 까닭은, 다른 계절에 비해 겨울 하늘에 밝은 별들이 유독 많이 모여있기 때문이라고 했다. 실제로 밤하늘에 보이는 1등성의 절반 이상이 겨울철에 떠 있다. 스님은 우리가 별을 바라보는 것은 그저 한가로운 여가를 즐기기 위해서가 아니라, 무변광대한 우주 속에 서 있는 자기 존재를, 그 광막한 공간 안에서 다시 되돌아보기 위해서라고 했다. 그래서 영롱한 별빛을 오래 바라보고 있노라면, 우리 마음도 어느새 영롱해진다고 했다.

스님은 아무리 '별 볼 일 없는 세상'을 살아간다 해도, 이따금 밤하늘의 별들에게 눈을 주어, 때 묻지 않고 순수하던 지난날의 자기 모습을 오늘의 자신에게 비춰보아야 한다고 했다. 그리고 언젠가 우리는 모두 이 지상을 떠나, 저마다 '자기 별'로 돌아가게 되리라는 이 어김없는 사실을 잊지 말라고 했다.

헬렌 니어링과 스코트 니어링의 책

스님은 눈 내리는 한겨울, 오두막 방 안에서 헬렌 니어링의 『아름다운 삶, 사랑 그리고 마무리』를 읽었다. 헬렌은 스코트 니어링을 만나 반세기가 넘는 세월을 곁에서 함께하며 아름답게 살아간 사람이다. 스님은 책 속에서 두 사람이 말하는 건강과 장수의 비결을 이렇게 정리했다.

적극적으로 살 것, 늘 긍정적으로 생각할 것, 바른 양심을 지킬 것, 바깥에서 일하고 깊이 호흡할 것, 담배를 끊을 것, 커피와 술을 삼갈 것, 소박하게 먹을 것, 채식을 할 것, 설탕과 소금을 조심할 것, 칼로리와 지방을 줄일 것, 되도록 가공하지 않은 식품을 먹을 것, 약과 병원을 멀리할 것.

이 모든 것이 모여 한 사람의 건강한 삶을 빚어낸다고 했다. 스코트 니어링은 성실한 자연주의자였다. 백 년의 생을 살면서도 깊고 심오한 '관조의 세계'를 펼쳐 보였고, 스님은 그가 자신의 책 제목처럼 '조화로운 삶'을 살다 간 사람이라고 말했다.

스님은 스코트가 남긴 말 가운데 몇 구절을 따로 적어두었다. "하루하루 최선을 다하라. 마음의 중심을 잃지 말라. 좋아하는 일을 찾아라. 검소하게 살고 욕심을 내지 마라. 자연 속에서 살라. 근심과 걱정을 털어버리고 그날그날을 살아라. 이웃을 보살펴라. 인생과 세계에 대해 사색하는 시간을 가져라. 웃음을 잃지 말라. 세상 모든 것에 애정을 가져라."

그 가운데서도 스님이 가장 깊이 마음에 새긴 것은 '스코트의 유서'였다. 그는 바라던 대로 자신의 죽음을 아름답게 마무리했다. 스님은 스코트가 죽음을 맞이한 태도를 두고 "깨끗하고 담백하며 산뜻했다"고 표현했다.

소노 아야코의 『계로록』

스님은 어느 날 오두막에서 일본 작가 소노 아야코의 『계로록』을 펼쳤다. 이 책은 늙어가는 자신을 찬찬히 돌아보며, 제정신을 차리고 살라고 타이르는 일종의 '노년 사용 설명서' 같은 글이었다. 저자는 자신이 생각하는 품위 있는 노년의 방식을 제시한다. 쓸데없이 참견하지 말 것, 남에게 기대를 걸지 말 것, 젊음을 시기하지 말 것, 남 흉내가 아니라 자기 삶대로 살 것, 푸념하지 말 것, 지나간 이야기는 적당히만 할 것, 홀로 서는 연습을 할 것, 혼자서도 즐길 줄 알 것, 죽음을 자연스러운 일로 받아들일 것….

스님은 이 책을 읽으며 자신의 일상을 되돌아보게 되었다고 했다. 자신도 모르는 사이에 같은 말을 되풀이해 왔다는 사실을 깨닫고 깊이 반성했다. 같은 말을 반복한다는 것은, 지나간 시간의 늪에 갇혀 헤어나오지 못하고 있다는 뜻이라 했다. 스님은 이런 현상을 '노쇠의 징후'라 부르며, 사람은 꿈과 이상을 놓아버리는 순간에 늙는 것이라고 했다.

세월은 얼굴에 주름을 만들지만, 일에 대한 흥미를 잃기 시작하면 '영혼이 먼저 주름진다'고 했다. 그래서 삶이 녹슬지 않으려면 탐구하려는 노력을 멈추지 말아야 한다고 강조했다.

스님은 모든 생명체가 사는 것은 오직 '이 순간'뿐이라고 했다. 이 순간은 과거도 미래도 아닌, 순수한 시간이다. 그렇기에 어디에 있든, 언제든 이 순간을 살아야 한다고 했다. 노년을 아름답게 살려면 삶을 간소하고 단순하게 정리하고, 일어나는 모든 일을 담담히 받아들이며, 남에게 양보할 수 있는 너그러움을 지녀야 한다고 했다.

리영희의 『대화』

스님은 어느 때보다 오랜만에 '책다운 책'을 읽었다고 했다. 한길사에서 펴낸, 리영희의 자서전적 회고록 『대화』였다. 신문 기자로, 또 한양대 교수로 살다가 군사독재 정권에 의해 해직된 한 지식인의 삶과 사상을 담은 기록이다.

스님은 이 책을 "한 지식인의 생애를 통해 시대를 증언하는, 우리 시대의 뛰어난 기록"이라 평가했다. 리영희는 진정한 지식인은 무엇보다 자유인이라 했고, 그렇기에 자기 삶을 스스로 선택하고 그 선택에 책임을 져야 하며, 동시에 자신이 몸담은 사회에 대해서도 책임을 져야 한다고 말했다. 스님은 이 책이 이 시대 젊은이들에게 널리 읽히기를 바랐다.

어느 날 리영희는 뇌출혈로 쓰러졌다. 오른쪽 손과 다리를 제대로 쓸 수 없게 되었다. 지식인에게 글을 쓴다는 일은 곧 사회적 참여이기에, 더 이상 글을 쓸 수 없다는 사실은 치명적인 일이었다. 그는 대신 자신이 살아온 근대와 현대의 시간을, 가감 없이 말로 풀어내기 시작했다. 한 지인이 정성스레 그 구술을 받아 적었고, 관련 자료

독서, 책 속에서 찾은 길

들을 찾아 보태어 초고를 만들었다. 오랜 시간이 걸려 초벌 원고가
완성되었다.

리영희는 떨리는 손으로 한 줄 한 줄 교정을 보았다. 그렇게 해서
세상에 나온 책이 바로 『대화』였다. 스님은 그 책장을 넘기며, "말을
잃은 지식인이 끝까지 포기하지 않고 지식인의 책임을 다하려 한 기
록"이라고 되뇌었다.

마르틴 부버의 『인간의 길』

스님은 어느 날 고속도로를 달리다 관광버스와 장의차가 서로 앞
서거니 뒤서거니 달리는 모습을 보았다. 관광버스에 탄 사람들은 삶
의 기쁨을 노래하며 들뜬 마음으로 여행을 떠나는 길이었고, 장의
차에는 이미 숨이 멎어 굳어버린 주검이 실려 장지로 옮겨지고 있었
다. 스님은 문득 생각했다. 지금 장의차에 누워있는 그 사람도 한때
는 저렇게 관광버스를 타고 이곳저곳을 다녔을 것이다. 그리고 그
때, 옆 차선으로 스쳐 지나가는 장의차를 보면서 '나와는 상관없는
일'이라 여기며 아무렇지 않게 지나쳤을 것이다.

이 광경을 바라보며 스님은 생과 사에 대해 깊이 생각했다. 죽음
은 누구에게나 언젠가는 반드시 맞이해야 하는 '엄연한 사실'이기에
결코 남의 일이 아니라고 했다. 우리 내면에서도 생과 사는 매 순간
서로 앞서거니 뒤서거니 하며, 한 몸 안에서 함께 지내고 있다.

스님은 마르틴 부버가 쓴 『인간의 길』에서 하느님이 사람에게 묻
는 한 구절을 떠올렸다. "너는 지금 네 세상 어디에 있느냐? 너에게

주어진 몇 해와 몇 날이 이미 흘러갔는데, 그래 너는 지금 네 세상 어디쯤에 와 있느냐?"

스님은 우리가 세상을 떠나는 그 날, 누구나 자기 자신의 목소리로 이 물음을 스스로에게 던져보아야 한다고 했다. 사람은 한 번 지나가면 다시 되돌릴 수 없는 유한한 존재이기에, 그만큼 더 사람답게 살아야 한다는 것이다. 그러면서 우리에게 '죽음이 있다'는 사실이 얼마나 다행인지 모른다고 했다. 만약 죽음이 없다면 사람은 한없이 오만하고 방자해지고, 마침내 무도(無道)해질 것이라고 했다. 죽음이 생을 비추어주고 있기 때문에, 삶이 더욱 빛나고 귀해지는 것이다. 그러므로 값진 한 생을 살기 위해 애써야 한다고 했다.

레오 버스카글리아의 『살며 사랑하며 배우며』

스님은 어느 겨울, 캐나다에 사는 지인으로부터 연하장을 한 통 받았다. 카드 속에는 꼭 읽어보라며 책 한 권의 제목이 적혀 있었다. 레오 버스카글리아의 『살며 사랑하며 배우며』였다. 스님은 그 책을 구해 읽었다.

책 속에는 이런 이야기가 실려 있었다. 아버지가 사업에 실패해 온 가족이 곧 거지가 될 형편이 되었다. 그런데 그날 저녁 식탁에는 뜻밖에도 푸짐한 음식이 차려졌다. 놀라고 화가 치민 아버지가 어머니에게 소리쳤다. "도대체 무슨 짓을 하는 거요?" 그러자 어머니는 조용히 말했다. "우리가 기뻐할 수 있는 날은 내일이 아니라 오늘이에요. 지금이 바로 우리가 행복해야 할 때예요."

아들은 훗날 어머니의 만류를 뿌리치고 프랑스 파리로 떠났다. 생활이 궁핍해지자, 그는 어머니에게 "굶어 죽게 생겼으니 도와 달라"는 전보를 쳤다. 잠시 뒤, 어머니에게서 답장이 왔다. 전보에는 단 세 글자, "굶어라"라고 적혀 있었다. 아들은 그 전보를 받아드는 순간 정신이 번쩍 들었다. 훗날 어머니는 아들에게 털어놓았다. "그때 정말 가슴이 미어지도록 힘들었단다. 하지만 그렇게 하지 않으면 네가 진짜 어른으로 자라지 못할 것 같았기 때문에 그렇게 할 수밖에 없었어."

스님은 이 어머니의 태도를 두고 '슬기로운 지혜'이자 '놀라운 용기'라고 하며 거듭 칭찬했다. 레오 버스카글리아는 책에서 우리가 깊이 새겨야 할 말을 남겼다.

"살아간다는 것은 곧 '죽음의 위험'을 감수하는 것이고, 희망을 품는다는 것은 '실망의 위험'을 감수하는 것이다. 시도한다는 것은 '실패의 위험'을 감수하는 일이며, 아무런 모험을 하지 않는다는 것은 결국 '아무것도 하지 않는 것'과 같다."

장 그르니에의 『지중해의 영감』

스님은 해외여행을 떠날 때면 짐 속에 늘 몇 권의 책을 함께 넣어다녔다. 태평양 상공을 나는 비행기 안에서는 리처드 바크의 『소울 메이트』를 감명 깊게 읽었다. 그 책에서 영혼의 동반자를 지닌 사람은 삶의 빛과 의미를 마음껏 발산하며, 생명의 환희를 온전히 누릴 수 있다고 했다. 스님은 그 책을 읽을 때면, 자신의 영혼의 동반자도 언젠가 때가 무르익으면 어디선가 마주치게 될 것 같은 예감이 들었다고 했다.

늦가을 유럽을 여행할 때에도 스님은 두어 권의 시집과 함께 장그르니에의『지중해의 영감』을 짐에 넣어갔다. 그러나 정작 유럽의 여러 도시를 옮겨 다니는 동안 날씨는 대개 흐리고 궂었다. 스님은 푸른 하늘도, 환한 햇빛도 제대로 볼 수 없었다. 마음 한쪽에서는 의식의 바닥에 곰팡이가 피어나는 것 같은 답답함이 스며들었다.

그러다 남프랑스와 이탈리아로 향하면서, 마침내 지중해 연안의 푸르고 깊은 바다, 눈 부신 햇살, 드넓게 펼쳐진 수평선을 마주했다. 그 순간 숨이 활짝 트였다. 스님은 자연이 얼마나 소중한지를 새삼 또렷이 느꼈다. 그 아름다운 지중해를 따라 여행하며, 스님은『지중해의 영감』을 함께 읽었다. 그러자 책 속 글과 눈앞의 풍경이 겹치며 '영감'이 샘솟았다. 작가가 쓴 글을 그가 사랑한 바로 그 현장에서 읽으면, 감동이 몇 배가 된다는 사실을 새롭게 깨달았다.

스님은 좋은 책이란 책장이 술술 넘어가는 책이 아니라, 읽다가 문득 덮어 두고 '나 자신의 속 뜰'을 들여다보게 만드는 책이라고 했다. 그런 책은 지식이 아니라, 우리 안에 잠자던 물결을 흔들어 깨우는 살아있는 숨결이라고 여겼다.

이은성의 『동의보감』

스님은 무더운 여름, 일에 집중하기 어려울 때면 소설을 찾아 읽었다. 재미도 있고, 마음을 열어주는 몇 권의 소설과 함께라면 여름은 전혀 덥지도, 지루하지도 않은 계절이 되었다. 그 가운데 한 권이 이은성의 소설 『동의보감』이었다. 어느 지인이 먼저 읽고 보내준 책으로, 모두 세 권짜리였다. 스님은 이 소설을 단숨에 읽어내려갔다. 이틀 반 동안 온전히 책에만 매달렸다. 예불시간, 공양시간, 잠자리에 드는 시간까지 모두 뒤죽박죽이 될 만큼 강한 흡인력이 있는 소설이었다.

소설의 주인공은 허준이지만, 스님의 마음을 사로잡은 이는 그의 스승 유의태였다. 사람의 생명을 다루는 의사로서 유의태가 지닌 신념과 말과 행동이 크게 가슴에 와닿았기 때문이다. 특히 마지막 장면은 깊은 감동으로 남았다. 유의태는 자신이 위암으로 다시 살아날 수 없다는 사실을 알고 허준을 불러, 언제까지 오라는 시간을 미리 정해두고는 그 시각에 맞추어 스스로 생을 거두었다. 남긴 유서에는 "지체 없이 해부해 인체 내부를 샅샅이 살펴보라"는 한 줄이 적혀 있었다. 제자를 위해 자신의 몸을 온전히 해부 실험의 재료로 내어준 것이다. 스님은 책을 덮고 한 인간의 형성에 스승이 미치는 영향이 얼마나 지대한지 새삼 깊이 생각하게 되었다.

류시화의 『나는 왜 너가 아니고 나인가』

어느 날 밤, 스님은 오두막에서 늦은 시각까지 책을 읽고 있었다. 시인 류시화가 번역한, 아메리카 인디언들의 지혜를 모은 책 『나는 왜 너가 아니고 나인가』였다. 여러 부족의 추장들이 문명사회에 던진 말들을 옮겨 엮은 책이다. 스님은 복잡한 현대 사회를 살아가는 우리에게야말로, 이들의 담백한 지혜에 귀 기울일 필요가 있다고 했다. 그들의 통찰 속에 오늘의 문명이 겪는 많은 문제를 풀 실마리가 숨어 있다고 보았기 때문이다.

시애틀 추장은, 미국 대통령이 인디언들에게 땅을 팔라고 요구했을 때 이렇게 물었다. "어떻게 우리가 공기를 사고팔 수 있다는 말입니까? 대지의 따뜻함을 어떻게 사고팔 수 있단 말입니까? 우리로선 상상조차 할 수 없는 일입니다."

또 다른 추장은 문명인의 도시를 두고 말했다. "당신들의 도시에는 고요한 곳이 없습니다. 봄날 나뭇잎 스치는 소리, 곤충의 날갯짓 소리를 들을 수 있는 곳이 없습니다. 도시의 소음은 우리 귀를 욕되게 할 뿐입니다."

어떤 추장은 이렇게도 말했다. "문명인들은 늘 종이를 들고 다니지요. 그러나 인디언에게는 종이가 필요 없습니다. 진실된 말은 곧장 가슴 깊이 스며들어 영원히 남습니다. 인디언은 그것을 잊어버리는 법이 없습니다."

스님은 이런 글을 읽고 있으면 영혼이 한층 투명해지는 것 같다고 했다. 머리맡에 두고 수시로 펼쳐볼 책, 지혜의 말씀을 담은 책이란 바로 이런 책이라고 했다. 그리고 만약 자신이 무인도로 쫓겨나 몇 권의 책만 가질 수 있다면, 그것은 과학서적이 아니라 시집이나 자연사(自然史)에 관한 책일 것이라고 했다. 사람을 살리는 것은 계산된 정보보다, 마음을 일깨우는 언어와 자연의 숨결이라 여겼던 것이다.

　　　　　　　　　　　　　　　　독서, 책 속에서 찾은 길

노자의 『도덕경』

한겨울, 스님의 오두막은 눈 속에 깊이 파묻혀 있었다. 난롯가에 앉아 스님은 『도덕경』을 펼쳤다.

"명성과 자기 자신 중 어느 것이 더 절실한가? 자기와 재물 가운데 어느 쪽이 더 소중한가? 탐욕을 채우는 것과 욕심을 버리는 것 중 어느 편이 더 근심을 부르는가? 그러므로 애착이 지나치면 소모도 반드시 커지고, 재물을 지나치게 간직하면 필연코 크게 잃게 마련이다." "자기 분수를 알면 욕되지 않고, 그칠 줄 알면 위태롭지 않다. 이와 같이 하면 오래도록 편안할 수 있다."(제44장)

스님은 『도덕경』을 곱씹으며, 오랜 세월의 여과 과정을 견디고 살아남은 인류의 고전은 읽을 때마다 새로운 길을 열어준다고 했다. 그런 지혜의 가르침이 우리를 받쳐주고 있는 한, 인간의 내면이라는 뜰은 언제나 새롭게 소생할 수 있다고 했다.

스님이 특히 아꼈던 구절이 있다. "있음과 없음은 서로를 낳고, 쉬움과 어려움은 서로를 이루며, 길고 짧음은 서로를 드러내고, 높음과 낮음은 서로를 완성하며, 음과 소리는 서로 화답하고, 앞과 뒤는 서로를 뒤따른다."(제2장)

스님은 이 구절을 건성으로 읽지 말고, 천천히 음미하며 읽으라고 했다. 이것이 바로 모든 존재를 떠받치고 있는 '우주의 조화'라고 했다. 이 이치를 철저히 제 것으로 받아들이면, 있음과 없음에 연연하지 않고, 쉽고 어려운 일에 집착하지 않게 된다. 길고 짧고, 높고 낮고, 앞서고 뒤서는 문제에도 아등바등 매일 필요가 없다.

세상의 모든 일은 서로를 보완하며, 물이 높은 데서 낮은 데로 흐르듯 우주의 질서와 조화 속에서 순리대로 이루어진다고 스님은 말했다. 그 흐름을 거스르려 하기보다, 그 흐름 속에 자신을 놓아보는 것, 그것이야말로 도에 가까이 다가가는 길이라 여겼다.

톨스토이의 『민화집』

스님은 후덥지근한 장마철이면, 일에도 힘이 나지 않고 머리까지 무거워 평소 멀리하던 소설책을 집어 들었다. 그때 다시 펼쳐 든 책이 러시아 민간 전설을 엮은 톨스토이의 『민화집』이었다. 이미 여러 번 읽었지만, 읽을 때마다 새로웠다.

한 가난한 농부의 소원은 '자기 소유의 땅'을 갖는 것이었다. 그는 그 소원을 이루기 위해 악착같이 일했다. 마침내 작은 땅 한 조각을 갖게 되었다. 그런데 땅이 생기자 오히려 욕심이 더 커졌다. 어느 지방에 기름진 땅이 있다는 소문을 듣고는 가진 것을 모조리 정리해 그곳으로 이사했다. 그곳에서도 그는 남들보다 더 많은 땅을 차지해 끝내 부자가 되었다.

그러던 중 또 다른 소식을 들었다. 아주 멀리 떨어신 곳에 넓고 비옥한 땅이 있는데, 그곳에서는 단 1천 루블만 내면 '종일 걸어 다닌 만큼의 땅'을 자기 것으로 만들 수 있다는 것이었다. 단, 해가 지기 전에 다시 출발 지점으로 돌아와야 한다는 조건이 붙어있었다.

농부는 그곳으로 서둘러 떠났다. 지평선이 아득히 펼쳐진 땅을 보자 탐욕이 치밀어 올랐다. 그는 돈을 내고, 해가 떠오르기가 무섭게

독서, 책 속에서 찾은 길

땅을 향해 걷기 시작했다. 정오 무렵, 걸어온 길을 되돌아보니 상상 이상으로 넓은 땅이 그의 발자국 뒤로 펼쳐져 있었다.

이제 해가 지기 전에 출발점으로 돌아가야 했다. 그러나 욕심이 지나쳐 너무 멀리 걸어온 탓에, 다시 돌아가기에는 막막하고 두려운 거리였다. 몸은 이미 지칠 대로 지쳤지만, 그는 멈출 수 없었다. 쓰러질 듯 휘청거리면서도 걷고 또 걸었다. 온몸은 땀으로 흠뻑 젖었고, 발은 상처투성이가 되어 피가 흘러내렸다. 해는 점점 서쪽으로 기울어갔다.

숨이 턱에 차오를 즈음, 그는 겨우 해지기 직전에 출발 지점에 도착했다. 그리고 그 자리에서 그대로 고꾸라졌다. 이제 그는 종일 돌아다니며 둘러친 그 막대한 땅의 주인이 된 셈이었다. 그러나 머슴이 달려와 그를 일으키는 순간, 그의 입에서는 피가 역류했고, 그 자리에서 숨이 끊어지고 말았다.

이야기는 이렇게 끝난다. "머슴은 그의 묘를 파기 위해 괭이를 집어 들고, 그의 머리부터 발끝까지의 길이만큼만 땅을 팠다. 그리고 그곳에 그를 묻었다."

이 글의 제목은 「사람에게는 얼마쯤의 땅이 필요한가」이다. 스님은 이 글을 읽으며 생각했다. 사람은 태어날 때 빈손으로 와서 살 만큼 살다가, 마침내 빈손으로 떠난다. 그럼에도 재물과 명예와 지위를 차지하려고 악착같이 달려든다. 본래 '개인의 소유'란 없다. 우리에게 주어진 소유란, 어떤 인연에 의해 잠시 '맡겨진 것'일 뿐이다. 선하게 쓰면 그 맡김이 오래가지만, 탐욕을 부리면 순식간에 거두어

가는 법이다.

앨버트 E. 칸의 『첼리스트 카잘스, 나의 기쁨과 슬픔』

스님은 앨버트 E. 칸이 쓴 『첼리스트 카잘스, 나의 기쁨과 슬픔』을 읽고 깊은 감동을 받았다. 이 책은 작가가 카잘스로부터 직접 들은 이야기를 엮어낸 것이다. 카잘스는 첼리스트이자 작곡가, 지휘자였고, 평생을 세계 평화를 위해 헌신한 '위대한 인류의 양심'이었다. 스님은 이 책을 읽으며, 예전에 읽었던 로맹 롤랑의 『베토벤의 생애』를 떠올렸다. 그와 견줄 만한 감동이었다.

책에서 카잘스는 자신의 나이가 이미 아흔셋이라고 말하며, 나이는 어디까지나 '상대적인 것'이라고 했다. 일을 멈추지 않고, 아름다움에 대한 몰두를 계속한다면, 나이는 단순히 늙어감을 뜻하지 않는다는 것이다. 오히려 나이가 들수록 사물에 대한 느낌은 더 강렬해지고, 인생은 한층 더 매혹적으로 다가온다고 했다. 카잘스는 "나의 작업이 곧 나의 삶"이라고 말했다.

그는 "일을 하면서도 싫증을 내지 않는 사람은 늙지 않는다"고 했다. 가치 있는 무엇에 끝까지 흥미를 품고 놀누하는 것, 그것이야말로 '늙음을 밀어내는' 가장 좋은 처방이라 했다. 날마다 거듭 태어나듯, 날마다 다시 시작해야 한다고도 했다.

한편, 카잘스에게는 연주회 때마다 마음을 아프게 하는 일이 있었다. 음악회는 대개 여유 있고 유복한 사람들만의 향유가 되고, 정작 음악을 통해 위로를 받아야 할 사람들은 그 자리에 초대받지 못하는 현실이었다. 그가 보기에 음악을 가장 절실하게 누려야 할 사람들은, 공장과 상점과 부두에서 몸으로 일하는 가난한 이들이었다.

카잘스는 자신을 예술가이기 이전에 '한 인간'이라고 여겼다. 인간으로서 첫 번째 의무는, 같은 인간들의 안녕과 평화를 위하여 자기 재능으로 봉사하는 것이라 했다. 그는 음악을 통해 인류 평화에 조금이라도 보탬이 되고 싶어 했다. 스님은 이 말을 깊이 새겼다. 누구든, 어느 일터에서 어떤 일을 하며 살든, 이렇게 고귀한 인간적 의무에 마음을 쏟는다면, 이 세상은 지금보다 훨씬 살 만한 곳이 될 것이라고 했다.

스님은 카잘스의 책을 읽는 동안, 카잘스가 백악관에서 연주한 〈새들의 노래〉를 여러 번 되풀이해 들었다. 책 속의 삶과 음악의 숨결이 그 선율과 겹쳐 스님의 가슴속에서도 오래도록 잔향을 남겼다.

성 베네딕도 '수도 규칙'

스님은 오래전에 천주교 장익 주교와 함께 로마를 찾은 적이 있다. 그때 베네딕도 성인이 초기에 은수(隱修) 생활을 했던 수비아코의 거룩한 동굴을 찾아 올라갔다. 동굴은 웬만한 사람은 감히 다가서기조차 어려운 가파른 절벽 한가운데에 있었다. 동굴 앞은 바로 낭떠러지였고, 내려다보면 현기증이 일 정도로 아득한 높이였다.

베네딕도 성인은 그곳에서 세속 사람은 만나지 않고, 오직 수도자들만 만났다. 수도자들은 절벽 위에서 바구니에 음식을 담아 밧줄로 동굴 안으로 내려보냈다. 베네딕도 성인은 이후 몬테카시노에 수도

원을 세우고, 그 공동체가 지켜야 할 '수도 규칙'을 마련했다.

오두막으로 돌아온 어느 날, 스님은 베네딕도 수도회의 이 '수도 생활 규칙'을 다시 꺼내 읽었다. 규칙서를 읽는 동안 스님은 많은 위로를 받았고, 동시에 자신을 돌아보게 하는 각성의 시간도 가졌다. 스님은 그 규칙 가운데 몇 가지를 뽑아 이렇게 정리했다. '세상의 흐름에 휩쓸리지 말 것, 분노를 행동으로 옮기지 말 것, 언제나 자신의 행동을 살필 것, 하느님께서 지켜보고 계심을 굳게 믿을 것, 말을 많이 하지 말 것.'

성경 '요한의 첫째 편지'

스님은 자신이 쓴 수필 「진리는 하나인데」에서, 기독교도와 불교도 사이에 정작 바람직한 대화가 제대로 오가지 못하는 현실을 안타깝게 여겼다. 스님은 성경을 즐겨 읽었다. 신약성경 가운데 '요한의 첫째 편지'를 읽다가 다음과 같은 구절에서 눈길이 오래 머물렀다. "하느님을 사랑한다고 하면서 자기 형제를 미워하는 사람은 거짓말쟁이입니다. 보이는 자기 형제를 사랑하지 않는 사람이 어떻게 보이지 않는 하느님을 사랑할 수 있겠습니까?"(4.20)

스님은 이 말씀 속의 '하느님'을 '부처님'으로 바꾸어 놓으면, 오늘날 사이비 불교도들에게 들려주기에 더없이 적절한 말이 된다고 했다. 그러면서 스님은 이런 상상을 해보았다. '만약 오늘날 예수님과 부처님이 한자리에 마주 앉으신다면 어떠할까?' 스님이 그려 본 광경은 이렇다. 두 분은 굳이 입을 열어 인사말을 주고받지 않으실지도 모른다. 다만 서로를 향해 '잔잔한 미소'만 나누실 것 같다고 했다. 이유는 간단하다. 두 분의 시야는 '영원'을 향해 열려 있고, 그 마음의 뿌리는 이미 하나로 이어져 있기 때문이다.

　스님은 기독교와 불교가 겉으로 드러난 종교적 형식은 서로 다르지만, 그 바탕에 있는 본질은 다르지 않다고 했다. 종교란 결국, 사람이 보다 지혜롭고 자비롭게 살기 위해 마련한 하나의 '길'일 뿐이라고 했다. 스님은 그 수필의 끝을, 다시 요한의 편지 한 구절로 맺었다. "아직까지 하느님을 본 사람은 아무도 없습니다. 그러나 우리가 서로 사랑한다면 하느님께서는 우리 안에 계시고 또 하느님의 사랑이 우리 안에서 완성될 것입니다."(4.12)

음악, 산속을 적신 보이지 않는 물결

대숲을 스치는 바람이 연주하는 생명의 노래.

절대 자유의 선율을 타고 메마른 가슴에 보이지 않는 투명한 물기를 돌게 한다.

스님이 봉은사에 머물던 시절, 음악은 일상의 한 축이었다. 어느 여성이 소설가 최인호에게 말했다. "봉은사에 아주 매력적인 스님이 한 분 계세요. 요즘 오디오 시스템을 방에 들여놓고 모차르트랑 슈베르트 음악을 들으면서 『어린 왕자』 이야기를 해주시는데, 한번 가보세요."

그 말을 들은 최인호는 못마땅한 기색으로 웃으며 말했다. "스님이 무슨 모차르트야? 스님이 또 무슨 『어린 왕자』야? 웃기고 있네. 세상을 버리고 출가한 사문 주제에." 그렇게 빈정댄 까닭은, 그 여인이 굳이 스님을 '매력적인' 스님이라고 표현했기 때문이다. 하지만 스님은 정말 음악을 깊이 이해하고 즐길 줄 아는, 말 그대로 매력적인 스님이었다.

스님은 장르에 구애받지 않았다. 고전이든 현대 음악이든, 기악·성악·교향곡·협주곡·클래식·종교 음악은 물론, 동요와 대중가요까지 기꺼이 귀를 열었다. 또 개울물 흐르는 소리, 바람 소리, 새소리, 풀벌레 소리 같은 자연의 소리도 하나의 음악으로 받아들였다. 스님의 청각은 유난히 섬세해 음정과 박자, 리듬은 물론 악기 하나하나의 소리까지 또렷하게 들었다.

스님은 맑은 정신과 따뜻한 마음, 그리고 건강한 몸으로 음악을 대했다. 스님에게 음악은 취미나 여가가 아니라, 영혼을 맑고 향기롭게 다듬어 가는 하나의 '수행'이었다.

새소리

강원도 두메산골 오두막에 살 때, 스님은 개울물 소리를 비롯해 바람 소리, 새소리, 풀벌레 소리를 벗 삼아 지냈다. 그 가운데서도 특히 새소리에 깊은 애정을 느꼈다. 스님은 새소리를 단순한 자연음이 아니라, 자연이 들려주는 '아름다운 음악'이라 했다. 꾀꼬리의 맑고 명랑한 소리는 귀로 듣는 음악이고, 한스러운 뉘앙스가 배어 있는 뻐꾸기 소리는 가슴으로 들리는 음악이라 했다. 밤에 우는 소쩍새의 소리는 차갑게 울리는 금관 악기 같고, 멀리서 들려오는 뻐꾸기 소리는 아련한 목관 악기의 음색과도 같다고 했다.

가을밤 달빛 속에서도 스님은 음악을 들었다. 고즈넉한 달빛을 올려다보고 있으면, 저편에서 하프 소리가 은근히 흘러나오는 것 같다고 했다. 이렇듯 스님은 자연이 들려주는 음악을 사랑했지만, 가끔은 사람이 만든 음악이 그리워 작은 라디오를 한 대 산속으로 들고 들어가기도 했다. 그 조그만 라디오에서 흘러나오는 선율이 산중 생활의 적막함을 덜어주었다. 조계산 기슭 불일암에서도, 강원도 산골 오두막에서도, 스님 곁에는 늘 음악이 함께 있었다.

음악, 산속을 적신 보이지 않는 물결

예민한 청각

스님은 산에 오래 살다 보면 오감 가운데서도 특히 '청각'이 예민해진다고 했다. 한밤중에도 기러기 떼 날아가는 소리를 듣고 잠에서 깨곤 했다. 스님은 그 소리를 '풀 먹인 옷깃이 스치는 듯한 소리'라고 표현했다.

겨울밤, 추위를 피해 남쪽으로 내려가는 기러기의 날갯짓 소리는 '어떤 영혼이 허공을 지나가는 소리'처럼 들려와, 퍼뜩 정신을 맑게 가다듬게 해주었다. 그럴 때면 스님은 살아온 길을 되돌아보고, '영혼의 무게' 같은 것을 조용히 가늠해보게 된다고 했다.

난로에 장작을 가득 넣어 활활 타오르는 소리도 좋았지만, 난로 위에 올려놓은 돌솥에서 물 끓는 소리는 방 안의 정취를 한층 더 아늑하게 만들어주었다. 대숲에 싸락눈이 내리며 사각사각 부딪치는 소리는, 어린 시절 할머니 무릎을 베고 누워 소금장수 이야기를 듣던 기억을 되살려주었다.

한겨울 개울가에 나가 얼음장 밑으로 흘러가는 물소리에 귀를 기울이고 있으면, 뼛속까지 스며드는 청량한 소리가 핏줄을 타고 온몸으로 퍼져 나가 한없이 정화되는 느낌이 들었다. 여름날 땀을 뻘뻘 흘리며 고개를 오르다가 고갯마루에 이르렀을 때, 가까이서 들려오는 솔바람 소리는 오장육부를 시원하게 풀어주었다. 그래서 스님은 종종 이렇게 말했다. "저 소나무 아래 누워 솔바람 소리를 베개 삼아 한숨 자고 싶다."

바흐의 음악

수많은 음악 가운데서도 스님이 유난히 사랑한 작곡가는 바흐였다. 바흐의 음악을 들으면 '장엄한 낙조'가 저 멀리서 천천히 물러가는 듯한 풍경이 마음속에 펼쳐진다고 했다.

스님의 책장에는 몇 권의 동화책이 꽂혀 있었는데, 그 가운데 『어린 왕자』는 손때가 눅진하게 배어 있는 책이었다. 스님은 『어린 왕자』를 펼치기만 해도, 어디선가 바흐의 음악이 곧장 들려오는 것 같다고 했다. 엷은 구름이 흘러가는 초가을 아침, 바흐의 플루트 소나타를 들으면 그 선율 속에 가을의 냄새가 배어 있다고도 했다.

어느 날 아침 식사 자리에서 라디오를 켰을 때였다. 마침 바흐의 〈판타지와 푸가〉가 흘러나왔다. 그 음악을 듣는 순간, 스위스 취리히의 한 성당이 떠올랐다. 그곳은 샤갈의 마지막 작품이 남아 있는 성모 성당이었다. 스님이 그 성당에 들어섰을 때, 한쪽에서는 파이프 오르간을 막 조율하고 있었다. 조율이 끝나자 연주자가 시험 삼아 곡 하나를 연주했는데, 바로 바흐의 곡이었다. 성당 가득 울려 퍼지는 파이프 오르간 소리는 '영혼에 낀 먼지'를 말끔하게 씻어내는 듯했다.

또 한 번은 인도 여행길에 카트만두의 한 서점을 찾았을 때였다. 그 조용한 서점 안에, 바흐의 〈브란덴부르크 협주곡〉이 은은하게 흐르고 있었다. 끝없이 이어지는 인도 평원을 따라다니던 황량하고 건조한 정서 위로, 그 음악이 스며들자 우수(憂愁)가 한꺼번에 밀려왔다. 메말라 있던 감성에 물기가 서서히 번져갔다.

음악, 산속을 적신 보이지 않는 물결

스님은 그때를 떠올리며 말했다. "브란덴부르크 협주곡이, 여행에 지칠 대로 지친 내 몸과 마음을 조용히 어루만져 주었다." 그만큼, 스님의 삶에서 바흐의 음악은 특별했다.

현악기 소리

스님은 유난히 현악기 소리를 사랑했다. 그 가운데서도 특히 첼로를 아꼈다. 첼로 연주자 가운데는 스페인 출신의 파블로 카잘스를 가장 좋아했다. 앨버트 E. 칸이 쓴 『첼리스트 카잘스, 나의 기쁨과 슬픔』을 읽고 난 뒤로는, 그의 음악 세계에 더욱 깊이 빠져들었다. 책을 읽는 동안 스님은 카잘스가 케네디 대통령의 초청으로 백악관에서 연주한 〈새들의 노래〉를 거듭해서 들었다. 그 곡은 카잘스의 고향 카탈루냐 지방의 전래 민요이지만, 스페인 망명자들의 한이 서린 슬픈 노래이기도 했다. 스님은 카잘스가 연주한 바흐의 첼로 조곡 또한 즐겨 들었다.

한때는 라흐마니노프의 첼로 소나타를 되풀이해 들으며 지낸 적도 있었다. 불일암에서는 콘트라베이스 연주자 게리 카의 음반을 틀어놓고 음악을 감상했다. 스님은 콘트라베이스의 울림을 두고 "맑은 바람이 안에서부터 일어나 영혼을 샤워시켜 주는 소리"라고 했다. 콘트라베이스의 굵은 저음은 영혼의 깊은 내면에서 천천히 흘러나오는 소리처럼 들린다고 했다.

또 난초 화분에서 새 꽃대가 오르기 시작하는 봄이면, 스님은 어김없이 베토벤의 〈스프링 소나타〉를 찾았다. 바이올린과 피아노를 위한 소나타 5번인 이 곡은, 밝고 따뜻한 봄의 기운을 그대로 품고 있어 '스프링'이라는 이름이 붙었다. 스님은 창가에 앉아 이 곡을 들으면 "아, 봄이 벌써 와 있구나" 하고 생각했다. 그러고는 자연의 계절은 저 멀리서 이렇게 아름답게 다가오는데, 인간의 계절은 어디에서 어떻게 찾아오는 것인지 문득 생각에 잠기곤 했다. 이렇듯 스님의 마음은 늘 현악기의 선율과 더불어 머물렀다.

베토벤 음악

스님은 베토벤의 음악을 각별히 사랑했다. 그렇게 되기까지는 나름의 사연이 있었다. 베토벤의 피아노 소나타 23번 〈열정〉을 들을 때면, 언제나 스위스 제네바의 수현이네 집이 떠오른다고 했다.

어느 해 늦가을, 스님은 유럽을 여행하던 중 빨랫감을 한아름 들고 수현이네 집을 찾았다. 수현이의 아버지는 무척 음악을 좋아하는 분이었다. 덕분에 스님의 귀 또한 즐거웠다. 빌헬름 박하우스의 연주로 이미 귀에 익어 있던 곡들을 다시 들으면서, 스님은 '베토벤을 새로 만난 듯한 감동'을 받았다. 그동안 잡다한 음악들에 귀를 빼앗겨 정작 귀한 음악을 소홀히 했구나, 하는 자책감도 들었나. 수현이 아버지를 따라 호반의 도시 인터라켄을 지나 융프라우요흐로 향할 때도, 차 안에서는 베토벤의 소나타 〈열정〉과 소피 무터가 협연한 〈바이올린 협주곡 D장조〉가 감미롭게 흘러나왔다. 만년설을 이고 선 알프스의 정기와 눈부신 산상 햇살이 베토벤의 영혼과 어우러져, 스님의 가슴은 한껏 부풀어 올랐다.

그때 받은 감동이 너무 커서, 뮌헨에서는 일부러 박하우스와 소피 무터가 협연한 바이올린 협주곡 음반을 구해 왔다. 스님은 "좋은 음악은 쉽게 무디어지고 녹슬어버리기 쉬운 인간의 감성을 다시 맑고 투명하게 다스려준다"고 했다. 베토벤의 음악은 스님에게 그런 음악이었다.

바로크 음악

스님이 산중의 겨울나무 가운데 가장 정다운 나무로 꼽은 것은 자작나무였다. 자작나무는 매서운 추위의 땅, 시베리아를 대표하는 나무다. 영화 〈닥터 지바고〉에서 눈 덮인 벌판 너머로 끝없이 이어지던 자작나무 숲은, 차갑고도 따뜻한 장면으로 오래 기억에 남아 있다.

산중에 들어온 뒤 스님은 직접 백 그루가 넘는 자작나무를 심었다. 제법 훌쩍 자란 자작나무들을 마주하고 있노라면, 나무들 사이로 바로크 음악이 은은하게 흘러나오는 것만 같았다. 그래서 자작나무 곁을 떠날 때마다 늘 아쉬움이 남았다. 스님에게 자작나무는 곧 비발디, 헨델, 바흐가 들려주는 바로크 음악이었다.

스님은 특히 바로크 음악을 사랑했다. 바흐의 〈평균율 클라비어〉와 〈골트베르크 변주곡〉은 자주 찾아 듣던 곡이었다. 비발디의 음악도 즐겨 들었는데, 특히 파비오 비온디가 연주한 협주곡들을 들으면 감성에 슬그머니 끼어 있던 녹이 벗겨져 나가고, 속 뜰이 한층 투명해지는 느낌이 들었다. 비발디의 바이올린 협주곡 6번 〈조화의 영감〉을 들을 때면, "살아 있다"는 사실만으로도 새삼스레 고마움이 밀려온다고 했다. 그만큼, 스님의 마음은 바로크 음악의 세계와 깊이 이어져 있었다.

음악 공양

스님은 부처님 전기를 번역하면서, 지금까지 자신이 받아온 수많은 공양들을 하나하나 떠올려 보았다. 고맙고 은혜로운 공양이 헤아릴 수 없이 많았지만, 그 가운데 가장 먼저 떠오르는 '최대의 공양'은 명동 성당에서 올려진 한 번의 음악 공양이었다고 했다.

무척 덥던 여름 한낮, 점심 공양을 마친 뒤 스님은 안내를 받아 성당 안으로 들어갔다. 구불구불한 층계를 따라 2층으로 올라가니, 그곳에는 거대한 파이프 오르간이 자리하고 있었다. 스님은 지나가는 말처럼, "파이프 오르간 소리를 한번 들어보고 싶다"고 수녀님께 청했다. 잠시 후, 텅 빈 성당 안에서 오직 스님 한 사람만을 위한 파이프 오르간 연주가 시작되었다.

웅장한 오르간 소리가 성당 천장을 뒤흔들며 퍼져 나가자, 스님의 온몸에는 전율이 일었다. 그것은 단순한 감동을 넘어선, 사변적인 이론을 모조리 털어내고 남은 '음향으로 표현된 종교 그 자체'였다. 그날의 연주는 스님의 생애에서 두고두고 잊을 수 없는, 가장 큰 공양으로 마음 깊이 새겨졌다.

음악의 추억

스님은 음악에는 강력한 '연상 작용'이 담겨 있다고 했다. 인도 여

음악, 산속을 적신 보이지 않는 물결

행을 마치고 돌아온 뒤, 서울 이태원에 있는 인도인 식당에 들렀을 때였다. 식당 안에서 힌두 음악이 흘러나오자, 그 소리는 순식간에 스님을 바라나시의 옛 거리로 데려갔다. 사람과 릭샤와 오토바이와 소가 뒤엉켜 북적이던 거리, 갠지스강에서 목욕하는 군중의 소리, 저물녘 아라비아해 연안에서 일몰을 바라보던 봄베이의 활 모양 해안선이 물결처럼 되살아났다.

음악은 또한 그리운 얼굴들을 불러낸다. 차이콥스키의 〈피아노 삼중주〉를 들으면, 스님은 봉은사 다래헌 시절이 떠오른다고 했다. 그때 같은 절에 살며 강 건너의 여러 일을 도와주던 한 젊은이가 새 삶의 터전을 찾아 태평양 너머로 떠났다. 그날은 가을비가 조용히 내리고 있었다. 일주문 밖에서 작별 인사를 나누고 들어와, 스님은 하루 종일 차이콥스키의 피아노 트리오를 들으며 서운한 이별의 마음을 달랬다. 그 뒤로도 그 곡을 들을 때면, 가을비 속에서 그 젊은이를 떠나보내던 그 날의 풍경이 어김없이 가슴속에 되살아났다.

이탈리아 성악

어느 해 섣달그믐날, 스님은 새 건전지를 준비해 두고 음악을 마음껏 틀어놓았다. 아는 스님이 선물한 테이프였다. 그날 오두막 둘레에는 눈이 수북이 쌓여 있었고, 골짜기에서는 노루 우는 소리가 간간이 들려왔다. 난로에 장작을 한 아름 지펴놓고, 스님은 이탈리아 성악가 베니아미노 질리가 부르는 〈시칠리아 마부의 탄식〉과 〈마레기아〉를 반복해서 들었다.

질리의 목소리는 어딘가 덜 채워진 듯한 여백이 있어, 스님의 가슴을 시원하게 뚫어주는 듯했다. 붓글씨에 견주자면 '갈필의 맛'이 느껴지는 음색이었다. 늦가을 들녘을 스쳐 지나가는 마른 바람결 같은 그 소리는, 쓸쓸하면서도 묘하게 따뜻했다. 그 구슬픈 음성이 메말라 가던 스님의 가슴을 촉촉이 적셔 주었다.

시타르 음악

스님이 인도로 여행을 떠날 때, 짐은 최대한 간편했다. 옷가지와 약품, 몇 권의 경전을 넣은 작은 배낭 하나, 그리고 카메라와 안내 책자, 필기도구를 넣은 어깨 가방 하나가 전부였다. 인도는 스님에게 불타 석가모니와 마하트마 간디, 그리고 크리슈나무르티의 나라이기도 했다. 이 세 사람은 스님이 수도자의 길을 걷도록 깊은 영향을 미친 '정신적 스승'들이었다.

콜카타의 어느 밤, 스님은 거리를 걷다가 우연히 인도의 고전무용 공연이 열린다는 포스터를 보았다. 스님은 인도의 전통 현악기인 시타르의 음악을 무척 좋아했다. 특히 라비 샹카르의 연주는 녹음테이프로 늘 곁에 두고 들을 만큼 애정이 깊었다. 그런 시타르의 연주를, 이번에는 직접 눈앞에서 듣고 볼 수 있게 된 것이다.

공연장에 들어서니, 시타르의 선율에 맞춰 무용수들이 인도 전통 춤을 추고 있었다. 긴 선율이 끝없이 이어지는 듯한 시타르 소리는, 마치 시간의 흐름을 잊게 만드는 주문 같았다. 스님은 그토록 사랑하던 시타르 음악을 바로 곁에서 들을 수 있다는 사실만으로도 무척

음악, 산속을 적신 보이지 않는 물결

행복했다고 했다.

하숙생

스님은 꼭 클래식이나 종교 음악이 아니더라도 가요와 동요를 두루 즐겼다. 인도를 여행하다 고국의 산천과 그리운 얼굴들이 문득 떠오를 때면, 늘 최희준의 〈하숙생〉을 휘파람으로 불었다. "인생은 나그넷길, 어디서 왔다가 어디로 가는가"로 시작하는 노랫말이, 떠돌이 수행자의 마음과 어쩐지 맞닿아 있었기 때문이다.

내의를 빨고, 빨랫줄에 빨래를 널 때면 서정주 시의 한 구절에 곡을 붙인 송창식의 노래 〈푸르른 날〉의 "눈이 부시게 푸르른 날은 그리운 사람을 그리워하자." 대목을 휘파람으로 흥얼거리곤 했다. 다래헌 시절, 신문사 기자로 일하던 한 여인은 절에 올 때마다 임희숙의 〈진정 난 몰랐네〉를 즐겨 불렀다. 어느 비 오는 날, 스님이 빗줄기를 가르며 차를 몰고 가다 우연히 라디오에서 그 노래를 들었을 때, 생머리에 짧은 스커트를 입고 다래헌을 오르내리던 그 기자의 얼굴이 선명하게 떠올랐다고 했다.

불일암 시절, 큰 절에서 수련 중이던 여고생들이 산길을 올라와 마당에서 동요 〈옹달샘〉을 영롱한 목소리로 부르고 내려간 일이 있었다. 그 뒤로 대숲과 모란밭 사이를 토끼가 깡충깡충 뛰노는 모습을 볼 때면, 어김없이 그날의 동요 소리가 귓가에 다시 살아나는 듯했다.

멀고 지루한 길을 자동차로 달릴 때면, 스님은 작곡가이자 피아니스트인 야니(Yanni)의 음악을 즐겨 틀었다. 역동적이면서도 부드러운 선율이 오래 쌓인 피로를 말끔히 씻어 주었다. 직접 운전대를 잡고 가는 동안에도 빠른 템포의 야니 곡들을 들었고, 유키 구라모토의 피아노 곡 〈분수의 소네트〉를 여러 번 반복해 들었다. 유키 구라모토의 음악을 듣고 있으면 가슴이 투명해지고, 김영랑의 시처럼 마음 한편에서 '끝없는 강물'이 조용히 흘러가는 것 같다고 했다. 이렇듯 스님은 음악의 장르를 가리지 않고, 마음을 적셔 주는 모든 노래를 사랑했다.

스님 곁의 세 가지

스님 곁에는 늘 세 가지가 함께 있었다. 바로 차와 책과 음악이었다. 마실 차가 있고, 곁에 둘 책이 있으며, 조용히 틀어놓을 음악이 있다는 사실만으로도 스님은 늘 충분히 고마워했다. 그 세 가지면 살림살이는 넉넉하다 여겼고, 그 이상은 사치라고 생각했다. 차와 책과 음악은 스님의 삶에 생기를 불어넣어 주었고, 마음이 녹슬지 않도록 늘 곁에서 거들어준 고마운 벗들이었다.

스님은 언젠가 자신이 지니고 있는 모든 것을 내려놓아야 할 날이 반드시 온다고 했다. 그때 아까운 마음에 망설인다면 잘못 살아온 것이라고 했다. 그래서 살아있는 동안에도, 때때로 큰마음 먹고 '놓아버리는 연습'을 미리미리 해두어야 한다고 당부했다.

한때 건강을 잃었던 스님은 몸이 조금씩 회복되어 갈 무렵, 예전에 즐겨 듣던 음악을 다시 틀어놓고는 문득 눈물이 울컥 치밀었다고

음악, 산속을 적신 보이지 않는 물결

했다. 다시 귀로 음악을 들을 수 있고, 두 손으로 채소를 가꿀 수 있다는 사실이 그저 고마웠던 것이다. 그래서 스님은 몸이 성할 때, 매 순간을 허투루 보내지 않고 제대로 살아야겠다는 다짐을 거듭 새기곤 했다.

소니 라디오

나는 몇 해 전 봄, 성북동 길상사를 찾았다. 법정 스님께 인사를 드리고 싶어 진영각으로 향했다. 그 안에는 스님이 평소 가까이 두고 쓰시던 유품들이 가지런히 놓여있었다. 그 가운데 특히 눈길을 끈 것은 손바닥만 한 작은 라디오 한 대였다. 바로 스님이 곁에 두고 클래식 음악을 즐겨 들으시던 그 라디오였다.

그 라디오를 보는 순간, 스님과 똑같은 주파수에 맞춰 클래식 방송을 듣고 싶다는 마음이 불쑥 일어났다. 나는 모델 번호를 적어 와 집으로 돌아간 뒤, 인터넷을 뒤져가며 같은 기종을 찾기 시작했다. 하지만 이미 단종된 지 오래된 모델이라 좀처럼 구할 수가 없었다. 그렇게 오랜 시간을 찾고 또 찾다가 마침내 똑같은 라디오를 손에 넣게 되었을 때, 그 기쁨은 이루 말할 수 없을 만큼 컸다.

지금 그 라디오는 내 곁에서, 늦은 밤이면 조용히 클래식 음악을 들려준다. 나는 강원도 산골 오두막에서 라디오를 켜놓고 음악을 즐기던 법정 스님을 떠올리며, 같은 주파수 속에서 음악을 듣고 있다.

미술, 침묵을 채우는 한 점의 그림

침묵을 채우는 그림 속에 깃든 영원한 찰나의 숨결.

이념 너머의 고백을 마주하며 어지러운 마음을 비우고

깊고 고요한 평온에 닿는 시간.

●

　스님은 산중에 살면서도 예술을 가까이했다. 화선지를 펼쳐 글씨를 쓰고, 먹을 내려 그림을 그렸다. 그뿐 아니라 도자기와 나무판에도 글씨와 그림을 남겼다. 혼자서 그렇게 손수 예술을 즐겼을 뿐 아니라, 다른 이들이 만든 작품들도 아끼며 감상했다. 벽에 걸어두고 수시로 바라보았고, 마음에 드는 것은 족자나 액자로 만들어 곁에 두었다. 그림 속 인물에게 이름을 지어주며 혼잣말로 이야기를 건네기도 했다.

　도시로 내려가면 특별전이 열리는 미술관을 일부러 찾아가 작품들을 찬찬히 살펴보았고, 외국에 나가서도 그 나라의 이름난 미술관을 빠뜨리지 않고 둘러보았다. 예술의 장르와 시대를 가리지 않고 두루 즐겼지만, 특히 조선 시대 화가들의 그림을 유난히 사랑했다. 우리 강산의 너른 품과 사람들의 소탈한 기운이 화면 가득 살아있기 때문이었다. 스님은 옛 그림의 예술적 수명이 긴 까닭을, 화가의 고결한 인품과 넋이 그 안에 스며있기 때문이라고 보았다.

　그가 좋아한 화가로는 소당 이재관, 단원 김홍도, 현재 심사정, 우봉 조희룡, 소치 허련, 심전 안중식, 오원 장승업 등이 있었다. 바깥

나라 화가들 가운데서는 고흐와 뭉크, 피카소를 즐겨 떠올렸다. 스님에게 아름다움을 좇는 일은 진리를 탐구하는 일과 조금도 다르지 않았다. 그 둘은 언제나 한길이었다.

침묵의 세계, 먹(墨)

스님은 야나기 무네요시가 쓴 글을 읽다가 깊이 공감했다. "먹이라는 한 가지 색은 빛깔 없는 빛깔이 아니라, 모든 빛깔을 포함한 색이다"라는 구절이었다. 또 야나기는 "단순함이란 그저 단조롭다는 뜻이 아니라, 불필요한 것을 모조리 덜어내고 반드시 필요한 요소만으로 이루어진 결정(結晶)"이라 했다. 그것이야말로 본질적인 것이 응축된 모습이라는 것이다.

스님은 먹을 '단 하나의 색'이라 했다. 농담의 깊고 옅음은 있어도 색상은 오직 한 가지뿐이지만, 그 안에 모든 것이 다 들어있다고 보았다. 우주의 삼라만상도, 세상 사람들의 희로애락도 먹 한 가지로 다 담아낼 수 있다고 했다. 그래서 먹은 스님에게 '침묵의 세계'였다.

정말 가까운 사이는 말 한마디 없이 마주 앉아 있기만 해도 서로의 속마음을 안다. 스님은 먹이 열어 보이는 세계가 바로 그러한 관계와 닮았다고 했다. 말없이 바라볼 뿐인데도 무슨 이야기를 건네는지 다 전해진다. 먹의 세계는 언어의 한계를 훌쩍 뛰어넘어, 더 깊은 소통과 이해의 자리를 열어준다고 스님은 믿었다.

미술, 침묵을 채우는 한 점의 그림

불일암의 달마도

스님이 불일암에서 머물던 선실 한쪽 벽에는 달마도가 걸려 있었다. 다래헌 시절, 누군가가 그려준 수묵화였다. 그림 속 달마의 눈망울은 불꽃을 뿜어내듯 강렬했고, 입술은 바위처럼 굳게 다물려 있었다. 작가는 그림 한쪽에 '불식(不識)'이라는 두 글자를 적어두었다. '모른다'는 뜻이다.

이 말은 양나라 무제와 달마 대사가 나눈 선문답에서 비롯되었다. 무제가 "그대는 도대체 누구인가?"라고 묻자, 달마는 짧게 "불식(不識)!"이라고 답한다. 스님은 그 간결한 필체와 여운이 마음에 들어, 달마도를 족자로 꾸며 불일암 벽에 걸어두고 자주 바라보았다.

스님에게 달마는 곧 '선(禪)' 그 자체였다. 선불교의 맥을 굳게 세운 인물이기 때문이었다. 그는 달마를 대장부 같은 '당당한 기상'이라고 불렀다. 스님은 달마의 불꽃 같은 눈과 돌처럼 다문 입을 마주할 때마다, 종교인이 어떤 자세로 살아야 하는지 스스로에게 묻곤 했다. 종교인은 진리와 정의를 삶으로 실현하는 사람이어야 한다는 것이다.

그래서 스님에게 달마는 과거에 머무는 인물이 아니라, 지금 이 순간에도 살아 숨 쉬는 '눈 푸른 사내'였다. 과거완료형이 아니라 현재진행형의 존재였다.

이재관의 〈오수도〉

덕수궁에서 한국미술특별전이 열렸을 때, 스님은 일부러 시간을 내어 전시장을 찾았다. 그곳에서 소당 이재관의 〈오수도(午睡圖)〉와 마주했다.

그림 속 풍경은 이러했다. 오래된 노송 아래 낡은 기와집 한 채가 있고, 그 집 안에서 한 고사가 높이 쌓인 책더미에 몸을 기댄 채 평안하게 낮잠을 청하고 있다. 뜰에는 우뚝 솟은 바위가 서 있고, 집 뒤편 대나무는 바람에 흔들리고 있다. 마당 한편에서는 동자가 차를 끓이려고 화로에 불을 지피고 있고, 두 마리 학은 늙은 소나무 아래에서 한가롭게 눈을 감고 졸고 있다.

스님은 이 그림이 너무 좋아 덕수궁 전시장을 세 번이나 다시 찾았다. 〈오수도〉가 빚어내는 고요하면서도 충만한 기운이 마음을 사로잡았기 때문이다. 다래헌으로 돌아와서는 샘물을 길어와, 혼자 차를 달여 마시며 그 그림 속 분위기를 떠올리곤 했다.

마침 체신부에서 소당의 〈오수도〉가 들어간 우표를 발행했다는 소식을 듣고, 스님은 아이처럼 기뻐 우체국으로 달려가 무려 100장을 한꺼번에 사 왔다. 그 뒤로 편지를 보낼 때마다, 그 우표를 한 장씩 정성스럽게 붙였다. 마치 〈오수도〉 속의 한가로운 기운을 함께 부쳐 보내는 것처럼 말이다.

심사정의 〈파교심매도〉

스님은 국립중앙박물관에서 현재 심사정이 그린 〈파교심매도(灞橋尋梅圖)〉를 처음 마주했다. 산천에는 눈이 수북이 쌓여 있고, 한 선비가 어디엔가 피어 있을 매화를 찾아 길을 나섰다. 선비는 차양이 달

미술, 침묵을 채우는 한 점의 그림

린 모자를 쓰고 두꺼운 도포를 여민 채 나귀에 걸터앉아 다리를 건너고 있다. 그 뒤로 동자가 막대를 메고 따르는데, 막대기 끝에는 거문고와 보자기가 걸려 있다. 보자기 안에는 술과 안주가 들었을 듯했다.

스님은 그 그림 앞에서 잠시 발을 멈추고 옛 선인들의 운치와 멋을 떠올렸다. 숨 가쁘게 돌아가는 오늘날에 이런 그림을 대하고 있자니, 마음속에서 맑은 바람 한 줄기가 이는 듯했다고 했다.

화제 '파교심매(灞橋尋梅)' 가운데 '파교(灞橋)'는 중국 장안 동쪽 파수라는 강에 놓인 다리 이름이다. 옛사람들은 이 다리 위에서 이별하며 버들가지를 꺾어 정을 나누었다고 한다.

스님은 이 그림을 떠올리며, 한겨울 눈 속에서 매화를 찾아가는 또 다른 그림, 탐매도(探梅圖)를 덧붙여 이야기했다. 조선 시대 선비화가 신잠이 그린 그림이다. 나귀를 탄 선비와 그를 따르는 동자가 다리 끝 바위에 피어난 매화를 찾아 나아가는 모습이 담겨 있다. 스님은 두 그림을 함께 떠올리며, "눈 속에 꽃을 찾아가는 사람의 마음이란 얼마나 꽃다운가." 하고 혼잣말처럼 중얼거렸다.

조희룡의 〈매화서옥도〉

스님은 성북동 간송미술관을 찾았다. 조선 시대 옛 그림들이 전시되어 있는 자리에서, 우봉 조희룡의 〈매화서옥도(梅花書屋圖)〉와 마주했다.

이른 봄, 산에는 아직 눈이 희끗희끗 남아 있다. 차가운 바람이 골짜기마다 몰아친다. 절벽처럼 가파르게 치솟은 산 아래, 작은 오두막이 하나 있다. 방 안 책상 위에는 매화 가지를 꽂은 꽃병이 놓여 있고, 선비는 매화 향기를 맡으며 깊은 생각에 잠겨 있다. 마당의 늙은 매화나무에는 꽃이 활짝 피어 함박눈처럼 쏟아져 내리고 있다. 금세라도 하늘로 승천할 듯, 매화 가지는 용처럼 비틀어져 치솟는다.

스님은 그 그림 앞에서 이런 생각을 했다. "이렇게 매화가 만발한 작은 집에 사는 사람은 얼마나 행복할까." 그러면서 문득 부러움이 일었다. 비록 볼품없는 집이라도 그 주변에 아름다운 꽃나무 한 그루만 있어도, 그 삶은 틀림없이 '기품 있는 삶'이라고 믿었다.

소치의 〈선면산수도〉

스님은 쌍계사 곁 운림산방(雲林山房)을 찾아간 적이 있다. 그곳은 소치 허련이 말년을 보낸 곳이다. 스님은 예전에 『소치실록(小痴實錄)』을 읽고 언젠가 꼭 가보고 싶다고 마음먹었던 터였다.

소치의 첫 스승은 초의 선사였다. 그는 초의에게서 학문과 그림을 함께 배웠다. 이후 초의가 소치를 추사 김정희에게 소개했고, 추사가 두 번째 스승이 되었다. 추사는 소치의 그림을 두고 "압록강 동쪽에는 이와 견줄 만한 그림이 없다"라고 극찬했다. 그만큼 그의 재능을 아끼지 않았다.

소치는 후일 진도에 운림산방을 열고, 그곳에서 붓을 잡으며 살았다. 이곳은 훗날 호남 회화의 상징이자 남종화의 성지로 불리게 되었다. 소치는 생을 마칠 때까지 36년 동안 운림산방에 머물렀다.

그가 접는 부채에 그린 산수화 〈선면산수도(扇面山水圖)〉는 소치가 살던 풍경을 거의 그대로 옮겨놓은 그림이다. 스님은 그 작품 앞에서 오랫동안 눈을 떼지 못했다.

계절은 여름이다. 울타리를 둘러친 작은 집은 텅 비어 있고, 사람 그림자는 보이지 않는다. 집 뒤로는 낮은 능선이 몇 겹으로 이어지고, 집 앞에는 잘 자란 소나무 한 그루가 기품 있게 서 있다. 집 왼편에는 조촐한 다리가 놓여있고, 그 위로 한 선비가 지팡이를 짚고 집쪽을 향해 천천히 건너고 있다. 넓은 공간 안에 사람이라곤 그 선비하나뿐이다. 한가로운 산중 여름날의 풍경이다.

그림의 여백에는 화제시(畫題詩)가 빼곡히 적혀 있다. 스님은 그 시를 읽어보면 소치의 인품이 저절로 떠오른다고 했다. 여백을 가득 메운 글씨가 오히려 부채 그림을 더 돋보이게 한다. 그 화제시는 중국 송나라 시인 나대경의 글이다. 스님은 그 앞부분을 이렇게 풀어 읽었다. "내 집은 깊은 산골에 있다. 봄이 가고 여름이 다가올 무렵이면 푸른 이끼가 뜰에 깔리고, 진 꽃잎이 길바닥에 가득하다. 사립문을 두드리는 발자국 소리는 없으나, 솔 그림자는 길게 짧게 드리우고, 새소리는 높아졌다 낮아졌다 하니, 나는 그 속에서 한가로이 낮잠을 즐긴다."

스님은 이런 글을 곱씹어 읽다 보면, 사는 일이 한결 즐거워진다고 했다. 옛사람들은 자연과 더불어 담담하고도 조촐하게 삶을 즐길 줄 알았다. 비록 가난했으나 작은 것에 만족하며 밝고 고요하게 살았다.

소치는 가난을 마음에 두지 않았다. 그가 남긴 유언에는 이런 말이 있다. "내가 일세에 삼절(三絕, 시·서·화에 모두 뛰어난 재능을 지닌 사람)이라는 이름을 들었으니, 내 분수에 넘치는 일이었다. 그 위에 어찌 부귀를 바라겠는가. 그것은 하늘이 반드시 싫어하고 귀신이 막을 것이니, 처음부터 감히 바랄 수 없는 일이다."

스님은 그 말을 떠올리며, 분수 안에서 누리는 단순하고 절제된 삶이야말로 가장 아름다운 그림 같다고 여겼다.

안중식의 〈성재수간도〉

스님은 예불을 마친 뒤 뜰로 나갔다. 새벽달이 떠 있었다. 중천에 걸린 달은 무수한 별들을 거느리고 있었고, 돌배나무 그림자가 달빛을 받아 마당 위로 길게 번졌다. 달빛이 그려낸 그림이라 나무의 실체보다 한결 부드럽고 온화했다. 스님은 새벽달은 밤새 개울물 소리에 씻겨 더욱 투명해진 것 같다고 생각했다.

그러다가 문득 심전 안중식의 〈성재수간도(聲在樹間圖)〉가 떠올랐다. 안중식은 고종 때 활약한 조선의 마지막 도화서 화원으로, 그의 스승은 오원 장승업이다. 그림 제목을 풀면 '소리가 나무 사이에 있다', 곧 숲에서 들려오는 소리라는 뜻이다.

그림 속 숲에는 한 사내가 달빛 아래 서서 누군가를 기다리고 있다. 그는 사립문 쪽을 유심히 바라보고 있으나, 찾아오는 사람은 아무도 없다. 대신 바람만 세차게 불어와 사내의 머리카락과 나뭇잎을 거칠게 날려 보낸다.

미술, 침묵을 채우는 한 점의 그림

조금 상상해보면 이렇다. 사내는 방 안에서 책을 읽다가 문득 인기척을 들은 듯, 누군가 온 것 같아 문을 열고 밖으로 나간다. 그러나 마당에는 아무도 없고, 그저 숲 사이를 스쳐 지나가는 바람 소리만 들릴 뿐이다.

스님은 이 그림을 떠올리며 이렇게 생각했다. '게으른 사람은 새벽달을 만나기 어렵다. 누구에게나 똑같이 주어진 시간이지만, 그 시간을 잘 쓸 줄 아는 사람에게만 자연이 베푸는 기회가 주어진다.'

김홍도의 〈월하취생도〉

한여름 오두막에서 스님은 단원 김홍도의 화집을 펼쳤다. 책장을 넘기니, 마치 파초 잎이 서걱이는 소리가 귓가에 들리는 듯했다. 그 가운데 〈월하취생도(月下吹笙圖)〉라는 그림이 있었다. 제목 그대로 '달빛 아래 생황을 부는 모습'을 그린 그림이다.

잘생긴 젊은이가 파초 잎 위에 맨발로 앉아 생황을 불고 있다. 헐렁한 옷자락을 걸치고 망건을 쓴 채, 두 다리를 곧추세워 그 무릎 위에 양팔을 올려 생황을 받친 모습이다. 곁에는 술병과 술잔, 족자, 벼루와 먹, 붓이 놓여있다. 그림 속 주인공은 단원 자신으로 짐작된다. 실제로 단원의 용모가 빼어나게 준수했다는 증언이 스승 강세황의 기록에 남아 있다.

단원은 자신의 방에서 술 한 잔 기울이고, 붓을 놀리다 취기가 오르자 생황을 불기 시작했을 것이다. 그는 그림 오른쪽 위에 '월당처절승용음(月堂凄切勝龍吟)'이라는 화제를 적었다. 스님은 이 말을 '달빛이 스며드는 방 안에 울려 퍼지는 생황 소리는 용의 울음보다 더 처연하다'라는 뜻으로 풀었다. 이 구절은 당나라 시인 나업의 「생황 시(笙簧詩)」에서 따온 것이다.

스님은 불일암에 있을 때 이 그림이 무척 마음에 들어 직접 흉내를 내보았다. 여름날 산 그늘이 내려앉을 때, 후박나무 아래에서 파초 잎을 하나 베어 앉을 자리를 만들고, 행건을 풀어 맨발로 그 위에 걸터앉아 앞산을 바라보았다. 그러자 마치 신선이 된 듯한 기분이 들었다. 독특한 파초 잎의 촉감이 온몸의 더위를 순식간에 씻어 주었다.

스님은 이 경험을 통해 옛 선인들이 더위를 식히던 풍류의 멋을 새삼 알게 되었다고 했다. 삼복더위 속에서도 옛사람들의 탈속한 그림과 그에 얽힌 이야기를 떠올리면 마음이 한결 시원해진다고 했다.

장승업의 〈고사세동도〉

스님은 어느 날 오원 장승업의 〈고사세동도(高士洗桐圖)〉를 보았다. 제목을 풀면 '고결한 선비가 오동나무를 씻는 그림'이다.

산중에 은거하는 한 선비가 있다. 그는 동자를 시켜 물수건으로 오동나무 줄기의 먼지를 닦게 한다. 그림 속 오동나무는 족히 수백 년은 되었을 법한 거목이다. 줄기의 두께가 동자의 몸통 너비보다 훨씬 굵다. 동자는 한 손으로 나무줄기를 잡고, 다른 손엔 물수건을 들고 울퉁불퉁한 줄기를 타고 오른다. 오동나무 아래에는 선비의 지필묵(紙筆墨)이 가지런히 놓여있다. 선비는 냇가에 앉아 물수건을 한

미술, 침묵을 채우는 한 점의 그림

장씩 적셔 동자에게 건네주고 있다.

스님은 선비가 동자에게 오동나무 줄기를 닦게 한 까닭을 이렇게 짐작했다. 벽오동(碧梧桐) 줄기의 깊고 푸른빛을 온전히 감상하기 위해서였을 것이라고. 스님은 이 그림을 보며 "참으로 감탄스러운 풍류요, 운치"라고 했다.

불일암에 온 뒤 스님은 뜰에 두 그루의 오동나무를 심었다. 여름이면 넓은 오동잎이 시원한 그늘을 드리워 얼마나 고마운지 모르겠다고 했다. 여름밤이면 오동 잎 사이로 빛나는 달을 올려다보는 즐거움도 남달랐다. 또한, 가을이 되면 오동잎 떨어지는 소리가 들려온다. 스님은 그 소리를 들으며 '죽는다는 것'과 '살아있다는 것'을 새삼스럽게 떠올리곤 했다. 떨어지는 잎사귀 하나에도 생멸의 이치를 읽어낸 것이다.

그럴 때면 문득 노랫말 하나가 내 마음을 스쳐 지나간다. 김도향이 부른 〈벽오동〉이다. "벽오동 심은 뜻은 봉황을 보잣더니 어이타 봉황은 꿈이었다 안 오시뇨. 달맞이 가잔 뜻은 님을 모셔 가잠인제 어이타 우리 님은 가고 아니 오시느뇨…." 오동나무 아래, 잎 지는 소리가 스님의 마음속 풍경을 더욱 깊고 쓸쓸하면서도 아름답게 물들이고 있었다.

오두막의 '봉순이'

스님은 법회가 있어 서울 길상사를 다녀오다가, 그곳에서 '봉순이'를 데리고 산으로 올라왔다. 봉순이는 단정한 얼굴에 단발머리를 한 소녀였다. 노란 옷에 보랏빛 스카프를 두르고 있었다. 한 화가가 스님께 선물한 그림 속 주인공이었다.

오두막 벽에 봉순이를 걸어두자 방 안의 분위기가 달라졌다. 봉순이는 오른쪽 옆모습으로 앞만 바라보고 있었다. 아무 말 없이, 그저 묵묵히. 스님은 가끔 봉순이에게 이런저런 말을 걸어보곤 했다. 산에 들어온 지 사나흘쯤 지나자 봉순이 얼굴에도 어느새 기운이 돌고, 스님에게 서서히 속을 열어 보이는 듯했다.

'봉순(鳳順)'이라는 이름은 스님이 지어준 것이었다. 일부러 가장 예스러운 이름을 골랐다. 그림 속 소녀와 이야기를 나누려면 이름부터 불러줘야 할 것 같았기 때문이다. 스님은 봉순이에게 말을 건넬 때, 말없이 들어주는 그 침묵이 고마웠고, 스님의 눈길을 피하지 않고 묵묵히 마주 바라봐 주는 것도 고마웠다.

봉순이가 산에 올라온 뒤로 스님의 생활은 눈에 띄게 부드러워졌다. 스님은 겨울눈이 녹고 개울물이 풀려 봄이 오면, 진달래 한 아름을 꺾어 봉순이 품에 안겨 주고 싶다고 생각했다.

그러던 어느 날, 오두막에 식구 하나가 더 늘었다. 스님 말로는 '보이 프렌드'였다. 예전에 봉순이 그림을 그려 보냈던 그 화가가, 스님이 산을 비우면 봉순이가 외롭겠다며 이번에는 브론즈 조각 하나를 보내온 것이다. 마른 몸에 가사(袈裟)를 걸치고 명상에 잠긴 수행자 조각이었다.

스님은 마음이 흩어지려 할 때마다 이 조각을 바라보면, 저절로 마음이 반듯하게 자리를 잡는다고 했다. 봉순이에게는 든든한 남자

미술, 침묵을 채우는 한 점의 그림

친구요, 스님에게는 함께 길을 걷는 도반(道伴)이 되어준 셈이다.

어느 스님 방의 그림

스님이 산속 어느 절을 찾았을 때였다. 그곳 스님의 방에 유명 화가의 산수화 한 점이 걸려 있었다. 그림 자체는 참으로 잘 그려진 작품이었다. 그러나 스님 눈에는, 그 그림이 제 주인과 제 벽을 잘못 만나 제빛을 다 펼치지 못하고 있는 듯 보였다.

스님은 말했다. 산속은 그 자체가 이미 '천연 산수화'이기 때문에, 아무리 이름난 산수화를 벽에 걸어두어도 오히려 빛을 잃기 쉽다고. 만약 그 그림이 도시의 어느 건조한 공간에 놓여있었다면, 분명히 사람들 가슴을 울리며 깊은 감동을 일으켰을 것이라 했다. 산수화는 자연과 떨어진 도시에 있어야 비로소 조화를 이루는 법이라는 것이다.

"모든 것은 있어야 할 자리에 있을 때 비로소 살아 숨 쉰다." 스님은 이 말을 거듭 되뇌었다.

스님이 때때로 찾아가는 또 다른 스님이 있었다. 그 스님의 방에는 텅 빈 벽에 편액 하나만 걸려 있었다. 검은 바탕에 흰 글씨로 '與誰同坐(여수동좌)'라고 쓰여 있었다. '누구와 함께 앉아 있는가'라는 뜻이다.

이 말은 소동파의 시 〈점강순(點絳脣)〉에 나오는 구절 '與誰同坐 明月淸風我(여수동좌 명월청풍아)'에서 온 것이다. '함께 앉아 있는 이 누구인가, 밝은 달과 맑은 바람, 그리고 나'라는 뜻이다. 조금 더 풀면

'이 방에 나와 함께 있는 것은 오직 맑은 바람과 밝은 달뿐'이라는 말이다.

스님은 그 방에 들어설 때마다 편액이 말없이 자신을 반겨주는 듯한 느낌을 받았다. 편액 하나가 방 주인의 인품을 고스란히 드러내는 것 같아, 글씨를 마주할 때마다 저절로 미소가 떠올랐다고 했다.

연꽃 그림과 족자 글씨

기나긴 여름이 물러가고 산 숲에 붉은 가을이 내려앉았다. 스님은 방을 말끔히 치운 뒤 벽에 액자 하나를 걸었다. 예전에 어떤 화가가 스님의 책 표지화로 그려준 연꽃 그림이었다. 옅은 채색으로 그린, 반추상(半抽象)의 연꽃이었다.

스님은 그림 여백에 화제(畵題)를 적었다. 『숫타니파타』의 '무소의 뿔'에 나오는 한 구절이었다. "그물에 걸리지 않는 바람처럼, 진흙에 더럽히지 않는 연꽃처럼." 『숫타니파타』는 출가자가 지녀야 할 마음가짐을 설한 부처님의 말씀이 담긴 경전이다. 스님은 "진흙에 더럽히지 않는 연꽃처럼"이라는 구절을, 세상 속에 살되 세상에 물들지 말라는 가르침으로 받아들였다.

스님은 방 안 벽에 대못을 하나 박아 가사와 장삼을 걸고, 반쯤 꽃이 피어난 동백 가지를 꺾어 백자 지통(紙筒)에 꽂았다. 그러자 휑하던 방 안에 금세 봄기운이 스며드는 듯했다. 그리고 임제 선사의 어록 가운데 스님이 특히 아끼는 한 구절을 써서 족자로 만들었다. 족자에는 이렇게 적혀 있었다.

"卽時現今 更無時節(즉시현금 갱무시절)" '바로 지금 이 순간일 뿐, 다시 다른 때는 없다'라는 뜻이다. 좀 더 풀어 말하면, 한 번 지나가 버린 과거를 붙잡고 되씹거나, 아직 오지도 않은 미래에 마음을 걸어두지 말고, 바로 지금 이 자리에서 최선을 다해 살라는 가르침이다.

스님은 임제 선사의 그 말을 바라볼 때마다 가슴 깊은 곳에서 힘이 솟는다고 했다. 낯설던 방이 조금씩 익숙한 자신의 방이 되어가고, 그 안에서 '지금 이 순간'이 또렷이 빛나기 시작했다.

묵화 한 점의 교훈

스님이 서울 봉은사 다래헌에 머물던 시절, 아는 스님 한 분이 묵화(墨畵) 한 점을 그려주었다. 스님은 그 그림이 마음에 들어, 액자 대신 압정으로 조심스레 벽에 붙여두고 날마다 바라보았다. 그런 그림은 유리 틀 안에 가두어두면 숨이 막혀 제빛을 잃는다며, 벽과 더불어 살아있게 두고 싶었던 것이다.

그 그림에는 이런 글귀가 함께 적혀 있었다. "高高峯頂立(고고봉정립) 深深海底行(심심해저행)" 말 그대로 '때로는 높고 높은 산 정상에 우뚝 서고, 때로는 깊고 깊은 바다 밑으로 잠겨라'라는 뜻이다.

옛 선사의 게송(偈頌)인 이 구절은 스님에게 큰 가르침이 되었다. 복잡한 세상 속에 살다 보면 자신이 지나치게 드러나고, 그만큼 세상에 물들기 쉽다. 그래서 어느 때에는 스스로를 깊이 묻어, 노출이 적은 자리에서 고요히 자신의 잠재력을 깨워야 한다고 여겼다. 스님이 처소를 훌쩍 옮겨, 멀고 깊은 강원도 산골로 들어간 것도 그런 뜻에서였다. 높이 솟는 대신, 깊이깊이 바다 밑으로 가라앉아 보고자 한 선택이었다.

송판에 붙인 그림엽서

스님은 다실 한쪽에 소박한 그림 한 점을 걸어두었다. 사방 한 자쯤 되는, 검게 칠한 송판 위에 새해 아침 풍경이 그려진 엽서 한 장을 붙여놓은 것이었다. 엽서 속에는 산등성이 위로 붉은 해가 떠오르고, 그 앞을 까치 한 마리가 날아가는 모습이 담겨 있었다. 몇 해 전, 한 지인이 정성스레 보내온 새해 인사였다.

스님은 차를 마시며 송판 위 작은 그림을 곧잘 들여다보았다. 군더더기는 싹 덜어내고 필요한 것만 남긴 그림이었다. 간결하고, 산뜻하고, 담백한 느낌이 스님의 취향에 꼭 맞았다.

그 엽서를 붙인 나무판은 스님이 큰절 제재소에 흩어져 있던 송판을 주워와 사방 한 자 크기로 톱질해 자르고, 대패로 반질반질하게 다듬은 뒤 만든 것이었다. 잘 아는 스님이 그 위에 검은 래커를 정성껏 칠해 주었다. 마침 그 스님은 검은색을 유난히 좋아했다. 그렇게 만들어 둔 송판 위에, 책꽂이 사이에 꽂혀 있넌 ㄱ 그림엽서를 떼어다 붙이자, 정성 들인 나무판과 담백한 그림이 어우러져 작은 한 폭의 운치 있는 작품이 되었다.

백자 항아리

봉은사에 있을 때였다. 스님은 책을 읽다가 문득 백자 항아리 하

미술, 침묵을 채우는 한 점의 그림

나가 갖고 싶어졌다. 그 길로 인사동에 나가, 약간 금이 간 옛 백자 항아리 하나를 구해 왔다. 며칠 동안은 그야말로 애지중지했다. 밤에 자다가도 문득 일어나 불을 켜고 항아리를 한참 들여다볼 정도였다. 하지만 한 달쯤 지나자, 그 항아리에 대한 마음이 서서히 식어가는 자신을 발견했다. 스님은 그 이유를 곰곰이 돌아보았다. 항아리 자체의 아름다움에 깊이 매혹된 것이 아니라, 단지 '항아리 하나쯤 갖고 싶다'는 욕심이 앞섰기 때문이라는 것을 깨달았다.

스님은 말했다. "아름다움은 결코 소유할 수 없다." 소유하려는 마음에서 벗어날 때 비로소 아름다움을 온전히 누릴 수 있다는 뜻이었다.

그 뒤 스님은 광주에 있는 어느 도예가의 작업장을 찾았다. 그곳에서 유약을 전혀 바르지 않고, 흙빛 그대로 구워낸 항아리 하나를 발견했다. 꾸미지 않은 그 자연스러운 결과 빛이 조용히 스님의 마음을 두드렸다. 주인은 스님의 눈빛을 알아보고, 말없이 그 항아리를 내주었다.

스님은 그 항아리를 곁에 두고 오래도록 즐겨 바라보았다. 이번에는 '무언가를 가져야겠다'는 욕심 때문이 아니었다. 그저 저절로 마음이 끌려, 좋아하게 되었기 때문이다. 스님은 말했다. "텅 빈 마음만이 아름다움을 캐낼 수 있다." 소유의 욕망을 비운 빈자리에서만, 사물의 참된 아름다움이 비로소 모습을 드러난다고.

길상사 '마리아 관음상'

서울 길상사의 가장 큰 명물은 단연 '관음상'이다. 가톨릭 신자이자 서울대 명예교수인 조각가 최종태 교수는 평소 조각 예술의 궁극을 '관음상'에서 본다고 말해왔다. 마침 동화작가이자 역시 가톨릭 신자인 정채봉이 그 이야기를 법정 스님께 전했다. 스님은 망설임 없이 최 교수에게 관음상을 만들어 달라고 청했다.

최 교수는 그 뜻을 받아 정성을 다해 관음상을 완성했다. 그런데 완성된 불상은 전통적인 불교 조각과는 사뭇 달랐다. 자비로운 얼굴과 온화한 분위기가 자연스레 성모마리아를 떠올리게 했던 것이다. 그 관음상은 불교 조각 안에 가톨릭적 정서를 품은, 새로운 종교적 분위기의 작품이 되었다. 최 교수는 스님과의 인연이 고마워 그 조각을 기꺼이 기증했다. 스님은 완성된 관음상을 보고 아낌없이 찬탄했다.

길상사 개원 법회 날, 가톨릭의 김수환 추기경이 참석해 축사를 했고, 법정 스님은 명동성당 축성 100주년 미사에 초대받아 강론을 했다. 불교와 가톨릭을 대표하는 두 분이 서로의 자리를 오가며 나눈 이 각별한 인연 덕분에, 길상사에는 자연스레 가톨릭 신자들과 수녀들이 자주 찾는 길이 열렸다.

가톨릭 신자들은 성모님을 닮은 관음상 앞에서 '성모송'을 바치며 기도했고, 불교 신자들은 같은 자리에서 '관세음보살 기도'를 올렸다. 그래서 사람들은 이 관음상을 '마리아 관음상'이라 부르게 되었다.

미술, 침묵을 채우는 한 점의 그림

스님의 가톨릭 사랑은 유난했다. 스님이 불일암에 계실 때도 가톨릭 신자들이 유독 많이 산을 찾아 올라왔다. 스님은 그들을 다정하게 '천주 보살'이라 불렀고, 그들은 스스로를 '천불교 신자'라고 부르며 웃었다. 스님의 글에는 가톨릭에 관한 이야기와 가톨릭 사람들과 맺은 인연이 자주 등장한다. 정말이지 스님의 가톨릭에 대한 애정은 남달랐다.

스님이 기거하던 암자에는 높이 1미터가 넘는 관세음보살상이 하나 있었다. 이 역시 최종태 교수가 만든 작품이다. 청동으로 만든 이 불상에서 관세음보살은 왼손에 정병을 들고, 오른손은 손바닥을 펴 세상을 향해 내밀고 있다. 자세히 보면 전통적인 불교 조각과는 분위기가 사뭇 다르다. 둥근 산 모양의 보관을 쓰고 있는 모습은 마치 가톨릭의 성모마리아를 연상케 한다. 이 관세음보살상은 길상사에 서 있는 관음상과도 무척 닮았다. 길상사 관음상을 완성하기 전에 미리 빚어본 '습작'은 아니었을까, 짐작이 들 정도다.

장욱진의 〈불일암〉

화가 장욱진은 어느 날 스님께 그림 한 점을 선물했다. 그림 왼편에는 탑 하나가 서 있다. '자정국사묘광지탑(慈靜國師妙光之塔)'이다. 오른편에는 기와집 두 채가 나란히 있다. 불일암과 그 곁의 요사채다. 그 가운데에는 털실로 짠 모자를 쓰고, 승복 차림으로 우뚝 서 있는 한 사람이 있다. 한겨울, 털모자를 눌러쓰고 서 있던 법정 스님의 모습이다.

그림 윗부분에는 부드러운 곡선으로 산줄기가 이어지고, 그 위에 몇 그루의 나무가 서 있다. 나뭇잎은 모두 서쪽을 향해 기울어 있어, 동쪽에서 바람이 불어오는 듯한 느낌을 준다. 더 멀리에는 겹겹이 이어지는 산세를 그리고, 그 위에 해 하나가 높이 떠 있다. 화가는 그림 한편에 '佛日庵'이라 제목을 적고, 날짜를 1976년 1월 25일이라 써 놓았다. 스님은 이 그림을 표구해 걸어두고 오래도록 즐겨 보았다.

장욱진 화백은 샘터사에서 나온 스님의 책 표지화도 많이 맡았다. 『산방한담』, 『물소리 바람소리』를 비롯해 개정판 수필집의 표지 대부분이 장 화백의 그림이었다. 스님의 장욱진 사랑과 장 화백의 스님 사랑은 서로 깊게 이어진 인연이었다.

송영방의 〈법정 스님 은거도〉

동양화가 원공 송영방 화가는 어느 날 스님께 그림 한 점을 그려 선물했다. 제목은 〈법정 스님 은거도〉, 곧 '법정 스님의 은거(隱居)를 그린 그림'이다.

그림 한복판에는 'ㄱ'자 형태의 삭은 선통 가옥이 있다. 산방의 이름 그대로 '수류산방'이 고즈넉하게 자리 잡고 있다. 산방 왼쪽에는 나무로 지은 헛간이 하나 붙어있다. 마당에는 몇 그루의 나무가 서 있고, 그 가운데 크게 휘어진 소나무 한 그루가 우람하게 서 있다.

소나무 아래에는 장삼을 걸친 한 스님이 바위 위에 서서, 넓적한 바위 사이로 흐르는 개울물을 말없이 바라보고 있다. 소리를 내지

미술, 침묵을 채우는 한 점의 그림

않고 흐르는 물을 가만히 응시하는 그 뒷모습은, 수행자의 고요한 마음 그대로다. 그림 속 그 스님이 바로 법정 스님이다.

김상옥의 서예 작품

스님은 초정 김상옥 시인의 미술전을 찾아갔다. 초정의 대표 시 〈백자부(白磁賦)〉에는 "찬 서리 눈보라에 절개 외려 푸르르고 바람이 절로 이는 소나무 굽은 가지 이제 막 백학 한 쌍이 앉아 깃을 접는다"라는 구절이 있다. 전시장을 둘러보던 스님은 시인이 쓴 한 서예 작품 앞에서 발길을 멈추었다. 오래도록 눈길이 머문 글귀는 '소창 다명 사아구좌(小窓多明 使我久坐)'였다. "작은 창에 햇빛이 환히 비쳐, 나로 하여금 오래 앉아 있게 한다." 추사 김정희가 남긴 글이다.

스님은 이 문장이 마음에 쏙 들어 그 자리에서 한동안 떠나지 못했다. 그 글씨를 바라보고 있노라니, 툇마루에 앉아 불어오는 솔바람 소리와 뜰에 차분히 내려앉는 빗방울 소리가 은근히 들려오는 듯했다. 그저 글 한 줄 앞에 서 있을 뿐인데, 이미 마음은 작은 마루방에 앉아 조용한 행복을 누리고 있는 셈이었다.

김원룡의 '관음상'

어느 날 서울에 올라간 스님은 마침 미술관에서 고고미술사학자 김원룡 박사(전 서울대 교수)의 문인화전이 열리고 있다는 소식을 들었다. 스님은 전시장으로 발걸음을 옮겼다. 직업 화가가 아닌 학자의 붓끝에서 나온 그림들은 밝고 담박한 선과 색채 속에 은근한 유머까지 배어 있어, 스님의 마음을 한없이 즐겁게 했다. 스님은 그날 하루, 그 그림들 덕분에 조촐하고 향기로운 시간을 보냈다고 느꼈다.

전시장에는 백여 점의 작품이 걸려 있었는데, 그중에 관음상(觀音像)이 두 폭 있었다. 스님은 특히 한 폭에 깊이 마음을 빼앗겼다. 그림도 뛰어났지만, 무엇보다 화제(畫題)가 인상적이었다. "觀世音 聽世音 施慈悲 浮世萬物 無非觀世音菩薩"

스님은 이 글을 이렇게 풀었다. "세상의 소리를 굽어살피고, 세상의 소리를 귀 기울여 듣고, 자비를 베푸니, 이 부질없는 세상의 온갖 만물이 곧 관세음보살이 아닌 것이 없구나." 그 한 줄의 화제 속에, 스님이 평소 말하던 '모든 존재를 향한 자비의 눈길'이 고요히 서려 있었다.

강익중의 '달을 가리키는 손가락'

작가 강익중은 속이 패인 아주 오래된 나무를 하나 구해 작품을 만들었다. 적어도 오백 년은 족히 되었을 법한 나무였다. 오랜 세월 무언가를 남아 쓰었던 그릇이었는지, 네모난 나무의 테두리가 둥글둥글해질 만큼 사람의 손길이 많이 스쳐 간 자국이 남아 있었다. 작가는 나무 가운데를 네모지게 매끈하게 다듬어 나뭇결이 그대로 살아나도록 했다.

그 네모난 공간 위쪽에 하얀 달을 하나 그렸다. 달 아래에는 그 달을 향해 검지를 곧게 뻗고 있는 흰 손을 그려 넣었다. 스님은 이 '달

을 가리키는 손가락' 작품 속에 흰 종이 한 장을 붙이고, 그 위에 네
글자를 펜으로 적었다. '표월지지(標月之指)'. '지혜로운 자는 달을 가
리키지만, 어리석은 자는 손가락만 바라본다'라는 뜻이었다.

스님은 이 작품을 바라볼 때마다, 사는 것이란 무엇인지, 우리는
무엇을 보며 살고 있는지, 삶의 본질을 묻게 된다고 했다. 강익중은
현재 미국에서 활동하는 세계적인 설치미술가로, 조그마한 '3인치
작품'들로도 잘 알려져 있다. 작은 틀 안에, 크고 깊은 물음을 담아
내는 작가였다.

뭉크의 '생각하는 사람'

스님에게 단골 치과가 하나 있었다. 서울 광화문 교보빌딩 안에
있는 치과였다. 비교적 높은 층에 자리한 그곳에는 스님이 진료를
받을 때마다 앉는 고정된 자리가 있었다. 그 자리에 앉으면 창밖으
로 충무공 이순신 동상이 보이고, 멀리 인왕산의 능선도 시야에 들
어왔다.

바로 정면 벽에는 노르웨이 화가 뭉크가 그린 〈로댕의 생각하는
사람〉이 걸려 있었다. 로댕의 조각 〈생각하는 사람〉을 회화로 옮긴
그림이다. 스님은 진료 의자에 앉을 때마다 그 그림을 바라보며, 자
연스레 미륵반가사유상을 떠올리곤 했다.

둘 다 '사유상(思惟像)'이지만 동서양이 사유를 표현하는 방식은 참
다르다고 했다. 서양의 사유상은 어딘가 무겁고 어두운 느낌이 강한
데 비해, 동양의 사유상은 밝고 온화하다. 스님은 미륵반가사유상

앞에 서면 마음이 편안해지고, 그 잔잔한 미소가 자신을 향해 건네지는 듯해 마음이 한결 가벼워지고 그윽해진다고 했다.

그러면서 독일 철학자 야스퍼스가 교토 고류지에 있는 목조 미륵반가사유상을 보고 남긴 말을 소개했다. "지금까지 살아오면서 이렇게 인간 실존의 평화로운 모습을 표현한 예술작품을 본 적이 없다. 이 불상은 인간이 지닌 영원한 마음의 평화를 최고의 수준으로 형상화했다."

이 사유상은 일본 국보 1호로, 백제 장인의 손에서 빚어진 것으로 추정된다. 스님은 미륵반가사유상을 가리켜 "신라와 백제 시대, 우리 조상들의 평화로운 얼굴"이라고 했다. 그리고 덧붙였다. 후손인 우리도 언젠가는 그 '아름다운 미소'를 다시 찾아야 한다고.

피카소의 〈게르니카〉

스님은 어느 날 피카소 화집을 넘기다가 〈게르니카〉와 〈한국에서의 학살〉을 보고 큰 충격을 받았다. 〈게르니카〉는 1937년 4월 26일, 스페인의 작은 마을 게르니카에서 벌어진 참혹한 사건을 그린 그림이다. 스페인 내전에 개입한 나치 독일 공군이 스페인 영공을 침범해 게르니카 상공에 폭탄을 무차별로 투하했고, 그 결과 아무 죄 없는 시민 이천여 명이 한순간에 목숨을 잃었다. 피카소는 파리에서 이 소식을 접하자마자 붓을 들었다. 그리고 반년에 걸쳐 그 참상을 화폭에 옮겼다.

그림은 세로 3미터, 가로 8미터에 이르는 대형 작품으로, 철저히 무채색으로만 그려졌다. 화면 한가운데에는 사지가 찢긴 채 고통 속에서 울부짖는 말이 있고, 그 아래에는 부러진 칼을 움켜쥔 채 쓰러져 있는 병사가 있다. 왼쪽에는 죽은 아이를 부둥켜안고 절규하는 어머니가, 오른쪽에는 불길에 휩싸인 채 두 팔을 하늘로 치켜든 사람들이 있다. 화면 전체가 그야말로 아비규환(阿鼻叫喚)이다. 그런데 왼쪽 위를 보면, 소 한 마리가 태연한 눈으로 죽은 아이를 안고 울부짖는 어머니를 내려다보고 있다. 이 그림에서 소는 전쟁의 폭력, 곧 권력을, 말은 짓밟힌 민중을 상징한다고 한다. 〈게르니카〉는 끔찍할 만큼 무서운 그림이었다. 스님은 그 그림 앞에서 공포와 전율이 서려오는 것을 느꼈다.

피카소는 또 한국전쟁의 참상을 고발하기 위해 〈한국에서의 학살〉이라는 그림을 그렸다. 한국전쟁 중 황해도 신천군에서 일어난 대학살을 소재로 한 작품이다. 화면 왼편에는 옷 한 벌 걸치지 못한 사람들이 서 있다. 그들 가운데에는 임신한 여인과 허약한 아이들도 있고, 젖가슴을 손으로 가리고 선 여성도 보인다. 오른편에는 투구를 쓰고 총과 칼로 완전무장을 한 군인들이 그들을 향해 총구를 겨누고 있다. 어린아이는 총을 든 군인이 두려워 엄마 옷자락을 꼭 붙들고 있다. 당장이라도 방아쇠가 당겨질 듯한, 숨 막히도록 위태로운 순간이 그대로 포착되어 있다.

피카소는 한국전쟁을, 〈게르니카〉에서처럼 한 치의 미화도 없이 잔혹하고 처절하게 그려냈다. 스님은 그 그림들을 바라보며, 이념과 사상이 다르다는 이유만으로 어떻게 저토록 야만적인 민족 학살을 자행할 수 있는지 도저히 이해할 수 없었다. 화집을 덮으며 스님은, 저와 같은 비극이 이 땅 위에 다시는, 결코 되풀이되지 않기를 빌고 또 빌었다.

미술, 침묵을 채우는 한 점의 그림

여행, 떠남으로 다시 발견한 거처

일상의 굴레를 벗고 본래의 자리를 찾아 나서는 길.

떠남으로써 비로소 마주하게 되는, 참된 평화가 깃든 나의 거처.

스님은 길을 떠날 때면 먼저 방부터 정리했다. 휴지통을 비우고, 방석을 제자리에 가지런히 놓고, 다관의 물도 비웠다. 환기창도 조금 열어두었다. 혹시 이 길을 떠난 뒤 다시 돌아오지 못하더라도, 자신이 남긴 '구질구질한 잔해'를 남의 눈에 띄게 하고 싶지 않았기 때문이다. 스님은 길을 떠나는 일을 언제나 '이 세상을 하직하는 연습'으로 여겼다. 나설 때마다 마음은 자연스레 그쪽으로 기울었다.

안거가 끝나고 해제가 되는 바로 그날, 스님은 짐을 꾸려 곧장 길을 떠났다. 어디선가 누가 자신을 기다리는 것도 아닌데, 유난히 일찍 떠나기를 좋아했다. 출가한 뒤 줄곧 그래왔다. 늦게 떠나면 나그넷길 특유의 신선한 기운이 사라져버리기 때문이었다. 선원에 다니던 시절에는 뒷마당 후원에서 미리 아침 공양을 마치고 걸망을 메었다. 그리고 첫차를 타기 위해 어둠이 채 가시지 않은 길로 나섰다. 새벽달이 숲길을 은은히 비춰주었다. 스님은 그 순간을 '해제의 일미(一味)'라고 불렀다. 두 번째 차편이나 환한 대낮에 떠나면, 해제의 맛이 이미 시들어버린다고도 했다.

스님은 여행을 '자기 정리의 엄숙한 도정'이라고 말했다. 길 위에 있을 때, 비로소 자신을 차분히 정리할 수 있다고 느꼈다.

지리산 쌍계사 탑전

스님에게 여행은 매일같이 되풀이되는 따분한 일상의 굴레에서 벗어나는 기쁨이자, 마음을 설레게 하는 일이었다. 한번 일상을 훌훌 털고 나그넷길에 오르면, 인생이란 무엇인지 어렴풋하나마 관조할 수 있다고 했다. 길 위에 서면, 구름을 사랑하던 헤세를, 별을 사랑한 생텍쥐페리를 이해할 수 있을 것만 같았다. 낯선 곳을 헤매다 보면 설명할 수 없는 '허허로운 우수'가 스며들곤 했다.

승가에서는 나그넷길을 '운수행각(雲水行脚)'이라 부른다. 스님은 '운수'라는 말 속에는 그저 이리저리 떠돌아다닌다는 뜻만이 아니라, 살아있는 한 늘 움직이고 있다는 의미가 담겨 있다고 했다. 선가에서는 석 달 동안 안거를 하면, 이어지는 석 달은 행각을 한다. 행각 또한 하나의 수행으로, 덧없는 세상 이치를 깨닫게 만드는 과정이다.

스님에게는 늘 마음 한구석에 '꼭 가보고 싶은 곳'이 하나 있었다. 동시에 '차마 쉽게 갈 수 없는 곳'이기도 했다. 그곳이 바로 지리산 쌍계사의 탑전이었다. 스님은 그곳에서 은사 효봉 선사를 모시고 단둘이 안거를 했었다. 그때 스님의 소임은 부엌에서 밥을 짓고 반찬을 만드는 일이었다. 양식이 떨어지면 탁발을 나섰고, 필요한 물건이 있으면 멀리 구례장까지 걸어 내려가 장을 보았다.

스님은 나그넷길에 서면 언제나 '자기 영혼의 무게'를 느낄 수 있다고 했다. 여행은 자신의 속 얼굴을 들여다볼 수 있는 귀한 시간이며, 단순한 취미가 아니라 인생의 의미를 '새롭게' 하는 계기, 그리고 '세상을 하직해 보는 연습'이라고 여겼다.

청도 운문사

스님은 경북 청도에 있는 운문사를 자주 찾았다. 운문사는 신라 시대에 창건된 오래된 사찰로, 호거산 깊은 골짜기에 자리 잡고 있다. 스님이 운문사를 찾는 까닭은 그곳에 '세 분'이 계시기 때문이라고 했다.

먼저 절 마당에는 수백 년 세월을 견뎌온 두 그루의 은행나무가 우람하게 서 있다. 그 앞에 서면 절로 고개가 숙여진다고 했다. 그 장대한 기상이 스님의 허리를 저절로 굽히게 했다. 이 은행나무들은 오랜 세월 그 자리를 지키며, 이 절을 찾아온 수많은 사람들의 얼굴을 지켜보았을 것이다.

그리고 운문사에는 4백 살이 넘은 소나무가 한 그루 있다. 다른 소나무들과 달리, 사철 내내 푸르름을 잃지 않는다. 스님은 그 나이를 생각하면 저절로 숙연해진다고 했다. 줄기는 사람 팔로 두 아름이나 되고, 그늘은 2백여 명이 들어가도 충분할 만큼 거대한 나무다. 사람들은 이 나무를 '처진 소나무'라 불렀다. 길게 늘어진 가지들 때문이다. 절에서는 그 소나무에 봄가을마다 막걸리 열 말을 부어준다. 스님은 이 소나무의 주량이 참으로 대단하다며 '주송(酒松)'이라 부르곤 했다.

운문사에 갈 때마다 스님이 가장 먼저 찾는 분은 비로전에 모셔진 부처님(비로자나불)이었다. 그 부처님은 다른 절의 불상들과는 좀 달랐다. 대개 부처님은 단정히 가부좌를 틀고 앉아 계시거나, 미륵반가사유상처럼 한쪽 다리만 걸친 반가좌를 취하고 있는데, 운문사의 그 부처님은 오른발을 왼쪽 다리 위에 올려놓지 않고, 삐죽이 앞으로 내린 채 맨땅 위에 두고 있었다. 발가락이 생생히 살아있는 느낌이었다.

스님은 그 모습을 보며, 오랜 세월 가부좌를 틀고 앉아 계시다가 다리가 저려서 슬며시 오른발을 풀어놓은 것만 같다고 했다. 그 소박하고도 인간적인 모습이 무척 마음에 들었다. 표정 또한 시골 장터에서 흔히 볼 수 있을 법한, 수더분하고 온화한 얼굴이었다. 그래서 그 부처님 앞에 서면, 인자한 할아버지를 뵙는 것처럼 마음이 편안해진다고 했다.

스님은 운문사에 들를 때마다, 은행나무와 소나무, 그리고 그 부처님. 이렇게 세 분을 차례로 찾아뵙고 돌아오곤 했다.

지리산 상무주암

송광사를 '승보(僧寶)의 가람'으로 만든 분이 바로 지눌 보조국사다. 보조 스님은 기울어가던 고려 불교를 다시 일으켜 세운 큰스님이다. 그 보조 스님이 송광사에 이르기 전 머물렀던 곳이 지리산 상무주암이다. 송광사에 몸담고 있던 법정 스님은 언제부턴가 상무주암을 꼭 한번 찾아가 보고 싶다는 생각을 품고 있었다.

여행, 떠남으로 다시 발견한 거처

마침내 결심을 굳혔다. 730여 년 전의 자취를 더듬기 위해 산길에 올랐다. 남원에서 점심을 챙겨 들고 마천으로 가는 버스에 올랐다. 실상사에 잠시 들렀다가 다시 산길을 걸어, 마침내 상무주암에 닿았을 때는 이미 밤하늘에 별이 총총 떠 있었다. 봄이었지만, 해발 1,000미터가 넘는 높은 산중이라 밤바람은 매서웠다. 솔바람 소리마저 차갑게 들려왔다.

스님은 그 자리에서 옛 자취를 떠올리느라 쉽게 잠들지 못했다. 몸은 산행으로 지쳐 있었지만, 정신은 오히려 또렷해져 아득한 '고려의 하늘'을 이리저리 날아다니는 듯했다. 산 위의 고요함과 솔바람, 그리고 머리 위의 별들은 고려 시대와 다름없이 그 자리에 서 있었다.

스님은 그 밤, 산다는 것이란 시작도 끝도 알 수 없이 영겁으로 이어지는 세월 속에서, 사랑하고 미워하고 만나고 헤어지며 잠시 일었다가 사라지는 '한 줄기 구름'과도 같다는 생각을 했다. 그러면서 문득 서산대사가 금강산 비로봉에 올라 읊었다는 시 한 구절을 떠올렸다. "천하의 도성은 개미집이요, 고금의 호걸들 또한 초파리와 같구나. 창 가득한 달빛을 베고 누우니, 끝없는 솔바람 소리 고르게만 불어오네." 그 밤 상무주암에서, 스님은 그 시 구절을 마음속으로 거듭 되뇌었다.

보길도 예송리 바닷가

불일암 앞산 응달에는 아직 눈이 수북이 쌓여 있었고, 한 줄기 바람이 스쳐 가며 처마 끝 풍경을 가만히 흔들었다. 그 소리를 듣는 순간, 스님은 문득 남쪽의 따뜻한 햇살과 꽃이 그리워졌다. 그날로 곧장 길을 떠났다.

먼저 선암사에 들렀다. 매화는 아직 피지 않았고, 부풀어 오른 꽃봉오리들만 가지마다 매달려 있었다. 그래도 선암사 경내에는 꽃나무가 많아, 옛 절 특유의 고풍스러운 기운이 그대로 살아있었다. 스님은 도량(道場)이란 '맑음과 고요, 평온과 조화가 깃드는 곳'이라 말하곤 했는데, 선암사가 바로 그런 도량이었다.

발걸음은 다시 섬진강 쪽으로 향했다. 전남 광양의 한 매화농원을 찾았다. 오래전부터 한번 와보고 싶던 곳이었다. 산기슭이 온통 매화나무로 뒤덮여 있었고, 수만 그루 매화가 한꺼번에 꽃을 터뜨려, 스님은 그 황홀한 향기에 취해 한동안 말을 잃었다. 매화 동산 한쪽 기슭에 작은 초막을 하나 짓고, 매화 철이면 섬진강을 내려다보며 매화 향기 속에 살 수 있다면 얼마나 좋을까, 하는 생각이 절로 들었다.

다시 길을 '땅끝' 쪽으로 돌렸다. 순천에서 국도를 타고 벌교, 보성, 장흥, 강진을 거쳐 갔다. 강진에서 해남 쪽으로 가지 않고, 일부러 '땅끝(土末)'이라 불리는 곳을 찾았다. 그곳은 스님에게 오래전부터 그리운 자리였다. 마치 이 세상의 끝처럼 느껴지는 곳. 실제로도 위도상 한반도의 최남단이라 사람들이 '땅끝'이라 부른다.

땅끝 산 위 전망대에 올랐다. 사방을 둘러보니, 정말로 '끝'에 와 있다는 실감이 났다. 그곳에서 다시 보길도로 향했다. 보길도는 예전에 한 번 다녀간 적이 있었지만, 그때는 시간이 허락하지 않아 고산 윤선도의 유적지인 부용동 원림만 둘러보고 나왔었다.

여행, 떠남으로 다시 발견한 거처

이번에는 예송리 바닷가에 발을 디뎠다. 예송리 바다는 아름드리 상록수들이 해안을 감싸 안고 있고, 검은 조약돌이 길게 이어진 해안선이 단연 압권이었다. 스님은 바닷가 민박집에 여장을 풀고, 조약돌 밭 위에서 미역 말리는 일을 한참 구경했다. 바닷바람에 실려 오는 미역 냄새가 긴 여행의 피로를 말끔히 씻어 주는 듯했다.

해가 질 무렵에는 바닷가에 앉아 조약돌을 씻어내리는 파도 소리를 들었다. 잔잔한 음악을 듣는 것처럼 마음이 말끔히 가라앉았다. 스님은 바닷가 파도 소리, 곧 '해조음(海潮音)'을 자연의 소리 가운데 으뜸이라고 여겼다. 심리학자들은 해조음이 인간의 뇌파 가운데 알파파를 가장 많이 이끌어내 마음을 가장 안정된 상태로 만든다고 말한다.

다도해의 섬들을 바라보기 위해 스님은 남은사라는 절 뒤편으로 올랐다. 5분쯤 오르자 섬들이 한눈에 시원하게 펼쳐졌다. 추자도, 진도, 완도, 노화도, 소안도, 청산도, 그리고 대흥사가 있는 두류산까지 시야에 들어왔다.

보길도를 떠나오며 스님은 윤선도의 「어부사시사」 한 대목을 조용히 되뇌었다. "우난 거시 벅구기가 프른 거시 버들숩가, 어촌 두어집이 냇속의 나락들락, 말가한 기픈 소희 온갇 고기 뛰노나다."

강진 다산초당

스님은 어느 날 다산의 서한집 『유배지에서 보낸 편지』를 펼쳐 들었다. 전남 강진 바닷가에 있는 다산초당에 한번 다녀오고 싶다는 마음이 깊어졌기 때문이다. 다산이 살며 글을 쓰고 제자를 가르치던 그 자리에 서 본다면, 책에서 받은 감회가 훨씬 더 깊어질 것 같았다.

물론 180여 년 전의 풍경 그대로를 볼 수는 없겠지만, 다산이 숨쉬던 하늘과 산빛, 바람과 바다는 여전히 그 자리에 남아 있을 터였다. 마침내 스님은 강진으로 가는 길에 올랐다.

가는 길에 먼저 목포에 들렀다. 목포는 스님에게 유난히 정다운 고장이었다. 꿈 많던 10대와 괴로움 많던 20대 초반을 보냈던 도시. 스님 표현대로라면, "햄릿과 베르테르를 읽던 풋풋한 시절, 하늘을 올려다보기보다는 땅만 내려다보며 걷던 거리"였다. 스님은 유달산 기슭에 앉아, 예전에 살았던 동네를 내려다보며 준비해 간 도시락을 조용히 먹었다.

영산강 하구언을 지나 강진군 도암면 만덕리 귤동에 이르는 길은 남도 특유의 정겨움이 배인 길이었다. 귤동 뒷산을 타고 오르면 다산초당이 나타난다. 다산은 이곳에서 유배 생활을 하며 10년 동안 제자를 가르치고 글을 써 실학을 집대성했다. 초당으로 옮겨오기 전에도 강진읍과 군동면에서 8년을 머물렀으니, 유배의 세월이 모두 18년에 이른다.

다산은 그 길고도 고된 유배 생활 속에서 사상적으로도, 인간적으로도 한층 더 깊어지고 단단해졌다. 귀양 온 그해 겨울, 두 아들에게 보낸 편지에서 이렇게 적었다. "천지간에 외롭게 서 있는 내가 운명적으로 의지할 것이라고는 오로지 책과 붓뿐이다." 그 말 그대로, 다

여행, 떠남으로 다시 발견한 거처

산은 유배지에서 책과 붓을 붙들고 살았다. 그 결과 18년 동안 무려 260여 권의 저술을 남겼다.

다산초당 아래 귤동마을에는 가을이면 노란 유자가 가지마다 주렁주렁 열리고, 봄이면 매화가 은은한 향기를 풍긴다. 스님은 그 풍경을 떠올리며, 먼 유배지에서도 세상을 향한 사유를 거두지 않았던 한 사내의 깊은 숨결을 조용히 떠올렸다.

진도 운림산방

스님은 겨울 안거를 마치자 어디론가 훌쩍 떠나고 싶었다. 봄은 남쪽 바다에서부터 올라오는 법이라, 발길을 남쪽 해안선으로 돌렸다. 오래 못 본 동백꽃도 보고 싶었다. 마흔 해도 더 지난 옛날, 배를 타고 건너던 명량 나루에는 이제 다리가 놓여있었다. 스님이 처음 진도를 찾은 것은 유년 시절 겨울방학 때였다. 눈 덮인 산들이 마치 한 폭의 설경산수도(雪景山水圖) 같았다. 쌍계사로 드는 길은 그때나 지금이나 거의 그대로였다.

쌍계사 곁 운림산방(雲林山房)을 찾았다. 쌍계사는 해방 직후 수학여행을 갔다가 하룻밤 묵고 온 인연이 있는 절이었다. 단풍이 곱게 물든 어느 가을 아침, 안개 속에 잠긴 절을 뒤로하고 내려오면서, 어린 소년이었던 스님은 도무지 발길이 떨어지지 않아 뒤돌아보며 흐느껴 울었다. 훗날 돌아보니, 아마 전생에 그 절에서 살았기에 그토록 서럽게 울었던 것이 아닐까 하는 생각이 들었다고 했다.

운림산방은 소치 허련이 말년을 보낸 곳이다. 스님은 예전에 『소치실록(小痴實錄)』을 읽고, 언젠가 꼭 이곳을 찾아가야겠다고 마음먹었었다. 지금 운림산방에는 새집이 몇 채 들어섰고, 옛 연못도 다시 복원되어 있었다. 마당을 지키고 선 커다란 백일홍은, 백여 년 전 소치가 직접 심은 나무라고 했다. 소치는 이곳에서 무려 36년을 지내다, 85세를 일기로 생을 마감했다. 첨찰산 기슭에 아늑하게 자리 잡은 운림산방에 따뜻한 봄볕이 깊이 스며들고 있었다.

제주 추사 유적지

스님은 계절이 바뀔 때마다 몸살을 앓았다. 겨울을 무난히 나고도, 막상 봄이 오면 어김없이 몸살과 감기가 함께 찾아들었다. 봄앓이를 털어내기 위해 길을 떠나기로 마음먹었다.

뜰에서는 막 꽃을 피우기 시작한 매화가 스님의 발길을 붙잡는 듯했다. 길을 떠나면 텅 빈 뜰에 매화만 홀로 피어있을 것이기에, 스님은 우물에서 물을 길어다 매화나무에 흠뻑 끼얹어 주었다. 스님에게 길을 떠난다는 것은, 세상 구경거리를 보러 가는 일이 아니라, 일상에서 한 걸음 물러나 자기 자신의 실체를 조금 더 투명하게 바라보려는 일이었다.

이번 행선지는 제주였다. 제주에는 이미 몇 차례 다녀왔지만, 봄에 찾는 것은 처음이었다. 섬에 도착하자 먼저 시내 전통시장을 둘렀다. 무엇을 사려고 간 것이 아니라, 제주 특유의 사투리를 듣고 싶어서였다. 스님은 "그러수꽈?", "않으꽈?" 하고 정감 어린 억양으로 묻는 말을 특히 좋아했다. 그 따스한 말씨가 사라져 버릴 것을 생각

여행, 떠남으로 다시 발견한 거처

하니, 문득 서운한 마음이 들었다.

한라산에도 올랐다. 스님은 한라산을 두고 "태고의 정적이 파랗다"고 표현했다. 해발 2천 미터에 이르는 높은 산이지만, 이상하게도 '높다'는 느낌보다 넉넉하고 덕스러운 산이라는 인상이 먼저 다가왔다. 제주에 오면 언제나 땅의 광활함에 놀란다고 했다. 육지에서는 산이 시야를 가려 땅의 너른 품을 느끼기 어려운데, 이곳에서는 말을 타고 마음껏 달려도 끝이 없을 것 같은 평원이 눈앞에 펼쳐진다.

스님은 제주에서는 '섬'이라는 느낌이 별로 들지 않는다고 했다. 한라산을 자동차로 꼬불꼬불 횡단하다 보면, 양쪽으로 태고의 숲이 끝없이 펼쳐지는데, 그 풍경은 '섬'의 숲이 아니라 육지 깊은 산중 같다. 예전에 제주에 왔을 때 스님은 마라도에 다녀온 적이 있었다. '섬 속의 섬'을 다녀와서야 비로소 '섬'이라는 실감이 났다. 거센 물결 위를 통통배로 한 시간 남짓 달리며, 조선 시대 극형의 유배지였던 제주를 떠올렸다. 유배된 사람들은 통통배보다 훨씬 작은 뗏목에 몸을 싣고, 몇 날 며칠을 파도 위에 떠다니다 이곳에 닿았을 것이다. 그들이 바라보았을 바다는, 육지로 되돌아갈 수 없는 '절망의 바다'였으리라.

스님은 제주에 온 김에 추사 김정희의 유배지 자취를 찾아가고 싶었다. 대략 대정읍 언저리쯤일 것 같았지만, 정확한 장소를 아는 이가 없어 끝내 찾아가지 못했다. 대신, 추사가 유배지에서 띄운 편지를, 그 유배지였던 제주 땅에서 다시 읽었다. 글을 읽으며 떠올리는 마음가짐이, 더욱 깊고 새로웠다.

경주 오릉

출가 초기, 스님은 해마다 서라벌 경주를 찾았다. 석굴암과 불국사에 머물며 옛 신라의 정취를 온몸으로 받아들였다. 동해 일출을 보기 위해 가파른 비탈을 숨 가쁘게 오르기도 했다.

밤이 깊으면, 불국사 대웅전 앞뜰에 우뚝 선 석가탑 곁을 홀로 서성이며 오래도록 머물렀다. 또 원효 스님이 거처하던 분황사를 찾아가 『수행자에게 보내는 글(心修行章)』을 되뇌곤 했다.

"백 년이 잠깐인데 어찌 배우지 아니하며, 일생이 얼마길래 닦지 않고 놀기만 하려느냐. 마음속에 욕락을 버린 이를 사문이라 하고, 세상일에 연연하지 않는 것을 출가라 하느니라."

어느 해, 포항에서 강연을 마치고 돌아오는 길에 스님은 경주에 잠시 들렀다. 예전에 신라 제22대 지증왕의 무덤 천마총에 갔던 기억이 떠올랐다. 처음 그 무덤 속에 들어섰을 때, 스님은 형언하기 어려운 묘한 감정에 사로잡혔다. 1,500년 전 한 왕의 무덤 속으로 걸어 들어간 것이다. 왕의 권세와 위엄도 땅속에 묻히면 결국 '한 줌 흙'으로 돌아간다는 사실을 새삼 깨닫게 해준 자리였다.

다시 천마총을 찾아가 보니, 이미 관광객으로 길게 줄이 늘어서 있었다. 스님은 발길을 돌려 국립박물관으로 향했다. 뜰 한편에 놓인 파불(破佛)을 오래 바라보며 여러 생각에 잠겼다. 목이 잘려나가고, 팔다리가 부서진 불상들은 모두 사람이 저지른 짓이었다. 경주 남산에 흩어져 있는 목 없는 불상들도 마찬가지였다.

그런데 오릉(五陵)만은 옛 모습을 거의 그대로 간직하고 있었다.

여행, 떠남으로 다시 발견한 거처

옛 서라벌의 공기마저 고스란히 담아둔 듯했다. 오릉에는 수백 년을 살아온 노송들이 숲을 이루며 둘러싸고 있어, 공간이 한없이 아늑했다. 그날은 봄비가 내린 다음 날이라, 비에 젖은 소나무와 막 연둣빛을 틔운 새순이 서로 어우러져 있었다.

스님은 오릉에서 꼬박 세 시간가량을 혼자 머물며, 옛 서라벌의 정취를 마음 깊이 느꼈다. 마치 오래된 시간 속으로 잠시 걸어 들어갔다가, 조용히 되돌아 나오는 듯한 하루였다.

청주 무심천

스님은 법회가 있어 충북 청주를 찾았다. '淸州'라는 이름 그대로, 도시의 기운이 말끔하고 사람들 얼굴도 맑아 보였다. 전국의 도시를 두루 다녀봤지만, 청주만큼 첫인상이 좋은 도시는 드물다고 했다.

청주 시내 한복판을 가로지르는 강이 하나 있다. 이름이 '무심천(無心川)'이다. 하천 이름으로 이보다 더 좋은 말이 있을까 싶었다. 이름처럼 정말 그저 '무심하게' 흐르는 강이었다. 스님은 말했다. "만약 냇물이 사람처럼 복잡한 마음을 품고 흘러간다면, 도중에 반드시 막혀 썩고 말 것이다." 물은 비워져 있기에, 아무 데도 걸리지 않기에, 끝내 바다까지 나아갈 수 있다. 스님은 텅 빈 마음, 곧 '무심(無心)'이야말로 사람의 본래 마음이라고 했다. 비워지지 않으면 울림도 없고, 울림이 없으면 삶에 생기도 없고 무기력해진다. 비워져야 울리고, 울려야 살아 움직인다.

무심천 이야기를 하던 스님은 옛 선사들의 공안을 하나 들려주었다. 두 스님이 길을 가다 냇가에 이르렀다. 바지를 걷고 건너가려는데, 한 젊은 여인이 물가에서 건너지 못하고 망설이고 있었다. 그 모습을 본 한 스님이 아무 말 없이 그 여인을 업고 냇물을 건네주었다. 길을 걷다 못마땅했던 다른 스님이 결국 따졌다. "스님은 어찌 수행자이면서 여인을 업을 수 있습니까?"

그러자 여인을 업었던 스님이 웃으며 말했다. "나는 벌써 그 여인을 냇가에 내려놓고 왔는데, 스님은 아직도 업고 계십니까?" 스님은 이 이야기를 들려주며, "몸이 잠깐 업은 것보다, 마음이 오래 업고 가는 게 더 문제"라고 덧붙였다.

동해 휴게소

산중에 오래 있다 보면 문득 바다가 그리워지곤 했다. '국이 없는 밥상'을 대하는 것처럼 어딘가 모르게 허전해지는 것이다. 오두막에서 자동차로 한 시간만 달리면 끝없이 펼쳐진 바다를 만날 수 있었다. 아무것도 가로막는 것 없이 시야 가득 번지는 바다를 대하면 가슴이 확 열리며 상쾌해졌다.

어느 날 스님은 동해고속도로를 따라 차를 몰았다. 그리고 '동해 휴게소'에 내렸다. 그곳은 이 땅에서 바다를 바라보기에 가장 뛰어난 자리라고 했다. 예전에 캘리포니아 해안도로에서 태평양을 내려다보며 느꼈던 장쾌함과도 견줄 만한 풍경이었다. 동해는 서해나 남해와는 표정이 달랐다. 서해와 남해는 양식장과 각종 시설물로 바다가 어수선한 데 비해, 동해는 수심이 깊고 덜 손을 탄, 원시의 바다 같

여행, 떠남으로 다시 발견한 거처

은 인상을 주었다.

바다는 날씨가 맑아야 제 얼굴을 내보인다. 하늘빛이 곧 바다 빛이므로 우중충한 날에는 바다도 우중충하다. 또 바다는 가능한 한 높은 언덕에 올라 멀리 내다봐야, 비로소 그 진짜 얼굴이 드러난다고 했다. 동해 휴게소는 그 조건을 모두 갖춘, 스님이 아끼는 '전망대'였다.

홍도 저녁노을

스님은 일과 중에 마음이 가장 맑고 차분해지는 시간은, 속 뜰에 스며드는 저녁노을 같은 때라고 했다. 떠오르는 달빛도 좋지만, 지는 해와 저녁노을에는 더 깊은 맛이 있었다. 불일암에서는 떠오르는 해와 솟는 달은 볼 수 있었지만, 산등성에 가려지는 해는 볼 수 없었다. 그래서 여행길에 우연히 마주친 저녁노을들이 유난히 오래 기억에 남았다.

1950년대 초, 흑산도와 홍도가 세상에 널리 알려지기 전, 스님은 그곳에서 한여름을 지낸 적이 있다. 홍도는 좌우로는 산이 병풍처럼 둘러서 있고, 앞뒤로는 망망한 바다가 펼쳐진 작은 섬이다. 섬 가운데 솟은 낮은 언덕은 온통 바람길이라, 바닷바람이 늘 소리를 내며 불어왔다. 그 언덕에 앉아 지는 해를 바라보면, 가슴에 커다란 구멍이 숭숭 뚫리는 것 같았다. 해가 완전히 넘어간 뒤에는, 하늘과 바다 사이에 귤빛, 보랏빛, 자줏빛, 잿빛이 차례로 번져 나왔다. 그 변화무쌍한 빛의 조화를 묵묵히 바라보고 있으면, 어느새 말이 사라지고 벙어리가 되어버린 듯했다고 했다.

다른 저녁노을은 김제 만경평야에서 보았다. 서울에서 광주로 내려가는 버스 안에서, 지평선 너머로 넘어가는 붉은 해가 창밖에 크게 걸려 있었다. 스님은 그때, 이 세상에 '완성'이라는 것이 있다면, 지평선 위에 걸려 넘어가는 해와 같은 모습일 것이라고 생각했다.

또 다른 낙조는 제주 사라봉에서 맞이했다. 아득한 수평선 위로 붉은 해가 천천히 내려앉았다. 망양정에서 바라본 그 저녁노을은 단연 장관이었다. 육지에서는 바다로 지는 해를 보기란 쉽지 않다. 해가 바다에 잠긴 뒤의 노을은 더더욱 그렇다. 그런 풍경은 '어디든' 보이는 것이 아니라, 굳이 찾아가야만 만날 수 있다. 그래서 스님에게 저녁노을은, '굳이 일부러 찾아가야 비로소 만날 수 있는, 찰나의 법문' 같은 것이었다.

부산 자갈치 시장

가을바람이 한번 불기 시작하면, 스님 마음속엔 어김없이 '길 떠나고 싶은 병'이 도졌다. 해마다 10월 하순, 오동나무와 후박나무에서 낙엽이 지기 시작하면 더는 버티지 못하고 걸망을 챙겼다. 혼자 나그네가 되면 가장 투명해지고 순수해진다. 낯선 곳에 서야 비로소 '나'가 또렷이 보인다고 했다.

부산에 볼일이 있어 내려간 김에, 오래 마음속에만 품고 있던 자갈치 시장으로 향했다. 생선 경매장이 한눈에 들어왔다. 알아듣기 힘든 사투리와 손짓 발짓이 뒤섞여 숫자가 오르내리고, 여기저기서 생선을 얹고 내리고, 시장 안은 비릿한 냄새와 몸으로 일하는 사람들의 열기로 가득했다.

스님에게 자갈치 시장은 그저 '구경거리'가 아니라, 땅에 단단히 뿌리박고 사는 사람들의 현장이었다. 관념이 아니라 손과 발, 땀과 숨으로 먹고사는 사람들. 스님은 그들을 보며 갓 잡은 생선처럼 신선한 삶의 현장이라 했다.

인도 여행

스님이 인도로 여행을 떠나게 된 데는 사연이 하나 있다. 당시 스님에게 강연 요청이 쉴 새 없이 들어왔다. 스님은 그때마다 인도에 가게 되어 시간이 없다고 둘러댔다. 실은 아무 계획도 없었다. 그런데 그 말이 자꾸 입에서 나왔다. 말과 행동 또한 업(業)이 된다는 것을 알았지만, 이미 내뱉은 말, 엎질러진 물이었다. 마침 일간지에서 인도 기행 원고를 청탁해왔다. 강연 요청을 해온 이들에게 한 말도 있고 해서 스님은 정말로 인도로 떠나기로 했다. 스스로 한 말이 씨가 되어 현실이 된 셈이었다.

인도에서 돌아온 뒤, 스님은 자기 자신이 많이 달라졌다고 고백했다. 사람들은 예전의 스님을 두고 "시퍼런 억새풀 같아서 가까이 가면 베일 것 같다"고 말했다. 그만큼 성격이 까칠해 보였던 것이다. 하지만 인도에서, 열악한 환경 속에서도 꿋꿋이 살아가는 사람들을 곁에서 보고 지내며, 스님은 '내 기준이 아니라, 뭇사람들 입장에서 생각해야 한다'는 사실을 뼈저리게 느꼈다. 말로만 수행자였지 제대로 수행하지 못했다는 깊은 부끄러움도 느꼈다. 인도는 스님을 '나 중심'에서 한 발 물러나게 한, 살아있는 도반 같은 땅이었다.

설산 안나푸르나

스님은 석 달 동안 인도의 불교 성지를 순례했다. 그때부터 두 가지 변화가 생겼다고 했다. 하나는, 예전보다 훨씬 잘 참고 견디는 인내심이 생겼다는 것. 또 하나는, 직접 끓여 먹고 챙겨 먹는 생활에 대한 타성과 불평이 사라졌다는 것.

스님에게 인도는 세 사람의 얼굴로 다가왔다. 불타 석가모니, 마하트마 간디, 그리고 크리슈나무르티. 부처님은 스님의 20대를 통째로 바꿔놓은 분이었다. 지혜와 자비로 인생의 방향타를 고쳐 잡게 했고, 간디는 종교와 진리의 본질, 그리고 '소유와 비소유'에 관한 깊은 깨달음을 주었다. 그리고 크리슈나무르티는 당면한 문제를 바라보는 눈을 새로 열어준, 삶의 지혜의 스승이었다.

순례길 배낭에는 책이 몇 권 들어있었다. 스님이 직접 옮긴 초기경 『숫타니파타』, 진리의 잠언집 『법구경』, 그리고 『불타 석가모니』. 스님은 사막 같은 길 위에서도 책장을 펼쳐 읽으며 마음의 물을 길어 올렸다.

그 여정 중, 네팔 포카라에서 안나푸르나 연봉을 마주한 날이 있었다. 피라미드 모양으로 솟은 6,993미터 봉우리, 그곳 사람들은 그것을 '마차푸차레(물고기의 꼬리)'라 불렀다. 마나슬루, 다울라기리까지 해발 7~8천 미터의 설산들이 병풍처럼 둘러선 풍경은 말 그대로

여행, 떠남으로 다시 발견한 거처

또 하나의 세계였다.

호텔 옥상에 올라 석양 속 황금빛으로 물들어가는 안나푸르나를 바라보는 순간, 스님은 '향기로운 행복'이 가만히 밀려드는 것을 느꼈다. 거창한 기쁨이 아니라, 살아있음을 자각하게 하는 소박한 기쁨이었다. 스님은 새로운 산 앞에서 삶이 고맙게 느껴지는 것, 그게 복이라고 생각했다.

이틀 동안 스님은 산만 바라보고, 산에게서 '무심(無心)'을 배웠다. 아무것도 주장하지 않으면서 그저 거기에 있는 산. 그런 산을 마주하면 사람의 감수성은 더 예민해진다. 스님은 지치고 마모된 자신의 심신이 안나푸르나 앞에서 맑은 물에 씻기듯 투명해졌다고 했다. '다시 무심으로 돌아가라'고 조용히 일러주는 설산의 법문이 가슴에 울렸다.

아그라의 타지마할

스님은 인도에서 가장 아름다운 묘소로 꼽히는 타지마할을 찾았다. 타지마할이 있는 아그라는 수도 델리에서 남쪽으로 약 200킬로미터 떨어진 도시다. 타지마할은 무굴 제국 제5대 황제 샤자한이 사랑하는 아내의 죽음을 슬퍼하며 세운 흰 대리석 무덤이다. 왕비의 이름은 뭄타즈마할이었고, 타지마할이라는 이름도 거기에서 따온 것이다. 왕비는 세상에서 가장 아름다운 무덤을 만들어 달라는 유언을 남겼고, 샤자한은 그 말을 지키기 위해 페르시아에서 뛰어난 장인들을 불러오고, 이탈리아에서 대리석을 실어오게 했다.

스님은 낮에 타지마할을 한 번 보고 나서, 밤에도 꼭 보고 싶다는 마음이 들었다. 그래서 달이 떠오른 밤, 다시 그곳을 찾았다. 달빛 아래 물 위에 비친 타지마할의 모습은 숨이 막힐 정도로 신비롭고 아름다웠다. 사랑과 슬픔이 한곳에 응고된 듯한 풍경 앞에서 스님은 오래도록 말없이 서 있었다.

간디 기념박물관

스님은 마하트마 간디가 화장된 곳을 찾아갔다. 인도에서는 전통적으로 묘지를 따로 만들지 않고, 힌두 관습에 따라 시신을 화장한 뒤 재를 강물에 흘려보낸다. 간디의 유해 역시 그렇게 강물에 띄워 보냈다. 그 자리에 남은 것은 아무 장식도 없는 검은 대리석 기단뿐이었다. 네모반듯한 기단 중앙에는 간디가 마지막으로 남긴 말인 "He Ram(오 신이여)"이라는 문구만이 조용히 새겨져 있었다.

기념박물관 안에는 간디가 소금 행진을 할 때 짚고 다녔던 지팡이, 간디를 저격했던 총탄 한 발과 권총, 피가 스며든 남루한 옷, 유골을 담았던 단지, 안경과 손때 묻은 책들, 잉크 빛이 바랜 일기장이 전시되어 있었다. 스님은 그 물건들을 바라보는 순간, 설명하기 어려운 친밀감과 경외심이 한꺼번에 밀려왔다고 했다.

스님은 간디가 생애 마지막을 보냈던 집도 찾아갔다. 그가 실제로 머물던 방을 보고는 큰 충격을 받았다. 스님 자신의 거처보다 훨씬 더 비어 있고, 훨씬 더 간소했기 때문이다. 방 안에는 베개와 염주, 작은 기타, 힌두 성전, 몸을 기대고 앉을 수 있는 부대, 작은 책

여행, 떠남으로 다시 발견한 거처

상, 물레, 대지팡이, 샌들 두 켤레, 그리고 세 마리 원숭이 모형이 있을 뿐이었다.

세 마리 원숭이는 각각 두 손으로 눈을 가린 원숭이, 귀를 막은 원숭이, 입을 막은 원숭이였다. 보지 말 것, 듣지 말 것, 말하지 말라는 교훈을 담고 있는 상징물이다. 간디는 이 원숭이들을 보며 늘 자신의 눈과 귀와 입을 경계하고 다스렸을 것이다. 스님은 기념관을 나서며 자신이 아끼는 이들에게 선물하려고 그 세 마리 원숭이 모형을 샀다. 그리고 간디의 방을 떠난 뒤에도, 자신이 지닌 것이 너무 많다는 생각에 몹시 부끄럽고 송구했다고 회상했다.

아잔타 행 밤 기차

석굴사원으로 유명한 아잔타로 가기 위해 스님은 밤 기차를 탔다. 어렵게 승차권을 구했지만, 좌석이 없어 서서 가야 했다. 겨우 앉을 수 있는 곳은 양쪽이 화장실로 된 좁은 통로였다. 스님은 그곳 바닥에 비닐을 펴고 숄을 깔아 자리를 마련했다. 사람들은 밤새 화장실을 드나들었고, 코로는 지린내를 맡고, 귀로는 배설하는 소리를 들어야 했다.

스님은 마음속으로 '여기는 인도니까'라며 버텨보려 했지만, 점점 참기 어려웠다. 왜 이런 고생을 하면서까지 인도 여행을 해야 하나, 그런 의문과 짜증이 자꾸만 올라왔다. 그러다가 문득 생각이 바뀌는 순간이 있었다. 저 사람들은 아무렇지도 않게 그곳에 앉고 눕는데, 똑같은 인간인 자신이 무엇이 그리 잘났다고 이 상황을 견디지 못하고 화를 내고 있는가 하는 자각이 찾아온 것이다.

스님은 모든 것이 관념의 차이라는 사실을 깨닫자, 조금 전까지 머리끝까지 차올랐던 불만이 거짓말처럼 가라앉고 마음이 지극히 평온해졌다고 했다. 인도에서의 밤 기차, 화장실 앞 바닥에서의 이 경험은 스님에게 가장 고맙고 의미 깊은 사건으로 오래 남았다. 스님은 인도 순례를 마치며, 어디에서도 배운 적 없었던 삶의 양식을 그곳에서 많이 배웠고, 자신도 모르고 지냈던 인내심을 마음껏 시험해 볼 수 있었다고 정리했다. 인도는 스님에게 참으로 고마운 스승이었다.

스리랑카 실론티

인도 여행을 마친 스님은 스리랑카로 가기 위해 마드라스 공항에 들렀다. 공항 화장실에서 우연히 거울을 보았는데, 거기 비친 얼굴이 낯설었다. 그 얼굴은 스님이 알던 자신의 얼굴이 아니라, 잔뜩 굳고 꾀죄죄해진, 전쟁터에서 돌아온 패잔병 같은 모습이었다. 그 광경은 영화 〈닥터 지바고〉에서 설원을 헤매다 라라의 집을 찾아간 지바고가, 거울 속 자신의 거지꼴을 보고 울부짖던 장면을 떠올리게 했다.

스리랑카는 '인도양의 진주'라고 불리는 섬나라이다. 울창한 숲과 야자수, 그 위에 매달린 킹 코코넛이 이국적인 풍경을 이루고 있다. 면적은 남한과 비슷하고, 인구의 대다수가 불교도이다. 그러나 한편으로는 오랜 세월 포르투갈, 네덜란드, 영국의 식민지로 살아야 했

여행, 떠남으로 다시 발견한 거처

고, 종족 간 분쟁도 끊이지 않았던 가난한 나라다.

이 나라에서는 세계적으로 유명한 홍차가 난다. 해발 1,500~1,700 미터 고도에 자리한 누와라 엘리야 일대는 실론티 명산지로 이름나 있다. 구불구불한 커브 길을 따라 산을 오르다 보면 양쪽 언덕이 온통 차밭으로 덮여 있어, 마치 거대한 잔디 정원을 보는 듯하다. 산중턱마다 차 공장이 자리하고 있다.

스님이 한 공장에 들렀을 때, 건조실에서 찻잎을 말리는 향기가 코끝을 파고들었다. 그 향기는 그 자리를 쉽게 떠날 수 없게 할 만큼 깊고도 달콤했다. 스님이 평소 즐겨 마시던 실론티 BOP도 바로 이곳 제다공장에서 만들어지는 차였다.

스리랑카 여행에서 스님이 잊지 못하는 또 하나의 풍경은, 아스팔트 도로를 달리며 본 저녁노을이다. 티크 나무숲 위로 노을빛이 번질 때, 숲이 통째로 활활 타오르는 것처럼 보였다. 스님은 그 노을을, 자신이 평생 맞이했던 저녁노을 가운데 가장 아름답고 장엄한 노을이었다고 회상했다. 그리고 그 불타는 하늘을 바라보며, 언제 다시 그런 노을을 볼 수 있을까 하고 아쉬운 마음으로 떠나왔다고 했다.

프랑스 아를

스님은 남프랑스 아를을 찾았다. 론강 쪽에서 거센 바람이 몰아쳤다. 그 고장 사람들은 그 바람을 '미스트랄'이라 불렀다. 역에서 멀지 않은 '반고흐 호텔'에 짐을 풀고 밖으로 나오자 미스트랄이 스님의 옷깃을 헤집으며 파고들었다. 스님은 속으로 '미친 바람이 부는구나' 하고 중얼거렸다. 그러다 불현듯, 어쩌면 이 광기 어린 바람이 반 고흐를 더욱 미치게 만든 힘이 아니었을까 하는 생각이 스쳤다.

마스카니의 가극 〈카발레리아 루스티카나〉에는 〈오렌지 향기는 바람에 날리고〉라는 노래가 나온다. 스님은 이런 미스트랄 속에서는 그 오렌지 향기조차 제대로 피어나기 어렵겠다고 여겼다.

아를에서 버스로 십 분쯤 가면 퐁비에르라는 마을이 있다. 그 마을에서 언덕길을 한참 올라가면 작은 풍차 하나가 서 있는데, 그곳이 바로 알퐁스 도데의 풍차다. 도데가 『풍차 방앗간의 소식』을 썼던 무대가 이 자리다. 아를은 미스트랄 바람의 영향인지 저물녘 노을이 유난히 아름답고 달빛도 유리처럼 투명했다.

그리스 크레타

스님은 니코스 카잔차키스의 소설 『그리스인 조르바』를 읽고 난 뒤, 언젠가 꼭 그가 살았던 크레타섬에 가보고 싶다고 마음먹었다. 마침 프랑스 파리에서 볼일을 마친 뒤 그리스 아테네로 날아갔다. 철학자의 도시라 불리는 아테네는 지금은 돌넝이만 남은 유적지일 뿐이었다. 고대 철학자들이 강연을 했다는 장소들을 찾아가 보았지만, 아고라는 생각했던 것보다 훨씬 시끄럽고 지저분했다. 스님은 조금 실망스러운 마음을 숨기기 어려웠다.

아테네에서 크레타로 가기 위해 피레우스 항구에서 밤 배에 올랐다. 목적지는 이라클리온 항구였다. 『그리스인 조르바』의 첫 장면도 바로 이 상황에서 시작된다. 화자는 피레우스 항구에서 크레타로 가는 배를 기다리던 새벽녘, 비가 부슬부슬 내리는 가운데 처음으로 조르바를 만났다고 회상한다.

카잔차키스는 조르바를 오래도록 찾아 헤맸으나 좀처럼 만날 수 없었던 사람이라고 묘사한다. 살아있는 가슴을 가진 사내, 넉넉하고 푸짐한 말을 쏟아내는 입을 지닌 사내, 모태인 대지와의 탯줄이 아직 완전히 끊어지지 않은 듯한 야성의 영혼을 가진 사내라고 했다. 스님은 이 대목을 읽으며 조르바라는 인물이 육체와 흙냄새가 진하게 배어 있는 사람으로 다가왔다고 회상했다.

스님이 탄 배는 2천 명을 실을 수 있는 큰 호화여객선이었다. 뱃고동이 울릴 때, 오랜만에 가슴을 울리는 저음을 들으며 바다 여행의 설렘을 느꼈다. 에게해의 물빛은 짙은 감청색이었고, 석양이 바다에 비치면 포도주 빛으로 물들었다. 스님은 이 바다가 신화를 잉태한 바다라는 말이 조금도 과장이 아니라고 느꼈다.

크레타에 도착하자마자 스님은 카잔차키스를 기념하는 곳부터 찾았다. 역사박물관에 있는 작가의 방에서는 그가 생전에 사용했던 물건들을 하나하나 둘러보았고, 실제로 살았던 집도 방문했다. 항구가 한눈에 내려다보이는 전망 좋은 언덕 위에 자리한 그의 묘에도 들렀다. 묘비에는 아무것도 바라지 않고, 아무것도 두려워하지 않으며, 다만 자유로우려 했다는 뜻의 문장이 새겨져 있었다. 스님은 이 짧은 문장이 카잔차키스라는 인간의 영혼을 정확히 드러내는 유서이자 기도문처럼 느껴졌다고 했다.

이후 스님은 작가의 생가에도 들러 그가 남긴 각종 자료들을 찬찬히 살펴보았다. 그리고 크레타섬의 신비로운 에게해 물빛에 마음을 빼앗겨, 승복을 입은 뒤 처음으로 바다에서 헤엄을 쳐 보았다. 파도 속에 몸을 맡기며, 잠시나마 조르바의 영혼과 어깨를 나란히 한 듯한 해방감을 느꼈다고 회상했다.

자슈사 트리 사막

스님은 홀로 있고 싶을 때면 훌쩍 길을 떠났다. 안이해져 가는 일상에서 벗어나고 싶어서였다. 스님은 사람이 혼자 있을 때 비로소 자기 자신을 똑바로 보게 된다고 여겼다. 그래서 몇 해째 겨울이면 산거를 나와 나그네가 되어 떠돌곤 했다.

그해 겨울에는 미국 로스앤젤레스 고려사(송광사 분원) 개원 10주년 기념행사가 있었다. 행사 참석이 표면적인 이유였지만, 스님 마음속에는 한동안 모든 짐을 내려놓고 홀가분해지고 싶다는 바람이 더 컸다.

미국에 와서 스님을 가장 깊이 감동시킨 것은 화려한 빌딩도, 거대한 고속도로도 아니었다. 새벽마다 청소차를 몰며 거리를 쓸던 흑인 청소부의 모습이었다. 그는 늘 밝은 얼굴로 묵묵히 자기 일을 해 냈다. 자신이 맡은 일을 부끄러워하지 않고, 오히려 자긍심을 품고 있는 듯했다. 스님 눈에는 그가 자신의 삶을 성실하게 수행하는 한 사람의 수도자처럼 보였다. 그래서 함께 쓰레기를 치워본 적도 있었다. 스님은 마음속으로 그를 '나무(南無) 청소부 보살'이라 부르며 공

여행. 떠남으로 다시 발견한 거처

경했다.

그곳에서 만난 한 이민자의 이야기도 스님의 가슴을 깊이 울렸다. 그는 미국 상류층 가정에 고용되어 수영장 청소를 맡고 있었다. 매일 같은 일을 성실하게, 정직하게 해낸 덕에 집주인의 두터운 신뢰를 받았다. 그 신뢰는 마침내 집주인 장남의 결혼식 주례를 부탁받는 자리까지 이어졌다. 스님은 이 이야기를 들으며, 한국 사회에서는 상상하기 어려운 장면이라고 했다. 어느 집의 풀장 청소를 맡았다는 사실보다, 그 소박한 일터에서 보여준 성실함이 한 인간의 인격에 대한 신뢰로 이어졌다는 점이 스님에게는 무엇보다 신선하고 감동적인 일이었다.

미국에 머무는 동안 스님은 자슈아 트리 사막을 찾았다. 왕복 300마일이 넘는 길, 물기 하나 없는 메마른 땅이었다. 시야 가득 펼쳐진 것은 바위산과 돌자갈, 모래와 선인장뿐이었다. 살아있는 것이라곤 선인장 몇 종뿐이라 해도 과언이 아니었다. 새소리 한 번 들리지 않는 완전한 고요였다.

스님은 사람들이 왜 이런 황량한 곳을 일부러 찾아오는지 한동안 곰곰이 생각했다. 번뇌와 갈등으로 가득한 도시에서 잠시 벗어나고 싶은 이들이 기대고 의지할 만한 곳은, 실은 아무것도 걸릴 것이 없는 이런 사막이 아닐까 하고 여겼다. 어디에도 눈길을 붙잡아 맬 것이 없으니, 자연스레 자기 안을 들여다보게 되는 자리인 것이다. 그래서 옛날부터 수도자들이 사막을 찾아 들어가 수행처로 삼았다는 사실이 새삼 떠올랐다.

스님은 텅 빈 사막에 며칠 머물며 지내보고 싶다는 생각이 들었다고 했다. 그 적막한 공간에서 가슴을 활짝 열어 자신을 끝까지 마주해 보고 싶었던 것이다.

태평양 연안의 노을

태평양 연안 길목에는 서양 채송화, 매화, 살구꽃, 부겐빌레아 같은 꽃들이 눈부시게 피어있었다. 스님은 산타모니카 고속도로를 타고 서쪽으로 차를 몰았다. 그 길은 곧장 태평양 연안 도로로 이어졌다. 왼편으로는 끝이 보이지 않는 태평양의 수평선이 펼쳐지고, 오른편 햇볕 잘 드는 언덕에는 꽃들이 봄이 왔다고 한껏 노래하고 있었다.

산타모니카 비치를 지나면 말리부 비치가 나온다. 그 언덕 위에 대학 하나가 자리 잡고 있었는데, 거기서 바라보는 태평양은 그야말로 시원스레 탁 트인 바다의 전형이었다. 스님은 드넓은 바다를 마주하고 서면, 저 수평선 너머에는 과연 어떤 세상이 펼쳐져 있을까 하는 생각이 저절로 떠오른다고 했다.

혼자 있고 싶을 때, 이른 아침 태평양 연안 도로를 달리다 보면 바다가 얼마나 고마운 존재인지 새삼 깨닫게 된다. 스님은 사람이 무엇을 위해 살아야 하는지, 사람다움의 본질이 무엇인지, 삶의 기준과 척도를 어디에 두고 살아야 하는지, 그런 물음들이 자꾸만 고개를 드는 길이 바로 이 연안 도로라고 말했다.

스님은 해는 지는 해가 더 좋고, 달은 떠오르는 달이 더 좋다고

여행, 떠남으로 다시 발견한 거처

했다. 해는 지평선이나 바다로 스러져 들어갈 때 가장 장엄하고, 달은 산마루 너머로 올라올 때 가장 아름답다고 여겼다. 태평양 연안에서 지는 해를 지켜보던 기억은 스님에게 오래 남아 있는 소중한 장면이다.

어느 날, 인생의 황혼기에 접어든 듯 보이는 노부부가 차에 접이식 의자를 싣고 와서 바닷가에 나란히 앉았다. 둘은 아무 말 없이 수평선 너머로 지는 해를 묵묵히 바라보았다. 스님도 그곳에 자주 가 일몰을 지켜보곤 했다. 특히 비가 갠 어느 날, 붉은 해의 윤곽이 또렷이 드러난 채 수평선에 가라앉는 순간, 하늘과 바다에 펼쳐지는 빛의 조화가 숨이 막힐 만큼 아름다웠다고 회상했다.

노을은 해가 완전히 지고 난 뒤에도 한동안 하늘을 붉게 물들이는 시간이다. 스님은 사람도 한 생을 다 살고 떠난 뒤, 그 삶이 남긴 자취가 저녁노을 같은 빛으로 남을 것이라고 생각했다. 잘 살아낸 인생일수록 그 노을빛도 더 깊고 아름다울 것이라고, 그래서 후회 없이 하루하루를 살아야 한다고 말했다.

소로의 월든

스님은 헨리 데이비드 소로가 호숫가 숲속에 오두막을 짓고 살았던 월든을 찾아갔다. 오래전부터 소로의 『월든』을 수도 없이 되풀이해 읽어 왔다. 소로가 보여준 자연주의적 삶과 무소유의 태도는 스님의 마음에 깊이 와닿았다. 언젠가 인연이 닿으면 꼭 그가 살았던 월든 호숫가를 걸어보고 싶다고 생각해 왔는데, 마침내 그 소망이 이루어진 것이다.

월든 호수는 미국 매사추세츠주 콩코드 근교에 있었다. 차로 다섯 시간가량을 달려 도착하니 단풍이 한창이었다. 맑은 호숫물과 물가를 둘러싼 붉고 노란 단풍을 바라보는 순간, 긴 찻길의 피로가 말끔히 가셨다. 늦가을 오후 햇살을 받은 호수는 말 그대로 평화로움 그 자체였다.

스님은 호수 둘레를 한 바퀴 걸어 보았다. 둘레는 대략 3킬로미터쯤 되어 생각보다 크지 않았다. 해마다 60만 명이 넘는 사람들이 이 호숫가를 찾는다고 한다. 소로가 살았던 오두막은 호수에서 약 100미터 떨어진 자리에 있었다. 지금은 오두막은 사라지고 터만 남아 있을 뿐이었다. 스님은 그 자리에 서서 소로의 안목을 떠올렸다. 자신에게 이 호숫가에서 집터를 고르라고 해도 바로 이 자리를 선택했을 것 같다고 했다.

터를 알리는 표석에는 소로가 숲속으로 들어간 이유가 적혀 있었다. 그는 인생을 한번 자기 방식대로 살아 보고 싶었고, 삶의 본질적인 문제와 정면으로 마주 서서 인생이 자신에게 무엇을 가르치려 하는지를 직접 확인해 보고 싶었다고 했다. 스님은 그 문장을 곱씹으며, 출가해 산중으로 들어왔던 자신의 결심과도 묘하게 겹쳐 보인다고 느꼈다.

소로는 오두막에 둘 가구도 손수 만들었다. 근처에서 얻은 나무들로 침대와 탁자, 책상, 의자를 직접 깎아 썼다. 오두막 주변 땅에는 강낭콩, 감자, 옥수수, 완두콩, 무 등을 심고 가꾸며 살아갔다. 스님

여행, 떠남으로 다시 발견한 거처

은 콩코드박물관도 들렀다. 그곳에는 소로가 실제로 사용하던 물건들이 조용히 전시되어 있었다.

소로는 콩코드 근교 월든 호숫가에서 2년 2개월을 보냈다. 스님은 그 시간을 소로 인생에서 가장 아름답고도 의미 있는 시기였다고 보았다. 스님이 정리한 소로의 생활신조는 한마디로 '간소하게, 더 간소하게 살기'였다. 숲으로 들어갈 때만 해도 그는 한 사람의 학생이었지만, 숲을 떠날 때는 이미 많은 이에게 길을 비춰줄 수 있는 스승이 되어있었다고 스님은 말했다.

몇 년 뒤, 스님은 뉴욕에서 볼일을 마친 후 다시 월든을 찾았다. 그때가 세 번째 방문이었다. 그러나 매번 풍경과 감회는 새롭게 다가왔다. 마침 현장학습을 나온 고등학생들이 오두막 터에 둘러앉아 있었고, 인솔 교사가 그 자리에서 소로와 월든에 대해 이야기하고 있었다. 스님은 가만히 그 모습을 지켜보았다. 설명하는 선생님도, 이야기를 듣는 학생들도 모두 진지한 표정을 하고 있었다. 스님은 그 장면이 무척 감동스러웠다. 문득 영화 〈죽은 시인의 사회〉에 나오는 키팅 선생님의 모습이 떠올랐고, 이 선생님 또한, 자기 자리에서 아이들의 삶을 깨우는 또 다른 '키팅'일지 모른다고 생각했다.

글쓰기, 마음을 골라내는 한 줄의 힘

만년필 끝에 마음의 빛과 결을 실어 보내는 소식.

정성껏 새긴 한 줄 속에 나를 찾아가는 간절한 기도를 담다.

●

　　스님은 글을 쓸 때 언제나 만년필로 원고지에 썼다. 펜촉은 가는 것을 골랐다. 가는 촉이라야 섬세한 감성과 미묘한 결을 잘 담아낼 수 있기 때문이었다. 언젠가 마음이 더 투명해지면 먹을 갈아 붓으로 글을 써 보고 싶다고도 했다. 글 쓰는 일이 단지 문장을 만드는 작업이 아니라, 마음의 빛과 결을 도구를 통해 실어내는 일이라고 여겼기 때문이다.

　　스님은 글쓰기 도구에 관심이 많았다. 그래서 문방구에 들어서기만 하면 어린아이처럼 황홀해졌다. 진열된 물건들을 눈으로 구경하는 즐거움과 그 가운데서 몇 가지를 고르는 즐거움이 어우러져서였다. 문방구류를 선물로 받는 것이 가장 고맙고 기뻤다.

　　스님은 생각만으로 글이 되는 것은 아니라고 했다. 마음에 드는 필기구와 종이의 형태, 종이가 지닌 질감, 그리고 그날의 기분까지 이 셋이 하나로 맞아떨어질 때 비로소 글이 흘러나온다고 보았다. 그렇게 해서 써 내려간 스님의 문장은 담담하고, 쉽고, 정갈하고, 맑았다. 그래서 스님이 내는 책마다 베스트셀러가 되었고, 오래도록 사랑받는 스테디셀러가 되었다.

사람들이 스님의 책을 들고 와 좋은 말을 한마디 써 달라고 부탁하면, 스님은 웃으며 펜을 들어 책의 빈칸에 '좋은 말씀'이라는 네 글자를 적어주었다. 책을 건네받은 사람은 "정말 좋은 말씀이네요." 하며 유쾌하게 웃곤 했다.

스님은 책뿐 아니라 지인들과 편지를 끝없이 주고받았다. 편지 또한 스님의 중요한 글쓰기였다. 편지는 무엇보다 간결해야 하고, 글씨는 받는 이를 향한 예의를 담아 정중하게 써야 한다는 것이 스님의 생각이었다.

글쓰기 패턴

스님은 글을 쓰는 일보다 책을 읽는 쪽이 훨씬 즐겁다고 했다. 읽지 않으면 감성과 지성에 곧 녹이 슬고, 삶에서 탄력과 향기가 사라진다고 느꼈다. 스님은 만약 마감 날짜라는 것이 없다면, 아마 한 줄의 글도 쓰지 못할 것이라고 털어놓곤 했다. 약속한 마감일이 성큼 눈앞에 다가와야 비로소 책상에 앉았다. 그제야 원고지를 꺼내고, 만년필에 잉크를 채웠다.

글의 출발점은 언제나 같았다. 먼저 '무엇을 쓸 것인가'를 성했다. 주제가 마음속에서 또렷이 잡히는 순간에는 한번에 쭉 써 내려갔다. 하지만 무슨 이야기를 할지 주제가 좀처럼 떠오르지 않을 때면, 공연히 뜰을 서성이고 나뭇가지를 다듬고, 손톱을 깎고, 오래된 일기장을 뒤적였다. 스님은 이런 시간을 아이를 낳기 직전의 산모가 느끼는 것과 비슷하다고 했다.

글쓰기, 마음을 골라내는 한 줄의 힘

산중 생활은 단순하고 반복적이었다. 그래서 스님의 글감은 대개 오늘 아침에 있었던 일, 혹은 어제 겪은 작은 체험에서 시작되었다. 스님은 자신의 삶 그 자체가 구체적인 사실이기에, 관념적이거나 추상적인 말만 늘어놓는 글은 쓰지 않겠다고 마음먹었다.

스님은 활자화된 글이 수많은 독자에게 전해진다는 사실을 알면서도, 글을 쓸 때 독자를 거의 의식하지 않았다. 가까운 벗에게 편지를 쓰듯, 솔직하고 담백하게, 가능한 한 쉬운 단어를 골라 이야기를 풀어갔다.

글쓰기와 만년필

스님은 글을 오로지 만년필로만 썼다. 산골 오두막에는 전기가 들어오지 않았으므로, 설령 컴퓨터가 있어도 사용할 수 없었다. 하지만 그보다 더 큰 이유는, 컴퓨터를 방 안에 들여놓으면 쇳덩어리가 마음을 무겁게 짓누를 것 같았기 때문이다. 스님은 세상 사람들이 모두 컴퓨터로 글을 쓰게 되더라도 자신만은 끝까지 만년필을 고집하겠다고 말했다.

볼펜도 쓰지 않았다. 볼펜은 생각보다 글씨가 너무 빨리 나갔다. 생각이 충분히 여물기도 전에 손이 먼저 나가는 느낌이 싫었다. 수성펜 역시 종이에 배어드는 느낌이 잉크만큼 깊지 않아 마음에 들지 않았다.

스님은 옛사람들의 글쓰기를 떠올렸다. 예전에는 먹을 갈며 생각을 다듬고, 한 획 한 획 붓을 놀리며 책임 있는 글을 썼다. 그러나 요즘 사람들은 손가락이 너무 빨라, 가볍고 무책임한 글을 쉽게 쏟아 낸다고 안타까워했다. 그래서 말과 글을 예전만큼 온전히 믿기 어렵다고 느꼈다.

일본 작가 가와바타 야스나리의 예도 들었다. 그는 자신의 대표작 『설국』을 붓으로 썼다고 알려져 있다. 한 글자 한 글자에 온 정성을 기울였다는 뜻이다. 스님 역시 원고지 한 칸 한 칸을 만년필로 채워 나가고 있으면 마음이 차분히 가라앉고 편안해진다고 했다.

스님이 선호한 펜촉은 늘 가는 촉이었다. 일반적인 F촉보다 한층 더 가는 EF촉을 골랐다. 무딘 촉으로는 섬세한 감정과 미세한 결을 충분히 담아내기 어렵다고 느꼈기 때문이다. 스님은 언젠가 자신의 마음이 더 투명해지는 날이 오면, 다시 먹을 갈고 붓을 들어 글을 쓰고 싶다고 했다. 먹을 가는 동안 생각을 고요히 모으고, 삶의 여운이 밴 생각들을 또박또박 글자로 피워내고 싶다고 말했다.

황홀한 문방구

스님은 문방구에 들어가기만 하면 황홀해진다고 했다. 진열장에 놓인 물건들을 바라보는 것만으로도 즐겁고, 그 가운데서 무엇을 살지 고르는 일 또한 큰 기쁨이었다.

어린 시절을 떠올리면 그 감격은 더 컸다. 스님이 어렸을 때는 연필 한 자루도 귀했다. 잠자리 그림이 인쇄된 톰보우 연필 한 자루만 손에 쥐고 있어도 반 친구들의 부러움이 쏟아졌다.

해외여행을 나갔을 때도 스님이 가장 즐겨 찾는 곳 가운데 하나가

글쓰기, 마음을 골라내는 한 줄의 힘

문방구점이었다. 한국에서는 볼 수 없는 문구류를 발견하면 가슴이 괜스레 부풀어 올랐다. 어느 나라에서든 문방구 앞에 서면 마음은 언제나 소년이 되었다.

외국 여행 중에는 몽블랑 만년필을 파는 가게에 들른 적이 있었다. 그때 이미 같은 모델의 만년필을 하나 사용하고 있었지만, 똑같은 것을 한 자루 더 샀다. 그러나 집에 돌아와 새 만년필을 꺼내 쥐는 순간, 처음 만년필을 장만했을 때 느꼈던 오붓함과 소중함이 사라져버렸다는 사실을 깨달았다. 두 자루를 갖게 되자 마음이 둘로 나뉜 듯했다.

스님은 잠시 생각한 끝에 새 만년필을 다른 스님께 건넸다. 그러고 나니 다시 예전처럼 마음이 한곳으로 모였다. 그때 스님은 자신이 첫 만년필을 배신한 것이 아닌가 하는 미안한 마음까지 들었다고 했다.

스님이 선물로 받기를 가장 고마워한 것도 문방구류와 다기, 차였다. 그 물건들은 스님의 일상 곁을 지키는 동무 같은 존재였기 때문이다. 그래서 스님이 일부러 찾는 가게 또한 문방구와 다구를 파는 곳이었다. 꼭 사지 않더라도 구경만으로 충분한 즐거움을 누릴 수 있었다. 자연히 다른 이에게 선물을 할 때도 문방구와 다기를 먼저 떠올렸다.

만년필과 다기를 고르는 안목에는 스님 나름의 기준과 취향이 있었다. 다만 스님에게는 한 가지 묘한 징크스가 있었다. 자신이 쓰고 싶어 마음에 들어 고른 만년필은 얼마 쓰지 못하고 결국 남에게 주게 된다는 것이었다. 국산이든 외제든 간에, 마음에 들어 장만한 펜은 조금 쓰다가 보면 어느새 누군가에게 건네주고 있었다.

스님이 당시 글을 쓸 때 사용하던 만년필은 몇 해 전 도쿄에 갔을 때 아는 스님이 선물해 준 몽블랑이었다. 촉은 물론 EF였다. 스님이 만년필을 선물로 받을 때 가장 먼저 확인해 보는 것도 결국 어떤 촉을 달고 있는가 하는 점이었다.

색색의 편지지

스님은 처음에는 편지를 원고지에 썼다. 원고지의 한 칸 한 칸을 차분히 채워 갔고, 쓰다 틀리면 그 위를 한 줄 긋고 다시 고쳐 썼다. 그러다 어느 때부터는 세로로 붉은 줄(또는 검은 줄)이 인쇄된 편지지에 세로쓰기로 글을 적어 보냈다.

그다음에는 두루마리처럼 가로로 길게 자른 한지에 붓으로 세로쓰기를 했다. 한 줄에 다섯 글자나 여섯 글자 정도만 담았다. 그때 사용한 한지는 크기도 다양했고 색깔도 주황, 분홍, 노랑, 갈색, 하늘색, 보라, 연두 등 실로 여러 가지였다. 아예 색이 없는 흰 한지나, 줄 하나 인쇄되지 않은 종이에 세로로 써 보내기도 했다.

편지 끝맺음도 늘 일정한 형식을 따랐다. "수류산방에서 합장", "불일암에서 합장", "법정 합장", "오두막에서 합장", "법정 戲(희)"와 같은 식으로 글 쓴 장소와 마음가짐을 함께 적었다. 편지의 내용이 단순한 안부 위주의 서신이면 그냥 보냈지만, 글이 선시나 시, 노래 가사와 같은 성격을 띨 때는 반드시 낙관을 찍어 마무리했다.

글쓰기, 마음을 골라내는 한 줄의 힘

스님에게서 글이나 그림을 받아든 사람들은 그것을 한 장의 작품처럼 여겼다. 표구를 해서 벽에 걸어두고, 시간이 날 때마다 꺼내어 보며 즐겼다.

글은 정중하고 정답게

스님은 비 내리는 소리를 들으며 미뤄 두었던 답장을 쓰곤 했다. 편지 문체는 무엇보다 간결해야 한다는 것이 스님의 생각이었다. 전하고자 하는 말은 분명하지 않은데, 이것저것 말을 늘어놓기만 하면 받는 이에게 큰 부담을 준다고 여겼다.

너무 길기만 한 편지는 펼쳐보기도 전에 이미 읽는 사람을 지치게 만든다고 보았다. 그래서 편지는 짧더라도 핵심이 또렷해야 하고, 글씨 또한 정중하게 써야 한다고 강조했다. 쓴 사람 자신만 알아볼 수 있을 만큼 흘려 쓴 글씨는 읽는 이의 인내심을 시험한다고 여겼다. 요즘처럼 모두가 바쁘게 살아가는 시대에는 그런 편지에 눈길을 줄 겨를조차 없을 것이라 생각했다.

스님이 붓글씨로 편지를 쓸 때는 대개 안팎이 고요하고, 받는 사람이 마음속에서 따뜻하게 떠오르는 한가한 때였다. 겨울 끝자락의 서걱대는 바람 소리도, 스님에게는 편지 한 장을 쓰게 만드는 좋은 계기가 되었다.

스님은 전화기 너머로 들려오는 목소리보다, 편지에 스며 있는 침묵 섞인 음성이 훨씬 더 정답다고 말했다. 편지는 여름날처럼 눅눅하고 칙칙한 사연을 토로하는 통로가 아니라, 가을 하늘처럼 맑고 투명한 삶의 여백을 나누어 보내는 길이어야 한다고 보았다.

필체는 정신의 표현

스님은 편지를 쓸 때 대부분 엽서에 만년필로 글을 적었다. 때로는 화선지에 붓으로 쓰기도 했고, 또 어떤 때는 연필로 가는 선을 그어 만든 편지지 위에 '불일(佛日)' 도장을 찍고 펜으로 글을 이어가기도 했다.

서명 방식도 거처에 따라 달랐다. 불일암에 머물 때는 끝에 "불일암주(佛日庵主)"라고 적었고, 해외에 머무는 동안에는 그곳 지명을 밝힌 뒤 "법정 합장(法頂 合掌)"이라고 덧붙였다. 강원도 산골 오두막 시절에는 간단히 "강원도에서"라고만 적었다.

스님의 편지글 필체는 어느 곳에서, 어떤 시간에 쓰였든 늘 일정했다. 스님은 필체를 '정신의 표현'이라고 보았다. 단정한 옷차림, 예리한 눈빛, 마르고 단단한 몸매에서 풍기는 기운이 글씨에서도 그대로 드러났다고 할 수 있다. 변화무쌍한 세상 한가운데서도 잘 변하지 않는 중심을, 스님은 글씨로 조용히 보여주었다.

날짜를 적을 때도 대충 '어느 봄날', '가을 무렵'이라 쓰지 않았다. 몇 월 며칠인지 정확하게 적었다. 분명하고 엄격한 성격이 날짜 표기에도 고스란히 드러났다.

편지의 첫머리는 대개 계절 이야기로 시작되었다. 예를 들어, 장마철 비 내리는 풍경이나 눈 고장 산중의 날씨, 연둣빛으로 물드는 아침의 빛깔, 장마가 걷힌 뒤 밤마다 이어지는 달빛 이야기, 때아닌

글쓰기, 마음을 골라내는 한 줄의 힘

눈보라, 오랜만에 들려오는 빗소리의 반가움, 조계산이 보름달을 토해내듯 떠오르던 밤, 새벽녘 유난히 고운 달빛의 인상, 혹은 비 한 차례 내린 뒤 한층 여물어진 개울물 소리 등으로 말문을 열었다. 이렇게 편지를 받는 사람은, 봉투를 여는 순간 스님이 머무는 산중의 계절과 빛과 소리를 먼저 건네받곤 했다.

자연의 소식을 전하다

스님은 편지를 쓸 때 언제나 먼저 상대방의 안부를 물었다. 편지의 끝부분은 으레 받는 이의 복을 빌어주는 말로 맺었다. 이를테면 좋은 겨울을 보내길 바란다거나, 새해에는 복 많이 받고 바라던 일들이 두루 이루어지기를 기원했다. 무더위 속에서도 건강히 지내며 날마다 새롭게 하루를 시작하라고 격려했고, 꽃처럼 새롭게 피어나기를, 좋은 봄·여름·가을을 맞이하기를, 그리고 날마다 새날을 여는 마음이었으면 좋겠다고 적곤 했다.

스님은 편지 쓰는 일을 진심으로 즐겼다. 편지를 쓰고 있을 때의 기분도 좋았지만, 다 쓴 편지를 들고 우체국까지 걸어가는 일마저 편지 쓰기의 한 과정이라 여기며 기꺼워했다. 봉투와 엽서에 우표를 붙일 때도 삐뚤어지지 않게 꼭 반듯하게 붙였다. 그렇게 붙어있는 우표들에서도 스님의 꼼꼼하고 단정한 마음가짐이 드러났다.

편지 안에서는 늘 자신이 사는 곳의 자연을 전했다. 요즘은 밤마다 달이 너무 밝아서, 눈과 달이 뜰 가득 들어차 방 안까지 비쳐 들어오니 잠을 자다가도 자주 일어나 창문을 열어본다고 썼다. 천둥

번개가 치며 요란한 소나기가 한차례 지나가고 나면 개울물 소리와 새소리가 다시 그윽하게 들려온다고도 했다.

달빛 아래 후박나무 잎이 뚝, 소리를 내며 떨어지는 순간을 전하기도 했고, 산그늘이 내려앉는 무렵 밭으로 들어가 김매는 재미에 한때를 보낸다는 일상을 적기도 했다. 파초 잎들이 서로 부딪혀 나는 소리를 옷깃 스치는 소리에 비유하기도 했다.

두 자루 촛불 아래에서 황병기의 가야금 소리를 들으며 앉아 있다가 불쑥 소식을 전하고 싶어졌다고 털어놓기도 했다. 에게해의 물빛이 자꾸만 들어와 보라고 손짓하는 것 같다고, 오는 길에 군데군데 펼쳐진 해바라기밭을 보며 영화 〈해바라기〉가 떠올랐다고도 썼다.

한동안 음악을 듣지 못해 속이 뻑뻑해진 것 같아 소리통 하나를 들여놓을까 생각 중이라는 소박한 고민을 전하기도 했고, 산에는 맑은 이웃이 많다며, 말 없는 나무들과 다람쥐·꿩·토끼·노루 같은 선한 이웃들이 자신을 정결하게 만들어준다고 적었다.

점심을 지어 먹고, 더운물로 발을 씻은 뒤 맨발로 책상 앞에 앉아 책을 읽으며 호수처럼 잔잔한 앞바다를 바라보고 있으니 참 좋다는 고백도 있었다. 어느 밤에는 모처럼 달빛이 산골 오두막을 찾아와 창문을 열고 한참 동안 달을 맞이했다고 적었다.

시베리아의 끝없이 펼쳐진 동토를 지나 우랄산맥을 넘자 볼가강이 아련한 곡선을 그리며 흐르고 있다는 여행길의 인상도 편지에 담겼다. 두 달 동안 산을 비웠다가 돌아와 보니 샘물이 더 달게 느껴졌다고, 며칠 전 내린 눈 때문에 길이 끊겨져 사흘 동안 사람 그림자를

글쓰기, 마음을 골라내는 한 줄의 힘

전혀 보지 못하고 오롯이 자기 방식대로 살았다는 산중의 고요도 전했다. 이렇게 스님의 편지는 언제나 자신이 있는 자리의 자연과 시간을 함께 실어 보내는 소식이었다.

편지를 태우다

스님은 편지를 참 많이 받았지만, 그 수만큼 자주 답장을 보내지는 못했다. 눈이 내리고 노루의 울음소리가 들려오던 어느 겨울, 밀린 답장을 쓰기 위해 그동안 받은 편지들을 뒤적여 보았다. 벼루에 먹을 갈아 두고 편지지로 쓸 종이를 찾았지만 마땅한 종이가 눈에 띄지 않았다. 이리저리 뒤적이다가 도배를 하고 남은 종이들 사이에서 화선지 두 장을 찾아냈다. 온전한 장지라기보다는 군데군데 잘려 나간 쪼가리였다.

스님은 그 화선지를 잘라 편지지로 만들고, 아껴 가며 몇 통의 답장을 썼다. 한정된 종이였기에 글을 쓸 때도 자연히 더 조심스럽고 살뜰해졌다. 그 과정에서 종이 한 장의 고마움을 새삼 깨달았다. 평소에는 글씨를 비교적 크게 쓰는 편이었지만, 그때만큼은 종이가 귀해 아주 작은 글씨로 가득 채워 썼다. 그렇게 쓴 편지들을 밖으로 나가 부쳤다.

우체국을 다녀오는 길에 지물포에 들러 화선지를 스무 장쯤 사서 오두막으로 돌아왔다. 그런데 막상 새 종이를 넉넉히 구해놓고 보니, 앞서 쪼가리 종이로 편지를 쓸 때 느꼈던 오붓함과 살뜰함, 고마움이 어느새 사라진 것을 깨달았다. 스님은 이 경험을 통해, 소유물이 많아질수록 오히려 사람이 그 물건에 소유 당한다는 사실을 다시금 실감했다.

입춘 무렵, 스님은 부엌으로 가서 그동안 받아둔 편지들을 모아 한꺼번에 태웠다. 편지를 담아 두던 광주리를 텅 비워두고 싶었기 때문이다. 굴뚝에서 편지 타는 연기가 솟아오르는 것을 보며, 저것은 곧 '말의 연기'라는 생각이 들었다. 아궁이에서 말들이 재가 되어 스러져 가는 모습을 바라보며, 사람의 말이라는 것도 결국 연기와 재처럼 사라지고 만다는 점을 떠올렸다.

그래서일까, 스님은 말 한마디, 글 한 줄을 적는 일이 새삼스레 허무하게 느껴지기도 한다고 고백했다. 동시에, 그렇기 때문에야말로 한마디 말, 한 줄 글을 쓸 때 더욱 책임 있고 진실해야 한다는 생각 또한 가슴 깊이 새기게 되었다.

문방사우

스님이 머무는 방에는 늘 문방사우, 곧 글 쓰는 네 벗이 자리하고 있었다. 종이와 붓, 먹과 벼루가 그것이다. 벼루는 작은 나무 상자에 곱게 담겨 있고, 종이와 붓은 나무로 만든 붓봉에 가지런히 꽂혀 있다. 책상 위에는 자그마한 백자 연적이 놓여 있어 물을 머금고 있었고, 기다란 대리석 문진이 종이 위를 단정히 눌러 주고 있었다.

붓을 쉬게 하는 붓 받침대는 마치 작은 수석처럼 생긴 검은 돌이었다. 돌 한가운데가 부드럽게 움푹 파여 있어, 글을 쓰다 멈출 때면 그 자리에 붓을 살포시 걸쳐두곤 했다. 방 안에는 또 화선지를 담아

글쓰기, 마음을 끌라내는 한 줄의 힘

놓은 나무 지통이 하나 있었다. 그 안에는 보라색, 연두색, 녹색, 하늘색, 갈색, 흰색, 미색 등 여러 빛깔의 화선지가 차곡차곡 꽂혀 있었다.

스님은 그 지통에서 화선지 한 장을 뽑아 들고, 붓에 먹을 적셔 정성껏 글을 썼다. 그렇게 쓴 글과 마음을 화선지에 담아 지인들에게 한 장 한 장 부쳐 보냈다.

선묵(禪墨), 붓끝에 머문 수행의 숨결

붓끝에 머문 맑은 바람이 가슴을 씻어주는 찰나.

소박한 그릇 위에 내려앉은 텅 빈 충만의 미학을 만나는 기쁨.

스님이 지인들에게 보낸 편지와 선물을 마주하고 있으면, 다래헌의 꽃향기와 불일암의 바람 소리, 강원도 오두막을 스치고 지나가던 물소리와 새소리가 함께 밀려오는 듯하다. 종이에 남은 먹 냄새와 필획을 따라가다 보면, 마치 스님의 육성이 귓가에 잔잔히 들려오는 듯한 느낌마저 든다.

스님의 선묵 작품들을 한데 모아 엮은 책을 펼쳐보면, 스님은 글로는 진리를 풀어내고, 글씨로는 아름다움을 좇아온 분이라는 사실을 어렵지 않게 알 수 있다. 특히 한글 서체는 누구의 글씨와도 겹치지 않는 독특한 멋과 매력을 지니고 있어, 비슷한 정서를 나누는 이웃들과 가족 같은 정을 이어주는 매개가 되곤 했다.

지인에게 편지나 선물을 받으면, 스님은 먹을 갈고 붓을 들어 산 모양을 그리고 찻잔을 그렸다. 그 여백에는 게송이나 선시 한 수를 곁들여 답장을 보냈다. 제자 현장 스님은 "스님이 남기신 글씨마다 물이 흐르고 꽃이 피어나는 듯한 아름다움과 향기가 배어 있다"고 회상했다. 그는 그 유묵들을 모아 〈무소유의 향기, 법정 스님 선묵전〉이라는 전시회를 열어, 스승의 숨결을 많은 이들과 나누었다.

붓장난

스님은 지인이나 도반이 청을 하면, 거절하지 않고 그 자리에서 곧장 글씨를 써 주었다. 때로는 짧은 선시를 담은 연하장 형태로 선물을 대신하기도 했다. 스님은 이런 자신의 붓놀림을 겸손하게 '붓장난'이라고 불렀다.

하지만 그 '장난' 속에는 여러 결이 함께 담겨 있었다. 부처님 말씀을 다시 떠올려 적기도 하고, 먼 길에 있는 친지의 안부를 전하기도 하고, 산의 고요한 자태를 몇 획에 담아보기도 하고, 찻잔에서 피어오르는 은은한 차향을 그림과 글로 표현해 보기도 했다. 스님은 붓으로 그림을 그리고 글을 쓰는 일은, 원고지 칸을 하나씩 채워 가는 산문 쓰기와는 또 다른 차원의 즐거움이라고 했다.

무소의 뿔

어느 해 여름, 이해인 클라우디아 수녀가 불일암을 찾아와 글씨 하나를 청했다. 스님은 잠시도 망설이지 않고 붓을 들어, 불교 경전에 나오는 「무소의 뿔처럼 혼자서 가라」의 구절을 써서 건넸다. 사자처럼 소리에 놀라지 않고, 바람처럼 그물에 걸리지 않으며, 진흙 속에서도 연꽃이 더럽혀지지 않듯, 스스로의 길을 외롭게, 그러나 당당하게 걸어가라는 뜻이 담긴 대목이었다.

스님은 이해인 수녀를 '구름 수녀'라고 불렀다. 어느 해에는 구름 모양을 모아 만든 그림책을 보내기도 했고, 또 다른 해에는 성탄을 맞아 빨간 화선지 위에 검은 먹으로 안부와 축복의 말을 정성껏 적어 보내기도 했다. 눈이 자주 내리던 그해 겨울, 한 해를 돌아보며 수녀가 천주의 은총 속에서 더 큰 뜻을 이루기를 바라는 마음을 담아 쓴 글씨였다.

산 위에서 부는 바람

어떤 지인에게는 전통 부채를 하나 골라 글과 그림을 더해 보냈다. 부채 앞면에는 "산 위에서 부는 바람, 시원한 바람"이라는 문장을 적었다. 어린 시절 누구나 한 번쯤 흥얼거렸을 법한 동요 〈산바람 강바람〉을 떠올리게 하는 구절이었다. 그 아래에는 뾰족한 산봉우리 세 개가 잇따라 솟아 있는 모습을 그리고, 그 위로는 높이 떠 있는 해를 단정하게 배치했다.

또 다른 도반에게 보낸 부채에는 '빛과 향기와 맛을 온전히 하라'는 문장을 적고, 여백에 작은 찻주전자와 찻잔을 그려 넣었다. 차 한 잔에도 빛과 향기와 맛을 온전히 느끼고 누리듯, 하루하루 삶도 그렇게 온전하게 살기를 바라는 마음을 담은 것이었다.

어느 접이식 부채에는 "내에서 부는 바람 시원한 바람"이라는 구절을 적기도 했다. 강가를 스치는 바람, 산 위를 넘는 바람, 마음속을 맑게 씻어 주는 바람을 떠올리게 하는 짧은 글 몇 마디 속에, 스님이 평생 사랑했던 자연과 수행의 세계가 고요히 배어 있었다.

차나 마시고 가게

어느 해 초봄, 스님은 한 도반에게 보낸 편지에 먼저 "차나 마시고 가게"라는 글씨를 적고, 그 밑에 투박한 찻주전자와 찻잔을 그려 넣었다. 잠시 들렀다 가는 길손에게 말없이 건네는 따뜻한 초대였다.

상좌에게는 "空山無人 水流花開(공산무인 수류화개)"라는 여덟 글자를 써서 건넸다. 사람이 없는 산속에 물은 흐르고 꽃은 저절로 피어난다는 뜻을 담은 글이었다. 또 어떤 때에는 "山有花(산유화)"라는 말을 적고 산봉우리 세 개를 그리고, 그 위에 해를 높이 떠오르게 해주었다. 다른 도반에게는 "맑고 향기롭게 살기"라는 말을 써 보냈다. 그 한 줄 안에 스님의 수행관과 삶의 지향을 담았다.

어느 지인에게는 밭을 갈고 책을 읽는 삶을 권하듯이, 다섯 이랑에는 대를 심고 다섯 이랑에는 채소를 가꾸며, 한나절은 좌선하고 한나절은 글을 읽으며 살아가라는 내용을 적어주었다. 글 아래에는 역시 세 개의 산봉우리와 높이 떠 있는 해를 그려, 글과 그림이 하나의 풍경처럼 어우러지게 했다. 또 다른 선묵에서는 "눈을 씻고 청산을 보게"라고 적은 뒤, 큼직하게 산 세 개를 그려 넣어, 마음의 눈을 씻고 산처럼 또렷하게 세상을 보라는 뜻을 담았다.

어느 가을날에는 지인에게 초가삼간을 지어놓고, 그 삼간 중 한 칸은 자신이, 한 칸은 달에게, 또 한 간은 맑은 바람에게 맡기고, 강산은 들일 데가 없어 그저 둘러보기만 하겠다는 내용의 글을 써 보냈다. 소박한 집 한 채 안에 달과 바람과 강산을 함께 모시고 사는 삶에 대한 동경이 묻어 있었다.

또 어느 동짓날에는 한 지인에게, 날마다 산을 보아도 볼수록 좋고, 물소리도 들을수록 좋으며, 그 소리와 빛 속에서 저절로 귀와 눈

선묵(禪墨), 붓끝에 머문 수행의 숨결

이 맑아져 그 안에서 평안을 누리게 된다는 뜻의 글을 써 주었다. 새해 첫날에는 다른 이에게 달빛이 뜰을 쓸어도 먼지 하나 일지 않고, 달빛이 물속을 꿰뚫어도 물에는 흔적이 남지 않는 모습을 예로 들며, 이와 같은 삶을 살 수 있어야 한다는 말을 건넸다.

상강 무렵에는 어느 지인에게, 하루에 단 한 시간이라도 자신만을 위해 쓰지 않는 사람은 사람이라 할 수 없다는 한 랍비의 말을 소개하며 곱씹어 볼 만한 가르침이라 전했다. 눈이 무지막지하게 쌓였던 어느 섣달그믐에는, 입안에 말이 적고 마음속에 걸리는 일이 적고 뱃속에 밥이 적어야 신선이 될 수 있다는 세 가지 '적음'의 도리를 적어 보내기도 했다.

하지 무렵에는 한 지인에게, 옳으니 그르니 가리지 말고 산은 산, 물은 물 그대로 두며, 굳이 서쪽 어딘가에만 극락이 있는 것이 아니라 흰 구름이 걷히면 눈앞의 청산이 곧 극락이라는 뜻의 글을 써서 보냈다.

대한 무렵에는 한 부부의 결혼을 축하하며, 서로의 고독을 지켜 보고 느끼고 받아들이는 것이 사랑이라는 릴케의 말을 소개하고, 두 사람이 복되고 향기로운 새 삶을 열어 가기를 빌어 주었다. 새해 연하장에는 "더우면 곧 피고 추우면 잎이 지건만, 소나무는 어찌 눈서리도 모르는가"라는 옛 구절을 적어 보내고, 장난스럽게도 모양이 다른 다섯 개의 낙관을 여기저기 찍어 넣어 운치를 더했다.

어느 해에는 옛 수도자들의 맑고 운치 있는 삶을 이야기하며, 산 밑 마르지 않는 우물에서 끌어 올린 물을 산중 벗들에게 공양하듯,

표주박 하나씩 가져와 저마다 동그란 달 하나씩 건져가라는 글을 지어 도반에게 보냈다. 또 어느 때에는 상좌에게, 올 때는 흰 구름과 함께 오고 갈 때는 둥근 달을 따라가니, 오고 감을 주재하는 그 주인은 과연 어디에 있는가라는 뜻의 글을 건네고, 문장을 반쯤만 적은 뒤 나머지 여백에는 큰 원을 하나 그려 넣었다.

여름날에는 한 도반에게, 끓인 물을 오래 두면 차의 맛이 사라지니 언제나 새로 끓인 물로 차를 달여야 한다는 글을 부채 모양으로 둥글게 적고, 그 안에 다기 한 벌을 그려 넣었다. 또 다른 지인에게는, 과일을 먹을 때는 과일 자체만이 아니라 그 꽃향기까지 함께 음미하라는 글을 쓰고, 그 아래에 과일 그릇과 풍성한 열매를 그려주었다.

불일암에서 홀로 지내던 어느 날에는 "산이 나를 에워싸고 밭이나 갈며 살라고 한다"는 글을 적고, 그 밑에 봉우리 셋이 우뚝한 산을 크게 그리고 그 위에 해인지 달인지 모를 둥근 빛을 높이 띄워 올렸다. 때로는 우편엽서에 짧은 글을 붓글씨로 적고, 큼직한 낙관을 한 방 찍어 보내기도 했다. 짧은 문장과 굵은 인장이 한 장의 작은 그림처럼 엮였다.

이 밖에 무엇을 구하리

스님은 갈색 화선지 위에 붓을 들고 한숨에 글을 써 내려갔다. "이 밖에 무엇을 구하리", 그 아래에는 찻주전자와 찻잔을 그려 넣었다. 입춘 무렵, 봄기운이 문지방을 넘어오는 시기에 쓴 글이었다. 지금

선묵(禪墨), 붓끝에 머문 수행의 숨결

가진 이 한 잔의 차, 이 자리, 이 숨결이면 족하다는, 더 보태어 구할 것이 없다는 고요한 만족이 담겨 있었다.

법정 스님이 생전에 곁에 두고 쓰던 물건들을 사진으로 담은 얇은 책자가 하나 있다. 스님과 인연이 깊은 한 지인이 정성을 다해 엮은 책이다. 그 지인은 제목을 무엇이라 할지 오래 고민하다가, 스님이 남긴 그 문장 "이 밖에 무엇을 구하리"를 그대로 책 이름으로 삼았다. 스님의 삶 전체를 가장 잘 압축해 주는 말이라고 여겼기 때문이다.

스님의 유물을 찍은 사진작가는, 그 흔적들을 멋지고 화려하게 담지 않겠다고 마음먹었다. 전기도, 인공조명도 들어오지 않던 그 공간에서 스님이 바라보았을 그 빛과 어둠, 그 농담 그대로를 담고 싶었기 때문이다. 그래서 사진 속 물건들은 꾸밈없이 소박한 채 놓여 있을 뿐이지만, 오히려 그 소박함 속에서 '이 밖에 무엇을 더 바라랴' 하는 스님의 숨결이 조용히 배어나온다.

성철 스님 글씨

스님이 밭에서 김을 매고 있을 때였다. 낯선 대학생 두세 명이 산길을 올라 암자를 찾아왔다. 이들은 다짜고짜 글씨를 한 점 써 달라고 부탁했다. 아래 큰 절에서 미리 벼루에 먹을 갈고 붓과 종이까지 챙겨 온 터였다. 스님은 그들의 무례한 요구에 어이가 없었다. 자신은 누구에게도 글씨를 써준 일이 없고, 고승도 아니니 글씨를 써 줄 수 없다고 단호하게 말했다. 스님의 뜻이 확고하다는 것을 느낀 학생들은 더 이상 조르지 못했다. 대신 스님은 암자까지 올라오느라 땀을 흘린 학생들이 딱해, 우물에서 물 한 바가지씩 퍼 마시게 했다.

스님이 글씨를 통해 '처신과 분수'를 알게 된 일화가 있다. 어느 날 가야산으로 들어가는 버스 안에서, 홍류동 입구 바위에 새겨진 '海印 聖地(해인성지)'라는 글씨를 보았다. 꾸밈도 과장도 없이 단번에 눈에 들어오는 글씨였다. 누가 쓴 글자인지 알아보니 해인사 방장 성철 스님의 글씨였다. 스님은 그 글씨를 보고, 글씨가 곧 그 사람이라는 말을 새삼 실감했다고 한다.

해인사에 도착해 원주실에서 차를 마시다가, 벽에 걸린 '終身不退 (종신불퇴)'라는 족자를 보게 되었다. 이 또한 성철 스님의 글씨였다. 다음 날 스님은 백련암으로 올라가 성철 스님을 친견했다. 그리고 조심스레 글씨 한 점을 청했다. 성철 스님은 그 자리에서 단박에 거절했다. 법정 스님은 순간 얼굴이 화끈거릴 만큼 무안하고 부끄러웠지만, 동시에 큰 것을 얻었다고 했다. 평생 마음에 간직할 '수행자의 자세'를 똑똑히 배운 것이다.

사실 성철 스님께 글씨를 청한 것은 글씨를 소유하려는 마음 때문이 아니라, 글씨를 쓰는 '운필(運筆)의 묘'를 눈으로 보고 싶어서였다. 사람의 인품은 붓을 움직이는 그 과정에서 드러난다고 여겼기 때문이다. 성철 스님의 높은 인품 또한 그 힘 있는 글씨에서 고스란히 드러나 있었다.

선묵(禪墨), 붓끝에 머문 수행의 숨결

휴정 선사의 글

오두막에서 지내던 시절, 스님은 마음이 한가하면 먹을 갈아 붓글씨를 쓰곤 했다. 어느 날 마루방 벽에 조선 시대 휴정 선사의 시 한 편을 써 붙였다. 시의 정취가 오두막 풍경과 꼭 맞아, 차를 마시며 눈길이 자주 그 글귀로 향했다.

그 시의 내용은 이러했다. 바람이 그치면 꽃은 저절로 지고, 새소리가 산을 더욱 그윽하게 만든다. 새벽은 흰 구름과 함께 밝아오고, 개울물은 밝은 달을 따라 흘러간다. 스님은 이 짧은 시 속에서 인간적인 정감과 수행자의 고독을 진하게 느꼈다고 했다.

스님은 휴정 선사가 남긴 「고향에 돌아와」라는 글도 자주 떠올렸다. 휴정은 어릴 적 부모를 여의고 열 살 무렵 집을 떠났다. 그리고 서른다섯이 되어 고향에 돌아왔다. 예전 남쪽 이웃집과 북쪽 거리는 모두 밭으로 변해 있었고, 뽕나무와 보리만 푸르게 자라 봄바람에 흔들리고 있었다. 휴정은 슬픔을 이기지 못해 허물어진 옛집 벽에다 긴 회포를 적어놓고, 그곳에서 하룻밤을 묵은 뒤 절로 돌아왔다.

그 회포 글에는 이런 사연이 담겨 있다고 한다. 옛집에서 밤을 지내는데 동네 아이들이 창구멍으로 안을 들여다보기도 하고, 백발이 성성한 이웃 노인이 찾아와 이름을 물어보았다. 휴정이 어릴 적 이름을 대자 노인은 그 이름을 기억해 내고 눈물을 흘렸다. 휴정도 덩달아 눈물을 흘렸다고 한다. 스님은 이 이야기를 소개하며, 수행자의 길 위에서도 인간적인 정과 그리움은 결코 사라지지 않는다고 했다.

벼루 이야기

어느 가을, 스님은 벼루 두 개를 새로 구했다. 문방사우 가운데 특히 벼루에 마음이 끌린다고 했다. 꾸밈없는 담백한 모양새, 군더더기 없는 조촐한 형태, 그리고 먹 가는 면이 정교하게 다듬어진 벼루를 보면 솔직히 '가지고 싶다'는 욕심이 일어난다고 했다. 좋은 돌로 만들었다는 명성보다는 실제로 먹을 갈아 보았을 때 면이 얼마나 고른지가 더 중요했다. 갈아지는 느낌이 비단결처럼 부드러우면 그만이라는 것이다.

예전에 인사동을 지나다가 문득 아는 가게에 들렀을 때였다. 진열장 한편에 눈에 들어오는 벼루가 하나 있었다. 연지(硯池)가 작은 타원형이고 전체 모양과 다듬어진 면이 마음에 쏙 들었다. 스님은 망설임 없이 그 벼루를 사 들고 돌아왔다.

그날 밤, 스님은 잠을 자다 몇 번이나 깨어났다. 깰 때마다 머리맡에 둔 벼루를 만져보며 괜스레 행복해했다. 이튿날 아침, 그 벼루에 먹을 갈아 부휴 선사의 시를 썼다. "바람이 그치니 머루와 다래가 모두 떨어지고, 산이 높아 달은 일찍 저물었다. 내 곁에는 사람 그림자 하나 없고, 창밖에는 흰 구름만 자욱하구나."

그 글을 벽에 붙여놓으니 오두막 풍경과 어쩌면 그렇게도 잘 어울리던지, 스님은 볼 때마다 마음이 차분해졌다고 했다.

벼루와 관련된 또 다른 기억도 있다. 어느 날 대형 문구점을 들렀는데, 한쪽에 필묵이 가지런히 진열되어 있었다. 그 가운데 지름이 12센티미터도 채 안 되는 둥근 벼루 하나가 눈길을 사로잡았다. 덮개를 열어보니 이른바 일월연(日月硯)이었다. 먹 가는 둥근 면은 해(日)를 닮았고, 그 앞에 오목하게 팬 물 담는 부분은 눈썹 같은 초승달(月)을 닮은 모양이었다.

스님은 벼루 전체에서 풍기는 느낌이 좋아 기분 좋게 그것을 구입했다. 그때 문득 '작은 것이 아름답다'는 말이 떠올랐다고 한다. 집에 돌아와 새 벼루에 먹을 갈아 오랜만에 편지를 몇 통 썼다. 마음이 한층 맑고 향기로워지는 것을 느꼈다.

또 한번은 서울 법련사 주지 스님이 중국 순례를 다녀와 선물로 필묵함 하나를 내밀었다. 겉모양은 마치 작은 책처럼 생긴 상자였다. 그 속에는 조그만 벼루가 들어있었는데, 연지 위에는 봉황 무늬가 새겨져 있었다. 스님이 지닌 벼루 중 가장 작은 벼루였다. 휴대하기에 딱 좋은 크기였다.

필묵함 속에는 붓 두 자루와 산 모양의 필가(筆架), 연적과 인주, 낙관을 새길 인재(印材)도 함께 들어있었다. 먹도 한 자루 들어있었는데, 앞면에는 서호(西湖)의 경치를 금박과 은박으로 담아놓았고, 뒷면에는 금박 글씨로 '雨亭淸賞(우정청상)'이라고 새겨져 있었다. 비 내리는 정자에서 맑은 경치를 음미한다는 뜻을 품은 먹이었다.

스님은 그 필묵함을 열어 볼 때마다, 글을 쓰는 일은 단순한 기록이 아니라 마음을 가다듬고 제 모습을 바로 세우는 일이라는 것을 다시금 되새겼다.

도처유청산

스님은 작은 도자기 표면에 到處有靑山(도처유청산)이라는 글귀를 적고, 그 아래에 산봉우리 세 개를 간단한 선으로 그려 넣었다. 어느 곳에 가든 마음만 열면 푸른 산이 있다는 뜻을, 가장 소박한 그릇 위에 옮겨 놓은 셈이다.

붓을 꽂아두는 도자기에는 옆으로 돌아가며 한 글자씩 '無·所·有'를 적어두었다. 한쪽 귀퉁이에는 "九六(1996년) 가을, 利堂에서 法頂"이라고 써넣어, 언제 어디에서 이 작업을 했는지 조용히 남겼다. 하얀 달항아리에는 茶禪一味(다선일미)라는 말과 함께 "九六(1996년) 冬, 法頂 戲"라고 적어두었는데, 차와 선이 한 맛이라는 불가의 말을 일상적인 그릇 위로 내려 앉힌 것이다. 이 도자기 작품들은 현재 김포 다포 박물관에 소장되어 있다.

또한, 스님은 육각형 백자 필통에는 가로로 "새들이 떠나간 숲은 적막하다"라는 문장을 적었다. 훗날 수필집 제목으로도 쓰인 말로, 스님이 느낀 고요와 쓸쓸함을 한 줄의 문장으로 응축해 도자기 위에 새겨 둔 셈이다.

도자기에 그림 그리기

스님은 도자기 위에 그림과 글을 함께 올리는 일을 즐겼다. 하늘빛이 감도는 네모난 도자기 한가운데에는 자그마한 부처님이 밝은 얼굴로 앉아 있고, 그 옆으로 오른쪽에는 '眞佛', 왼쪽에는 '何處!'라고 적었다. 스님은 이 작품에 담긴 뜻을 이렇게 풀어 설명하곤 했다. 참

선묵(禪墨), 붓끝에 머문 수행의 숨결

부처를 모양과 이름으로만 찾지 말 것, 사람을 떠나 어딘가 특별한 곳에서만 부처를 찾으려 하지 말 것, 사람 한 사람 한 사람이 곧 부처이며, 이 세상 어디든 이미 법당이라는 의미라는 것이다. 이 밖에서 따로 부처를 구하려는 마음이야말로 허망하다는 메시지를 담은 작품이었다.

푸른 기운이 도는 또 다른 네모난 도자기에는 작은 오두막 하나가 그려져 있다. 방은 한 칸뿐이고, 양옆으로 깊은 산이 그 집을 감싸고 있다. 앞에는 맑은 개울이 흐른다. 스님은 오른쪽 아래에 조용히 "내가 사는 오두막이네"라고 적었다. 담양 소쇄원의 광풍각을 떠올리게 하는, 한없이 단출하지만 풍요로운 산중 살림의 자화상이다.

또 한 점의 백색 도자기에는 수류산방(水流山房)을 그려 넣었다. 작은 창 하나와 출입문 하나뿐인 산방이 중앙에 있고, 왼편에는 두 그루 나무가 곧게 서 있다. 뒤로는 겹겹이 포개진 푸른 산들이 아득하게 이어지고, 한쪽 하늘에는 낮게 초승달이 떠 있다. 그림 아래에는 '水流山房'이라는 네 글자를 덧붙여, 흘러가는 물과 함께 숨 쉬는 산방의 정취를 아담한 그릇 위에 옮겨 놓았다.

백자에 선시 쓰기

스님은 둥근 백자 항아리에는 학명 선사의 시를 붓글씨로 옮겼다. 해가 바뀌었다, 새해다, 묵은해다, 라는 분별에 사로잡히지 말고, 겨울이 가고 봄이 온다고 해서 하늘이 달라지는 것은 아니니, 정작 변한 것은 계절이 아니라 꿈속처럼 어리석은 우리 마음이라는 뜻을 담은 시였다. 묵은해, 새해를 분별하며 들뜨고 허망해지는 사람들에게, 눈앞의 변화에 휩쓸리지 말라는 경책을 항아리 한 점에 새긴 셈이다.

또 다른 네모난 백자에는 야보 선사의 선시를 옮겨 적었다. 대나무 그림자가 뜰을 쓸어도 먼지 하나 일지 않고, 달빛이 물속까지 비추어도 수면 위에는 아무 흔적이 남지 않는다는 뜻의 시였다. 눈에 보이는 움직임과 빛의 변화 속에서도, 본래의 고요와 빈자리에는 티끌 하나 더해지지 않는다는 선가의 깨달음을 스님은 이 글귀에 기대어 전하고 싶어 했다.

다른 백자에는 한 그루 나무가 넓은 대지 위에 홀로 서 있는 그림을 그렸다. 무성한 가지 위에는 새들이 한쪽만 바라보며 앉아 있는 듯, 적막과 고요가 짙게 배어 있다. 스님의 수필집 『새들이 떠나간 숲은 적막하다』라는 제목을 시각적으로 옮겨 놓은 듯한, 쓸쓸하면서도 깊은 여운을 품은 그림이다.

또 하나의 네모난 백자에는 두 발로 단단히 땅을 딛고 서 있는 부처님의 모습을 그렸다. 부처님의 얼굴에는 잔잔한 미소가 어려 있고, 왼손은 땅을 가리키고 오른손은 하늘을 향해 올라가 있다. 마치 탄생 설화에서 전하는 '천상천하 유아독존'의 자세를 떠올리게 하는 모습이다. 부처님 양옆에는 한글로 '나무대자대비 관세음보살'이라고 적어, 자비의 상징인 관음의 이름과 함께 인간과 하늘, 이 땅을 잇는 부처의 자태를 조화롭게 담아냈다.

선묵(禪墨), 붓끝에 머문 수행의 숨결

달항아리에 시 쓰기

스님은 흰 백자 달항아리를 유난히 좋아했다. 그래서 달항아리를 만들 때면 그 위에 시와 그림을 함께 올려 완성하곤 했다. 어느 달항아리에는 김소월의 시 「山에는 꽃이 피네 꽃이 지네」 가운데 '山에는'과 앞의 '꽃이'만 세로로 그냥 두고, 나머지 글자는 모두 가로로 한 글자씩 띄어 적었다. 멀리서 보면 글씨 배열만으로도 소월 시 특유의 리듬과 여운이 눈으로 전해졌다.

또 다른 달항아리에는 '小窓多明 使我久坐(소창다명 사아구좌)'라는 글귀를 적었다. 작은 창으로 밝은 빛이 들어오니, 그 빛 덕분에 한자리에서 오래 머물게 된다는 뜻이다. 스님이 사는 오두막 풍경을 그대로 옮겨 놓은 말이라, 그 문장을 달항아리 위에 올릴 때 특히 기쁜 마음이 들었던 듯하다.

스님은 도자기로 필통도 직접 만들었다. 한 필통에는 "글이 곧 그 사람"이라는 문장을 가로로, 글자를 하나씩 띄어 적어 넣었다. 높이가 그리 높지 않은 것을 보면, 이 필통에는 붓보다는 펜을 꽂아 쓴 듯하다. 이와 대조적으로 길쭉한 도자기 필통도 있는데, 높이로 보아 여러 자루의 붓을 꽂기 좋은 모양이었다. 그 필통에는 박목월의 시 「산이 날 에워싸고」에서 한 구절을 따와 "산이 날 에워싸고 밭이나 갈면서 살라 하더라"라고 적어두었다. 산에 둘러싸여 밭이나 갈며 살라는 시인의 말을, 스님 자신의 산중 삶과 겹쳐 본 것이다.

스님은 국수를 유난히 좋아했다. 본인도 즐겨 먹었고, 손님이 오면 으레 국수를 대접했다. 그래서 사람들이 스님이 끓여 주는 국수를 '불일암표 국수'라 부를 만큼 소문이 났다. 그런 스님답게 도자기 공방에서 국수 그릇을 직접 만들었다. 연한 갈색의 그 대접 안쪽에는 "국수는 먹어도 먹어도 맛이 돗터른"라는 문장을 적어 넣었다. 글귀만 보아도 스님이 국수를 얼마나 좋아했는지 짐작할 수 있다.

다구에 담은 글씨와 그림

스님은 흰 도자기로 만든 다구(茶具)를 특히 아껴 썼다. 찻잔을 만들 때는 잔 안쪽 바닥에 한 글자씩 새겨 넣었다. '茶(차)', '壽(수)', '福(복)', '德(덕)' 같은 글자들이었다. 차를 마실 때마다 그 글자가 아래에서 살짝 보이니, 한 모금의 차가 단순한 음료를 넘어 긴 삶과 복, 덕을 떠올리게 하는 작은 기도가 되는 셈이다.

식힌 물을 담는 그릇도 백자였고, 그 옆에는 붓으로 '聞香(문향), 扱月(급월)'이라 적어두었다. '문향'은 꽃향기를 맡는다는 뜻이고, '급월'은 스님이 머물던 일월암 샘의 이름이다. 차를 우리기 전, 물과 향기와 달빛을 함께 떠올리게 하는 이름들이었다.

스님이 특히 아끼던 다완(茶碗)이 두 개 있었다. 하나는 고목 가지에 흰 매화가 활짝 피어있는 그림이 그려진 다완이고, 다른 하나는 심우도(尋牛圖)가 그려진 다완이다. 심우도는 잃어버린 소를 찾아 나서는 열 폭의 그림으로, 한 사람이 불교의 진리를 조금씩 깨달아 가는 과정을 상징적으로 보여준다. 스님은 차 한 잔을 마실 때도 이 그림을 통해 수행의 길을 다시 떠올렸을 것이다.

선묵(禪墨), 붓끝에 머문 수행의 숨결

부처님을 담은 도자기들

스님은 작은 도자기 향로도 만들었다. 흰 도자기 표면 가운데에는 부처님이 단정히 앉아 있고, 오른쪽에는 불일암이 그려져 있다. 부처님 왼쪽 옆에는 공양 올린 찻잔이 하나 놓여있고, 잔에서는 갓 따른 뜨거운 차처럼 김이 모락모락 피어오르고 있다. 그 옆으로는 산줄기가 이어지고, 산 위로 해가 높이 떠 있다. 향로 가운데에는 향 한 대를 꽂을 수 있는 구멍을 내어, 불을 붙이면 부처님과 산과 오두막 사이로 은은한 향기가 번져 나가도록 했다.

또 하나의 도자기 접시는 옅은 갈색 바탕 위에 부처님을 접시 가득 꽉 차도록 그려 넣었다. 찬란한 후광을 두른 부처님의 얼굴에는 미소가 번져 있다. 왼손은 가슴께로 들어 올리고, 오른손은 오른쪽 무릎 위에 편안히 얹은 자세다. 보는 이에게 안심과 다정한 평화를 건네는 모습이다. 접시의 오른쪽 아래에는 붉은색 낙관이 조용히 찍혀있어, 한 점 도자기 안에 스님의 손길과 마음이 고스란히 남아 있다.

부채에 그려진 산과 바람

스님이 머물렀던 오두막에는 해를 수없이 넘긴 오래된 부채가 하나 있다. 여름마다 그 부채로 더위를 식힌 듯, 부챗살에 붙은 한지는 이미 누렇게 변색되었고, 테두리 역시 여기저기 떨어져 나가 군데군데 속살이 드러나 있다. 한눈에 봐도 세월을 함께 건너온 물건이라는 느낌이 난다.

부채 가운데에는 절에서 흔히 볼 수 있는 단청 무늬가 곱게 그려져 있고, 오른쪽 아래에는 작은 찻주전자와 찻잔이 사뿐히 놓여있다. 부채 맨 위에는 큰 글씨로 '山風' 두 글자를 올려두었다. '山' 자는 마치 산 능선을 그대로 옮겨 놓은 듯한 상형의 모양으로, '風' 자는 실제 바람이 스쳐 지나가는 결을 따라간 듯 휘돌려 썼다. 부채를 한 번 부치면, 정말로 산 위에서 불어오는 바람이 방 안으로 스며드는 듯한 시원함이 떠오른다. 어린 시절 익숙한 동요 가사, '산 위에서 부는 바람 시원한 바람'이라는 구절도 자연스레 겹쳐진다.

편액과 판자에 새긴 글씨

스님은 수류산방에 거처할 때 출입문 위에 나무 편액을 하나 걸어 두었다. 그 위에는 '水流山房' 네 글자를 썼다. 그런데 이 글씨는 단순한 서예라기보다 작은 그림에 가깝다. '水' 자는 시냇물이 굽이쳐 흐르는 형상을 살려, 위는 넓고 아래로 내려갈수록 좁아지게 그렸다. 글자 한 획 한 획에 물줄기의 흐름이 살아있다. '流' 역시 물결이 흘러내리듯 자연스럽게 이어졌고, '山' 자는 본디 모양 그대로 뾰족한 산봉우리를 닮았다. '房' 자는 누군가 집 안 깊숙이 들어앉아 고요히 명상하는 모습을 품고 있는 듯 단정하게 자리 잡았다. 글자를 쓴 것이지만, 동시에 풍경 한 폭을 그려낸 셈이다.

또한, 스님은 나뭇결이 살아있는 판자 한쪽에는 '無, 所, 有' 세 글자를 힘 있게 적어두었다. 이는 스님이 평생 강조했던 '무소유'의 정신을 응축한 글이기도 하다. 판자 위의 글씨는 천천히 공들여 쓴 정자체가 아니라, 한번에 숨을 내쉬듯 빠르게 그은 붓놀림으로 이루어

선묵(禪墨), 붓끝에 미문 수행의 숨결

져 있다. 화면 전체에 기운이 살아있고, 스님의 카랑카랑한 음성이
함께 실려 나오는 듯하다.

　스님이 말한 무소유는 아무것도 갖지 말라는 뜻이 아니라, 불필
요한 것을 쥐고 살지 않는 삶의 태도였다. 그 판자 글씨는 일월암
흙집 창 위에 걸려 있었고, 오가는 이들에게 소리 없이 그 뜻을 전
해주었다.

공간, 비움으로 채워진 자리

비움으로써 온 세상을 차지하는 무소유의 방.

촛불 아래 영혼의 먼지를 씻으며 '지금 이 순간'의 눈부신 자유를 누리다.

스님이 처음 몸을 의탁했던 곳은 통영의 미래사였다. 그 뒤로 지리산 쌍계사 탑전, 가야산 해인사 퇴설당과 관음전, 양산 통도사 원통방, 서울 봉은사 다래헌, 송광사 불일암, 그리고 강원도 오두막에 이르기까지, 여러 도량을 옮겨 다니며 수행의 날들을 이어 갔다.

스님은 거처를 정할 때 무턱대고 머무르지 않았다. 조선 시대 실학자 이중환이 『택리지』에서 말한, 사람이 살 만한 터를 고를 때 필요한 네 가지 조건을 마음속 기준으로 삼았다. 그 기준에 가장 잘 들어맞았던 곳이 바로 불일암과 강원도 오두막이었다.

불일암과 오두막에는 스님 특유의 소박하면서도 단정한 공간들이 알맞게 갖추어졌다. 스님은 몸담아 사는 집은 단순한 숙소가 아니라 삶의 뿌리를 내리는 터전이기에, 반드시 자신의 방식대로 고쳐 써야 한다고 여겼다. 불일암 상량문에 남긴 글에서도 그 생각이 잘 드러난다. 밤마다 꿈에 휘둘리는 이가 아니라, 입에 혀가 없는 듯 말이 적고 고요한 이만이 머물 수 있는 곳으로 삼겠다는 뜻을 담았다. 그런 공간에서 스님은 홀로 머물며 수행하고, 조용히 즐기며 살았다.

스님은 자신이 사는 자리마다 이름을 붙였다. 수류산방(水流山房),

수류화개실(水流花開室), 산매정(山梅亭), 일월암(日月庵), 급월정(汲月井) 같은 이름들에는 물과 산, 꽃과 달, 우물 같은 자연의 정서가 배어 있다. 스님은 공간을 될 수 있는 대로 자연에 가깝게 꾸몄다. 그래서 그곳에서는 밤이면 별과 달이 방 안으로 스며들고, 낮이면 투명한 햇살이 들었으며, 바람 소리와 새소리, 물소리가 끊이지 않았다.

스님이 꿈꾸던 집

스님에게는 오래전부터 마음속에 그려온 집이 하나 있었다. 물 좋고 산 좋은 곳에, 흙과 나무와 풀과 돌, 그리고 종이로만 지은 집 한 칸을 짓고 사는 꿈이었다. 흙벽돌을 찍어 토담집을 짓고, 방 한 칸, 마루 한 칸, 부엌 한 칸이면 더 바랄 것이 없다고 했다.

지붕은 억새나 볏짚, 아니면 산죽으로 이고, 변소 같은 살림살이도 멀찍이 떨어진 곳에 흙집으로 따로 짓고 싶어 했다. 방에는 구들을 놓고 재래식 종이 장판을 깔며, 벽은 한지로 단정히 도배할 생각이었다. 마루는 넓은 들창을 내어 햇빛이 환히 들고, 바람과 달빛이 자유롭게 드나들게 하고자 했다.

천장은 높여 공기가 막히지 않게 하고, 방에노 큰 창을 달아 밝게 만들 계획이었다. 창 아래에는 조촐한 서탁 하나만 두고, 그 위에 문방사우와 몇 권의 책, 방석 한 장 정도만 놓으면 충분하다고 보았다. 벽에는 아무것도 걸지 않고, 아무 장식도 두지 않은 빈 벽 자체를 '정신이 머무는 공간'으로 삼고자 했다.

마루는 '우물 정(井)' 자 모양의 우물마루로 깔아 나무의 결과 마루

공간, 비움으로 채워진 자리

의 품격을 살리고, 마루 끝에는 나무 의자 하나를 두어 책을 읽거나 솔바람 소리를 듣고 싶어 했다. 부엌에는 아궁이에 장작을 지피는 아랫목을 두고, 부뚜막 위에는 작은 무쇠솥 하나를 걸어 둘 생각이었다. 부엌 한쪽에는 간단한 조리대를 마련하고, 대나무 홈대를 이어 시냇물 한 줄기가 부엌을 지나가도록 하면, 비바람이 치는 날에도 물을 길어 올 필요가 없으리라고 여겼다. 스님은 이런 집이 이생에 이루어질지, 아니면 다음 생에나 가능할지 알 수 없다고 말하면서도, 마음속에서는 늘 그 집에서의 삶을 그려보고는 했다.

불일암을 짓다

봉은사 다래헌에 머물던 시절, 스님은 다시 한번 새롭게 출가하는 마음으로 머무를 곳을 찾기 시작했다. 여러 토굴을 둘러보던 중 송광사 자정암(慈靜庵)에 올라섰을 때, 비로소 이곳이구나 하는 느낌이 들었다.

자정암은 고려 시대 자정국사가 창건한 암자였으나, 여순사건과 한국전쟁을 거치며 폐허가 된 채 방치되어 있었다. 옛 자정암 터는 지금의 불일암 자리보다 약 50미터 위쪽에 있었고, 법당 뒤편에는 자정국사를 기리는 '자정국사묘광지탑(慈靜國師妙光之塔)'이 서 있다. 그곳은 남향이라 햇볕이 잘 들고, 샘물 맛도 시원했다. 마침 매화가 한창 향기를 뿜고 있어, 스님의 마음을 단번에 사로잡았다.

자정암에는 한 스님이 1975년까지 머물다가 떠난 뒤 줄곧 사람이 끊겨 있었다. 때마침 스님에게는 샘터사에서 받은 원고료가 제법 모여있었다. 스님은 그 돈을 '불일암 불사'에 쓰기로 결심했다.

먼저 낡은 자정암 건물을 헐어냈다. 그 가운데 쓸 만한 목재와 기와를 골라 지금 식당으로 쓰이는 하사당을 지었다. 불일암 본채는 14평 남짓한 작은 한옥으로, 설계도 스님이 직접 그렸다.

암자의 중심인 입법당은 예불과 명상을 드리는 공간이자, 책을 읽고 글을 쓰는 서재이기도 했다. 그 곁에는 차를 올리고 손님을 맞는 작은 다실이 있고, 군불을 지펴 방을 덥히고 더운물을 쓸 수 있는 정재간이 이어졌다. 정재간 다락은 자연스레 작은 책 창고가 되었다.

불일암 상량문에는 스님의 각오가 또렷이 새겨져 있다. 꿈에 휘둘리며 살지 않는 이, 말이 번잡하지 않은 이만 이곳에 머물기를 바란다는 뜻, 수십 년 동안 비어 있던 자정암 터에 새로 집을 올려 이름을 불일암이라 고쳐 부르는 까닭, 그리고 흐리고 막막한 세상 속에서 이 작은 암자에 드나드는 납자들이 부처의 해를 더욱 환히 비추어주기를 바라는 소망이 담겨 있다.

스님은 이 집을 짓는 데 뜻과 힘을 보탠 모든 이웃이, 이 인연을 따라 함께 성불하기를 조용히 발원했다.

수류화개실

스님은 불일암의 작은 다실을 '수류화개실(水流花開室)'이라 불렀다. 그렇게 이름 붙이게 된 데에는 사연이 있다. 옛 자정암 터에 새로 암자를 지었을 때, 스님은 네 기둥에 달 주련의 글귀를 두고 오래 고민했다. 그 무렵 한 불화가가 스님의 권유로 중국 송나라 시인 황

공간, 비움으로 채워진 자리

산곡의 구절을 골라왔다.

"萬里靑天 雲起雨來 空山無人 水流花開"(구만리 푸른 하늘에 구름이 일고 비가 내린다. 빈 산에는 사람 그림자 하나 없는데, 물은 흐르고 꽃은 핀다) 짧은 글 안에 하늘과 구름, 비와 산, 사람, 물, 꽃이 다 들어있었다. 기운이 크고 활달한 내용이어서, 직선적인 스님의 성격과도 잘 맞았다. 운여 김광업 선생이 예서체로 그 글씨를 써서 보내주었으나, 스님은 끝내 기둥에 달지 않고 간직만 했다. 자그마한 암자에까지 주련을 드리우면 괜스레 호사스러워질 것 같았기 때문이다.

스님은 사람이 어느 곳, 어떤 형편에 살든 그 속에서 물이 흐르고 꽃이 피어나야 한다고 보았다. 그런 생각을 담아 불일암을 지을 때, 안쪽에 한 평 반 남짓한 조그만 골방을 다실로 마련했다. 공부하다 목이 마르면 그 방에 들어가 차를 마시기 위함이었다.

겨울 오후나 이른 봄, 다실에 앉아 있으면 서쪽 창으로 들어오는 햇빛이 무척 아늑하고 포근했다. 특히 겨울날 오후, 혼자 차를 마시며 다기를 만지작거릴 때면, 마음이 어느 때보다 넉넉하고 충만해진다고 했다. 손님이 찾아오면 스님은 늘 그 작은 다실에서 맞이했다. 그곳이 스님에게는 말 그대로 '물 흐르고 꽃 피는' 방이었다.

버려진 샘을 고쳐 쓰다

새로 옮긴 오두막은 시냇가 언덕에 자리 잡고 있었다. 낮밤을 가리지 않고 시냇물 흐르는 소리가 들려왔다. 처음 며칠 동안은 비까지 내려 물소리가 더 요란해 귀에 거슬렸다. 하지만 시간이 지나자

귀가 익었고, 어느 순간부터는 그 소리가 전혀 신경 쓰이지 않게 되었다.

스님은 시냇물 소리를 들으며 이것을 '세월이 흐르는 소리, 인생이 흘러가는 소리'라고 받아들였다. 그렇게 생각하니 시간에 대한 관념도 조금 달라졌다. 바람 소리는 어딘가 까칠하고 허전한데, 물소리는 촉촉하고 풍성했다. 끝없이 무엇인가를 씻어내는 듯한 느낌이 있었다.

암자 아래채에는 오래된 샘이 하나 있었다. 암자를 다시 지을 때부터 쓰지 않고 버려둔 샘이었다. 푸른 이끼가 잔뜩 끼어 있었고, 개구리들이 드나들 정도였다. 어느 날 스님이 손을 담가보니 물맛이 유난히 차고 시원했다. 샘물도 풍부하게 솟았다. 그제야 스님은 이 샘을 다시 살려 쓰기로 마음먹었다.

먼저 이끼를 걷어내고 둘레를 돌로 단단히 쌓았다. 그 위에 진흙을 바르자 제법 모양새를 갖춘 샘이 되었다. 그 샘은 아무리 가물어도 마르지 않고, 물 양도 줄지 않았다. 여름에는 손이 시릴 만큼 차고, 겨울에는 약간 미지근한 기운이 돌았다.

몇 해가 지나자 샘에 개구리가 다시 찾아오고, 가재들이 바닥 진흙을 뚫기 시작했다. 그러자 물이 새어 나갔다. 스님은 또다시 손을 봤다. 편백나무로 틀을 짜고 샘 바닥 틈을 시멘트로 막았다. 물이 다시 철철 넘쳤다. 샘 입구에는 통대나무를 잘라 끼워 물길을 정리하고, 틀을 받치는 네 기둥에는 연꽃무늬를 새겨 넣었다. 그렇게 손이 간 샘은 어느새 작은 예술품처럼 보였다. 스님은 마음속으로 조용히

공간, 비움으로 채워진 자리

빌었다. 이 샘물을 마시는 사람마다 갈증을 덜고, 넘치는 기운을 얻을 수 있기를 바란다고.

개울 얼음장에 숨구멍을 내다

밭일을 마친 스님은 늘 개울가에 가서 흙 묻은 손을 씻었다. 그리고 손으로 물을 떠 한 모금 마시면, 갈증이 가라앉고 몸 구석구석에 생기가 도는 느낌이 들었다. 우리 산천의 물맛은 세상 어디에서도 찾기 어렵다고 스님은 말했다. 오랫동안 해외여행을 하면서도 가장 아쉬운 것 중 하나가 이런 물맛을 다시는 볼 수 없다는 사실이었다.

겨울이 깊어지면 개울은 스무 센티미터 넘게 얼어붙었다. 물을 긷기 위해서는 먼저 밤새 쌓인 눈을 치워야 했다. 스님은 가래로 눈을 밀어내 길 하나를 냈다. 눈이 밀려난 자리에는 폭 오십 센티미터쯤 되는 좁은 길이 드러났다.

그다음엔 도끼를 들고 얼음을 깼다. 단단한 얼음장을 뚫자, 비밀을 감추고 있던 듯 흐르는 물과 맑은 물소리가 모습을 드러냈다. 그러나 기온이 영하 20도를 오르내리다 보니, 조금만 지나도 다시 얼어붙기 일쑤였다.

스님은 한참을 궁리하다가 개울 얼음 위아래로 숨구멍을 두 군데씩 뚫어두었다. 그러자 아무리 추워도 그 구멍만큼은 다시 얼지 않았다. 찬 겨울, 숨구멍을 통해 드러난 좁은 물줄기에서 스님은 '숨쉬는 개울'의 얼굴을 보듯 했다고 회상했다.

정랑 이야기

절에서는 예부터 변소를 '정랑(淨廊)'이라 불렀다. 통도사 극락암의 경봉 스님은 정랑을 두고, 근심과 걱정을 푸는 곳이라는 뜻에서 '해우소(解憂所)'라 부르기도 했다.

스님은 어느 해 정랑을 새로 짓느라 한동안 분주했다. 버팀목을 세우고, 기와를 다시 얹었다. 예전 정랑은 엉성하게 지어져 폭풍우가 몰아칠 때마다 심하게 흔들리고 한쪽으로 기울곤 했다. 쓰기에 여간 불편하지 않았다. 결국, 다시 지을 수밖에 없었다. 마침 큰 절에서 법당과 박물관 신축 공사가 한창이라, 따로 인부를 부르지 않아도 될 상황이었다.

처음에는 소박하게 짓겠다고 마음먹었지만, 큰절 스님이 넉넉한 규모로 짓기를 권해 그 말을 따랐다. 그러다 문득 '사는 일이란 게 얼마나 복잡한가' 하는 생각이 스쳐 갔다. 먹어야 사는 것처럼, 먹은 것을 내보내는 공간도 반드시 있어야 하기 때문이다.

큰 절 목수들이 자재를 나르고, 기와도 함께 얹어주었다. 그렇게 해서 거의 한 달 만에 정랑이 완성되었다. 새 정랑은 대숲 안에 아늑하게 자리 잡았다. 넉분에 암사에서 가장 운치 있는 공간이 되어버렸다. 스님은 일손 좋은 목수들이 지은 이 작은 건물이 '정랑 건축의 한 본보기'가 되겠다는 생각이 들 정도로 흡족했다. 정랑을 지으면서 스님은 이곳에 오가는 사람들을 떠올렸다. 저마다 세속의 걱정과 근심을 안고 들어왔다가, 이곳에서 마음까지 비우고 가볍게 산을 내려가기를 바라는 마음으로 축원을 올렸다.

공간, 비움으로 채워진 자리

스님은 가을이면 산길에 수북이 쌓인 가랑잎을 며칠 동안 긁어모아 정랑 옆에 쌓아두었다가, 다음 해 가을까지 조금씩 정랑 안으로 퍼 넣었다. 일을 마치고 나올 때는 늘 한 줌씩 뿌려, 뒷사람에게 폐가 되지 않도록 덮어주었다. 가랑잎과 배설물은 밭으로 들어가 곡식과 채소의 거름이 되었다. 스님은 옛사람들 사이에 "제 똥 3년만 먹지 않으면 죽는다"는 말이 전해 내려온다고 소개했다. 인간의 삶이 자연의 순환과 얼마나 긴밀히 맞물려 있는지를 상징적으로 보여주는 말이라고 여겼다.

어느 봄날, 한 지인이 불일암을 찾아왔다. 그는 정갈하고 단아한 정랑을 둘러보더니, 청소를 자청했다. 스님은 걸레 두 장을 건네주었다. 청소를 하던 중, 그가 그만 걸레 한 장을 정랑 밑바닥으로 떨어뜨리고 말았다. 스님은 긴 막대기를 가져와 떨어진 걸레를 꺼냈다. 그리고는 그 걸레를 샘터로 가져가 깨끗이 빨아 다시 쓸 수 있게 했다. 지인은 그 모습을 지켜보며, 문득 반야심경에 나오는 '불구부정(不垢不淨)'이라는 말을 떠올렸다. 모든 존재의 본질은 본래 더럽지도, 깨끗하지도 않다는 뜻이다. 스님은 그 가르침을 굳이 설명하지 않았지만, 행동으로 보여주고 있었다.

제자들의 불일암

스님이 불일암을 떠난 뒤, 암자는 제자들에게 맡겨졌다. 스님이 '신원보증인'이 되어 다섯 명이 출가했고, 그 제자들이 번갈아 도량을 가꾸며 수행을 이어갔다.

스님이 살던 시절과 달리, 불일암은 곳곳이 한결 편리하게 바뀌었다. 주방은 입식 구조로 고쳐져, 비바람을 맞으며 우물가에서 설거지하던 수고를 덜었다. 물도 더 이상 우물에서 길어 나를 필요가 없었다. 수도가 들어와, 꼭지만 틀면 맑은 샘물이 흘러나왔다.

겨울이면 추위를 무릅쓰고 공양하러 가야 했던 일도 옛말이 되었다. 난방이 잘 되어, 덜덜 떨며 밥을 먹지 않아도 되었다. 불일암으로 오르는 길도 손을 보았다. 예전에는 경사가 급해 숨을 헐떡이며 올라가야 했는데, 길을 대숲 안쪽으로 돌려 한결 편하게 오르내릴 수 있게 했다. 사립문도 새로 달았다. 또 암자로 오르는 길목에는 통나무로 쉼터를 만들어, 오르내리는 이들이 잠시 숨을 고를 수 있도록 했다. 그곳에는 나옹선사의 선시 한 구절도 적어놓았다. "청산은 나를 보고 말없이 살라 하고, 창공은 나를 보고 티 없이 살라 하네."

스님은 떠나기 전, 제자들에게 불일암의 수칙 다섯 가지를 적어 건네고, 그것을 벽에 붙여두고 생활 속에서 지킬 것을 당부했다. 가풍을 잇는다는 것은 곧 그 정신을 일상 속에서 되살리는 일임을 제자들이 몸으로 배우게 하려는 뜻이었다.

화전민이 살던 오두막

어느 부부가 오랜 미국 생활을 정리하고 귀국했다. 그들은 문명의 흔적이 최소한으로만 남아 있는, 거의 원시 상태에 가까운 곳을 찾고 있었다. 그렇게 해서 눈여겨보게 된 곳이 강원도 깊은 산중, 화전민이 살던 오두막이었다. 오두막은 오대산 월정천 상류에 자리하고

공간, 비움으로 채워진 자리

있었다. 앞에는 개울이 흐르고, 곁에는 범바위가 서 있었으며, 집 안에는 땔감과 아궁이가 갖추어져 있었다. 부부는 이곳에서 살기로 마음을 굳혔다.

여러 해가 지난 어느 봄날, 스님은 서울 법련사에서 법회를 마치자마자 길을 떠났다. 강원도 두메산골에 있는 그 오두막을 직접 보고 싶었던 것이다. 부부에게서 여러 차례 이야기를 들으며 머릿속으로만 그려보던 집을, 이번에는 눈으로 확인하고 싶었다. 봄날 긴 해가 기울고 땅거미가 내릴 즈음, 스님은 드디어 그 오두막에 도착했다. 집은 해발 700미터가 넘는 곳에 있었다. 전기도, 전화도, 어떤 통신 수단도 닿지 않는, 태곳적 풍경이 고스란히 남아 있는 자리였다.

스님은 오두막 주위를 천천히 한 바퀴 돌아보았다. 시냇물 소리와 계곡에서 불어오는 바람 소리가 살을 에듯 차갑게 스며들었다. 그런데도 그곳은 묘하게 포근한 기운을 품고 있었다. 스님은 마음속으로 이곳을 '부처님이 자신의 말년을 위해 미리 감추어 놓은 회향처'라고 여겼다.

그 자리에서 스님은 곧장 나뭇광에 있던 소나무 판자에 먹을 갈아 '수류산방(水流山房)'이라는 글씨를 썼다. 이 오두막이 서방정토와 다를 바 없는 곳이라는 확신이 들었기 때문이다.

밤이 깊자, 오두막 위로 별들이 영롱하게 빛났고, 소쩍새와 머슴새 울음이 번갈아가며 들려왔다. 스님은 그곳에서 하룻밤을 보내고 나니 머리가 맑게 개운해지는 것을 느꼈다. 이튿날 시냇가에 내려가 물을 떠 마셔보니 물맛 또한 깊고 달았다. 스님이 이 오두막을 찾을 때만 해도, 이곳이 사람이 지낼 만한 곳인지, 주변 환경은 어떤지 살펴보고 이틀쯤 머물다 돌아갈 생각뿐이었다. 그러나 막상 하룻밤을 자고 나니, 돌아간다는 생각은 사라지고 이곳에 그대로 눌러살고 싶다는 마음이 강하게 일어났다.

다음 날, 스님은 스무 리 떨어진 장터까지 걸어 내려가 톱과 도끼를 사왔다. 겨울을 나려면 땔감을 마련해야 했기 때문이다. 그렇게 해서 스님은 그 오두막에서 꼬박 열하루를 지냈다. 처음 며칠은 전기도 없어 어둡고 답답하게 느껴졌지만, 시간이 지나자 불편함은 자연스레 옅어졌다. 오히려 촛불이 주는 은은한 빛이 마음을 더 아늑하게 감싸준다고 느꼈다.

오두막에서 스님은 밤낮으로 시냇물 소리를 벗 삼았다. 그 소리는 영혼에 묻은 오래된 먼지를 한 겹씩 씻어내려 보내는 것 같았다. 스님은 이 열하루가 불일암에서 보낸 몇 해보다 더 신선하고 즐겁고, 진정 행복했다고 회상했다. 살 만큼 살다가 이 세상을 떠나야 할 때가 온다면, 바로 이런 오두막에서 조용히 다음 생으로 옮겨가고 싶다고 스님은 생각했다. 스님이 그곳을 떠날 무렵, 산에는 막 진달래가 피기 시작하고 있었다.

오두막에 살면서

스님이 새 거처로 정한 오두막은 거의 손대지 않은 자연 그대로의 상태였다. 인간이 인위적으로 꾸미지 않은, 자연의 혜택을 있는 그대로 누릴 수 있는 자리였다. 해발 700미터가 넘는 고지라 삼복더위

공간, 비움으로 채워진 자리

에도 더위를 크게 느끼지 못했다. 하루걸러 아궁이에 군불을 지펴야 했고, 밤에는 이불을 덮지 않으면 추울 정도였다. 모기와 파리 같은 곤충도 거의 보이지 않았다.

무엇보다 고마운 것은, 오두막 가까이에 맑은 개울이 흐르고 있다 는 점이었다. 언제든 나가 씻고 빨래를 할 수 있었다. 스님은 밤낮 으로 흐르는 물소리에 귀를 기울이고 있노라면, 마치 세월의 뒤뜰이 살짝 들여다보이는 것 같다고 느꼈다. 개울가 바위 끝에 앉아 있으 면, 눈에 보이지 않는 속 뜰에서 꽃이 피어나는 소리가 들려오는 듯 했다고 했다.

스님은 이 오두막이 어느 절 못지않게 조용하고 맑아서 좋았다고 말했다. 불일암에 있을 때와 달리, 이곳에서는 사람을 만날 일이 거 의 없었다. 그만큼 쓸데없는 말을 할 기회도 줄어들었고, 남을 의식 하며 신경을 쓰는 일도 적어졌다. 그 결과 삶은 더욱 활기를 띠었다.

또한 생활이 단순하고 간소해지자, 자연스레 '본질적인 삶'에 집중 할 수 있게 되었다. 스님은 오두막에서 지내는 동안, 무엇보다 자신 을 다시 만나고 되찾게 된 것을 가장 큰 고마움으로 여겼다. 지나온 과거와 아직 오지 않은 미래에 대한 짐을 내려놓고, 오직 '지금 이 순 간' 속에서만 사는 가벼운 자유를 맛보았다고 했다.

겨울이 오면 오두막 주변은 혹독할 만큼 추워졌다. 기온은 영하 20도를 오르내렸다. 지대가 높고 개울가라 찬 기운이 더 매서웠다. 대관령보다 기온이 4~5도는 더 낮았으니, 스님 표현대로라면 시베 리아가 따로 없었다.

얼음이 두껍게 언 개울에서 물을 길어오려면 도끼로 얼음을 깨야
했다. 얼음을 깨고 나면, 잠시 후 다시 얼어붙곤 했다. 숨을 내쉬면
코가 찡찡하게 얼어붙는 느낌이 들고, 눈도 얼얼해졌다. 그 정도로
추운 겨울이었다. 그럼에도 스님은 견딜 만하다고 했다. 이보다 훨
씬 추운 곳에서도 사람들이 살아가는 현실을 떠올리며, '추울 때는
마땅히 추워야 한다'고 생각했다. 계절에게 억지로 맞서기보다, 그
차가움을 있는 그대로 받아들이는 편을 택한 것이다.

오두막 둘레는 늘 고요했다. 가끔 골짜기에서 올빼미나 노루 우는
소리가 들려오고, 바람이 나뭇가지를 스치고 지나갈 뿐이었다. 밤에
등잔불을 켜고 벽에 기대앉아 등잔불을 바라보고 있노라면, 이 작고
초라한 공간이 자신에게 주어졌다는 사실이 새삼 고맙게 느껴졌다
고 했다. 그렇게 스님은 혼자서 조촐한 삶의 기쁨을 누렸다.

스님은 개울가에서 인간사를 배우고 익히는 때가 있다고 말했다.
산속 개울물은 웬만한 가뭄에도 쉽게 줄지 않는다. 물은 밤낮없이
흐르지만, 늘 그 자리에 있다. 겉으로 보기에는 늘 같은 물이 흐르는
것 같지만, 실은 한순간도 같은 물이 아니다. 매 순간 새로운 물이
흘러가고 있을 뿐이다.

스님은 우리의 삶도 그와 같다고 보았다. 겉으로는 비슷한 하루가
반복되는 것처럼 보일지라도, 실제로는 매 순간이 새로운 삶의 물줄
기라는 것이다. 그래서 사람 역시 개울물처럼, 순간순간을 새롭게
살아야 한다고 스님은 강조했다.

공간, 비움으로 채워진 자리

오두막 삶의 원칙

스님은 누구의 간섭도 받지 않고, 누구를 흉내 내지 않으며 자기 방식대로 살고자 했다. 그렇게 살기 위해서는 무엇보다 '투철한 개인 질서'가 먼저 서 있어야 한다고 보았다. 그 질서 안에는 게으르지 않으려는 태도, 검소함과 단순함, 그리고 이웃에게 피해를 주지 않으려는 마음이 자연스레 포함되어야 한다고 했다.

또한, 삶에는 리듬이 필요하다고 여겼다. 때로는 높이 솟아오를 줄도 알고, 때로는 깊이 가라앉을 줄도 알아야 한다는 것이다. 세상과 어울릴 때는 분명히 어울리되, 다시 자기 안으로 깊이 잠겨 들어가는 시간이 있어야 비로소 균형이 잡힌다고 보았다.

스님은 자신이 사는 오두막의 위치가 외부에 알려지지 않기를 간절히 바랐다. 만약 그곳이 사람들에게 알려져 삶의 보금자리가 번잡해지는 날이 오면, 그날로 짐을 싸서 보다 깊은 산속으로 옮길 결심까지 하고 있었다. 번거로운 관계에서 벗어나 홀로 있고 싶어 하는 사람에게는, 굳이 찾아가 간섭하지 않는 것이야말로 그를 진정으로 이해하고 도와주는 길이라고 생각했다.

오두막을 손보다

스님이 오두막에 몸을 기대고 산 지 어느덧 한 해가 지났다. 그는 자신을 받아준 산천의 은혜에 보답하고 싶었다. 백 리 떨어진 산림조합까지 내려가 4백 그루가 넘는 묘목을 사 와 오두막 둘레에 심었다. 그리고 나서 그동안 생활하며 불편을 느꼈던 구들장과 아궁이,

문지방 같은 곳들을 하나씩 손보고 고쳐 나갔다.

예전 아궁이는 무릎을 꿇고 엎드려서야 땔감을 넣을 수 있는 구조였다. 지대가 높아 바람도 거칠다 보니 불이 잘 달아오르지 않았고, 군불을 지필 때마다 연기가 방 안으로 들이쳐 눈물이 날 지경이었다. 처음 이 집을 지은 사람이 애초에 아궁이 방향을 잘못 잡아놓은 탓이었다. 스님은 아궁이를 바깥쪽으로 내고 굴뚝의 위치를 바꾸었다. 그러자 불길이 훨씬 잘 들었다.

문지방도 문제였다. 너무 낮게 달려 있어 방을 드나들 때마다 이마를 문지방에 부딪치는 일이 잦았다. 스님은 아예 문지방을 높여, 허리를 펴고 드나들 수 있도록 고쳤다.

또한, 오두막 뒤편 산매화나무 아래에 조그마한 정자를 세웠다. 재목이 남아 그 나무들로 원두막 하나를 더 지었고, 그 정자에 '산매정(山梅亭)'이라는 이름을 붙였다. 산매화가 피어있는 가지 아래에 자리한 정자라, 그 이름이 더없이 잘 어울렸다.

그동안 없던 정랑도 새로 만들었다. 전에는 변소가 없어 비 오는 날이면 우산을 쓰고 밭으로 내려가 구덩이를 파고 그 안에서 배설을 해결해야 했다. 눈이나 비가 많이 오는 날에는 여간 불편한 일이 아니었다. 스님은 개울가에서 막돌을 주워 쌓아 올리고, 위에는 굴피를 덮어 작은 뒷간을 지었다. 혼자서 모든 일을 하다 보니 공사는 한 달 가까이 걸렸다. 그러나 힘을 들여 그런 건물을 완성하고 나니, 불편은 줄고 마음은 오히려 더 흐뭇해졌다고 했다.

공간, 비움으로 채워진 자리

새롭게 단장한 오두막

스님이 처음 이 오두막에 왔을 때만 해도, 사람 없는 곳에서 한두 철 지내다 떠나려는 생각뿐이었다. 그러나 한두 계절이 훌쩍 지나 어느새 열두 해가 흘렀다. 스님은 거의 온 60대를 이 오두막에서 보냈다.

어느 순간, 이제는 이곳을 떠나야 할 때가 된 것이 아닌가 하는 생각이 들었다. 그래서 여기저기 새로운 거처를 살펴보며 다른 삶을 모색해 보기도 했다. 그러나 결국 생각을 거두었다. 마음을 새롭게 다잡고 다시 이 오두막에 마음을 붙이기로 한 것이다. 마음가짐이 새로워졌으니, 함께 살아갈 집도 새롭게 단장하고 싶어졌다.

먼저 주저앉은 마루를 걷어내고 새로 깔았다. 비가 새던 지붕 천장은 안에서 덧대어 보수했다. 온갖 곤충들이 들락거리던 바깥마루는 아예 뜯어내고 그 자리에 구들을 놓아, 더운 기운이 머무는 방으로 바꾸었다. 너무 낡아 손댈 수 없던 주방도 싹 뜯어내어 새로 꾸몄다. 개울에서 물을 길어 나르던 수고를 덜기 위해 집 안까지 물이 들어오도록 수도도 놓았다.

군불을 지필 때마다 연기가 새어 나오던 낡은 무쇠 난로 역시 치워 버리고 새 난로로 바꾸었다. 스님은 몸담아 사는 공간은 곧 삶의 터전이므로, 자기 방식과 생활에 맞게 고쳐 써야 한다고 강조했다. 그러면서도 한 가지를 잊지 않았다. 수행자가 머물다 떠난 빈자리에 언젠가 또 누군가 들어와 살게 될 것을 생각해, 그 후대의 거주자가 덜 불편하도록 공간을 정돈해 두는 것이 수행자의 참된 도리라 여겼다.

스님은 조선 시대 실학자 이중환의 『택리지』를 자주 인용했다. 사람이 살 만한 터를 고르는 데에는 네 가지 조건이 필요하다고 했다. 땅과 산과 강이 조화를 이루는 지리, 땅에서 나는 풍요로움, 정 많은 사람들로 이루어진 인심, 그리고 눈과 마음을 씻어주는 아름다운 산수. 이 네 가지 가운데 하나라도 빠지면, 그곳은 참으로 살기 좋은 장소라 부르기 어렵다고 스님은 거듭 되새겼다.

떠내려간 오두막 다리

스님은 오두막을 한동안 비워두었다가 돌아와 보면, 집이 마치 주인을 기다리느라 한껏 여위어 있는 듯한 느낌을 받곤 했다. 집 둘레를 한 바퀴 돌다 보면 노루와 토끼의 배설물이 여기저기 흩어져 있는데, 스님은 그 자국들을 보며 빈집을 지켜준 산속 이웃들이라 여겼다.

문을 열어 먼지를 털어내고, 아궁이에 불을 지펴 굴뚝에서 하얀 연기가 오르기 시작하면 그제야 집이 비로소 숨을 쉬는 듯했다. 스님에게 집이란 그 안에 사람이 살아야 비로소 빛을 발하는 공간이었다. 사람이 떠난 집은 혼이 빠져나간 육신처럼, 다만 자재를 엮어 만든 형해에 지나지 않는다고 보았다.

난로에 불을 지펴 마루방의 냉기를 몰아내고, 방 안에 훈훈한 온기가 돌기 시작하면 오두막은 제 역할을 되찾은 듯 조용히 반응했다. 스님은 사람이 집과 하나가 되어 아늑함과 편안함을 함께 누릴 때, 그 온기가 차 향기처럼 은근하게 번져 나간다고 느꼈다.

공간, 비움으로 채워진 자리

어느 해 태풍이 지나간 뒤, 개울물이 불어나 오두막으로 이어지던 다리가 떠내려갔다. 비가 그친 다음 날 아침, 스님은 개울가로 내려 갔다가 다리가 흔적도 없이 사라진 모습을 보고 순간 허망한 마음이 밀려왔다. 그제야 다리가 세상과 자신을 이어주고 있었다는 사실을 새삼 깨달았다.

개울물이 줄어들기 전까지는 산을 내려갈 길이 막혔다. 고립무원 의 처지가 어떤 것인지 몸으로 느끼게 되었다. 그동안 통나무 다리 를 오가면서도, 그것이 세상과 자신을 이어주는 통로라는 생각은 미 처 하지 못했다.

스님은 사람 사이에도 보이지 않는 다리가 놓여있다고 보았다. 이 웃과 이웃을 잇는 관계의 다리인데, 이 다리가 무너지면 삶의 활동 반경이 좁아질 뿐 아니라 마음에도 깊은 상처가 남는다. 이런 다리 는 누가 대신 놓아주는 것이 아니라, 결국 우리 스스로가 정성과 시 간으로 조금씩 놓아가는 것이라 여겼다.

꽁꽁 언 개울물

겨우내 영하 20도를 오르내리는 혹한이 이어지자, 스님이 사는 골 짜기는 두터운 빙하처럼 굳어버렸다. 개울 얼음 아래를 흐르던 물소 리도 어느 순간 완전히 멎었다. 산중에 들어와 살면서 처음 겪어보 는 일이었다. 물소리가 사라지자, 마치 세상 전체가 움직임을 멈춘 듯 고요해졌다.

연말까지만 해도 스님은 도끼로 얼음을 깨고 물을 길어 쓸 수 있었다. 하지만 새해가 시작되면서는 얼음 밑을 흐르던 물마저 모두 얼어붙었다. 아무리 도끼로 얼음장을 두들겨 깨도, 드러나는 것은 마른 개울 바닥뿐이었다. 눈답게 넉넉하게 쌓이는 눈이 내리지 않으니 물줄기마저 숨을 죽인 것이다.

물 없이 지낼 수는 없었다. 스님은 얼어붙은 얼음을 깨서 대야에 담아 녹여 쓰기 시작했다. 그러자 오두막에서의 겨우살이는 편안하게 머무는 '안거'라기보다, 어려움을 견디는 '난거'에 가까운 시간이 되었다.

어느 날은 차를 한 잔 마시고 싶어, 얼음을 녹인 물로 차를 우려 마셔보았다. 예상했던 대로 차 맛은 평소처럼 깊게 우러나지 않았다. 그 경험을 통해 스님은 한겨울 산중에서 물 한 방울이 얼마나 귀하고 소중한지, 몸으로 배웠다고 했다.

오두막 한겨울 풍경을 담은 사진 한 장이 남아 있다. 흰 눈이 수북이 쌓인 개울가, 꽁꽁 언 얼음 위에 놋쇠 대야 하나가 놓여있고, 그 옆에는 물을 뜨는 바가지가 나란히 놓여있다. 눈으로 덮인 개울 얼음에는 위아래로 큼직한 구멍이 두 개 뚫려 있다. 옆에는 도끼 한 자루가 칼날을 얼음 속으로 파묻은 채 서 있고, 그 곁에는 사람 발자국이 남아 있다. 그 장면은 추위 속에서 짐승들이 마실 물을 마련해주려고, 스님이 개울 얼음을 깨던 흔적을 고스란히 보여준다.

물 흐르는 수류산방

수류산방 법당을 찍은 사진을 보면, 그 안은 한없이 단정하고 고

공간, 비움으로 채워진 자리

요하다. 작은 탁자 위에 모셔진 것은 오직 한 분의 부처님뿐이다. 화강암으로 조각된 듯한 단정한 불상 하나가 자리를 지키고 있다. 법당 오른편 벽에는 작은 등잔 하나가 달려 있어, 밤이면 그 불빛이 방안을 조용히 밝힌다. 왼편에는 작은 창이 나 있어 그 틈으로 햇빛과 달빛이 번갈아 스며든다. 법당 한가운데에는 방석 한 장이 놓여있고, 그 위에 죽비가 고요히 누워있다.

스님은 이런 간소한 공간에서 가장 큰 충만함을 느꼈다. 저녁이 되어 등을 벽에 기대고 앉으면, 세월이 고개를 넘나드는 흐름이 온몸으로 느껴지는 것 같다고 했다.

수류산방 안에는 작은 다실도 하나 마련되어 있었다. 스님은 새로 단장한 다실로 지인들을 초대하고 싶어, 직접 붓을 들어 초대장을 썼다. 그 편지에는 이런 마음이 담겨 있었다. 맑게 갠 날씨가 마치 가을처럼 상쾌하니, 이런 좋은 날 아침에 차관에 물을 올려 다실 문을 열 테니, 부디 와서 고요하고 맑은 빛과 향기, 그리고 그 맛을 함께 누렸으면 좋겠다는 초대였다.

오두막 다실을 찍은 사진을 보면, 문은 전통 창호로 되어있어 햇살이 부드럽게 스며든다. 문 위에는 볕을 조절할 수 있는 발을 달아 빛의 농도를 조절하게 했다. 다실 바닥 한가운데에는 차를 즐길 수 있도록 다구가 가지런히 놓여있고, 그 앞에는 갈색 방석 하나가 자리하고 있다. 구석에는 작은 나무판을 놓고 그 위에 화병을 올려두었는데, 화병 속에는 붉은 장미 한 송이가 꽂혀 있다. 벽에는 스님이 붓으로 쓴 선시가 붙어있다. 붉은 화선지 가운데 크게 '茗禪(명선)'이라 쓰고, 그 여백에는 차를 예찬하는 글을 적어두었다.

스님은 그 글에서 산골에서 사는 재미가 무엇이냐고 묻는 이들에게, 얼음장 밑으로 흐르는 개울물을 길어와 차를 달여 마시는 그 재미 하나만으로도 충분히 살만하다는 마음을 담아 전하고 있었다.

흙집, 일월암

강원도 산골에서 혹독한 겨울이 계속되면 개울이 바닥까지 얼어붙어, 더는 물을 길을 수가 없었다. 스님은 궁리 끝에 물이 있는 산자락 아래로 내려가 보기로 했다. 그곳에 조그만 집을 지을 만한 터가 하나 있었다. 스님이 그 터를 집터로 택한 이유는 뒤쪽에 오래된 샘이 있었기 때문이다. 흙더미에 반쯤 묻혀 있던 샘을 파내자 맑은 샘물이 솟아올랐다. 물맛도 시원했고, 수량도 넉넉했다. 이곳이라면 한겨울 강추위에도 물 걱정 없이 지낼 수 있겠다는 안도감이 들었다.

스님은 그 자리에 흙집을 짓고, 해와 달과 함께 살고자 하는 마음을 담아 이름을 '일월암(日月庵)'이라 지었다. 수류산방은 그 흙집보다 훨씬 높은 곳에 자리 잡고 있었다. 겨울이면 그 위쪽 개울은 완전히 얼어붙어 일상생활이 쉽지 않았다. 그래서 스님은 긴 겨울을 나기 위해 흙집으로 내려와 지내곤 했다. 흙집 둘레에는 키 큰 소나무와 전나무가 빽빽이 둘러서 있어 산속 오두막답게 고즈넉한 분위기를 풍겼다. 흙집은 어딘가 소로가 살았던 월든 호숫가 오두막을 떠올리게 했다.

스님은 흙집을 짓던 이야기를 곧잘 들려주었다. 흙집은 귀틀집 구조로 지었다. 통나무를 층층이 쌓고 틈마다 진흙을 바르며 틈새를 막았다. 좌우로 창을 내고 정면에는 들창을 달았다. 천장은 서까래를 들어내고 높게 올려 숨이 탁 트이도록 했다. 지붕에는 너와를 얹어 산집다운 멋을 살렸다.

오두막에서 살던 동안 산바람의 세찬 기세 때문에 군불을 지피는 일이 늘 고역이었다. 스님은 이번만은 제대로 된 아궁이와 구들을 놓겠다고 마음먹었다. 방이 완성되자 처음으로 아궁이에 불을 지폈다. 불길이 소리를 내며 빨려 들어갔고, 굴뚝으로는 뜨거운 연기가 힘차게 치솟았다. 굴뚝 위에는 기왓장을 얹어 올려놓았다. 굴뚝 열기가 그대로 새어나가지 않도록 막아 방 안의 보온력을 높이기 위함이었다.

방은 시멘트를 전혀 쓰지 않고 돌과 찰흙만으로 다져 만들었다. 그렇게 해두면 사나흘 동안 군불을 더 지피지 않아도 방 안의 온기가 오래도록 그대로 남아 추운 겨울에 무척 요긴했다. 흙방 안에는 도배를 했다. 우선 연기가 새어 나오는 틈을 잡기 위해 초배 전에 질긴 닥종이를 잘라 벽과 바닥 사이사이에 붙였다. 그 위에 벽과 천장은 한지로 바르고, 바닥은 전통 장판으로 마감했다.

이렇게 새로 꾸민 빈방 한가운데 방석 한 장을 깔고 앉아 있으니, 스님은 마치 새로 출가해 막 중이 된 듯한 기분이 든다고 했다. 장판 바닥은 매끈하지 않고 군데군데 울퉁불퉁했지만, 스님은 그런 질박하고 수수한 바닥이 더 좋았다. 그 바닥을 손바닥으로 쓰다듬고 있으면 밖에서 휘몰아치는 매서운 바람 소리도 한결 부드럽게 들리는 듯했다.

스님은 방 안에 방석과 등잔 하나 외에는 아무것도 두지 않았다. 출입문은 전통 창호로 짜서 달고, 문 위에 '日月庵'이라고 쓴 현판을 걸었다. 낡은 판자에 갑골문자를 본떠 해(日)와 달(月)을 그리고, 그 뒤에 집(庵)의 모양을 더해 이름을 새겼다.

흙집 창문은 여닫이문으로 만들고, 창 위에는 '無所有'라 쓴 나무판을 달았다. 집 앞에는 조촐한 석등을 하나 세웠다. 출입문 위쪽 서까래 근처에는 쟁반처럼 둥근 운판(雲版)을 매달았다. 정랑은 흙집과는 한참 떨어진 곳에 따로 지었다. 기와를 겹겹이 쌓아 지붕을 얹고, 출입구는 폭을 좁히고 안쪽을 깊게 만들었다. 그곳에 들어설 때면 저절로 몸가짐이 경건해지는, 말 그대로 몸과 마음을 깨끗이 비우는 의식을 치르는 공간이 되었다.

달을 길어 올리는 샘

스님이 일월암에 들며 특히 아꼈던 것은 작은 우물이었다. 우물 바닥 아래에서는 차갑고 맑은 샘물이 끊임없이 솟아올랐다. 처음 이곳에는 샘만 있었다. 스님은 샘 위에 홈을 깊게 판 두꺼운 돌을 올려 놓아 작은 우물을 만들었다. 우물가에는 손에 쥐기 좋은 조그만 표주박을 두었다. 샘물을 떠서 한 모금 마시면, 정신이 샘물처럼 또렷하게 맑아지는 느낌이 들었다.

우물 옆에는 오지로 만든 물병도 함께 두었다. 샘물을 길어 그 물병에 담아 두고 수시로 마셨다. 개울물을 뜨러 내려가는 일보다 샘으로 향하는 길이 훨씬 정겹게 느껴졌다. 샘터로 가는 오솔길에는 솔가리가 수북이 쌓여 있어, 그 위를 걸으면 마치 촉촉한 카펫 위를 맨발로 밟는 듯한 감촉이 전해졌다.

스님은 이 샘에서 물을 기를 때마다 고려 시대 이규보의 시가 떠올랐다고 했다. 산중에 사는 스님이 달빛에 취해, 달빛까지 함께 물병에 담아온 줄 알았더니 막상 방에 들어와 병을 기울여 보니 달은 이미 사라져버렸다는 내용이다.

어느 날, 스님은 밤이 깊도록 책을 읽다가 출출해져 차를 한 잔 달여 마시고 싶어졌다. 미리 길어 놓은 물도 있었지만, 차 맛은 새로 길은 물에 더 잘 살아나는 법이라 생각해 일부러 우물로 내려갔다. 마침 그날은 둥근 달이 떠 있는 밤이었다. 우물 안에는 둥근달이 고요히 들어와 앉아 있었다. 스님은 표주박으로 물을 뜨며, 달까지 함께 길어 올리는 기분을 맛보았다.

방으로 돌아와 물병을 기울여 샘물을 끓이려 하니, 아까 함께 떠온 듯했던 달은 이미 어디론가 새어 나가고 없었다. 그 순간, 이규보의 시가 겹쳐지며 웃음이 났다. 스님은 그 경험을 떠올리며, 이 작은 샘을 '달을 길어 올리는 우물'이라는 뜻으로 '급월정(汲月井)'이라 이름 붙였다.

오두막 편지

한 수행자가 두 칸짜리 흙집을 짓고 있다는 소식을 들었을 때, 스님은 그에게 '오두막 편지'를 한 통 써 보냈다. 그 집이 단순한 거처를 넘어, 진정한 수행자의 집이 되기를 바라는 마음에서였다. 편지에는 몇 가지 당부가 담겨 있었다.

첫째, 전기를 끌어들이지 말라는 당부였다. 전기가 들어오면 그와 함께 온갖 문명이 따라 들어오고, 결국 마음의 산란이 시작된다고 보았다. 전화도 마찬가지였다. 굳이 필요하지 않으니 두지 않는 편이 좋다고 했다.

둘째, 수도 역시 집 안으로 들이지 말라고 했다. 수도를 넣는 순간, 먹고 마시는 일과 사람의 드나듦이 자연스럽게 늘어나게 마련이다. 물은 밖에서 긷고, 집 안에서는 오직 차만 마시는 생활을 하라고 권했다. 찻잔도 세 개면 충분하다고 덧붙였다.

셋째, 새로 지은 거처의 이름을 '서전(西殿)'이라 하라고 했다. 서전이라는 이름에는 서쪽에서 온 부처님과 조사들의 청정한 생활규범, 곧 '서래가풍(西來家風)'을 잇겠다는 뜻이 담겨 있었다. 그리고 그 집에는 여성의 출입을 삼가도록 했다.

넷째, 생활의 리듬에 대한 당부도 있었다. 새벽 세 시에 일어나고, 밤 열 시 이전에는 눕지 말 것. 새벽 예불은 반드시 올릴 것. 스님은 이런 약속을 지킨다면 우리는 같은 한 부처님의 제자로 서게 되지만, 그렇지 못하면 마음길이 십만팔천 리는 멀어지고 말 것이라고 적었다.

편지의 끝에서는 이렇게 정리했다. 입안에는 말이 적고, 마음속에는 일거리와 걱정이 적고, 뱃속에는 밥이 적어야 한다는 것. 이 세 가지가 수행자의 몸가짐이자, 오두막에서의 생활 원칙이라 했다.

통영 미래사에서 강원도 오두막까지

스님은 어느 겨울, 오두막 난로 굴뚝 모서리에 둥지를 틀고 사는 박새를 바라보다가 문득 자신이 지나온 보금자리들을 떠올렸다. 스님이 출가한 이유는 흔히 말하는 것과 달랐다. 세상의 무상함을 통찰해서도 아니고, 중생 구제를 결심해서도 아니었으며, 생사 문제를 반드시 해결하겠다는 발심 때문도 아니었다. 그보다는 "나대로, 내 식대로 살고 싶어서" 출가했다고 회상했다.

처음 출가해 찾아간 곳은 통영 미래사였다. 그곳에는 효봉 선사가 머물고 있었다. 스님은 그 아래서 행자 생활을 시작했다. 행자는 다섯 가지 계를 받고 사미승이 되기 전, 기초적인 수련 기간에 있는 사람을 이른다. 암자는 작아, 법당과 요사채, 정랑을 합쳐도 채 세 채 남짓이었다. 육지에서 미래사로 가려면 당시에는 해저 터널을 지나야 했다. 암자 뒤에는 미륵산이 우뚝 서 있고, 둘레는 편백숲이 울창했다. 멀리 바다도 내려다보였다.

장마철이면 안개가 낮게 깔리고 비가 자주 내려, 아궁이에 고인 빗물을 퍼내는 일이 일상이었다. 스님은 그 시기를 '늘 배고프고 고생스럽던 시절'로 기억했다. 아침에는 죽 한 그릇, 저녁에는 식은 밥 한 숟갈이면 끝이었다. 우물가에서 삶은 국수를 행구다가 몇 가닥 흘리면, 그마저 주워 먹던 일이 오래도록 잊히지 않는다고 했다. 기운이 늘 부족해 코피를 쏟았고, 정랑에 다녀오다가 힘이 빠져 기어서 나온 일도 있었다.

그때 스님의 소임은 나무를 해 아궁이에 불을 지피는 일이었다.

312

일이 고되고 잠이 모자라, 딱딱한 목침만 베고 누워도 금세 깊은 잠에 빠져들었다. 시간이 흘러 일상이 안일해졌다고 느껴질 때면, 스님은 문득 삭발을 했던 미래사를 다시 찾아가곤 했다. 그곳에 서면 처음 출가했던 날의 간절함이 새로 돋아, 스스로의 마음을 비춰볼 수 있었다.

그 시절 도반들 가운데 절반은 이미 세상을 떠났다. 남은 한 사람도 얼마 전 입적했다. 그는 지리산 쌍계사 뒤편에 토굴을 짓고 15년 동안 좌선하며 살았다. 신자들의 도움을 받지 않으려 고사리를 꺾어 팔아 그 수입으로 살았고, 낡은 누더기를 걸친 채 좌선하다가 조용히 생을 마감했다.

미래사 다음에 스님이 스승을 모시고 지낸 곳은 지리산 하동 쌍계사 탑전이었다. 그곳에서는 섬진강 건너 백운산이 멀리 바라보였다. 탑전은 늘 죽비 소리가 울리던 선방이었다. 스님은 그곳에서 맑고 투명한 '풋중 시절'을 묵묵히 보냈다고 했다. 한겨울에는 맨밥에 간장만으로 연명하면서도, 마음 한편에는 '선열(禪悅)의 기쁨'이 충만했다고 회상했다.

그다음 거처는 합천 가야산 해인사 퇴실당 신원이었다. 팔만대장경이 모셔진 장경각 담장 바로 밖, 그 인근이었다. 해인사에서는 무려 열두 해를 살았다. 스님은 그 시기를 두고 "수행자로서 잔뼈가 굵은 시절"이었다고 말하곤 했다. 아침저녁 예불을 마칠 때마다 장경각에 올라가 대장경 앞에서 절하며 기도했다.

해인사에서 운허 스님을 만난 것이 삶의 큰 전환점이 되었다. 그

　　　　　　　　　공간, 비움으로 채워진 자리

전까지만 해도 산에서 산으로 떠돌며 수행하던 '운수승(雲水僧)'이었는데, 그때부터는 원고지 앞에 앉아 글을 쓰는 일을 맡게 된 것이다. 이후 양산 통도사 원통방에서 『불교사전』 편찬 작업을 도왔다. 그 무렵에는 신문을 보고 라디오를 들으며 세상 소식도 접하기 시작했다. 4·19혁명이 일어나던 때였다. 자연스레 사회와 역사에 대한 관심이 자라났다.

서울 안국동 선학원은 스님에게 남다른 인연이 있는 곳이었다. 처음 출가해 머리를 깎고 승복을 입었던 절이기 때문이다. 불교사전 편찬 작업도 이곳에서 이어 갔다. 그즈음 5·16 군사 쿠데타가 일어났다. 절 마당에서 한 노스님이 유탄을 맞고 쓰러지는 장면을 눈앞에서 보기도 했다. 그런 격변의 한가운데서 불교사전은 마침내 세상에 나왔다.

사전 편찬이 끝난 뒤 스님은 옛 보금자리인 해인사 관음전으로 돌아왔다. 앞산 풍경이 시원스레 내려다보이는 방에 머물며 그 방을 '소소산방(笑笑山房)'이라 불렀다. 그 무렵 동국대학교에 대장경을 번역하는 역경원이 설립되었고, 운허 스님이 초대 원장을 맡았다. 스님은 그의 권유로 역경원 일에 참여했다. 그때 거처는 서울 봉은사였다. 대장경 판전 아래의 작은 별당 한 채가 배정되었다. 스님은 '별당'이라는 이름이 마음에 들지 않아 그곳을 '다래헌(茶來軒)'이라 고치고 편액을 걸었다. 그곳에서 비로소 차 맛을 제대로 알게 되었기 때문이다.

다래헌에서 보낸 여섯 해는 스님 표현대로라면 '독이 밴 세월'이었다. 군사 독재에 맞선 민주화 운동에 참여하면서 제도권 불교의 현실에도 깊은 회의를 느끼게 되었기 때문이다. 그다음 스님이 옮겨간 곳은 조계산 송광사였다. 산중에 비어 있는 암자 터를 하나 골라 작은 집을 짓고 '불일암(佛日庵)'이라 이름 지었다. 처음 발심했을 때의 마음으로 돌아가 다시 수도 생활을 바로 세우고자 했던 것이다. 이후 스님은 그곳에서 15년 넘게 철저히 혼자 살아갔다.

하지만 세월이 흐르자 그곳에도 조금씩 생기가 엷어졌다. 사람들이 불쑥불쑥 찾아오고, 조용함이 깨졌다. 스님은 자신만의 삶을 다시 시작해야겠다고 결심하고, 정들었던 불일암을 미련 없이 떠났다. 그리고 강원도 깊은 산골, 옛날 화전민이 살던 오두막에 새 보금자리를 틀었다. 그곳이 바로 스님의 마지막 거처, 강원도 오두막이었다.

공간, 비움으로 채워진 자리

음식, 몸과 마음을 빚는 한 끼

자연의 맛으로 몸과 마음을 빚는 청빈한 식탁.

비워둘수록 넉넉해지는 맑은 절제 속에서 생명의 소중한 공덕을 맛보다.

스님은 무엇을 먹느냐가 곧 자신을 빚어낸다고 보았다. 입안에 들어가는 음식 한 조각 한 조각이 몸의 세포를 키우고, 육체적인 건강은 물론 사고방식과 성격, 삶의 태도까지 빚어낸다고 했다. 나쁜 음식과 나쁜 술, 나쁜 공기는 말할 것도 없이 '나쁜 피'를 만들고, 나쁜 피는 결국 나쁜 세포, 나쁜 몸, 나쁜 생각으로 이어진다고 보았다. 반대로 좋은 음식과 맑은 공기는 '좋은 피'를 만들고, 좋은 피는 건강한 몸과 맑은 생각을 만든다고 했다.

그래서 음식은 단순히 배를 채우는 것을 넘어, 먹는 이의 체질과 성격, 인품에까지 깊게 스며드는 요소라고 강조했다. 초식동물과 육식동물의 생태만 보더라도, 육식을 즐기는 사람과 채식을 즐기는 사람의 성격과 행동 양식이 확연히 다르다는 점을 예로 들었다.

스님 자신은 음식을 매우 간단하게 먹었다. 동시에, 음식만 좋다고 해서 건강이 유지되는 것은 아니라고 했다. 강인한 정신력, 투철한 삶의 질서, 알맞은 운동, 적당한 휴식, 자연과의 친화가 함께 어우러질 때 비로소 '건강한 삶'이 이루어진다고 보았다.

먹이는 간단명료하게

불일암 부엌에는 "먹이는 간단명료하게"라는 글귀가 붙어있었다. 말 그대로 반찬은 세 가지 이상 올리지 않았다. 산중에서 살며 스님이 정한 식생활 원칙은 '아침은 부드럽게, 점심은 제대로, 저녁은 가볍게'였다.

제명대로 살고 싶다면 검소하게 먹고, 과식과 과음을 피해야 한다고 늘 말했다. 그러면서 '침묵의 성자'로 불린 바바 하리 다스의 말을 인용하곤 했다. 육체와 자신을 동일시하는 사람은 육체와 함께 죽지만, 영혼을 자기 자신으로 삼는 사람은 영원히 산다는 이야기였다.

스님은 30년 넘게 채식 위주로 살아왔다. 그럼에도 생활에 전혀 지장이 없고 건강도 정상이라고 했다. 아침 식단은 대개 빵 한 쪽에 차 한 잔, 여건이 되면 바나나와 요구르트가 곁들여졌다. 아침을 마친 뒤에는 점심과 저녁에 먹을 쌀을 미리 물에 불려 두었다. 외출이 길어져 늦게 들어오는 날에는 햇반으로 한 끼를 해결하기도 했다.

겨울철에는 하루 두 끼만 먹고 오후에는 먹지 않았다. 목이 마르면 생수나 차로 대신했다. 불교 수행자들이 예로부터 '오후 불식'을 지켜온 이유가 여기에 있다. 오후에 먹지 않으면 마음이 한가해지고, 뱃속도 한가로워진다고 했다. 산중에서 세 끼를 꼬박 차려 먹는 것은 번거롭기도 하거니와, 어딘가 탐욕스러운 일처럼 느껴진다고 말하곤 했다. 그러면서 옛사람의 가르침을 즐겨 되새겼다. 입안에는 말이 적고, 마음에는 일이 적고, 뱃속에는 밥이 적어야 한다는 말이었다.

음식, 몸과 마음을 빚는 한 끼

흰 쌀과 흰 설탕을 멀리하다

스님은 건강을 지키려면 무엇보다 '올바른 식사'가 중요하다고 했다. 여기서 말하는 올바른 식사는 기름지고 호사스러운 밥상이 아니라, 가공되지 않은 자연식에 가까운 '합리적인 식사'였다. 부드럽고 달콤한 맛에 길든 혀를, 마음과 몸의 건강을 위해 다시 오염되지 않은 자연의 맛으로 돌려야 한다고 했다. 마음의 안정, 즐겁고 명랑한 생활에도 먹는 음식이 깊게 관여한다. 먹고 마시는 것들이 피가 되어 신경 조직을 유지하기 때문에, 음식은 정신 건강에도 직접적인 영향을 미친다고 보았다.

어느 날 스님은 자연식에 관한 책을 읽고, 식생활을 본격적으로 바꾸기로 결심했다. 가장 먼저 내친 것은 흰 설탕이었다. 흰 설탕은 칼슘의 가장 큰 적이라고 판단했다. 채식 위주의 식단으로 이미 칼슘이 부족할 수 있는 상황에서, 설탕 때문에 그마저 빼앗겨서는 안 되겠다고 본 것이다.

그다음은 흰 쌀이었다. 남아 있는 것만 먹고, 새로는 사지 않기로 했다. 대신 시장에서 조, 수수, 보리, 콩, 현미를 사 와 잡곡밥을 짓기 시작했다. 부드럽고 흰 쌀밥에 길들여진 입맛으로는 거친 잡곡밥이 쉽게 받아들여지지 않을 것 같았지만, 스님은 단호히 결단을 내렸다.

잡곡밥은 많은 양을 먹을 필요가 없었다. 흰 쌀밥의 절반만 먹어도 충분히 포만감이 왔다. 그렇게 식생활을 바꾸고 나니, 밖에서 가끔 먹는 흰 쌀밥은 오히려 싱겁고 허전하게 느껴졌다. 먹은 지 얼마

되지 않아 금세 허기가 밀려왔다. 예전에는 끼니때가 되면 늘 축 늘어지고 기운이 빠졌지만, 이제는 한 끼쯤 거른다고 해서 쉽게 허기지지 않았다. 몸이 달라지고 있음을 스스로 느낄 수 있었다.

가장 맛있는 음식, 국수

봄부터 여름, 그리고 초가을까지 스님의 저녁 식탁에는 거의 늘 국수가 올랐다. 처음에는 표고버섯과 양배추로 조채를 만들어 비벼 먹었다. 하지만 이내 그마저 번거롭게 느껴져, 간장만 살짝 뿌리고 김치 한 접시를 곁들여 먹었다. 스님은 오히려 곁들이는 재료가 적을수록 국수 본연의 맛이 살아난다고 여겼다.

스님이 꼽는 '가장 맛있는 국수'는 이런 국수였다. 알맞게 삶은 국수를 우물가로 들고 나가, 샘물에 몇 번이고 헹군 뒤 바로 그 자리에서 손으로 집어 먹는 국수. 그 한 젓가락에 산골 샘물의 차가움과 국수의 탄력이 함께 어우러진다고 했다.

그에 반해 가장 맛없는 국수는 고속도로 휴게소에서 파는 국수였다. 정성이라고는 전혀 들어있지 않은 채, 한참 불어터진 면발을 서서 후루룩 들이키고 있노라면, 괜스레 자존심이 상한다는 것이었디.

국수를 삶아 잔디밭에 돗자리를 펴고 앉아 먹고 있으면, 저만치서 다람쥐 한 마리가 스님의 식사를 빤히 바라보곤 했다. 혼자만 먹는 듯해 미안한 마음이 들어, 스님은 헌식대 위에 콩을 한 줌 올려놓아 다람쥐가 먹도록 했다.

우리나라 사찰에서는 예부터 국수를 즐겨 먹는다. 절에서는 국수

음식, 몸과 마음을 빚는 한 끼

를 '승소(僧笑)'라고 부르는데, '국수 공양이 있다 하면 스님들이 좋아
서 웃는다'는 뜻이 담겨 있다. 스님에게 국수는 그저 한 끼 음식이 아
니라, 검소하고도 풍요로운 산중 삶의 상징 같은 음식이었다.

수녀님이 구워준 빵

스님은 산에 들어온 뒤로 아침을 빵으로 대신하기 시작했다. 전국
곳곳의 식빵은 거의 다 맛보았다고 할 만큼 오래, 자주 빵을 들었다.
그 시작에는 한 수녀님이 있었다. 산에 들어온 첫해 가을, 아는 수녀
님이 암자를 찾으면서 빵을 한 봉지 들고 올라왔다. 수녀님은 그 빵
에 마가린을 바르고 프라이팬에 구워 내주었다. 스님은 그날 처음
맛본 따끈한 구운 빵의 맛을 도저히 잊을 수 없었다.

수녀님이 산을 내려간 뒤, 남은 빵을 모두 꺼내 혼자 구워 먹었다.
한번에 여섯 쪽이나 먹었을 정도로 그 맛이 좋았다. 그때부터 스님
은 본격적으로 빵을 즐겨 먹었다. 처음엔 네 조각을, 그다음엔 세 조
각, 나중에는 두 조각으로 줄여가며 아침밥 대신 삼았다. 그러나 그
렇게 오래 즐기던 빵이 어느 순간부터인가 더는 입에 당기지 않았
다. 입이 돌아선 것이다. 그 뒤로 누가 빵을 가져오면 더 이상 자신
이 먹지 않고, 큰절로 내려보냈다.

파도 소리가 담긴 물미역

스님이 특히 좋아하던 음식 가운데 하나는 물미역이었다. 식사 시
간이 되면 부엌으로 들어가 먼저 밥을 안쳐놓고, 옆에서 물미역을

정갈히 씻어 초고추장에 찍어 맨입으로 한 접시씩 비웠다. 물미역을 씹다 보면 산중에 앉아 있으면서도 바다의 갯내와 파도 부딪히는 소리, 머리 위를 맴도는 갈매기 울음까지 함께 들려오는 듯했다. 멀리 수평선이 눈앞에 펼쳐지는 것 같아, 당장이라도 바닷가로 달려가고 싶은 마음이 일곤 했다.

스님은 물미역은 음력 정초 무렵에 먹어야 가장 부드럽고 단맛이 난다고 여겼다. 넓은 잎도 좋았지만, 오돌오돌한 식감을 가진 줄기 쪽이 더 별미라고 했다. 맛있게 먹으려면 절대 끓는 물에 데치지 말고, 생미역에 소금을 살짝 뿌린 뒤 찬물에 씻어 먹어야 한다고 했다. 그래야 특유의 꼬들꼬들한 맛이 살아난다. 겨울 안거가 끝나면 스님은 바닷가가 가까운 절을 일부러 찾아 내려가 물미역을 들곤 했다.

연하고 단 나주 배

과일 가운데서 스님이 가장 즐겨 들던 것은 배였다. 한겨울에 먹는 배는 그야말로 별미라고 했다. 특히 나주에서 나는 배를 으뜸으로 쳤다. 겉모습은 울퉁불퉁하고 못생겼지만, 속살은 연하고 달며 한입 베어 물면 속이 시원해지는 느낌이 들어 그 맛을 남달리 아꼈다.

배 맛을 알게 된 것은 봉은사 다래헌에 머물던 시절이었다. 근처에 배밭이 있었는데, 도반 스님 중 배를 유난히 좋아하는 이가 있었다. 그 스님은 배 한 접을 사다 놓고 수시로 껍질을 벗겨 먹곤 했다. 그 모습을 지켜보며 함께 나눠 먹다가 스님도 배의 맛을 제대로 알게 되었다.

음식, 몸과 마음을 빚는 한 끼

스님이 배를 좋아한다는 이야기가 퍼지자, 초겨울이 되면 아는 스님이 나주 배 한 상자를 사서 불일암으로 보내오곤 했다. 어린아이 머리만큼 큰 배라 혼자 들기에도 버거웠다. 스님은 그 배를 혼자 먹지 않고, 손님이 오면 함께 깎아 나누어 먹었다. 한동안 그렇게 잘 들던 배가, 어느 순간부터는 신기하게도 먹고 싶지 않게 되었다. 그때부터는 배가 들어오면 어김없이 큰절로 내려보냈다.

대신 사과를 먹기 시작했다. 예전에는 사과를 먹고 나면 목구멍이 간질거리고 속이 메스꺼워 도통 먹을 수가 없었다. 나중에서야 그것이 '사과 알레르기'라는 사실을 알게 되었다. 피아니스트 백건우 씨가 불일암에 들렀을 때 사과 이야기를 하다가, 자신도 똑같은 증상이 있다며 알려준 것이다. 그 뒤로는 이상하게도 알레르기 증상이 사라져, 스님도 사과를 편안하게, 그리고 맛있게 먹을 수 있게 되었다.

감자와 고구마

강원도 오두막에 살면서 스님은 감자를 자주 먹었다. 갓 캐낸 햇감자는 껍질이 잘 벗겨져 다루기도 쉬웠다. 그것을 쪄서 으깬 뒤 묽은 된장국과 함께 비벼 먹으면, 아무리 먹어도 쉽게 물리지 않았다. 스님은 고속도로 휴게소에서 파는 무성의한 음식보다, 직접 캔 감자를 이렇게 먹는 편이 훨씬 깨끗하고 맛도 깊다고 여겼다.

고구마는 어느 해 크게 실패를 맛보았다. 가을에 밭에서 고구마를 캐 보니, 줄기만 무성했지 정작 먹을 수 있는 덩이뿌리가 거의 나오지 않았다. 말 그대로 흉작이었다. 전해에는 고구마가 아주 잘 돼서 난로 위에 올려 구워 먹는 재미가 쏠쏠했는데, 그해에는 비가 잦고 날씨가 습해 농사가 도무지 따라주지 않았다.

스님은 작황이 좋았던 전해를 기억하며, 이번에는 욕심을 내어 비료를 많이 뿌렸다. 그랬더니 고구마는 땅속이 아니라 줄기와 잎만 무성해졌다. 고구마는 오히려 메마른 땅에서 더 잘 자란다는 사실을, 스님은 그해 농사를 통해 몸소 배웠다.

한 번은 캐어 올린 고구마 하나를 그대로 두었더니 그 자리에서 싹이 텄다. 스님은 그 고구마를 물컵에 담아두었다. 얼마 지나지 않아 새싹이 올라오고 잎이 하나둘 피어나, 어느덧 서른 장 가까이 되었다. 스님은 싹이 무성하게 난 고구마를 창가에 올려두고, 오가는 길에 두런두런 말을 건넸다. 고구마는 그저 묵묵히 푸른 잎을 흔들며 스님의 말을 받아들였다. 스님은 살아있는 생물에게 말을 건네다 보면, 그 생물의 마음도 열리지만 결국은 자기 마음이 먼저 부드럽게 열린다는 사실을 알고 있었다.

채소 기우기

스님은 개울가 비옥한 땅에 손바닥만 한 채전을 마련해 모종을 사다 심었다. 감자는 세 두둑, 케일 한 두둑, 가지와 고추, 토마토, 오이, 상추도 각각 한 두둑씩, 호박은 다섯 포기를 들였다. 채소를 가꾸다 보면 먹는 즐거움보다 기르는 재미가 더 컸다. 옛사람들이 "채소는 사람 발자국 소리를 듣고 자란다"라고 했듯, 자주 둘러보고 손을 보살펴줘야 비로소 잘 자란다는 것을 몸으로 느꼈다.

음식, 몸과 마음을 빚는 한 끼

주위에서는 검은 비닐을 씌우면 잡초도 덜 나고 태양열도 더 받아 손쉽게 키울 수 있다고 권했다. 그러나 스님은 그 방식을 따르지 않았다. 비닐을 덮어두면 흙이 제 마음대로 숨도 쉬지 못하고 햇볕도 온전히 받지 못할 것 같아 답답했기 때문이다. 흙의 은덕으로 살아가면서 흙을 짓누르고 학대하는 일은 하고 싶지 않다고 여겼다.

은혜가 막중한 김치

김치는 한국인 밥상에서 빼놓을 수 없는 반찬이다. 다른 음식은 없어도 큰 불편을 못 느끼지만, 김치는 그렇지 않았다. 스님은 그것을 단지 입맛의 문제만이 아니라, 오래도록 길들여진 식성과 우리 몸의 세포 일부가 이미 김치의 성분으로 이루어져 있기 때문이라고 보았다.

두메산골에서 먹는 김치는 누구의 손에서 왔든 은혜가 각별했다. 스님은 김치를 직접 담그지 못했기에, 밖에 나갔다가 돌아오는 길에 일부러 김치를 구해 왔다. 그것도 만만한 일이 아니었다. 너댓 시간 차를 타고 실어 와야 했고, 산 아래에 도착해서는 배낭에 다시 지고 가파른 산길을 한참 올라야 했다. 한여름이면 그 과정에서 김치가 상해버릴까, 마음을 졸여야 했다.

비 오는 날, 스님은 따뜻한 방 안에서 빗소리를 들으며 잠시 마음을 가다듬었다. 그러곤 개울가로 나가 돌로 눌러두었던 김치통을 서둘러 집 안으로 들였다. 장맛비에 개울물이 불어나면 자칫 김치통이 통째로 떠내려갈 수도 있었기 때문이다. 스님은 산중에서의 김치를

'금(金)치'라고 불렀다. 될 수 있는 한 남의 시은(施恩)을 덜 지고 살자고 늘 다짐하면서도, 김치 한 포기를 얻어먹는 일에는 고마움이 깊었다.

어느 날 점심 공양을 위해 밥을 지어놓고 김치를 꺼내러 개울가로 내려갔다가, 그 '금치'가 온전히 사라져버린 것을 알게 되었다. 전날 밤 내린 비로 개울물이 갑자기 불어나, 플라스틱 김치통이 물살을 이기지 못하고 떠내려간 것이다. 서울에서 내려올 때 법련사 공양주 보살이 정성껏 담아준 김치였다. 두세 번 꺼내 먹고는 그대로 물길에 보내고 만 셈이었다. 스님은 며칠 동안 김치 없이 밥을 먹으며, 그 짠맛이 주는 기쁨보다 '이 좋은 음식을 잃어버렸다'는 짠한 마음이 더 깊이 남았다고 회상했다.

산뜻한 맛의 배추·무 김치

암자 주변에는 손바닥만 한 밭이 있었다. 스님은 그곳에 겨울 먹을 김치를 담그기 위해 배추와 무를 심었다. 김장독은 먼 순천장에서 일부러 사 온 것이었다. 정성껏 가꾼 배추와 무를 여러 독에 나누어 담갔다. 겨우내 혼자 먹기에는 두어 독이면 충분했지만, 애써 키운 채소가 아까워 결국 있는 대로 다 김장김치로 담가버렸다.

김치가 남아돌자 산 너머 농막까지 김치를 나르기도 했다. 이웃에게 나눠주며 '김장 계산을 잘못했다'는 것을 뒤늦게 깨달았다. 이후로는 채소밭 규모를 조금씩 줄였다. 배추 한 두둑 반, 무 반 두둑, 갓 반 두둑 정도만 심어 겨울용, 봄철용 김치를 독 하나씩 담가 땅에 묻

음식, 몸과 마음을 빚는 한 끼

어두고 먹었다.

스님은 음식이 사람의 몸과 마음에 미치는 영향을 늘 강조했다. 먹는 것이 신체적 활동뿐 아니라 정신 작용에도 깊이 관여하기에, 무엇을 입에 넣느냐가 매우 중요하다고 했다. 요즘 젊은이들이 육류를 많이 먹고 난 뒤 가만히 있지 못하고 들썩이는 것도, 짐승의 고기를 먹었으니 그것을 삭이려 몸이 펄펄 뛰지 않을 수 없다는 식으로 풀어 설명했다. 배추와 무는 사람을 안정된 상태로 이끄는 반면, 육류는 좌불안석의 마음을 만든다고 보았다.

그래서 스님은 젊은 세대가 배추·무 김치의 산뜻한 맛, 갓김치와 고들빼기의 쌉싸래하고 독특한 맛을 알지 못하고 살아가는 것을 누구보다 안타까워했다.

냉수 두 잔

스님은 아침 예불을 마친 뒤 반드시 냉수 두 잔을 들이켰다. 빈속에 마시는 찬물은 마른 목을 축여줄 뿐 아니라, 밤새 잠들어 있던 정신까지 맑게 깨워 주었다. 스님이 말한 자신의 건강 비결은 의외로 단순했다. '냉수를 많이 마시는 것, 그리고 많이 걷는 것.'

비워진 위에 가볍게 물만 채운 상태, 곧 출출한 공복감이 있을 때 정신은 가장 투명하고 평온하다고 여겼다. 물을 끓여 마시는 것은 이미 죽은 물을 마시는 것과 같으니 되도록 생수를 마시는 것이 좋다고 했다. 커피를 비롯한 온갖 음료수는 살아있는 물이 아니므로 건강에 도움이 되지 않는다고 보고, 목이 마를 때는 무엇보다 우선

생수를 찾으라고 거듭 권했다.

깊은 맛의 '무말랭이'

스님은 겨울 내내 먹을 반찬을 장만하기 위해 오두막 윗목에 종이를 깔고 잘게 썬 무를 넣어 말렸다. 낮이면 햇볕이 포근하게 드는 자리였다. 수많은 찬거리 중에서도 스님이 가장 즐겨 먹던 것은 바로 이 무말랭이였다. 장에 나가면 무를 배낭 가득 사 들고 돌아와 개울물에 깨끗이 씻고 물기를 말린 뒤, 난롯가에 앉아 도마 위에서 또각또각 썰었다. 그 써는 소리가 스님 귀에는 산중에서 잔치가 벌어지는 소리처럼 흥겹게 들렸다.

잘 말린 무는 바구니에 담아 두었다가 필요할 때마다 조금씩 꺼내 단지에 채워 넣고 진간장을 부어 두었다. 간장이 골고루 배도록 주걱으로 몇 번이고 뒤적여준 뒤, 먹을 만큼 덜어낼 때 고춧가루와 참기름, 깨소금을 조금씩 더했다. 무말랭이는 천천히 오래 씹을수록 깊고 그윽한 맛이 우러나왔다. 스님은 "나처럼 성격이 급한 사람도 이 무말랭이를 먹을 때만큼은 절로 천천히 씹게 된다"고 하곤 했다.

아이스케키와 호박죽

스님은 시내에 나갈 일이 있으면 아이스케키를 즐겨 사 먹었다. 이가 시릴 정도로 차가운 그 맛을 좋아했다. 특히 '바밤바'를 유난히 즐겼는데, 막대 아이스케키를 한 번에 다섯 개나 사 먹을 만큼 좋아하던 시절도 있었다.

음식, 몸과 마음을 빛는 한 끼

성철 스님의 법어집을 출간하러 서울에 올라갔을 때는, 한 방에 묵던 스님과 약속처럼 밤마다 샤워를 마치고 나와 아이스케키를 꼭 한 개씩 사 먹었다. 탕에서 먼저 나온 사람이 늘 먼저 아이스케키를 사 들고 들어오는 게 둘만의 작은 규칙이었다.

그러나 그렇게 애정하던 아이스케키도 어느 때부터인가 입에 잘 당기지 않았다. 어느 날 광주를 다녀오는 차 안에서 오랜만에 아이스케키 하나를 사 먹었는데, 먹는 동안 기침이 끊이질 않았다. 그 뒤로는 아이스케키를 손에 쥘 일이 자연스레 줄어들었다. 스님은 "기침이 나를 아이스케키에서 떼어놓았다"고 웃으며 이야기했다.

한편으로 스님은 호박죽도 무척이나 좋아했다. 한 번 끓일 때 넉넉히 한 냄비를 쑤어 두었다가 아침저녁으로 데워 먹었다. 호박죽 한 그릇을 데워 먹고 설거지까지 마치는 데 걸리는 시간은 고작 10분 남짓이었다. 먹는 일을 간단하게 해결할 수 있는, 수행자에게 아주 고마운 음식이었다. 스님은 먹는 일에 너무 많은 시간과 힘을 쏟는 것은 수행자에게 사치와도 같다며, 그만큼의 정성과 시간을 차라리 더 보람 있는 일에 쓰고 싶다고 말했다.

독성을 먹는 '육식'

스님은 육식을 즐기는 사람은 단지 고기의 맛만 먹는 것이 아니라, 그 짐승이 살아오며 쌓인 온갖 '업'까지도 함께 삼키는 것이라고 보았다. 그 동물이 지닌 습관과 체질, 병뿐 아니라 비정한 사육 과정에서 겪은 고통과 분노, 죽어갈 때의 원한까지도 함께 먹게 된다는 뜻이었다.

　어느 날 스님은『육식, 건강을 망치고 세상을 망친다』라는 책을 읽고 인간의 끝없는 잔인성에 몸서리를 쳤다고 했다. 그 책에서는 양계장과 돼지·소 사육장에서 벌어지는 각종 비인간적인 행태들이 적나라하게 드러나 있었다. 스님은 살아있는 생명을 괴롭히거나 죽이는 일은 많은 악덕 가운데서도 가장 큰 악덕이라고 단호히 말했다. 식물이 사람에게 충분히 먹거리를 내어주는데 굳이 짐승을 죽일 이유는 없으며, 짐승을 잡아먹는 일은 농사 방법을 모르던 옛 수렵시대의 유산에 불과하다고 여겼다.

　스님은 또 미국 환경운동가 제러미 리프킨의 책『쇠고기를 넘어서』를 읽으며 깊은 공감을 느꼈다. 그 책에서는 개인의 건강, 지구 생태계, 굶주리는 사람들, 동물 학대의 문제를 모두 아우르며, 육류 위주 식습관이 가능한 한 빨리 바뀌어야 한다고 강조하고 있었다. 소와 돼지, 닭 같은 가축들이 지구에서 생산되는 곡물의 3분의 1을 먹어치우고, 미국에서는 생산 곡물의 70퍼센트 이상이 가축의 사료로 쓰인다는 사실도 언급되어 있었다.

　초식동물인 소가 풀 대신 곡식을 먹게 된 것은 지극히 현대적인 일이다. 미국에서 쇠고기 1파운드를 얻는 데 약 16파운드의 곡식이 필요하다는 계산도 나온다. 스님은 곡식으로 키운 고기 위주의 식생활을 만들어낸 이 산업 구조가, 한정된 지구자원을 낭비하고 파괴하는 길이라고 보았다. 그래서 육식을 좋아해서는 안 된다고, 육식은 소화되는 동안에도, 소화된 이후에도 수많은 부작용을 일으킨다고 강조했다.

그러나 스님이 보기에 단순한 부작용보다 더 큰 문제는 그 속에 스며 있는 '독성'이었다. 전문가들의 연구에 따르면, 동물은 도살 직전과 죽어가는 동안 극심한 공포와 고통 속에서 생화학적 변화를 겪어 몸 안에 유독성 물질을 만들어내고, 그 독성이 온몸으로 퍼져 살코기까지 스며든다고 한다. 다시 말해 도살된 동물의 살에는 유독한 피와 노폐물이 가득 차 있다는 것이다.

스님은 이런 연구 결과를 따로 들추어보지 않더라도, 실제로 육류를 많이 먹을수록 병원을 더 자주 찾는 현실만 봐도 육식이 몸에 이롭지 않다는 사실은 분명하다고 말했다. 장수를 연구하는 전문가들 또한 입을 모아 권하는 것은 고기가 아니라, 과일과 채소, 그리고 정제하지 않은 곡류라고 덧붙였다.

동물성 인간과 식물성 인간

일반적으로 육식동물은 사납고 거칠고, 초식동물은 온순하고 유순하다. 스님은 사람을 대할 때도 이 점을 떠올리곤 했다. 그래서 처음 만나는 이들을 속으로 '식물성 인간'인지, 아니면 '동물성 인간'인지 가늠해보았다. 맑고 투명한 사람과는 곁을 나누고 싶었지만, 마음이 흐리고 불투명한 사람과는 가능하면 거리를 두고 싶었기 때문이다.

스님에게는 잊히지 않는 한 장면이 있다. 사회적으로 덕망도 높고 인품 역시 훌륭하다고 소문난 한 어른을 가까이서 모실 기회가 있었다. 그런데 어느 날, 같은 자리에서 식사를 하게 되었는데 그 어른이 음식점에서 갈비를 게걸스럽게 뜯어먹는 모습을 보게 되었다. 그 순간 스님은 섬뜩한 느낌을 지울 수 없었다고 했다. 그 일을 계기로, 그분을 더는 가까이하고 싶지 않은 마음이 생겼다고 털어놓았다.

스님은 머지않은 미래에 다가올 식량난과 지구자원의 고갈, 환경 파괴 문제, 그리고 인간의 심성을 부드럽게 다스리기 위해서라도 육식 위주의 식생활은 반드시 바뀌어야 한다고 보았다. 살아있는 모든 생명을 존중하지 않는다면, 인간의 마음은 점점 더 포악해질 수밖에 없다고 생각했다.

스님은 채식을 하는 사람들의 기운은 대체로 온화해서 쉽게 사납지 않다고 했다. 그러나 펄쩍펄쩍 뛰어다니는 짐승의 고기를 즐겨 먹는 사람은, 그 짐승들처럼 몸과 기운이 들떠서 가만히 앉아 있지 못한다고 여겼다. 고기를 먹고 난 뒤에 솟구치는 힘을 제대로 다스리지 못하니, 결국 언행이 거칠어지고 포악해지기 쉽다는 것이다. 스님은 이런 까닭으로 육식은 몸만 해치는 것이 아니라, 영혼까지 조금씩 망가뜨린다고 말했다.

음식, 몸과 마음을 빚는 한 끼

생활소품, 소소한 물건에 깃든 수행

손때 묻은 물건마다 깃든 수행의 정신과 정성.

깎고 다듬는 노동으로 관념을 씻어내며

비울수록 충만해지는 삶의 이치를 배운다.

한겨울 산에 눈이 내리면 스님은 털모자를 뒤집어쓰고 산속을 이리저리 걸어 다녔다. 암자에 가만히 앉아 있기에는 몸도 마음도 너무 답답했기 때문이다. 털모자가 땀에 젖을 만큼 산길을 오르내리다가 암자로 돌아와 아궁이에 장작불을 지폈다. 활활 타오르는 불꽃 앞에 앉아 옷을 말리다 보면, 가슴속에서 묘한 생기가 치밀어 오르곤 했다. 스님은 그럴 때면 어김없이 무언가 하나 만들어보고 싶다는 충동이 강하게 일어난다고 했다.

작은 연장통에서 톱과 망치, 자귀를 꺼냈다. 장작더미에서 알맞은 나무를 골라 자르고 깎고 다듬었다. 골짜기 안으로 '딱, 딱' 도마질과 망치 소리가 울려 퍼졌다. 그렇게 해서 의자와 식탁, 경상과 서안, 침상, 손때 묻은 목욕통, 죽비, 약통, 도마, 차 수저, 흙화로, 아궁이 재를 긁어내는 고무래 같은 생활 도구들이 하나둘 태어났다. 스님은 또 산과 개울에서 주워 온 돌과 나뭇조각에도 좋은 글귀를 적어두었다. 눈이 닿을 때마다 마음과 몸이 다시 깨어나도록, 스스로에게 보내는 작은 경책이었다.

목수가 됐을지도

스님은 만약 출가하지 않고 평범한 직업을 가졌더라면, 아마도 청소차 운전사나 가구를 만드는 목수가 되었을 거라고 했다. 거리에 쌓인 쓰레기를 아무 말 없이 치워가는 청소부들을 대하고 있으면, 절이나 교회에서 행해지는 어떤 의식보다 훨씬 더 신선하고 건강하며, 깊이 거룩하게 느껴졌다고 회상했다.

연장을 들고 일상에서 쓰일 물건을 만들다 보면 잡념이 끼어들 틈이 없고, 마음이 한곳에 모였다. 밑그림도 없이 톱질하고 대패질하면서 나무가 하나의 형태를 갖춰가는 과정을 지켜보는 일은 그 자체로 즐겁고 기쁜 일이었다. 스님은 "하는 일에 재미가 있어야 순간순간 사는 일이 즐겁고, 그때 비로소 삶이 충만해진다"라고 말하곤 했다.

투박하고 서툴지만, 자기 손으로 만든 도구와 가구를 매일 쓰다 보면, 손에 잡을 때마다 잔잔한 기쁨이 우러나왔다. 서투른 만큼 정이 배고, 볼수록 귀한 물건이 되어갔다.

어느 날은 양지바른 곳에 앉아 부엌 아궁이의 재를 긁어내는 고무래를 새로 만들었다. 이전에 쓰던 것이 부서져 더는 쓸 수 없었기 때문이다. 읍내 제재소에서 땔감으로 늘여온 피죽 판자를 가져다가 톱과 도끼만으로 뚝딱거려 모양을 잡았다. 새로 만든 고무래로 아궁이 속 재를 밀어내자, 속이 훤히 들여다보일 만큼 말끔해졌다. 그 순간 스님은 말로 표현하기 어려운 기쁨과 흡족함을 느꼈다고 했다.

또 어떤 날에는 헛간 한편에 굴러다니던 밤나무 판자를 가져다가 대패질을 했다. 표면을 곱게 다듬고 널빤지를 켜서 폭이 좁은 서안

하나를 만들었다. 스님이 암자를 떠난 뒤에도 그 서안은 제자들이 책을 읽고 글을 쓰는 데 오래도록 요긴하게 쓰었다.

스님은 작은 칼로 대나무를 깎아 차 수저를 만들기도 했다. 좌선이 잘되지 않고, 책을 읽거나 글을 쓰는 마음도 나지 않을 때, 연장을 꺼내 무엇인가를 조용히 만들었다. 그러는 동안에는 순수하게 한 가지 일에 몰두할 수 있었고, 마음이 저절로 무심해졌다. 스님은 '이것을 만들어 누구에게 주어야지.' 하는 마음으로 손을 놀리다 보면, 혼자 만들고 있으면서도 마치 둘이 함께 만드는 것처럼 느껴진다고 했다. 그 속에 자연스레 사랑과 정성이 배어들기 때문이었다.

소유에 당하지 말아야

스님이 무소유를 거듭 강조한 까닭은 역설적으로 자신에게 욕심이 많다는 사실을 너무 잘 알고 있었기 때문이라고 털어놓았다. 오두막에서의 소박한 살림살이조차 자세히 들여다보면 결코 적지 않았다. 다기도 서너 벌이나 되었고, 읽을 책도 쉰 권이 넘었으며, 생활 도구 또한 이것저것 제법 많았다.

그래서 스님은 누구보다 먼저 스스로에게 "무소유"를 외치며 경계했다. 소유란 한편으로는 분명 편리함을 가져다주지만, 다른 한편으로는 소유한 것에게 오히려 '소유당하는' 측면도 있다고 보았다. 가진 것이 많을수록 집착이 커지고, 마음의 여백은 줄어든다.

사람이 살아가는 데 꼭 필요한 것은 갖추어야 하지만, 꼭 필요치 않다면 차라리 갖지 않는 편이 낫다고 했다. 많이 가질수록 의식이

분산되고 혼탁해지기 쉽기 때문이다. 가진 것이 적을수록 마음이 가벼워지고, 한결 편안해진다고 여겼다.

스님은 세상 모든 것은 잠시 맡아 쓰고 있을 뿐이라고 했다. 사람이 살아있을 때 사람 구실을 하는 것처럼, 물건도 그 물건을 사랑하고 아끼는 사람이 있을 때 비로소 제빛을 낸다. 그러나 주인이 세상을 떠나면 물건들도 어느새 힘을 잃고 빛이 바래기 쉽다. 살아있을 때는 선물이라 하면 기쁘게 받아들이지만, 주인이 떠난 뒤엔 같은 물건이라도 쉽게 손이 가지 않는 법이다. 그래서 스님은 자신이 가진 물건을 언젠가 남에게 줄 바에는, 살아있는 동안에 나누어야겠다고 마음먹었다. 정말 그 물건을 좋아하고 아껴줄 사람이 있다면, 그에게 기꺼이 건네고 싶다고 했다.

빠삐용 의자

스님이 산에 들어와 가장 먼저 만든 가구는 식탁이었다. 방 안에서 밥을 먹자니 발우를 자꾸 들고 나갔다 들어왔다 해야 해서, 차라리 부엌 한쪽에 자그마한 식탁을 하나 놓는 편이 훨씬 낫겠다고 생각한 것이다. 여기저기 흩어져 있던 판자 조각들을 모아 잇고 이어 작은 상을 만들었다.

의자는 땔감으로 쌓아두었던 참나무 장작을 깎아 만들었다. 장작을 세워 다듬고 허리를 파고 앉을 수 있도록 모양을 내니, 투박하지만 앉을 만한 의자가 되었다. 스님은 그 조촐한 식탁과 장작 의자에 처음 앉아 밥을 들다가, 문득 영화 〈빠삐용〉의 장면이 떠올랐다고 했다. 그래서 의자에 '빠삐용 의자'라는 별명을 붙였다.

스님은 그 의자에 "먹이는 간단명료하게"라는 글귀를 써넣었다. 스님은 음식을 늘 '밥'이나 '식사'가 아니라 스스로를 낮추어 '먹이'라고 불렀다. 짐승에게 쓰는 말이지만, 일부러 자신에게도 그렇게 적용했다. 먹는 일에 과도한 의미를 부여하지 않겠다는 일종의 다짐이었다.

이 한 줄의 글은 곧 부엌의 규범이 되었다. 스님은 복잡하고 화려한 상차림을 거부했다. 반찬 가지 수를 늘리고 맛을 꾸미는 일에 시간과 정성을 쏟기보다는, 삶의 더 본질적인 데 마음을 쓰고 싶었다. 음식을 간단명료하게 먹는다고 해서 영양에 큰 문제가 생기지 않는다는 것도 이미 몸으로 알고 있었다. 지리산 시절, 그는 반찬 없이 소금과 간장만으로 하루 한 끼를 해결하며 지낸 적도 있었다. 그런 경험 덕분에, 검소한 식사가 결코 자신을 망치지 않으리라는 확신이 있었다.

삭발 기념 거울

불일암 부엌문 옆 기둥에는 자그마한 거울 하나가 걸려 있다. 가로 22센티미터, 세로 40센티미터 남짓한 크기다. 거울을 떼어 뒤를 돌려보면 붓글씨로 이렇게 적혀 있다. "72년 7월 13일 손수 삭발 기념"

스님은 일상 가운데 가장 상쾌한 순간을 묻는 이들에게 늘, 머리를 깎고 목욕을 마친 뒤라고 답하곤 했다. 승가에서는 한 달에 두 번, 삭발과 목욕을 하도록 정해져 있다. 세간의 속담에는 "중이 제 머리를 못 깎는다"라는 말이 있지만, 스님은 이 말을 두고 실제와는 다르다며 빙긋 웃었다. 산중에서 사는 출가자들은 대부분 스스로 머리를 깎는다.

언젠가 스님의 삭발을 거들어주던 스님이 병원에 입원하게 되었다. 그 일을 계기로 스님은 혼자 삭발을 시도해 보기로 했다. 거울 앞에 앉아 조심스럽게 면도기를 들었다. 한 올 한 올 살펴며 정성껏 밀어내니, 어디 하나 베인 데 없이 머리가 말끔히 깎였다. 그 순간 스님은 새로 출가한 사람처럼 개운하고 가벼운 마음이 들었다고 회상했다. 흐트러짐 없는 모습으로 부처님께 인사드리고 싶어, 곧바로 가사를 걸치고 법당으로 올라가 예불을 올렸다.

이튿날 스님은 '자발 삭발'을 기념하고 싶어 서울 동대문시장의 유리 가게에서 거울 하나를 사 왔다. 그 거울 뒤에 날짜를 적어두고, 그날을 스스로 기념일 삼았다. 그 이후로 스님은 남의 손을 빌리지 않고 평생 자신의 머리를 직접 깎았다. 기분이 좋을 때도 삭발을 했고, 기분이 꺼끌할 때도 삭발을 했다. 머리가 새로 밀릴 때마다 다시 태어나는 듯한 상쾌함이 찾아온다고 했다.

삭발에는 또 다른 기억도 얽혀 있다. 출가 전, 친구와 함께 목포 근처 바닷가의 축성암을 찾았을 때의 일이다. 절에는 스님이 없고, 가사와 장삼만 걸려 있었다. 호기심이 동한 스님은 승복을 조심스레 걸쳐 보았다. 그 옷이 낯설기는커녕 오래전부터 입어온 옷처럼 정답고 편안했다. 옆에서 지켜보던 친구는 "꼭 스님 같다"고 말했다.

　　　　　　　　　　생활소품, 소소한 물건에 깃든 수행

첫 출가 뒤 처음 절에 들어갔을 때는, 한 스님이 다가와 머리를 깎아달라고 부탁한 적도 있었다. 삭발용 칼은 미군용 나이프를 갈아 만든 것이었다. 처음 잡아보는 삭도였지만, 스님은 조심스럽게 손을 놀려 머리를 다 밀어드렸다. 머리를 맡긴 스님은 전혀 아프지 않았다며 흡족해했다. 그때 법정 스님은 문득 '전생에도 이미 중이었는지도 모르겠다'는 생각을 했다고 한다.

산속의 오디오

스님은 산중 생활을 하면서도 음악 듣기를 무척 좋아했다. 어느 날, 전남 여수 오동도에 사는 한 지인이 무거운 오디오 한 대를 산까지 힘들게 이고 올라왔다. 스님은 그 정성에 깊이 고마워하며 오디오를 방 한편에 설치했다. 바늘을 올려놓고 음악이 흘러나오기 시작하자, 산속 고요가 다른 결의 풍요로움으로 채워졌다. 스님은 오랜만에 느껴보는 기쁨과 설렘에 한동안 귀를 기울였다.

음악을 듣다 보니 자연히 레코드판도 하나둘 모이기 시작했다. 좋아하는 곡을 찾을수록 LP는 늘어났고, 어느새 방 한쪽이 음반과 오디오가 차지하는 공간이 되어버렸다. 딱 1년이 지났을 때, 스님은 문득 오디오가 방의 숨을 막고 있다는 생각을 하게 되었다. 산골 오두막에 어울리지 않는, 묵직한 덩어리처럼 느껴졌던 것이다.

마음이 그 지점에 이르자 결정은 빨랐다. 스님은 오디오를 다시 지인에게 돌려보냈다. 지인은 처음 선물할 때 스님이 얼마나 기뻐했는지 가족들에게 자랑까지 했었다. 그래서 돌려받은 오디오를 보며 적잖이 서운해하기도 했다. 그러나 스님에게 그것은 음악이 싫어서가 아니라, 소유가 커지는 것이 싫었기 때문이다.

이전에도 스님은 산에서 두 차례나 오디오를 없앤 적이 있었다. 정리하기로 마음먹으면 조금도 미루지 않고, 한 치의 여지도 남기지 않고 치웠다. 마음이 흔들리기 전에 결단을 행동으로 옮기는 것이다. 그래서 방을 가장 먼저 찾아오는 지인에게, 미리 마음속에서 내려놓은 물건을 선뜻 건넸다. 그 사람이 기꺼이 받겠다고 할 때만.

오디오를 내보내고 나자, 예전처럼 음악을 듣는 시간이 사라졌다. 스님은 음악이 없으면 감성이 메말라 가는 것 같고, 마음에 물기가 빠져나가는 것 같다고 느꼈다. 그래서 방 공간을 지나치게 차지하지 않고, 자신의 분수에도 어울리는 보다 작은 기기를 다시 들었다. 소유에 휘둘리지 않는 선에서, 삶에 음악 한 줄을 남겨두고 싶었던 것이다.

송진 냄새 은은한 경상

어느 아침, 스님은 큰 절로 내려갔다가 헛간 한쪽에서 버려진 송판 하나를 발견했다. 튼실한 나뭇결이 눈에 들어왔다. 스님은 그 판자를 들고 산길을 다시 올랐다. 양지바른 마당 한구석에 앉아 손으로 경상(經床) 하나를 만들기 시작했다.

톱질을 하고, 대패로 밀고, 모서리를 다듬고, 다시 맞추어 보는 일을 묵묵히 반복했다. 스님은 "엉성하게 만들었다"고 겸손히 말했지만, 꼼꼼한 손길이 배어 있는 상이었다. 직접 손으로 만든 상이라,

생활소품, 소소한 물건에 깃든 수행

그만큼 애착도 깊었다. 무엇보다 만들고 있는 동안 마음이 고요해지고, 생각이 잦아드는 그 시간이 소중했다.

새로 만든 경상을 밝은 창가에 놓고 앉아 보니, 나무에서 은은히 배어 나오는 송진 냄새가 방 안을 채웠다. 소나무 향은 스님의 마음을 편안하게 가라앉혔다. 멀리 떠돌고 싶던 나그네의 마음이 한순간, 나무 향기와 함께 잠잠해졌다. 경상이 자리 잡은 뒤로는, 그 자리에 앉아 책을 읽고 글을 쓰는 시간이 이전보다 더 깊어졌다고 했다.

마음을 씻어 준 돌 수각

개울물이 흐르는 산속 암자에서 강원도 오두막으로 자리를 옮겼을 때, 스님은 처음엔 묘한 답답함을 느꼈다. 새로 머문 곳은 개울이 옆을 흐르지 않았다. 물소리가 사라진 산중은 어딘가 막힌 듯 뻑뻑했다. 스님에게 물소리는 단순한 자연음이 아니라, 마음을 씻어 주는 숨결 같은 것이었다.

그러던 중 산 너머 아는 집에서 돌로 만든 작은 수각 하나를 들여올 수 있게 되었다. 오두막 뒤꼍에는 옹달샘이 있어, 그곳에서 맑은 물이 늘 솟아올랐다. 스님은 샘물 일부를 대나무 홈대를 타고 내려오게 해서 돌 수각 위로 떨어지도록 길을 냈다.

맑은 물이 수각 위에서 한 방울씩 떨어지기 시작하자, 집 안에는 다시 물소리가 생겨났다. 돌에 부딪혀 울리는 작은 물방울 소리는 생각보다 훨씬 깊고 고즈넉했다. 스님은 그 소리가 너무 좋았다고 했다. 하루에도 몇 번씩 뒤꼍으로 나가 일부러 그 소리를 들었다.

밤이 깊어 모두 잠든 시간에도, 수각에서 떨어지는 물소리는 쉬지 않고 스님의 귓가에 머물렀다. 스님은 그 소리가 자신의 속 뜰 구석구석에 쌓인 먼지를 조용히 씻어내는 것 같다고 느꼈다. 강을 바라보고, 개울을 듣고, 물을 길어 올리고, 물소리를 곁에 두며 살았던 이유가 바로 여기에 있었다. 마음의 먼지를 씻어내는데, 맑은 물과 그 물소리만큼 든든한 벗은 또 없었기 때문이다.

새로 바른 창문

스님이 전에 지내던 오두막으로 돌아와 보니 창호지가 여기저기 찢어져 있었다. 청설모가 장난을 친 것이다. 쥐나 다람쥐는 창문을 잘 건드리지 않았지만, 유독 청설모만은 창호지를 찢고 들락거렸다. 그 때문에 스님은 청설모를 그리 반가운 존재로 여기지 않았다.

스님은 찢어진 창을 새로 바르기로 했다. 먼저 밀가루로 풀을 쑤고, 문짝을 돌쩌귀에서 떼어 벽에 세워두었다. 풀비로 창호지에 물을 적셔 불린 뒤 낡은 종이를 깨끗이 뜯어냈다. 드러난 창살은 물걸레로 정성껏 닦아 그늘에서 말렸다. 창문이 마르는 동안 새로 바를 창호지를 치수에 맞게 재단하고, 종이 뒷면에 풀을 고루 발라 문짝 위에 곱게 붙였다. 그다음 햇볕에 세워 말려 풀기를 빼주었다.

이렇게 창문 하나를 바꾸는 일은 여러 번 서두르고 기다리는, 번거로운 작업이었다. 그러나 스님은 혼자서 차분히 이 일을 할 때 마음이 한없이 맑고 고요해진다고 느꼈다. 깊은 참선보다도 더 조용한

생활소품, 소소한 물건에 깃든 수행

기쁨이 깃들었다고 했다. 찢긴 창을 정갈하게 새로 바르는 일이 곧 자신의 마음을 닦는 일이기도 했던 것이다.

스님은 창문을 '집의 눈'이라고 불렀다. 밝은 햇살이 스며드는 창 아래 가만히 앉아 있으면 시간을 허비한다는 생각이 전혀 들지 않았다. 산속의 창문은 얇은 창호지 한 장을 사이에 두고 바깥과 맞닿아 있어, 거의 산의 일부나 다름없었다. 그래서 저절로 창밖 소리에 귀가 갔다. 가랑잎 굴러가는 소리, 풀벌레 우는 소리, 이름 모를 짐승이 지나가는 부스럭거림, 가을을 재촉하는 찬비 소리가 하나하나 마음에 밟혔다.

새로 바른 창문 아래서 스님은 헤르만 헤세의 『유리알 유희』를 펼쳤다. 밤이 깊어갈 때까지, 또렷이 맑아진 정신으로 책장을 넘겼다.

빈 항아리와 빈 과반

가을이 되면 스님은 '빈 그릇'을 바라보며 명상에 들었다. 서쪽 창문 아래에 작은 항아리 하나와 과반 하나를 나란히 놓아두고, 벽에 등을 기대어 그 둘을 오래 바라보았다. 항아리는 경기도 광주 곤지암의 한 요에서 얻어온 것이었다. 유약을 바르지 않고 구워낸 탓에 연한 갈색이 은근히 배어 있었다. 스님은 그 소박한 색을 특히 좋아했다. 창으로 스며드는 햇빛의 각도와 세기에 따라 항아리 색은 적막하게, 때로는 따뜻하게 변했다. 스님은 그 미묘한 변화를 지켜보는 즐거움이 컸다고 했다.

어느 날 항아리에 들꽃을 꽂아 보았다. 그러나 곧 그것이 항아리의 본모습과 어울리지 않는다는 느낌이 들었다. 꽃을 빼내고 다시 비워두니, 비어 있는 모습이 훨씬 보기 좋았다. 과일을 담는 백자 과반도 마찬가지였다. 커다란 과반이었지만, 아무것도 올리지 않은 텅 빈 모습이 오히려 단정하고 아름다웠다.

스님은 빈 항아리와 빈 과반을 바라보며 마음까지 텅 비워지는 듯한 편안함을 느꼈다. 불가에서 말하는 '진공묘유(眞空妙有)', 곧 비어 있을 때 오히려 충만함이 드러난다는 뜻이 이 장면에 그대로 담겨 있었다. 스님은 빈 그릇에서 또 하나의 가르침을 얻었다고 했다. 채워 넣으려 할수록 어지러워지고, 덜어내고 비울수록 도리어 충만해지는 삶의 이치였다.

개운한 대나무 침상

스님은 어느 날 대나무를 얼기설기 엮어 침상을 하나 만들었다. 높이 30센티미터, 길이 180센티미터, 폭 70센티미터 남짓한 크기였다. 스님 몸 하나 겨우 누울 수 있을 만한 폭이었다. 암자를 지을 때 남은 재목으로 침상의 틀을 짜고, 대밭에서 베어낸 통대를 길게 쪼개어 얹었다.

대나무 마디를 완전히 매끈하게 다듬지 못해 표면이 울퉁불퉁했다. 그래서 살이 많이 붙지 않은 스님의 몸에는 다소 딱딱하게 느껴지기도 했다. 그럼에도 스님은 여름철이면 방 안에 대나무 침상을 들여놓고 일부러 거기서 잠을 청했다. 장마철에 아궁이에 물이 차 군불을 며칠 동안 지피지 못해도, 침상 위에 누워있으면 방바닥처럼 눅눅하게 습기가 오르지 않아 좋았다.

침상에서 몸을 뒤척일 때마다 다리와 틀이 함께 살짝 흔들렸다. 스님은 그 움직임을 요람이 출렁이는 느낌에 비유하며 오히려 기분이 좋다고 했다. 무엇보다도 대나무 침상에서 잔 날은, 온돌방 바닥에서 잔 날보다 아침에 일어날 때 몸이 훨씬 더 가볍고 개운했다.

스님은 언젠가 살 만큼 살고 나서 몸이 더는 자신의 것이 아니게 되는 날이 오면, 이 침상째 들어다 한번에 태워버리면 뒤처리할 일이 훨씬 줄어들겠다고 말했다. 그 말 속에는 육신에 대한 집착을 깔끔하게 지워버리고 싶은 마음이 담겨 있었다. 스님은 그것을 '몸에 대한 증거인멸 의식'이라고 불렀다.

말동무, 나무오리

오두막에는 스님의 유일한 말벗인 나무오리 한 마리가 있다. 전에 이 집에 살던 사람이 두고 간 물건이다. 오리는 마치 누군가를 기다리는 듯 목을 길게 앞으로 빼고, 탁자 위에서 창밖을 물끄러미 바라보고 있다.

스님은 때때로 이 나무오리에게 두런두런 말을 걸었다. 끼니를 챙기러 부엌으로 나갈 때면 공양하러 다녀오겠다고 말하고, 아궁이에 군불 지피러 나설 때도 한마디 전했다. 산 아래로 외출을 나갈 때는 집을 잘 지키라고 당부했고, 돌아와서는 잘 있었느냐고 안부를 물었다. 물론 오리는 그저 듣기만 할 뿐, 대답은 없었다.

그래도 허공을 향해 허투루 중얼거리는 것보다는, 눈앞에 생김새가 또렷한 존재를 두고 말을 건네는 편이 스님에게는 훨씬 실감 나는 '말의 울림'으로 다가왔다. 나무오리가 비록 생명은 없지만, 어딘가 생물 같은 몸짓을 하고 있기에 오두막에서 스님의 말동무 구실을 해준 셈이다. 스님은 오리가 심심하지 않도록 그 앞에 등잔 하나를 놓아 주었다. 작은 불빛이 비치자 오리에게도 생기가 도는 듯, 표정이 한층 살아났다.

40년 세월을 견딘 대야

다래헌 시절, 스님은 양은 대야 두 개를 나누어 썼다. 하나는 허리 아래를 씻거나 걸레를 빨 때 쓰는 '하복대야', 다른 하나는 얼굴을 씻는 '상복대야'였다. 상복 대야가 하복 대야보다 조금 더 컸다.

하복 대야의 가장자리를 보면 날짜가 새겨져 있다. 1967년 12월 3일. 금속 표면에 못 끝을 대고 망치로 콩콩 두드려 점선처럼 새겨 놓은 기록이다. 거의 40년 세월 동안 찌그러지고 도금이 벗겨졌지만, 대야로서의 쓰임은 그대로였다.

스님이 대야 하나를 이렇게 오래 사용한 데에는, 시주받은 물건을 소중히 아끼는 승가의 오래된 전통이 깔려 있다. 그러나 요즘 절에서는 이런 검약의 정신이 점점 희미해지는 것 같아 안타깝다고 했다. 너무 많은 것을 소유하면서도 감사와 만족을 모른 채, 살아가는 데 꼭 필요하지 않은 것들에 마음을 빼앗기고 있기 때문이라고, 스님은 조용히 짚었다.

생활소품, 소소한 물건에 깃든 수행

목욕통과 도침

　스님은 목욕을 무척 중요하게 여겼다. 몸을 씻는 일은 곧 마음을 씻는 일이라고 여겨 목욕통을 하나 만들었다. 통에 물을 가득 붓고 몸을 담그면, 하루의 피로와 함께 번잡한 생각까지 말끔히 씻겨 나가는 듯했다. 목욕 후의 상쾌함을 스님은 소식의 시 한 구절을 빌어 표현하곤 했다. "삼나무에 옻칠한 목욕통에 강물이 넘치듯, 본래 없던 그대(허물)를 씻으니 더욱 가벼워진다."

　한여름 더위가 극심할 때면, 점심 공양 뒤 잠깐씩 낮잠을 청했다. 이때 베고 자던 것이 도자기로 만든 베개, 도침(陶枕)이었다. 보원요에서 스님을 위해 특별히 만들어준 물건이다. 처음에는 딱딱해서 쉽게 익숙해지지 않았지만, 어느새 서늘한 촉감에 길이 들자 푹신한 베개가 오히려 답답하게 느껴졌다.

　도침에 머리를 얹고 누우면, 마치 맑은 솔바람이 귓가를 스쳐 지나가는 듯했다. 스님은 예전 박물관에서 도자기 베개를 처음 보고, 조상들의 멋과 운치를 부러워한 적이 있었다. 언젠가 자신도 도침을 하나 갖게 되기를 바랐는데, 시간이 흘러 인연이 닿아 그 소원이 이루어진 것이다. 도침에서 눈을 뜨면 머리가 씻은 듯 맑아졌다. 스님은 이 작고 사소한 기쁨을 '조촐한 기쁨'이라고 불렀다.

두메산골의 정취, 촛불

　가을밤이면 스님은 촛불을 켜놓고, 벽에 어른거리는 그림자를 벗삼아 차 향기에 젖곤 했다. 새벽 예불을 마치고 아침 공양 전까지 이어지는 입선 시간에도 촛불을 밝혀두면 마음이 한결 가라앉고, 정신은 별빛처럼 또렷해졌다. 전깃불과 달리 촛불은 작은 불꽃 하나에도 생기가 있어, 더없이 아늑하고 다정하게 느껴졌다.

오두막은 해가 빨리 저물어 저녁도 자연히 이른 시간에 들었다. 드물게 늦은 저녁 공양을 하게 되면 식탁 위에 초 두 개를 켰다. 한 자루보다 두 자루의 불빛이 훨씬 풍성해 보였기 때문이다. 식탁은 밝고 환해야 음식 앞에 앉는 마음가짐도 바르게 선다고, 스님은 생각했다.

주방에는 촛불을, 마루방에는 등유 호롱불을 켰다. 호롱불은 좁은 마루를 오래된 산방처럼 고즈넉하게 물들였다. 자기 전에는 반드시 불을 모두 끄고 잠자리에 들었다. 예불 때는 불단 위에 작은 초를 켰다. 차가 식지 않도록 데울 때 쓰는 티 라이트를 유리컵에 담아 썼는데, 오두막 천장이 낮아 긴 초를 쓰기 어려운 탓도 있었지만, 손바닥만 한 작은 불상과도 더 잘 어울렸기 때문이다. 티 라이트를 켜면 불상 그림자가 벽에 크게 비치며, 실제보다 훨씬 장엄한 모습으로 방 안을 가득 채웠다.

한쪽에는 기름 등잔도 올려두었다. 접시에 식용유를 붓고, 면실을 꼬아 심지로 삼고 가장자리에 걸어 불을 붙였다. 심지가 기름 위에 떠다니지 않도록 조그만 조약돌로 눌러 고정하고, 돌의 위치를 옮겨가며 불꽃 크기를 조절했다. 그 조약돌은 스님이 프랑스 보르도 지방 바닷가를 산책하다가 주워온 것이었다. 그래서인지 기름 등잔에 불을 붙이면, 모래톱을 훑던 잔잔한 파도 소리와 맨발로 모래를 밟

생활소품, 소소한 물건에 깃든 수행

던 감촉이 은은하게 되살아났다.

좌선할 때는 백자 사발에 티 라이트를 켜 두었다. 이렇게 사발 속에서 피어난 불빛은 포근해 선정에 들기 좋았다. 스님은 경험으로 알게 되었다. 빛이 너무 밝으면 마음이 들뜨고, 너무 어두우면 정신이 흐릿해진다는 것을.

밤에 책을 읽거나 글을 쓸 때도 여러 가지 불빛을 시험해 보았다. 촛불은 금세 눈을 피로하게 만들고, 랜턴은 건전지가 빨리 닳아 경제적이지 못했다. 여러 번 시행착오 끝에 스님이 선택한 것은 등산용 조명기구 '심포니'였다. 밝기 조절이 가능하고 소음도 없어 좋았다. 다만 불빛을 가려줄 차양이 없어 오래 켜두면 눈이 시린 것이 흠이었다. 스님은 그래서 챙이 넓은 모자를 쓰고 책상 앞에 앉았다. 거울 속에 비친, 모자를 눌러쓴 자신의 모습을 보고 스님은 한바탕 크게 웃었다.

영혼의 휴식, '등잔불'

스님은 추운 겨울에는 외풍에 흔들리는 촛불보다 램프 불이 더 아늑하고 정답다고 했다. 처음 절에 들어왔을 때만 해도 전기가 들어오지 않아 밤마다 등잔불을 켰다. 그때 쓰던 등유는 질이 좋지 않아 불을 켜면 그을음이 많이 생기고 냄새도 지독했으며, 눈이 시릴 정도로 매캐했다. 등피도 금세 시커매져 자주 닦아야 했고, 유리 기술이 조잡해 조금만 잘못 다루면 깨지기 일쑤였다. 그래서 항상 조심스레 손을 대야 했다.

깊은 밤, 창밖에서는 바람 소리가 스산하게 스며들고 골짜기에서는 노루 우는 소리가 들려왔다. 그럴 때 스님은 벽에 등을 기대고 앉아 램프 불을 한참 바라보고 있으면, 마치 '세월이 고개를 하나씩 넘어가는 소리'를 듣는 듯했다.

어느 가을밤, 스님은 오랫동안 치워두었던 등잔을 꺼내 기름을 붓고 심지를 갈아 불을 밝혔다. 작은 불꽃 하나가 방 안을 부드럽게 밝히자 공간 전체가 한결 아늑하고 그윽해졌다. 등잔이 번거롭다면 촛불만 밝혀두어도 가을밤의 정취는 충분히 누릴 수 있다고 했다. 그래서 예부터 가을을 두고 "등불을 가까이하기 좋은 계절, 등화가친(燈火可親)의 계절"이라 부르는 것일지도 모른다고 덧붙였다.

스님은 바쁘게 살아가느라 메말라버린 심성을 등잔불 아래에서 잠시 어루만져 줄 필요가 있다고 했다. 은근한 불빛은 정서적 안정을 돕고, 지친 영혼에게 조용한 휴식을 선물해준다. 눈부신 전등불은 편리하지만, 마음을 가라앉히고 영혼을 쉬게 하는 데에는 큰 도움이 되지 않는다고 여겼다. 그래서 아무리 힘들고 분주한 날이라도 잠들기 전 5분, 10분 만이라도 등잔불 곁에서 묵묵히 앉아 있는 '그윽한 시간'을 가지라고 권했다. 그런 짧은 시간이 잃어버린 생기와 삶의 리듬을 되찾아 준다고 믿었다.

히말라야 등잔과 스톡홀름 스노우 볼

어느 시인이 네팔 히말라야에서 가져온 작은 등잔 하나를 스님께 선물한 일이 있다. 단출한 디자인에 소박한 모양이어서 누구라도 탐

생활소품, 소소한 물건에 깃든 수행

낼 만한 등잔이었지만, 시인은 잠시 망설였다. 스님의 산거에 괜한 물건 하나를 더 얹어 번잡하게 만드는 일이 되지 않을까 염려됐기 때문이다. 스님은 평소 단순하고 간소한 삶에 보탬이 되는 사람만을 진정한 벗이라 여겼다. 무엇이든 자꾸 갖다 주어 그 단순함과 간소함을 깨뜨리는 사람은, 아무리 마음이 좋아도 벗이라 부르기 어렵다고 했다.

얼마 시간이 지난 뒤, 스님이 먼저 그 등잔 이야기를 꺼냈다. 밤에 히말라야 등잔에 불을 켜놓고 가만히 바라보고 있으면 마치 자신이 히말라야 산중에 와 있는 듯한 느낌이 든다고 말했다. 그 말을 들은 시인은 비로소 마음을 놓을 수 있었다. 스님은 그에 대한 화답으로, 자신이 흙으로 빚어 구운 작은 등잔 하나를 시인에게 선물했다. 모양은 마치 에스키모인의 집 이글루처럼 둥글고, 안쪽에는 촛불이나 작은 불빛을 들일 수 있도록 공간이 나 있었다. 위쪽에는 동그란 구멍이 하나 뚫려 있어, 안에서 불을 켜면 천장에 보름달 하나가 떠오른 듯한 모습을 연출했다. 시인에게는 또 다른 운치의 등잔이 된 셈이다.

어느 날은 스님이 암자를 비운 사이에 한 친지가 다녀갔다. 스웨덴 스톡홀름에서 의사로 사는 이였는데, 스님 책상 위에 선물꾸러미와 명함 한 장을 놓고 갔다. 명함 뒷면에는 짧은 인사가 적혀 있었다. "겨울의 어둠을 환하게 밝히시라"는 말과 함께, 스톡홀름 기념품인 스노우 볼을 드린다고.

스노우 볼은 겉이 울퉁불퉁한 유자 크기의 유리 촛대였다. 표면의 질감은 얼음덩어리처럼 차갑고 투명해 보였다. 납작한 초를 그 속에 올려 불을 붙이자, 불빛이 유리 안에서 맑게 굴절되어 방 안 여기저기로 부서져 비쳤다. 스님은 그 빛을 바라보며 북유럽의 긴 겨울과 그 속의 고요한 시간들을 떠올렸을지도 모른다.

보네 매단 '운판'

스님이 머물던 산방 마루 위, 들보에는 운판(雲版)이 하나 매달려 있었다. 적막이 깊어질 때면 스님은 그 운판을 한 번씩 쳐서 파적(破寂), 곧 고요를 깨는 재미를 누렸다. 운판은 절에서 시간을 알리거나 대중을 부를 때 사용하는, 구름 모양의 금속판이다.

이 운판은 음악과 문학을 좋아하던 한 지인이 보내온 것이었다. 평소에도 스님 산거로 음악 테이프를 챙겨 보내주던 이였다. 그 지인과 스님이 어느 여름, 서울 영동의 씨네하우스에서 영화 〈레인맨〉을 함께 본 뒤 인사동으로 나갔을 때의 일이다. 유기점 한 곳에 들렀다가 바로 그 운판을 보게 됐다.

스님이 운판을 쳐 보니 울림이 참으로 맑고 은은했다. 지름 50센티미터쯤 되는 놋쇠 판으로, 장식 하나 없이 망치로 두드려 모양만 잡은 모습이 마치 커다란 LP 음반처럼 보였다. 스님은 당장이라도 사고 싶었지만, 지금 사는 거처에 이 운판을 걸 만한 마땅한 자리가 떠오르지 않아 결국 그냥 나왔다.

며칠 뒤, 큰 절에 내려갔다가 커다란 소포 하나를 받았다. 상자를 열어보니, 그 안에 바로 그 운판과 망치, 나무 받침대가 정성스럽게

생활소품, 소소한 물건에 깃든 수행

포장되어 들어있었다. 보낸 이는 인사동에서 함께 운판을 보았던 그 지인이었다. 스님은 엉뚱하면서도 다정한 이 선물에 놀라면서도 기특한 생각이 들었다.

운판은 곧 마루 위 보에 못을 박아 걸렸다. 적요가 너무 깊어질 때마다 스님은 그 운판을 한 번씩 쳤다. 단정한 금속음이 방 안과 골짜기를 울릴 때, 정신이 번쩍 들면서 머릿속이 맑아진다고 했다. 그렇게 운판은 산중 고요를 깨우는 작은 종소리이자, 스님 자신의 마음을 깨우는 또 하나의 방편이 되어주었다.

불일암 불상

스님은 오랫동안 몸담았던 불일암을 떠날 채비를 하면서, 무엇보다 먼저 법당 부처님께 미안한 마음이 들었다. 다래헌 시절부터 10여 년 가까이 곁을 지켜온 부처님이었기 때문이다. 인연의 시작은 소박했다. 어느 날, 폐사된 절에서 모셔온 불상이 큰방 탁자 위에 놓여있는 것을 본 순간, 스님의 가슴이 설렜다. 첫눈에 마음이 끌린 것이다.

스님은 그 부처님을 평생의 원불(願佛)로 모시기로 했다. 고불(古佛)은 아니었지만, 군더더기 없는 단아한 모습이 마음에 쏙 들었다. 다래헌에서 불일암으로 거처를 옮길 때, 다른 짐들은 트럭 짐칸에 싣고 가면서도 이 부처님만은 곁자리에 모시고 왔다.

불일암에 기거하는 동안, 부처님이 그 자리에 계신다는 사실은 스님에게 늘 조심스러운 긴장감이자 고마운 단속의 힘이 되었다. 게을

러질 수 없었다. 큰 절에 내려갔다가도 마음이 편치 않아 서둘러 산 길을 올랐다. 부처님을 홀로 빈집에 모셔두는 것은 도리가 아니라고 여겼기 때문이다. 까다로운 자신의 성격을 누구보다 잘 알았지만, 그 부처님은 그런 자신을 너그럽게 품어주는 존재처럼 느껴졌다. 그 래서 떠날 때 더더욱 서운하고 미안했다.

강원도 오두막에서도 스님은 한 뼘도 안 되는 작은 부처님을 모셨 다. 인도에 갔을 때 구해 온 전단향(栴檀香) 나무로 조각한 불상이었 다. 작지만 역시 단정한 모습이었다. 스님은 이 부처님과 함께 지내 면서, 듣는 이 하나 없는 산골 오두막에서 아침저녁으로 큰 소리로 예불을 올렸다. 그렇게 예불을 드리고 나면, 속가슴이 시원하게 트 이는 것 같았다고 했다.

오두막 처마 끝의 풍경 하나

스님은 오두막 처마 끝에 작은 풍경(風磬) 하나를 달아두었다. 겨 울 찬바람이 골짜기를 타고 불어올 때면, 풍경은 몸을 잔뜩 웅크린 듯 오들오들 떨며 '땡그랑, 땡그랑' 소리를 냈다. 스님은 그 소리를 들을 때마다, 풍경이 "추우니 나를 따뜻한 방 안으로 들여보내 달라" 고 애원하는 듯하다고 말했다. 업(業)이 달라 도와줄 수 없는 처지가 안타깝기도 했지만, 그 떨림과 소리는 오두막 주인에게는 적잖은 위 안이자 고요를 깨뜨리는 파적(破寂)이 되어주었다.

풍경 아래 매달린 물고기 장식에는 오래된 이야기가 담겨 있다. 물고기는 눈을 감지 않고 잔다고 한다. 수행자는 늘 깨어 있어야 한

생활소품, 소소한 물건에 깃든 수행

다는 뜻을 상징한다. 또 바다에서 그물로 고기를 건져 올리듯, 괴로 움에 빠진 중생을 법(法)의 그물로 구제하라는 의미도 겹쳐 있다. 스 님은 풍경은 바람이 없으면 제 자리를 잃는 존재라고 했다. 바람을 맞으며 살아가는 동안에야 비로소 그 존재 이유가 드러난다는 것이 다. 그래서 풍경 소리는, 귀 기울일 줄 아는 이에게는 끊임없는 명상 의 화두가 되지만, 무딘 귀에는 그저 '땡그랑' 소리로만 들릴 뿐이라 했다.

어느 날, 스님이 잠시 오두막을 비운 사이에 처마 끝 풍경이 사라 졌다. 짐승이 할 짓은 아니었다. 스님은 마음속으로 여러 생각을 해 보았다. 산골에서 생선을 구경하기 어려워, 누군가 생선 대신 물고 기 장식을 떼어 가버렸는지도 모르겠다고, 혹은 그 물고기가 용이 되어 푸른 하늘로 올라간 것일지도 모르겠다고. 그러나 풍경을 다시 사서 달 생각은 하지 않았다. 없으면 없는 대로, 그 적막마저 하나의 풍경으로 받아들이는 것이 자연스럽다고 여겼다. 풍경 소리가 사라 진 고요도 나름의 맛이 있었다.

풍경에 얽힌 또 하나의 이야기도 전해주었다. 무소유 정신이 투철 하던 한 스님이 있었다. 그 스님 방의 처마 끝에는 맑은 소리를 내는 풍경이 하나 달려 있었다. 어느 날, 다른 도반이 그 소리에 귀 기울 이며 오래 서 있는 모습을 보았다. 그 모습을 본 스님은 말없이 풍경 을 떼어 도반의 처마에 달아주었다. 그 도반은 이후로 풍경 소리를 들을 때마다, 그것을 달아준 스님의 맑은 인품과 조촐한 삶을 떠올 렸다.

법정 스님은, 한 사람의 담백하고 단정한 삶은 그 사람이 의식하건 의식하지 않건, 이웃에게 달빛 같은, 풀향기 같은 은은한 그늘을 드리워준다고 했다. 그래서 그 스님을 떠올릴 때마다, 꽃가지 사이로 스쳐 지나가는 향기로운 바람결이 함께 느껴진다고 고백했다.

미국서 보내온 쇠막대 풍경

오두막 마루 들보에는 일곱 개의 알루미늄 파이프와 나무 추로 이루어진 쇠막대 풍경 하나가 매달려 있다. 바람이 조금만 스쳐도 맑고 감미로운 소리가 번져 나오는데, 스님은 그 소리가 음악 같다고 했다. 이 풍경은 미국 캘리포니아 산 페드로에 사는 지인이 보내온 선물이다. 스님에게 그 소리는 단순한 장식이 아니라, 귀로 들을 수 있는 명상이었다.

스님이 처음 이 소리를 들은 곳은 태평양을 내려다보는 선셋 거리, '요가난다 센터'였다. 미국에서 법회와 강연을 마친 뒤, 스님은 어김없이 사람들과의 뒤풀이를 피해 조용한 곳을 찾아 나왔다. 모임이 끝나고 나면 마음이 텅 빈 항아리처럼 허전해지고, 군중을 벗어나 혼자 있고 싶어졌기 때문이다. 그렇게 도착한 요기난다 센터는 작은 별천지였다. 인공호수와 야자수, 수목과 꽃들이 조화를 이루고, 나무 아래에는 명상용 의자가 놓여있었다. 그 의자에 앉아 호수를 바라보는데, 어디선가 은은한 음악 같은 소리가 들려왔다. 바로 그 쇠막대 풍경 소리였다. 그 후로 오두막에서 같은 소리를 들을 때마다 스님은 태평양 바람과 함께하던 그 명상의 순간을 함께 떠올리

생활소품, 소소한 물건에 깃든 수행

곤 했다.

흙 화로와 무쇠 주전자

스님은 차를 끓이기 위해 흙으로 화로를 손수 빚었다. 흙을 가느다란 줄처럼 말아 올려 열 겹쯤 차곡차곡 쌓아 올리고, 바람이 드나들 작은 네모 구멍을 아래에 뚫었다. 위에는 주전자를 올릴 수 있도록 흙 받침을 네 개 만들어 올렸다. 그 위에 올려놓는 것은 무쇠 찻주전자였다. 불일암을 지은 뒤 마련한 주전자로, 스님은 사랑스럽게 '설초(雪草)'라는 이름을 붙였다.

옆에는 청동으로 만든 주전자 받침이 하나 더 놓여있는데, 가운데에는 부처님의 가슴에 새겨진 길상의 표식, 卍자가 선명하게 새겨져 있다. 차를 뜨고 담는 작은 찻숟가락, 즉 차시(茶匙)도 스님은 직접 깎아서 썼다. 세 개 가운데 하나의 손잡이에는 '一期一會(일기일회)'라는 글자가 적혀 있다. 한 번의 만남, 한 번의 기회. 지금 이 순간은 다시 오지 않으니, 매 순간을 소중히 여기고 최선을 다해 살아가자는 다짐이 그 작은 숟가락에 새겨져 있는 셈이다. 스님은 찻물 한 모금, 사람과의 한 번 만남에도 이 마음을 잊지 않으려 했다.

장작 패던 도끼

수류산방 헛간 옆 장작 터에는 크고 작은 낫들이 나무 벽에 걸려 있고, 바닥에는 여러 자루의 도끼가 놓여있다. 굵직한 통나무 하나가 장작을 패던 받침처럼 서 있고, 그 위에는 정이 나무에 수직으로 박혀 있다. 옆에는 장작을 기대어 세우던 나무 뭉치와 이미 쪼개진 장작들이 놓여있다. 겨울 햇볕이 따뜻하게 내려앉은 장작 터에는 스님의 모습만 보이지 않을 뿐, 스님이 장작을 패던 기운이 아직도 고스란히 감돌고 있다.

스님이 자주 인용하던 백장 선사의 말이 있다. "一日不作 一日不食(일일부작 일일불식)", 하루 일하지 않으면 그날은 먹지 않는다. 스님은 장작을 패고 군불을 지피는 일이 없으면 어딘가가 허전하고 빠져나간 듯했다고 말했다. 몸과 정신이 함께 녹슬어 가는 느낌이 들었기 때문이다. 사람은 육체적인 활동이 줄어들수록 점점 머릿속 생각만으로 사는 관념적인 인간이 되어간다며, 반드시 몸을 쓰고 땀을 흘려야 정신도 제자리를 지킨다고 했다.

도끼를 휘둘러 장작을 쪼개는 일은, 스님에게 단지 겨울을 나기 위한 준비가 아니었다. 몸을 쓰는 노동으로 관념을 씻어내고, 오늘도 살아 있다는 것을 확인하는 하나의 수행이었다.

조약돌 위에 쓴 글씨

스님은 개울가에서 조그만 조약돌 하나를 골라 들었다. 깨끗이 씻어 햇빛에 바짝 말린 뒤, 그 돌 위에 붓으로 글씨 한 자를 적었다. '行하라.' 그 行(행) 자를 스님은 물이 흐르듯, 바람이 스치듯 자연스럽게 썼다.

스님은 '行' 속에는 생각과 말이 함께 들어있으며, 창조적인 자기표현이고 그 자기표현의 완성자가 바로 부처라고 말했다. 그리고 수행자는 결국 '행함'이라는 길을 걷는 사람이라 했다. 그래서 行에 대해 다시 이렇게 덧붙였다. '자신의 행위에 대해 무심하라. 그것을 행할 때는 전심전력으로 행하라. 행위 자체가 하나의 축복이게 하라.'

태워버린 수첩들

스님은 해마다 연말이면 새해 수첩을 한 권 샀다. 그리고 수첩 맨 뒤 주소란에 지인들의 이름과 주소, 전화번호를 옮겨 적었다. 해가 바뀔수록 스님은 그 연락처들을 조금씩 줄여나갔다. 보다 단순하게 살기 위해서였다.

연락처를 지우기로 결심할 때마다 이름 위에 볼펜으로 북북 줄을 그었다. 의식이 여기저기 분산되는 일을 막기 위해서였다. 이제는 지워진 칸이 남아 있는 칸보다 훨씬 많았다. 새로 적어 넣는 이름은 극히 드물었다.

작은 수첩에는 그날그날의 느낌을 아주 간단하게 적어두었다. 이를테면 이런 식이다. "부풀어 올랐던 매화 꽃망울이 지난밤 휘몰아친 눈바람에 많이 졌다. 속이 상한다." "석축 아래서 수선화가 활짝 문을 열었다." "보성 차밭에 다녀오다. 햇차의 신선한 향기." "모란이 피어나기 시작하다." "밀화부리 소리! 투명한 5월 햇살." "영롱한 아침 이슬."

산에 들어와 살면서 이렇게 기록한 수첩이 수십 권에 이르렀다. 그런데 암자로 옮겨와 새로운 삶을 다시 시작하고 싶다는 마음이 일자, 스님은 그동안 모아두었던 수첩들을 모두 불태워 버렸다. 스님에게 태워버리는 일은 단순한 소각이 아니라, 삶을 정돈하기 위해 반드시 거쳐야 하는 과정이었다. 그렇지 않으면, 예전의 기록들이 너절한 찌꺼기처럼 남아 지금 이 순간을 온전히 사는 데 방해가 된다고 여겼다. 그래서 연말이면 아궁이 앞에 앉아 편지도 태우고, 사진도 태우고, 불필요한 기록들을 모조리 불 속에 던져 넣었다.

스님은 단순하고 명료하게 살려는 사람에게는 그 삶 자체에 이미 의미가 있으므로, 시간적·공간적 연장은 굳이 필요치 않다고 했다. 모든 것을 태워버리고 나면 마치 삭발하고 목욕을 막 마친 사람처럼 개운하고 홀가분해져 '이제 새 삶을 한 번 더 시작해 보자' 하는 의욕이 저절로 솟는다고 했다.

대나무 꽃꽂이 통과 누룽지 통

수류산방 다실 창가 벽에는 대나무로 만든 작은 꽃꽂이 통이 하나 달려 있다. 그 대나무 통 안에는 흰 동백과 히어리 가지가 꽂혀 있다. 대나무 통은 스님이 손수 톱으로 잘라 만든 것이다. 윗부분은 창문처럼 도려내어, 그 안으로 동백꽃이 방긋 웃으며 얼굴을 내미는 모습을 볼 수 있게 했다. 히어리 가지와 흰 동백꽃의 절묘한 조화는 마치 한 점의 예술작품을 보는 듯하다. 여기에 격자무늬 창호 사이로 스며드는 햇빛이 더해져 그 작은 공간 전체가 한층 더 맑고 향기롭게 느껴진다.

공양이 끝나면 늘 누룽지가 나왔다. 누룽지를 담아 둘 통이 필요해 스님은 직접 심은 박나무에서 딴 박으로 누룽지 통을 만들었다.

생활소품, 소소한 물건에 깃든 수행

박 속을 깨끗이 긁어내고 씻은 뒤, 윗부분을 칼로 둥글게 도려내 뚜껑으로 삼았다. 햇볕에 잘 말리고, 박 꼭지에 딱딱하고 질긴 나무줄기를 이어 손잡이까지 달아주었다. 그렇게 해서 세상에 단 하나뿐인 '홈메이드 누룽지 통'이 완성되었다.

스님은 이렇듯, 버려질 법한 것들을 재미있고도 정답게 다시 살려냈다. 대나무는 꽃꽂이 통이 되고, 박은 누룽지 통이 되고, 소박한 손길이 닿은 자리는 하나같이 조촐한 기쁨이 깃든 자리가 되었다.

그 밖의 소품들

스님은 수류산방 정랑 입구에 작은 푯말 하나를 만들어 걸어두었다. 나무판 위에 붓글씨로 적힌 문장은 단 세 글자였다. '나 있다' 푯말을 거는 고리는 가는 대나무였고, 그 대나무와 푯말은 붉은 끈으로 연결되어 있었다. 정랑을 사용할 때면 그 푯말을 돌려, 안에 '사람이 있음'을 알렸다. 사소한 물건 하나에도 드러나는, 스님의 철저하고 정확한 성격을 상징하는 소품이다. 말은 직설적이지만, 어디선가 웃음이 배어 나오는 문장이다.

스님은 죽비 한 자루도 손수 만들었다. 크지도 작지도 않은, 딱 알맞은 크기였다. 죽비 몸통에는 녹색 글씨로 이렇게 새겼다. '水流花開室淸供(수류화개실 청공) 乙亥春(을해춘) 知黙九拜刀(지묵구배도)' 그 아래에는 붉은 낙관을 하나 찍어 마무리했다. 참선 중에 잡생각이 들거나 졸음이 엄습하면, 스님은 이 죽비로 서슴없이 제 몸을 내려치며 정신을 다잡았을 것이다.

그리고 찻잎을 다듬기 위한 도마도 만들었다. 먼저 나무를 고르고, 대패질을 해 네모반듯하게 다듬었다. 그 위에 낮은 나무틀을 상하좌우로 둘러 붙여 찻잎이 흘러내리지 않게 했다. 완성된 도마에는 이렇게 글을 남겼다. '磚茶用(전차용) 茶(차) 도마 丁亥年 雨水節(정해년 우수절)'

겨우내 얼어 있던 대동강 물이 풀린다고 하고, 봄비가 내리기 시작한다는 우수절에 만든 것이다.

차를 끊고 다듬을 칼도 한 자루 마련했다. 손잡이는 나무를 깎아 만들고, 그 끝에 날을 박았다. 칼날은 아마 시골 대장간에서 구해 온 것이었을 것이다.

스님은 편지지와 봉투를 보관할 주머니를 흰색 한지로 만들었다. 좌우로 펼쳐지는 구조였는데, 왼쪽 칸에는 봉투를, 오른쪽 칸에는 편지지를 넣도록 했다. 편지지 주머니 쪽 한지에는 직접 붓으로 그림을 그렸다. 작은 초가집이 있고, 집 둘레로 몇 그루 나무가 서 있다. 아래로는 강이 흐르고, 그 위에 한 사람이 배를 띄운 채 무심히 앉아 있다. 고즈넉한 산수화 한 폭이다.

스님은 어쩌면, 그 그림 속 사람이 되고 싶었을지도 모른다. 한지 주머니는 잠글 수 있도록 가는 대나무로 상하좌우에 잠금장치를 달아두었다. 흰 한지와 연한 대나무가 어우러진 모습은 마치 조선 선비의 화첩을 보는 듯 단아했다.

스님은 흩어져 있는 약을 한데 모아둘 상자도 만들었다. 나무판자를 반듯하게 잘라 정확하게 맞추어 붙였다. 덮개는 달지 않았다. 늘

생활소품, 소소한 물건에 깃든 수행

열어두고 쓰려 했기 때문이다. 상자 정면에는 흰 종이를 붙이고, 붉은 색연필로 십자가를 그려 넣었다. 그리고 그 위에 '연고'라고 적어 두었다. 작은 약통 하나에도 질서와 분명함이 배어 있었다.

스님이 착용했던 시계는 바탕이 검은색이고, 숫자판과 바늘은 흰색이었다. 스위스에서 만든 스와치 시계로, 요일과 날짜가 함께 표시되는 자동시계였다. 가톨릭 프란치스코 교황이 찼던 시계와도 비슷한 모양이었다. 스님이 시계를 고를 때 중요하게 여긴 것은 모양이 아니었다. 시계의 생명인 정확성, 오직 그것이 기준이었다.

참고자료

법정. 『진짜 나를 찾아라』. 샘터사, 2024(1판 1쇄)

법정. 『스스로 행복하라』. 샘터사. 2020(1판 1쇄)

법정. 『좋은 말씀』. 시공사. 2020(초판 1쇄)

법정. 『낡은 옷을 벗어라』. 불교신문사. 2019(초판 1쇄)

법정. 리경 엮음. 『간다, 봐라』. 김영사. 2018(1판 1쇄)

리경 편. 사진 김용관. 『이 밖에 무엇을 구하리(법정 스님 유품 사진집)』. 김영
　　사. 2018(1판 1쇄)

현장 엮음. 『시작할 때 그 마음으로(법정이 우리의 가슴에 새긴 글씨)』. 열림원.
　　2017(초판 6쇄)

원택 엮음. 『설전(법정이 묻고 성철이 답하다)』. 열림원. 2017(초판 12쇄)

법정과 최인호의 산방 대담. 『꽃잎이 떨어져도 꽃은 지지 않네』. 2015(1판 10쇄)

법정. 『영혼의 모음』. 샘터사. 2010(개정판 12쇄)

법정. 『서 있는 사람들』. 샘터사. 2010(개정판 21쇄)

법정. 『맑고 향기롭게』. 위즈덤하우스. 2010(1판 48쇄)

법정. 『텅 빈 충만』. 샘터사. 2010(2판 23쇄) 법정 스님 49재 마지막 쇄

법정. 『인도기행』. 샘터사. 2010(3판 10쇄) 법정 스님 49재 마지막 쇄

법정. 『아름다운 마무리. 문학의숲. 2010(1판 118쇄)

법정. 『일기일회(一期一會)』. 법정 스님 법문집1. 문학의숲. 2010(1판 60쇄)

피천득 · 김재순 · 법정 · 최인호. 『대화』. 샘터사. 2010(초판 17쇄)

현장 엮음. 『무소유의 향기 법정 스님 禪墨』. 다래헌. 2010.

법정. 『한 사람은 모두를 모두는 한 사람을』. 법정 스님 법문집2. 문학의숲.
2009(1판 21쇄)

법정. 『물소리 바람소리』. 샘터사. 2008(개정판 16쇄)

법정. 『오두막 편지』. 이레. 2007. 초판

법정. 류시화 엮음. 『살아있는 것은 다 행복하라』. 조화로운삶. 2006(1판 40쇄)

법정. 『무소유』. 범우문고(002). 범우사. 2004(2판 64쇄)

법정. 『홀로 사는 즐거움』. 샘터사. 2004(1판 4쇄)

법정. 『산방한담』. 샘터사. 2001(개정판 2쇄)

법정. 『산에는 꽃이 피네』. 동쪽나라. 2001(2판 28쇄)

법정. 류시화 엮음. 『봄 여름 가을 겨울』. 이레. 2001(2쇄)

법정. 『새들이 떠나간 숲은 적막하다』. 샘터사. 1996(1판 6쇄)

법정. 『버리고 떠나기』. 샘터사. 1993(1판1쇄)

법정. 『물소리 바람소리』. 샘터사. 1989(중판)

법정. 『무소유』. 범우사. 1989(증보판)

법정. 『山房閑談』. 샘터사. 1983(초판)

법정. 『서 있는 사람들』. 샘터사. 1978(초판)